metro

Hoeps & Toes

Die Cannabis-Connection

metro wurde begründet
von Thomas Wörtche

Zu diesem Buch

Dr. Marcel Kamrath ist der ideale Politiker. Charmant, ambitioniert, zielgerichtet und menschenfreundlich. Dem Staatssekretär winkt schon ein Ministeramt, er muss nur noch die Legalisierung von Cannabis erfolgreich durch den Bundestag bringen. Doch dann holt ihn seine begraben geglaubte Vergangenheit wieder ein. Ein Jugendfreund aus Amsterdam taucht auf.

Das Wiedersehen wird für Kamrath zu einem gnadenlosen Machtkampf, in dem ihm die Kontrolle mehr und mehr entgleitet. Immer tiefer wird Kamrath in ein gefährliches Duell hineingetrieben, das er nur überleben kann, wenn er alles opfert, was ihm wichtig ist.

Das Autorenduo Hoeps & Toes arbeitet seit Jahren Hand in Hand. Thomas Hoeps übersetzt die Kapitel von Jac. Toes aus dem Niederländischen ins Deutsche und schreibt seine eigenen Kapitel auf Deutsch.

»Sehr lebendig und authentisch beschreiben Hoeps & Toes den Spirit der Anarchoszene der 1980er-Jahre sowie die brutalen Revierkämpfe der Drogenclans und ihre Einflussnahme auf politische Entscheidungen auf höchster Ebene. Auch die Spannung im Machtkampf der ehemaligen Freunde, die zu Kontrahenten werden, knistert bis zur letzten Seite.« *Buchkultur*

Die Autoren

Thomas Hoeps (*1966) promovierte über Terrorismus in der deutschen Literatur. 1997 veröffentlichte er seinen Debütroman *Pfeifer bricht aus,* es folgten Gedichte, Erzählungen und ein Theaterstück. Er erhielt u. a. den Literaturförderpreis der Stadt Düsseldorf und den Nettetaler Literaturpreis.

Jac. Toes (*1950) lebt und arbeitet als freier Gerichtsreporter in Arnheim. Nach dem Studium der Niederländischen Literatur war er als Lehrer tätig, bis er sich ganz dem Schreiben widmete. Er wurde u. a. mit dem niederländischen Krimipreis Gouden Strop ausgezeichnet.

Mehr über die Autoren und ihr Werk auf *www.unionsverlag.com*

Hoeps & Toes

Die Cannabis-Connection

Thriller

Unionsverlag

Im Internet
Aktuelle Informationen, Dokumente und Materialien
zu Thomas Hoeps & Jac. Toes und diesem Buch
www.unionsverlag.com

Unionsverlag Taschenbuch 908

Neptunstrasse 20, CH-8032 Zürich
Telefon +41 44 283 20 00
mail@unionsverlag.ch

Reihengestaltung: Heinz Unternährer
Umschlagmotiv: Mann – Graeme Worsfold (Unsplash);
Hanfblatt – Manfred Ruckszio (Alamy Stock Foto)
Umschlaggestaltung: Sven Schrape
Lektorat: Anne-Catherine Eigner
Satz: Greiner & Reichel, Köln
Druck und Bindung: CPI – Clausen & Bosse, Leck
ISBN 978-3-293-20908-4

Der Unionsverlag wird vom Bundesamt für Kultur mit einem
Verlagsförderungs-Strukturbeitrag für die Jahre 2021–2024 unterstützt.

Auch als E-Book erhältlich

TEIL I

I

Als hätte ihm jemand eine große Last von den Schultern genommen. Obwohl tatsächlich das genaue Gegenteil eintreten würde. Noch einmal mehr Verantwortung für Dr. Marcel Kamrath. Minister! Mitglied der Regierung der Bundesrepublik Deutschland! Das war es doch, was die Kanzlerin vorhin angedeutet hatte? Als sie mit ihrer Entourage im Reichstag an ihm vorüberzog, kurz abstoppte, ihn wegen seines jüngsten Interviews rüffelte, nur um es im nächsten Atemzug als eine perfekte Bewerbung für höhere Aufgaben zu bewerten?

Jeder in Berlin wusste, dass im Herbst ein Stuhl im Kabinett frei würde. Der affärengeplagte Minister für Entwicklungshilfe war seinen Job nur noch nicht quitt, weil man unmittelbar vor zwei Landtagswahlen stand. Einige liefen sich für seine Nachfolge längst warm, Kamrath bisher nicht. Doch die Kanzlerin sah das wohl anders.

»Jedenfalls müssen wir niemandem mehr erklären, dass Sie auch Ahnung von internationaler Zusammenarbeit haben«, hatte sie mit einem Hauch von Zufriedenheit festgestellt, ihm zugenickt und war weitergegangen, ohne dass er auch nur ein Wort hatte sagen können.

Gerade ein gutes Jahr Staatssekretär im Bundesministerium für Justiz und jetzt schon bald Minister! Er hatte sich jede Emotion aufgespart, bis er außer Sichtweite des Regierungsviertels war. Dann drehte er auf, jagte seine Energie in die Pedale, flog geradezu auf seinem Schindelhauer-Bike durch die Straßen, an der Grenze zum Rad-Rowdytum, aber verkehrsrechtlich immer noch knapp korrekt. Diese Schlagzeile hätte er der B. Z. nicht gegönnt.

Seine siebenundfünfzig Jahre sah man ihm auch sonst kaum an, aber so auf dem Fahrrad wirkte er beinahe jugendlich. Na ja, jedenfalls fühlte er sich so. Nie übermütig werden, hörte er seinen Großvater sagen, bis heute die zweifelhafte Autorität in seinem Kopf. Aber die Freude über das Lob war doch überwältigend. Darüber, dass jemand seine Leistungen wahrnahm und würdigte. Das alles wollte sich Bahn brechen.

Lass das mal zu, Liebster, sonst endest du noch wie dein Kollege Tilby als böser grauer Mann. Lust- und humorfeindlich, ein steinernes Denkmal zu Lebzeiten. Das war Anne, seine Frau, seine Ex-Frau, und sie hatte natürlich wie meistens recht. Also, was solls, die Last der Verantwortung würde er eh früh genug wieder mit voller Wucht spüren, wenn er in seinem Apartment den Computer anschaltete. Die Spätschicht, um Streitigkeiten im Kreisverband zu schlichten, Fragen des Wahlkreisbüros zu beantworten und einen letzten Blick in die Unterlagen für morgen zu werfen.

Das Rad war leicht, er war leicht, der Fahrtwind erfrischte ihn. Er beschloss, einen Zwischenstopp im *Anna Koschke* einzulegen, auf ein Bier und ein Friko, Pardon, Bulette. Er bog schnittig in seine Straße ein, zog an seinem Apartmenthaus vorüber, da wischte plötzlich ein Gesicht aus seiner Vergangenheit vorbei.

Er bremste scharf ab, rutschte vom Sattel, verdrehte den Hals. Herzklopfen, das nicht von der körperlichen Anstrengung herrührte. Aber da war nur eine Alte am Rollator zu sehen, die an der Einfahrt zur Tiefgarage neben seinem Haus entlangschlich.

Er stieg wieder auf, kam schwerer in Tritt, ein Haarriss durchzog sein Hochgefühl.

Während er sein Fahrrad an den Laternenpfahl schloss, spie ein Reisebus eine Ladung hessischer Touristen auf den Bürgersteig aus. Er beeilte sich und schlüpfte in die Kneipe, ehe sich die Gruppe zum Einmarsch formiert hatte.

Sein Lieblingsplatz in einer Ecke der Theke war frei, nur ein leichtes Nicken, und der Wirt brachte ihm das Kamrath-Gedeck: ein Pils, eine kalte Bulette und ein Tellerchen mit extra scharfem Senf. Es hatte nicht ganz drei Monate gebraucht, dann hatte man ihn hier als Stammgast akzeptiert, inklusive des Vorrechts, einen Steinguttopf mit seinem Lieblingssenf zu deponieren. So konnte es laufen.

Dass er von einem Wochenmagazin wegen der geschickten Diplomatie, mit der er in der jungen Koalition gerade die Gesetzesinitiative zur Cannabis-Legalisierung vorantrieb, als politischer Shootingstar gefeiert wurde, interessierte hier niemanden. Und ebenso wenig, dass ihn die radikale Rechte auf einem Fahndungsplakat als Drogendealer und Verderber der deutschen Jugend brandmarkte. Hier durfte er einfach nur wortkarg in der Ecke sitzen und ein Bier trinken. Oder auch zwei. Er orderte nach.

»Für mich dasselbe«, rief jemand hinter ihm laut und fröhlich. Mit einem starken niederländischen Akzent.

Diese Stimme. Zwar nachgedunkelt und brüchig, aber immer noch unverkennbar, unvergessen. Seit über dreißig Jahren begleitete sie ihn durch seine Albträume. Es war die Stimme eines Toten.

Der Raum geriet ins Schwanken. Er starrte auf seine Hände, die sich am Brett des Tresens festklammerten.

Tief durchatmen! Nicht umdrehen! Was spielten ihm seine Sinne heute für üble Streiche?

Er lauschte nach, ob da auch noch die zweite, glockenhelle Stimme zu hören war, von der er regelmäßig träumte.

Nichts.

Leider nichts.

Eine Hand legte sich auf seine Schulter, klopfte sie sachte.

»Siehst gut aus, Knabbel. Nicht mehr so dürr. Vielleicht etwas blass.«

2

Amsterdam, 11. Oktober 1982

ME, weg ermee – Bullen weg!«

Die Kinnladen aufeinandergepresst, die Lippen zusammengekniffen, in seiner Kehle lassen Angst und Scheu einen Kloß anwachsen, den er nicht mehr schlucken kann. Neben ihm schreien sich Kiki und Sander die Stimmen heiser, vor ihm explodieren Kanonenschläge und Feuerwerksraketen auf dem Bürgersteig, der Geruch verbrannten Pulvers erfüllt die Luft.

In Schlachtordnung marschieren sie Richtung Frontlinie an der Jan Luijkenstraat, gleich hinter dem Reichsmuseum, wo das Blaue Pack damit beschäftigt ist, das Lucky Luijk zu räumen.

Keine halbe Stunde zuvor war die Telefonkette der besetzten Häuser, die sie hier nach ihren illegalen Bewohnern Kraakpanden nannten, in Gang gesetzt und Alarm geschlagen worden. Nach dem Anruf in ihrem Haus hatte Kiki die Info an die Kraker von fünf anderen Häusern weitergegeben, von denen jedes wiederum weitere fünf zum Einsatz rief.

In der kleinen Autowerkstatt im Keller warf Sander ihm eine weite braune Lederjacke und einen Mopedhelm zu. Das unverzichtbare Palästinensertuch hatte er sich schon vorher selbst gekauft. Kiki griff nach seinem Unterarm und schrieb mit Kugelschreiber eine Nummer auf die Haut.

»Für den Fall, dass du einen Anwalt brauchst.« Sie tätschelte seine Wange. »Guck nicht so schissig, es ist ja nicht der Zweite Weltkrieg.«

Als er die Jacke angezogen hatte, schob sie ihm einige dicke Zeitungen durch die Ärmel bis zu den Oberarmen. »Heb mal die Arme hoch und bleib still stehen.«

Er gehorchte sofort und verwandelte sich in ein Standbild von Madame Tussaud. In der vergangenen Nacht hatte er zum ersten Mal mit Kiki geschlafen, und zur Not hätte er Handstand gemacht, um wieder in den Genuss ihrer Berührungen zu kommen. Sie nahm ein Stück Gartenschlauch von der Wand, bog es zu einer Schleife zusammen und baute sich vor ihm auf. Dann schlug sie mit voller Kraft auf seinen Oberarm. Er zuckte zusammen, während schon der zweite Schlag folgte.

Er konnte seine Erleichterung kaum verbergen, als sie den Schlauch endlich sinken ließ. »Du bist mein Schutzengel. Ich habe nichts gespürt.«

Eine kleine Lüge. Er fühlte die Schläge noch nachglühen, aber seine Wehleidigkeit sollte die Großartigkeit ihrer Fürsorge auch nicht ansatzweise herabwürdigen.

Sander sah ihn prüfend an, während er sich sein Palästinensertuch um den Hals wickelte.

»Du hast doch kein Adressbuch dabei? Oder einen Kalender?«

Er schüttelte brav den Kopf.

Sander drückte ihm ein Fläschchen Zitronensaft in die Hand. Als Marcel es in seine Tasche stopfte, fand er ein paar Rollen darin. Pfefferminz? Er zog eine heraus und versuchte, die kleinen Buchstaben auf der Umwicklung zu entziffern.

»Reibkopfböller«, erklärte Sander. Schau mal nach, ob da auch eine Streichholzschachtel ist.«

Er durchsuchte erneut die Taschen der Lederjacke und zog eine hervor.

»Nur zünden, wenn du danach definitiv abhauen kannst«, hatte Sander gewarnt.

Bis zu diesem Moment sind alle Böller noch in seiner Tasche. Eine Sirene nähert sich heulend. Ein Polizeibus rast vorbei, verfolgt von einem Schwarm aus Steinen, wütendem Pfeifen und Buhrufen.

Zeit, sich den Schal über Mund und Nase zu ziehen und Teil der anonymen Menge zu werden. Aber vor allem ist er froh, auf diese Weise verbergen zu können, dass er nicht mitschreit. Obwohl seine Solidarität mit den Krakern außer Frage steht. Doch er ist nur Gast in diesem Land, vor gerade zwei Wochen eingetroffen in dieser pulsierenden Stadt, ein Auftakt nach Maß für seine Reise durch Europa. Da sollte man sich eigentlich doch halbwegs … oder ist das schon wieder zu spießig gedacht? Wahrscheinlich, nein, ganz sicher. Aber wie sollte auch ein bisschen Krawall gleich die Resultate von zehn Jahren Anstandstraining erschüttern? Und überhaupt ist der entscheidende Grund für sein Schweigen ein anderer.

Er ist ein Deutscher. Und gegenüber schreienden Deutschen sind Niederländer seit dem 10. Mai 1940 nun mal allergisch. Das hat er schnell gelernt in der kurzen Zeit, in der er bei seinen neuen Freunden im Kraakpand logiert, ja, sogar hier, im befreiten Gebiet der Hausbesetzerszene. Eine Erbsünde, die ihm kein Dezibel Stimmanhebung gestattet, ohne dass ihm jemand mit einem Finger unter der Nase in rasselndem Deutsch eine Hitlerimitation entgegenschmettert. Der Unterschied zu den Reaktionen der Leute draußen äußert sich bei den Krakern immerhin in einem darauffolgenden Lachkick und einem freundschaftlich weitergereichten Joint, der die Wunden der Vergangenheit wieder wohlig wattiert.

Er zieht Kikis Arm noch fester an sich heran. Links von ihm läuft Sander in graugrüner Militärjacke und mit aufgezogenem Mopedhelm, auf den Schultern einen kleinen, straff gebundenen Rucksack.

Schon zwei Wochen, in denen er auf diesem wilden Karussell mitfährt, angetrieben von der Energie aus Freiheit und Widerstand, zwei Pole, zwischen denen das Leben nie stillzustehen scheint. Seinen Schlafsack hatte er bereits an drei verschiedenen Adressen aufgerollt. Erst in der vorgesehenen Jugendherberge, dann in einer Studentenbude und schließlich im Kraakpand. Marcels Vater würde jubeln: Der brave Sohn in einem besetzten Haus! Aber der Großvater würde sicher sofort alle Hebel in Bewegung setzen, ihn zurückzuholen.

Auf seiner Jacke prangt ein knallroter Button mit einem schwarz umzirkelten A. Ein Geschenk gestern von Kiki. Sie nahm ihn von ihrem eigenen Pulli ab und steckte ihn an seinen Ärmel. Als Zeichen, sagte sie. Aber für was? Gehört er nun zu den Anarchisten oder den Autonomen? Oder zu ihr? In seiner Stadt in Deutschland laufen nur die Punks mit dem Zeichen umher, bierüberschüttetes Pogen, No-Future-Frust, Stinkefinger gegen all die hässlichen, keifenden Klein- und Großbürger. Verhinderte KZ-Wärter. Aber hier, hier ist der Button das Zugangsticket zu einer Welt voller spielerischer Aktion und immer wieder neuen Überraschungen.

Im Zug nach Amsterdam hatte er sich noch ganz auf eine Reise mit höchstens flüchtigen Begegnungen eingestellt. Niederländisch Grundkurs, Französisch Grundkurs, Englisch Leistung, alles mit Eins. Die trotzdem drohende Einsamkeit hatte ihm keine Angst gemacht. Der Europatrip war Wunsch und Geschenk seines Vaters gewesen. Ein ewiger Hippie mit der sehnlichsten Hoffnung, der Junge sollte endlich mal locker werden nach dem glanzvoll bestandenen Abitur. Während der Großvater in seltener Eintracht mit dem verlorenen Sohn die Reise des Enkels befürwortete, von der Grand Tour schwärmte und ihm einen Berg von Literatur zur Vorbereitung hinlegte. Bevor du Wirtschaft oder Jura studierst – entscheiden kannst du dich ja nach deiner Rückkehr.

Ein fremdes Leben, von dem er sich gerade in Lichtgeschwindigkeit zu verabschieden scheint, denn hier gehört er jetzt schon voll und ganz dazu. Seit ihm der erste Joint unter die Nase gehalten wurde. Also ziemlich genau dem zweiten Tag in Amsterdam.

Da hatte er sich im Vondelpark vor einem Frühlingsschauer in ein schummriges Zelt gerettet, aus dem Reggaemusik schallte. Er hatte noch nie eine Zigarette angefasst, aber dieses Zeug zog er, ohne zu husten, gleich tief in die Lungen ein. Sich mit einem Lächeln bedankend, wollte er den Joint zurückgeben, aber ein Finger wies zu seiner Seite, auf ein Gesicht, das sich irgendwo hinter einer Menge Dreadlocks verbarg. Dann spürte er schon, wie sein Körper zu kribbeln begann und immer leichter wurde, Schwebezeit. Jemand sprach ihn mit »Heinz« an.

»Ich heiße aber …« Aber wie kleinlich wollte man denn sein. Er grinste.

Zwei Stunden später lief er mit seinen neuen Kameraden zu einer Ente. Sie fuhren in ein ruhiges Viertel am Stadtrand, dessen Namen er nicht richtig aussprechen konnte. Oilenstede, Oelenstede, er wiederholte es immer wieder, bis sich die ganze Meute in einem heftigen Lachkick verlor.

Sie parkten vor einem Hochhaus, über dessen Eingang jemand »Residenz Betonrost« gepinselt hatte. Irgendwann viel später fiel er in einer Studentenbude auf der Couch in tiefen Schlaf.

Am nächsten Morgen holte er seinen Rucksack aus der Jugendherberge. Und am Abend stand er schon zusammen mit einem Schlaks namens Sander Schmiere, während der Rest der Truppe Parolen gegen den Häuserleerstand auf die Wände in der Innenstadt malte.

Die Haschdealer fanden in ihm einen guten Kunden, denn er bezahlte seine Unterkunft mit großzügig verteilten *pieces*. Trotzdem musste er sie schon zwei Tage nach der nächtlichen Malaktion wieder verlassen, als der eigentliche Bewohner des Apartments wiederauftauchte und überrascht feststellte, dass der Nachbar es in einen Partyraum umgewandelt hatte.

»Ich wüsste da noch einen Schlafplatz.« Kiki nahm ihn unter ihre Fittiche und verschaffte ihm ein eigenes Zimmer in ihrem besetzten Haus.

Logisch, dass er sich zum Dank jetzt an diesem lichten Herbsttag mit auf den Weg zu einem Kraakpand macht, das die »Lakaien des Kapitals« räumen wollen. Sich wehren und zugleich gegen Wohnungsnot, Leerstand, Spekulanten und Luxussanierer zu demonstrieren, prima. Aber vor allem gut, um sich in der wuchtigen Anwesenheit und im gerechten Zorn so vieler Gleichgesinnter aufgehoben zu fühlen.

Die im Stakkato gerufenen Losungen klingen immer schärfer, in der Ferne heulen unablässig Sirenen, und über ihnen kreist ein Hubschrauber wie ein giftiges, brummendes Insekt. Der Demonstrationszug wird umso größer, je näher sie ihrem Ziel kommen. Und plötzlich herrscht Stillstand, Chaos im Stau, orchestriert von lautem Gejohle und einem wütenden Pfeifkonzert.

Er hüpft hoch, um über die Wand aus Menschen hinwegzusehen. Rund fünfzig Meter vor ihnen rasen fünf dunkelblaue Polizeibusse über die Tramspur hinweg, bremsen scharf ab, und aus den auffliegenden Türen springen Einsatzkräfte heraus, um sich in einer Linie vor den Bussen zu postieren. Einige von ihnen schieben Tränengasgranaten in ihre Gewehrläufe.

Um ihn herum werden Flüche laut, abgebrochene Holzlatten fliegen Richtung Sperrlinie und prallen von den Schutzschilden der Polizisten ab. Hinter sich hört er das beängstigende Geräusch zerschmetternder Gehwegplatten. Wurfmaterial.

»Söldner!«, Sander zieht eine große Zwille aus seinem Rucksack und zaubert ein paar Stahlkugeln aus seiner Jackentasche hervor. »Kugeln von Krupp«, grinst er ihn an. »Bleib genau so stehen!«

Er stellt sich hinter ihn, stützt die Schleuder auf seine rechte Schulter und zielt.

»Kopf weiter nach links! Ja, gut so.«

Kurz bevor die Polizisten ihre Gewehre anlegen, lässt Sander die Kugel fliegen. Sie zischt haarscharf an seinem Kopf vorbei, das Gummi der Schleuder klatscht gegen seinen Nacken, und fast schon im selben Moment knickt einer der Polizisten weg, seine Hand nach dem Knie fassend, gerade noch aufgefangen von seinen Kollegen. Einige zeigen in seine Richtung, direkt auf ihn.

Er dreht sich aufgeregt um. »Du hast einen erwischt«, will er rufen, aber Sander ist schon längst verschwunden, nur die Zwille ist noch da, steckt in seinem Kragen wie ein Horn.

Im selben Augenblick fliegen rauchende Granaten auf sie zu. Kiki zieht ihr Halstuch über Mund und Nase. Die eben noch geordneten Reihen der teils untergehakten Demonstranten brechen auf. Er wird von Leuten angerempelt, die sich röchelnd und hustend einen Fluchtweg nach hinten bahnen.

Kiki nestelt hektisch das Fläschchen mit dem Zitronensaft aus seiner Jackentasche, spritzt ein paar Mal auf sein Tuch und nimmt den Rest für ihres, zeigt ihm, dass er fest andrücken soll, ihre Augen tränen heftig.

Dann rückt die Polizei geordnet vor. Maskierte Aktivisten spurten rechts und links an ihnen vorüber bis wenige Meter vor die Polizeireihen, schleudern aus dem Lauf heraus ihre Steine, ziehen sich rasend schnell wieder zurück. Zwei Beamte sacken zusammen, andere suchen Deckung hinter den Einsatzfahrzeugen. Die Sperrlinie reißt auf, eine kurze Weile sieht es aus, als müsste die Staatsmacht kapitulieren. Aus den Augenwinkeln heraus entdeckt er Sander, der durch eine frei gewordene Seitengasse davonsprintet.

Dann eine scharfe Stimme aus dem Megafon. »Reihen schließen«, sollte das wohl heißen, vermutet er, während er sich das Tuch noch fester gegen das Gesicht drückt. Aber dieser Zitronensaft reicht nicht, der Hals schwillt ihm zu, die Augen brennen teuflisch.

»Los, abhauen!«

Kiki zieht mit einem Ruck ihren Arm fort, während die Polizeilinie jetzt im Laufschritt vorrückt, die erhobenen Schlagstöcke wie Sensen rechts und links durch die Demonstranten ziehend, die im Gedränge nicht schnell genug vorwärtskommen.

Er bleibt paralysiert stehen, starrt nur noch. Das klatschende Geräusch von Schlagstöcken auf Lederjacken, die Aufschreie Getroffener, die zu Boden gehen, das Knallen explodierender Tränengasgranaten und das helle Getrommel von Steinsalven gegen Busse und Schutzschilde. So also sieht Krieg aus, voller Schmerz, Hass und Panik.

Er muss hier weg. Dreht sich um, strauchelt über ein verbogenes Fahrrad, das wie ein totes Pferd auf dem Schlachtfeld liegt, findet Halt an einem Laternenpfahl. Direkt vor ihm platzt eine Tränengasgranate, der Schmerz greift durch die Luftröhre tief nach seinen Lungen.

Er hustet, weint, stolpert weiter, entlang der Schienen der Straßenbahn, stürzt. Kaum wieder aufgerichtet, fällt ihn ein heftiger Schlag in die Kniekehle. Er schaut in den Himmel. Eine weiße Wolke aus Tränengas. Aus der sich vier oder fünf Hünen über ihm erheben, Gasmasken im Gesicht, die Stöcke schlagbereit in ihren Händen.

Einer von ihnen hebt die Zwille auf, die neben ihm liegt.

»Das ist das Schwein.«

3

Er spürte Sander van Haags Hand schwer auf seiner Schulter lasten, während der ihn als Stütze benutzte, um sich auf den freien Barhocker neben ihm zu hieven. Im deutlich gealterten Gesicht das freche Grinsen von früher, seine Erschütterung offenkundig genießend.

»Du lebst?«, brachte er endlich hervor.

»Und wie, mein Lieber! Ein guter Grund, um anzustoßen, was?« Van Haag hielt ihm lachend das Glas entgegen.

Als er sein Bier endlich wie in Zeitlupe erhob, zog Sander das Glas zurück. Das Lachen erlosch. »Aber seinen besten Freund in höchster Not im Stich zu lassen, ist kein guter Grund.«

»Sander, ich – ich war sicher, sie hätten dich umgebracht.«

»Statt mich zu suchen, hast du dich verpisst. Heim ins Reich zu Papi. Während ich im Krankenhaus lag. Monatelang. Ohne sprechen zu können. Mit geklammertem Kiefer, Gipskorsett bis zum Hals.«

»Mein Gott. Hätte ich das doch nur gewusst.« Der Spitzname des alten Freundes kam ihm nicht leicht über die Lippen. »Babbel, bitte glaub mir!«

»Eine einzige falsche Bewegung damals, und es hätte kein Babbeltje mehr gegeben.« Van Haags Blick kehrte sich nach innen, als müsste er den Schmerz erneut niederkämpfen, dann lachte er plötzlich laut auf. »Alles Kram von gestern! Reden wir von heute! Herr Wirt, zwei Schnaps für uns. Heute feiern wir Wiederaufstand. Heißt das so, Knabbel?«

»Wiederauferstehung?«

»Genau, mein Junge, Wiederauferstehung. Und jetzt erzähl mir, wie es mein alter Kumpel zum Staatssekretär gebracht hat. Letzte Woche bist nämlich du für mich wiederauferstanden. In der Volkskrant: ›Der Mann, der den Deutschen den Joint bringt.‹ Du bist ein Held bei unseren braven Bürgern im Grenzgebiet! Drogentourismus adieu!«

»Jaja, aber das ist ja jetzt nicht so wichtig. Was ist damals passiert? Was hast du all die Jahre getrieben? Du musst mir unbedingt erzählen …«

»Musst, Babbel? Ich muss? Das Einzige, das wir eines Tages müssen, ist sterben. Dank dem Herrn nicht gestern, wahrscheinlich nicht mehr heute, aber sicher morgen oder übermorgen.«

Van Haags Stimme durchschnitt den Raum zwischen ihnen so scharf, dass Kamrath erschreckt und beschwichtigend die Hand hob. »Ich wollte dich nicht …«

»Schon gut, Knabbeltje. Ich bin drüber weg. Die meiste Zeit jedenfalls. Aber ich weiß gar nicht, wie viel ich dir erzählen kann. Erst mal schauen, wer du heute bist.« Jetzt erschien wieder sein Grinsen im Gesicht. »Prost!«

Der Wirt hatte die Gläser bis zum Berg gefüllt, die beiden mussten sich tief über die Theke neigen, um nichts zu verschütten. Van Haag schaute ihm in die Augen, graueisiger Blick.

Dies und der *Brandstifter* in seinem Rachen schürten endlich seinen Widerstandsgeist, trennten ineinander verbissene Gefühle. Aufsteigender Zorn. »Du hättest mich ja auch suchen können, Sander. Später. Ich war nicht untergetaucht, ich war leicht zu finden in Deutschland.«

»Einen Imstichlasser? Warum?«

»Um die Dinge zu klären! Um mich nicht dreißig Jahre lang mit dieser Schuld leben zu lassen! Verantwortlich für den Tod der Freunde, weil ich damals nicht mitgegangen bin.«

»Wahnsinn, Knabbeltje, du bist noch deutscher als damals. Wie immer sollen euch eure Opfer die Schuld abnehmen. Weil ihr ja nie von etwas gewusst habt.«

Seine Hand schoss zu einer Ohrfeige nach oben, aber van Haag, ohne den Blick von seinen Augen zu nehmen, umschraubte mit einem Griff bereits sein Handgelenk, schmerzhaft die Haut verdrehend, zog es an seinen Brustkorb, während sich van Haags anderer Arm zugleich um seine Schultern legte, ebenfalls zog, bis seine Gegenwehr verebbte. Ihre Köpfe dicht beieinander, ihr Atem lauter als alles andere um sie herum.

»Du hättest es nicht verhindern können, Knabbeltje. Das mit mir nicht, und das mit ihr auch nicht. Wir hatten damals keine Chance. Einfach keine Chance.« Nur noch ein heiseres Flüstern. »Du willst wissen, warum ich dich nie gesucht habe? Weil ich selbst mich so geschämt habe. All die Jahre über.«

Der Griff lockerte sich langsam, die Köpfe lösten sich voneinander, nur ein Stück weit, zwei Augenpaare, darin ein feuchtes Schimmern.

»Noch zwei *Brandstifter,* Benni!« Er brüllte es beinahe.

»Und lass die Flasche stehen, mein Freund!«, rief van Haag hinterher.

4

Amsterdam, 11. Oktober 1982

Und plötzlich ist es doch richtig ernst. Bis zu diesem Augenblick war »spielerisch« das Zauberwort während der vergangenen Wochen gewesen, in denen er den Intensivkurs »Hausbesetzung & Aktivismus unter besonderer Berücksichtigung anarchistischer Verhaltensweisen« absolviert hatte. Mit allen dazugehörenden großen Worten, vor allem während der energischen und langwierigen Debatte über den Einsatz von Gewalt. »Nur im Notfall«, lautete schließlich die Entscheidung der Wohngemeinschaft, in der er sich als Gast eingerichtet hatte.

Und nun befindet er sich ohne jeden Zweifel in höchster Not. Umzingelt von feindlichen Truppen und auf dem Boden liegend – was für eine Demütigung! –, muss er schauen, wie er sich noch retten kann.

Sie schreien auf ihn ein. Er solle das Tuch vom Gesicht ziehen. Aber als sich seine Hände gehorsam zum Tuch bewegen, prasselt ein Trommelfeuer von Schlägen auf ihn ein. Er hebt die Arme schützend über den Kopf, krümmt sich zusammen. Unaufhörlich treffen die Schlagstöcke klatschend auf seiner Lederjacke auf, bis er endlich eine Lücke zwischen den Springerstiefeln zu sehen meint. Halb sich vom Boden abstemmend, halb zur Seite abrollend, versucht er, den erbarmungslosen Hieben zu entkommen, aber das Spalier der Hünen wandert mit ihm, scheint ihn mit Schlägen weiterzutreiben, als spielten sie Polo mit ihm als Ball. Bis er am Bordstein hängen bleibt und nichts tun kann, als sich wieder zusammenzurollen, so wenig Angriffsfläche wie möglich zu bieten.

»Ich bin Tourist! Nur ein Tourist!«, brüllt er.

»Scheißtourist!«, schreit einer der Bullen zurück, dreht den Stock um und schlägt mit dem Handgriff zu. Der Knauf treibt einen tiefen Riss in seinen Helm, verhakt sich unter der Einfassung des Plexiglasschirms, und mit einem Ruck zieht ihn der Bulle weg wie ein abgestochenes Schwein im Schlachthaus.

Dann wird der Stock vom Helm weggerissen, ein stechender Schmerz im Nacken.

»Kommt, den Adolf holen wir uns später noch!«, hört er, und die Gewalt stoppt so unvermittelt, wie sie begonnen hat.

Ein paar Sekunden bleibt er still liegen, ehe er vorsichtig sein Gesicht abtastet. Seine Hände sind wund und stark angeschwollen. Stöhnend richtet er sich auf. Sieht, wie die Bullen sich eilig zurückziehen, mit erhobenen Schutzschilden, geduckt und eng aneinandergedrängt wie eine römische Kohorte. Dachpfannen fliegen durch die Luft und zerplatzen auf dem Boden vor ihren Stiefeln. Gerettet!

Er kommt langsam wieder auf die Beine, hinter ihm ein Wirrwarr hin und her rennender Leute. Schemenhaft tauchen sie in den Rauchschwaden des Tränengases auf, werfen Steine und ziehen sich wieder zurück.

»Marcel!« Das ist Sanders Stimme. Er entdeckt eine Silhouette vor lodernden Flammen, die ihm winkt. Soll er wirklich dorthin, zu diesem immer höher züngelnden Feuer? Eine brennende Straßenbahn, erkennt er jetzt. Ihm ist schwindelig, er zögert. Sander läuft ein Stück weiter nach vorn, winkt heftiger.

»Hierher!«

Er muss jetzt nur ein paar Meter laufen, um wieder in Sicherheit zu sein. Bei seinen neuen Freunden. Und dann, auf halbem Weg, steht Kiki vor ihm, wie aus dem Nichts dem Meer aus Rauch entstiegen. Sie umarmt ihn, fasst sein Gesicht mit beiden Händen, mustert besorgt seine Wunden, Tränen auf ihren Wangen. »Alles gut?«

Sie streichelt über seinen Mopedhelm, hinter ihr knistert das Feuer, die aufsteigenden Rauchwolken verdunkeln die Sonne.

»Los, weg hier!«, ruft Sander.

Sie ziehen ihn mit sich fort, rennen in eine Seitenstraße, bleiben keuchend stehen, drehen sich um, blicken auf das Schlachtfeld mit der brennenden Straßenbahn. Sander zieht ein Transistorradio aus der Tasche und schaltet es ein.

»Wie ist das passiert?«, fragt er.

»Der Idiot von Fahrer hat die Bahn voll in die Barrikade geritten«, sagt Kiki. »Mit einem leckenden Öltank. Der Typ, der ein Streichholz dranhielt, war ein Zivilbulle. Ich habs genau gesehen.«

Aus dem Haus gegenüber kommen Leute gelaufen. Als sie die Szenerie entdecken, stoppen sie entgeistert ab.

»Die spinnen, die räumen gerade das Stedelijk!«, ruft Sander ungläubig, das Miniradio fest an sein Ohr gedrückt.

Blechern brechen sich jetzt unverhohlen wütende Megafon-Befehle an den Häuserwänden. An der brennenden Tram vorbei stürmt eine Gruppe von Einsatzkräften in Richtung des Museums, vor dem sich verstörte Besucher mit Demonstranten mischen. Mit erhobenen Schlagstöcken jagen sie hinein, treiben die in Panik geratende Menge in alle Richtungen davon.

Kiki schlägt die Hand vor den Mund, will Sander und ihn fortzerren, aber Sander wehrt ab, hört angestrengt, was die rauschende Stimme im Radio sagt.

»Mein Gott, sie haben den Notstand ausgerufen!« Entsetzt hält er ihnen das Radio entgegen, damit sie das Unfassbare selbst hören können.

»Die Notverordnung tritt um dreizehn Uhr in Kraft. Es ist verboten, sich auf öffentlichen Plätzen und Wegen auf eine Weise zu verhalten, dass davon ausgegangen werden muss, dass die öffentliche Ordnung gestört oder bedroht wird. Ebenfalls ist es verboten, Gegenstände oder Stoffe bei sich zu führen, mit denen die öffentliche Ordnung gestört werden könnte. Die Polizei ist angehalten, die Einhaltung dieser Verordnung unbedingt durchzusetzen.

Aus dem Büro des Bürgermeisters wird zudem mitgeteilt, man sei erschüttert, dass die Gewalttätigkeit der Krakerszene nunmehr solche Ausmaße angenommen habe, dass erstmals seit Kriegsende der Notstand ausgerufen werden musste. Man sei sich der besonderen Bedeutung und Verantwortung unbedingt bewusst. Sobald die öffentliche Ordnung wiederhergestellt sei, werde die Notverordnung sofort wieder außer Kraft gesetzt.«

Sander lässt das Radio sinken.

»Jetzt kann jeder einfach so festgenommen werden! In der ganzen Stadt!« Kikis Stimme zittert.

»Und was ist mit dem Lucky Luijk?« Keine Zeit für eine bessere Aussprache, keine Zeit für ein Lachen über sein verballhornendes Nederlands.

»Nichts zu machen. Inzwischen haben sie auch das ›Paula Pot‹ und den ›Binnenspiegel‹ aufs Korn genommen«, sagt Sander.

Immer weiter rücken die Einsatzkräfte mit neuen Linien vor, jetzt auch in ihre Richtung. Sander drückt ihm das Radio in die Hand, zieht drei, vier schwarze Rundstäbe aus der Jackentasche hervor, zündet vorsichtig ihre Lunten an und wirft sie den Polizisten entgegen. Es sind Kanonenschläge, so laut, wie er sie noch nie zuvor gehört hat. Und tatsächlich gerät der Aufmarsch kurzzeitig ins Stocken.

»Stilles!« Kiki zeigt auf drei Männer mit Turnschuhen und in Jeans, die hinter den Einsatzkräften heransprinten.

Stilles? Sollte er jetzt still stehen bleiben? Er schaut fragend zu Sander, aber der ist schon wieder unterwegs, verschwindet um die Hausecke, Kiki ein paar Meter dahinter.

»Hey!«, ruft er ihnen hinterher.

Sie dreht sich um. »Brauchst du eine Extraeinladung?«

»Du hattest doch ›still‹ gesagt«, sagt er, während sie seine Hand packt und ihn mit sich zieht.

»Mensch, ›Stilles‹! Bullen in Zivil, Turnschuhbrigaden!«, ruft sie hastig, während sie in eine Seitenstraße einbiegen, wo Sander sie schon erwartet.

Eine schnelle Kopfbewegung von ihm und es geht los. Rechts, links, um eine weitere Ecke, und plötzlich stößt Sander ihn grob durch eine Gartentür. Was Kiki vorne nicht mitbekommt, nachdem sie offenbar die bei den Besetzern bekannte Tür verpasst hat.

Ausgepumpt lassen sie sich auf die Erde zwischen ein paar Rhododendren fallen, wagen es kaum, zu atmen, während sie das Keuchen und kurze Absprachen ihrer Verfolger an sich vorüberziehen hören.

»Je bent aangehouden!«, brüllt plötzlich eine der Stimmen. »Du bist festgenommen!«, gefolgt von einem erstickten Aufschrei Kikis.

Er starrt Sander an. Was sollen wir nur tun, fragt sein Blick flehend, aber Sander drückt nur den Zeigefinger gegen seine Lippen.

Sie warten, bis sich das Fußgetrappel, die Flüche und das hilflose Schimpfen Kikis etwas entfernt haben. Sander öffnet die Tür vorsichtig einen Spalt weit, und sie müssen zusehen, wie die Zivilbullen versuchen, Kiki abzuführen. Sie reißen sie an den Haaren vorwärts, bis sie strauchelt, treten sie sie unerbittlich weiter voran. Kiki wird von den zwei anderen Zivilbullen aufgefangen, die rechts und links ihre Jacke fassen und sie nach vorne ziehen. Und wieder stürzt sie, diesmal mit so viel Schwung, dass sie alle drei Männer mit sich zu Boden nimmt. Aber die springen schnell wieder hoch.

»Gottverdammt, steh auf jetzt!«

Sie zerren an ihr und treten sie, um sie wieder nach oben zu treiben. Noch stehen sie auf freier Fläche, zu weit entfernt von den Polizeilinien, um mit ihrer Beute sicher vor Angriffen zu sein.

Sander weist auf ein abgebrochenes Verkehrsschild. Keine Frage, was jetzt zu tun ist. Sie schleichen auf die Straße, er nimmt das Verkehrsschild auf, das noch an einem knappen Meter Pfahl hängt, während Sander eine ganze Handvoll Böller aus seiner Jackentasche zieht. Dann rennen sie los, erst so leise, dann so schnell wie möglich, hinein in den Rücken der ahnungslosen Festnahmeeinheit.

Er rammt dem hintersten Mann das Verkehrsschild in die Kniekehlen. Hört er Bänder reißen, Knochen splittern? Das Geräusch ist jedenfalls so laut, dass die beiden anderen

Zivilen sich erschreckt umdrehen, während ihr Kollege Kikis Arme losgelassen hat und mit einem Schrei gefällt zu Boden geht.

Perplex starren sie abwechselnd auf den sich wimmernd und fluchend Umherwälzenden und ihn, den jungen schmächtigen Burschen mit dem Verkehrsschild, der sie nicht minder fassungslos anstarrt. Bis einer der beiden Kikis Arm loslässt und mit erhobenen Fäusten auf ihn zugeht, immer das Schild im Blick, dessen Spitze jetzt auf dem Boden an seiner Seite ruht, als wäre es ein Wanderstab und keine Waffe.

Kiki nutzt die Ablenkung durch den drohenden Zweikampf. Sie tritt ihrem verbliebenen Peiniger in den Rücken und läuft davon, während Sander mit einem Böller direkt auf den Kopf des Boxers zielt. In einem schnellen Reflex kann der den auf ihn zufliegenden Stab ablenken, aber gleich hinter seinem Nacken explodiert das Ding, und er krümmt sich im aufbrandenden Schmerz und reißt die Hände zu den Ohren empor, als könnte er den taub machenden Schall noch nachträglich abhalten.

Sander läuft los, er läuft los, das Verkehrsschild immer noch in der Hand, und weil sich der inzwischen auf die Knie gegangene Polizist mit immer noch zugehaltenen Ohren in seine Richtung wendet, holt er noch einmal mit dem Schild aus, trifft den Polizisten am Arm und fegt ihn zur Seite. Erst dann lässt er das Schild fallen und spurtet, so schnell er kann, über den Platz. Ob das nicht ein feiger Anschlag auf einen Hilflosen war, wird er sich erst viel später fragen.

Sie finden Kiki nach einiger Zeit beim Reichsmuseum, wo sie in einer großen Gruppe von Demonstranten Deckung gesucht hat. Die Nerven blank, ihre Hände zittern, sie muss die ganze Zeit über kichern, kann einfach nicht aufhören. Die Leute halten Abstand. Sander und er wollen sie im selben Moment in die Arme nehmen, sie schauen einander an, jeder nimmt eine ihrer Schultern, streichelt sie, bis sie sich beruhigt.

»Verdammt, sie hatten euch beide am Haken. Aber wir habens geschafft. Wir alle drei zusammen«, sagt Sander.

5

Der Mund eine Wüste des Todes, die Augen empfindlich wie von lichtscheuen Tiefseefischen, der Körper wie festgenagelt. Über allem greller Alarm.

Seine Hand tastete nach dem Diensthandy auf dem Nachttisch. Erst flaches kaltes Metall, dann Glas und jetzt Wischen. Wischen, verdammt noch mal. Der Alarm brüllte weiter. Er stöhnte auf. Das war ja sein Privathandy! Das Diensthandy steckte noch im Jackett. Auf dem Stummen Diener.

Er zwang seinen Oberkörper aus dem Bett, stützte sich mit einer Hand auf dem Parkett ab. Sein Kopf wurde von der Schwerkraft heruntergezogen, während die freie Hand in der Tasche hektisch nach der Quelle des unerträglichen Klingeltons nestelte.

Oh mein Gott. Der Rettungsanker-Sound. Eine Absprache mit seiner persönlichen Referentin. Falls ich mich einmal morgens nicht melden sollte, rufen Sie mich bitte von Ihrem privaten Handy an, ich programmiere auf Ihre Nummer das Killersignal zum Wecken. Ist nicht persönlich gemeint, Augenzwinkern.

Und war bisher nicht gebraucht worden. Was war heute? Aber vor allem: Was war gestern gewesen? Wie lange hatte er das schon nicht mehr gehabt, so einen kompletten Filmriss? Das verdammte Signal. Endlich bekam er das Handy zu fassen, riss es heraus, die Naht der Jacketttasche machte ein hässliches Geräusch.

»Ja?«

»Dr. Kamrath?«

»Vermutlich.«

»Oje. Was ist passiert?«

»Wie spät?«

»Sie wollten vor einer halben Stunde hier sein. Bürointernes Vorgespräch für den Termin um neun Uhr. Jetzt gerade müssten Sie zum Auswärtigen Amt.«

»Sagen Sie, mein Flieger hätte Verspätung. Zug entgleist, irgendwas. Besorgen Sie mir zwanzig Minuten, besser dreißig, bitte.«

»Nicht nötig. Die Leute aus Brüssel haben angerufen. Deren Flieger hat Verspätung. Herr Dr. Böhler hat den Termin eben um eine Stunde nach hinten verlegt.«

Er hievte sich mit letzter Kraft zurück ins Bett, fiel ins Kissen, atmete auf.

»Danke, Sabine!«

»Danken Sie Ihrem Schutzengel, Herr Doktor. Kann ich irgendetwas für Sie tun?«

»Nichts, was ich verdient hätte. Wir verzichten auf die Vorbesprechung, ich fahre direkt ins Auswärtige. Schicken Sie mir einen Wagen für zwanzig vor zehn? Und dann …«

»… habe ich Ihre nachfolgenden Termine am Vormittag bereits angepasst. Sie finden alles in Ihrem Kalender.«

Unter der Schwalldusche, die Hände gegen die Fliesen abgestützt. Die Wasserstrahlen sorgten für Durchblutung und den Abtransport von Schadstoffen. Nach und nach entwirrten sich seine Synapsen und gaben die Informationen der Nacht preis.

Wie hatte er sich so gehen lassen können? In einer Sitzungswoche. In genau dieser Sitzungswoche, in der sein Terminplan einem Lauf durch die sieben Höllenkreise glich. Aber wann auf alle Pflichten pfeifen, wenn nicht gestern? Dann wäre er doch kein Mensch mehr gewesen. Der über Jahrzehnte tot geglaubte Freund lebte! Und wie! Ein Geschäftsmann in einer Branche, die man bei Babbeltje damals vielleicht hätte erwarten können, aber mit was für einem unerwarteten Ausmaß und Erfolg! Sander. Inhaber einer großen Kette von Antik- und Trödelläden. Immer am Puls der Zeit. Verdiente mittlerweile das meiste Geld mit diesen

Shabby-Neudeko-Möbeln, mit denen die Leute etwas Charakter in ihre Nistkastenhäuser bringen wollten.

Irre. Sander lebte und nicht nur das: Er hatte ihn von aller Schuld freigesprochen. Der Einzige, der das konnte. Nach dreißig Jahren voller Schuldgefühle.

Es waren Säulengitter aus Blei, die in jener Sekunde zu Staub zerfielen. Genug Gründe für ein halbes Dutzend Flaschen *Brandstifter*.

Und wenn sie jemand beobachtet hatte? Der Staatssekretär besoffen? Interessierte keinen, im politischen Berlin tummelten sich genug Alkoholiker. Aber ein Staatssekretär, der gerade die Haschisch-Legalisierung betrieb, im Freudentaumel mit einem Niederländer?

Und? So what! Wenn schon Vorurteile, dann würde Sander auch genauso gut als Caravanhändler durchgehen, der mit seinen Vehikeln deutsche Autobahnen verstopfte. Oder eben als Antikhändler, der original Berliner Shabby-Style einkaufen wollte. Eine Zufallsbekanntschaft.

Keine Schuld. Hatte Sander das vielleicht nur ihm zuliebe behauptet? Oder weil er sich selbst freisprechen wollte? Mein Gott, Sander lebte, ja. Aber sie! Sie blieb tot. Grausam zerschlagen. Sie hätten sie nie in die Sache verwickeln dürfen. Ihn auch für diesen Tod freizusprechen, dazu hatte Sander kein Recht. Das würde bleiben, auf ewig. Der Schatten, die Last seines Lebens, das Drama seiner Liebe.

Wenn das jetzt alles rauskommen würde. Was mochte ein gewiefter Journalist heute noch herausfinden können über einen jungen Deutschen im Amsterdam der frühen Achtziger und wie schnell? Das alles wäre fettes Futter für die Presse.

Ach was, er drehte den Temperaturregler abrupt in die Kälteregionen. Für alle in der *Anna Koschke* waren sie sicher nur zwei Männer gehobenen Alters gewesen, die ihren Schnapskonsum nicht mehr im Griff hatten. Vollkommen normal also.

Er trat aus der Dusche, griff nach dem extraharten Handtuch und rubbelte sich trocken. Dennoch: Sander an seiner

Seite, das konnte zu Fragen einladen. Und in diesen Wochen brauchte es ausschließlich Antworten. Fragen bedeuteten Probleme.

Erst am Abend auf dem Weg zu einem schnellen Zwischenstopp im Apartment erinnerte er sich wieder an seine morgendlichen Gedanken. Es war an diesem Tag ein ganzer Sack voll unerwünschter Fragen gekommen. Aber nicht von Journalisten, die gerne in alten privaten Fotoalben herumschnüffelten, sondern von den EU-Ministerialen aus den Nachbarstaaten.

Das Auswärtige Amt hatte im Hintergrund in Sachen Cannabis-Legalisierung zwar gute Arbeit geleistet, und mit den Beneluxstaaten und Dänemark war man auf bestem Wege, zu einer länderübergreifenden Initiative zusammenzufinden. Aber die Vertreter aus Ungarn und Polen hatten von ihnen als Minimum Regeln gefordert, die seinen Gesetzesentwurf maximal zerstören würden. Gelächelt hatten sie nur, als sie die Folterinstrumente des EU-Rechts vor ihnen ausbreiteten.

Zwischendurch hatte er gedacht, wie schön es wäre, diesen autoritären Figuren ein paar Haschkekse unterzujubeln, damit etwas Menschlichkeit in ihnen erwachte. Irritierend pubertäre Vorstellungen, die plötzlich wieder aufploppten wie Blasen im Moor. Erstaunlich, wo man doch selbst schon halb versteinert war.

Nachdem sie sich verabschiedet hatten, war er frustriert im Besprechungsraum sitzen geblieben. Die Probleme schienen unüberwindbar. Mit dieser Art Leute war einfach kein Auskommen. Aber Böhler war ganz entspannt gewesen, lachte sogar. Die wären ja so albern berechenbar. Böhler sprach von EU-politischen Geiselnahmen, Geld und Positionen, dem Abpressen gegenseitiger Stillhalteabkommen. Am Ende wäre das doch auch nicht anders als bei den Verhandlungen mit dem Bundesrat, nur noch etwas teurer und zugegebenermaßen um ein Vielfaches irrationaler.

Das wusste er natürlich alles auch selbst, seit Jahrzehnten

im politischen Geschäft, aber irgendwie hatte ihm der Abend mit Sander nicht nur wegen des Alkohols zugesetzt. Als beobachtete in ihm plötzlich der junge Marcel das, was er im selben Moment als Dr. Kamrath tat.

Er musste ein Bild des Elends abgegeben haben. Jedenfalls fühlte sich Böhler schließlich sogar bemüßigt, ihn zu trösten. Er solle einfach in aller Ruhe weiter seinen im Übrigen hervorragenden Job machen, und sie im AA würden den ihren dann schon ganz locker erledigen. Peinlich. Wenigstens war Böhler ein ganz feiner Kerl. Der würde das nicht ausnutzen, vermutlich nicht mal weitertratschen. Er sollte mit ihm mal ein Bier trinken gehen, wenn das alles gelaufen war.

Frisch geduscht, in neuem weißen Hemd und schwarzer Jeans, lief er die Treppe hinunter, raus in einen schönen Frühsommerabend und zum Carsharingpoint um die Ecke. Als er an den Briefkästen im Hausflur vorbeikam, begann etwas zu piepsen, in regelmäßigen Abständen, die sich allmählich verkürzten. Das kam aus seinem Kasten oder aus dem daneben. Instinktiv sprang er nach hinten weg, hin zur Kellertür, Briefbombe oder was?

Das Geräusch verstummte. Nach einer Weile näherte er sich vorsichtig wieder der Kastenreihe. Sofort setzte das Piepsen wieder ein. Er zuckte zusammen. Lichtschranke? Aber was sollte das für eine Bombe sein, die ihre Opfer warnte? Nach ihrer Amtseinführung hatten sie eine Sicherheitsunterweisung erhalten. Verdächtige Pakete und vieles andere. So etwas wie das hier war nicht dabei gewesen.

Millimeterweise schob er den Schlüssel in seinen Briefkasten und drehte ihn, öffnete die Tür nur einen schmalen Spalt, dann etwas weiter. Das Geräusch kam von einem Handy. So ein Oldschool-Knochen, früher Nokia-Style. Er nahm ihn mit spitzen Fingern, drückte schließlich auf Grün, hielt ihn ein Stück weit von seinem Ohr, sagte nichts.

»Hallo? Knabbel? Hörst du mich?«

»Sander, zum Teufel!«

»Was ist denn los, Junge? Hab ich dich erschreckt?«

»Erschreckt? Ich dachte, mich wollte jemand in die Luft jagen.«

»Jaja, Vorsicht ist die Mutter von der Porzellanschrank.« Sander lachte fast wiehernd.

»Was soll das mit diesem Handy?«

»Sorry, es ist kein iPhone, aber es ist richtig viel Guthaben drauf. Damit wir nicht noch einmal den Kontakt verlieren, mein Freund.«

»Ich hätte dir auch meine private Mobilnummer geben können.«

»Knabbeltje, hast du dir gestern das Gehirn weggesoffen? Nein, gibs zu. Du hast heute selbst schon daran gedacht, wie mies es wäre, wenn gerade jetzt jemand Wind von unseren alten Geschichten bekäme.«

Seine Brust war plötzlich wie eingeschnürt. »Willst du mich erpressen?«

Sander lachte wieder. »Mein Beileid, du hast dein Gehirn weggesoffen. Würdest du mich sonst so beleidigen? Gleich nach meinem Wiederaufstand?«

»Aber …«

»Eben weil ich will, dass niemand etwas erfährt, Marcel, darum schenke ich dir dieses Handy. Du kannst mich jetzt sicher erreichen und ich dich. Jederzeit, an jedem Ort. Wir wollen uns doch nicht wieder verlieren, Knabbeltje, oder?«

6

Amsterdam, Oktober 1983

»Hey Leute, braucht Ihr was?«

Dieser Satz ist der Schlüssel zu ihrem Broterwerb – und der Garant dafür, dass er seine Europareise seit gut zwölf Monaten ganz auf Amsterdam konzentrieren kann. Mit ihm pickt er sich am Hauptbahnhof seine Landsleute heraus, die gerade erst mit dem Zug angekommen sind. Ihr unruhiger, erwartungsvoller Blick, ihre sauberen Klamotten, ihre neuen Rucksäcke und ihre im Schlendern verborgene Orientierungslosigkeit – genau wie er selbst ein Jahr zuvor tragen sie ihre ganze jugendliche Unsicherheit mit sich über die Grenze. Verbunden mit dem aufregenden Gefühl, soeben einem deutschen Spießertum entkommen zu sein, das dank der dicken Kanzlerbirne und seiner geistig-moralischen Wende wieder schick geworden ist.

Dieser ständig auf Deutsch wiederholte Satz. Jedes Mal spricht er ihn aus, als hätte er seine Landsleute eben erst zufällig entdeckt und käme in diesem Augenblick auf die Idee, zu helfen.

Sobald sie neugierig aufsehen, kneift er ihnen verschwörerisch ein Auge, gefolgt von einem entschuldigenden Lächeln. Ein an Heimweh leidender Exilant, der sich danach sehnt, endlich wieder einmal ein paar Worte in seiner Muttersprache zu wechseln. So überwindet er ihr Misstrauen in weniger als einer Minute.

Zehn zu eins, dass er ihnen danach gerne einen Gegendienst erweisen darf. Wie selbstverständlich spaziert er mit ihnen über den Nieuwendijk.

Hier ein Tipp, wo sie am günstigsten schlafen können, dort einer, wo sie den besten Imbiss finden und, natürlich am wichtigsten, die angesagtesten Läden zum Musikhören und Tanzen.

In dem einen Jahr hat er die Stadt schon besser kennengelernt als manch alteingesessener Amsterdamer. Hinreichend qualifiziert für einen Job hinter dem Schalter der VVV-Tourismusinfo, der für die Butter auf dem Brot locker reichen würde. Wenn, ja wenn er die Butter und alles andere nicht längst auf so viel leichtere und geselligere Weise erwirtschaften würde: als Selbstständiger in der Grauzone des amtlich geduldeten Haschvertriebs.

Bis zur Höhe des Valkensteegs muss er seine Schäfchen ins Trockene gebracht haben, denn da endet sein Revier. Biegen seine neuen Freunde Richtung Rokin ab oder laufen weiter zum Dam, verliert er sie an die Anfixer der Jugos.

Doch meistens verschafft ihm die Sprache den entscheidenden Vorteil. Sobald er seine touristischen Basisinfos vermittelt hat, weiß er jemanden zu empfehlen, der für einen ehrlichen Preis ehrliches Haschisch anzubieten hat. Richtig gute Qualität. Definitiv nichts, das wie sonst so oft in Amsterdam mit Fensterkitt oder Kuhmist gestreckt ist. Also nur für den Fall, dass sie vorhätten, mal ein Tütchen zu rauchen. Könnte ja sein. Denn wie heißt es so schön: Am Morgen ein Joint, und der Tag ist dein Freund.

Immerhin gibt es hier sozusagen das Original zu rauchen. In Deutschland wird einem doch dauernd nur Schrott angeboten. Schlimm! Umso mehr, als es dort unendlich viele Gründe für eine stoffbasierte Auszeit gibt. Wird ihnen nicht dauernd achselzuckend gesagt, dass bei dieser Arbeitsmarktlage keiner auf sie wartet? Lächeln die Wettrüster über ihre Demos nicht nur zynisch, weil Europa für Legionen von Pershings und SS20 nun einmal das ideale atomare Schlachtfeld ist und bleibt? Und geht es den Herrschenden nicht knapp am Arsch vorbei, dass die Wälder im sauren Regen sterben und die Flüsse nur noch vergiftete Abwasserkanäle sind?

Recht haben sie mit ihrem Frust. Aber sollte man nicht trotzdem auch noch ein bisschen Spaß am Leben haben? Darum geht es doch: ums Leben. Seit er in Amsterdam wohnt, meint er diese *German Angst* sogar an der Körperhaltung seiner anreisenden Landsleute ablesen zu können. Und beinahe kommt er sich vor wie ein Arzt, der genau weiß, was gegen solch fiese Verspannungen am schnellsten hilft.

Sie können es kaum erwarten.

»Kein Problem, dauert nur fünf Minuten, wir sind schon fast da.«

Das war gelogen, aber unterwegs hat er noch genug Spannendes zu erzählen. In der Anjeliersstraat angekommen, führt er sie über eine Seitengasse zur Werkstatt unter ihrem besetzten Haus. Ein knapper Gruß, als würde er seine beiden Freunde dort kaum kennen. Und Sander erhebt sich aus seinem Schaukelstuhl, begrüßt sie mit seinem Steinkohlendeutsch, lädt sie mit großzügiger Geste ein, auf einer Bank Platz zu nehmen.

Kurz darauf gibt Kiki die perfekte Gastgeberin und stellt ein Tablett mit frischem Minztee und selbst gebackenem Sandkuchen vor ihnen ab.

Er selbst macht es sich auf einem alten Sofa in einer Ecke bequem und blättert in einem Comic, immer aufmerksam genug, um einzugreifen, falls es Probleme geben sollte.

Ihre Ware ist in einer großen Werkzeugkiste versteckt, die mit schweren Ketten unter der Decke festgemacht ist. Sobald Sander das Tor geschlossen hat und die elektrische Hebevorrichtung einschaltet, besitzt er die ganze Aufmerksamkeit seines Publikums.

»Achtung! En nu die große Trick!«, kündigt er an und lässt wie gewohnt seinen Lieblingskalauer folgen: »Alle Segen kommt van oben!«

Sobald die Kiste abgeseilt ist, löst er mit einigem Spektakel die Ketten und öffnet eines nach dem anderen die Vorhängeschlösser. Das Klirren der Schlüssel verwandelt die Kundschaft in Komplizen.

Während Kiki eine LP auf den Plattenteller legt – Klaus Nomis *Simple Man* ist zum Beispiel immer gut für eine leicht surreale Atmosphäre, umso mehr, seit der Sänger an einer neuartigen dämonischen Viruskrankheit gestorben ist –, klappt Sander den Deckel der Kiste auf. Zwischen rostigem Werkzeug lagert in Plastiksäckchen verpackt ihr Sortiment.

»Maroc zwei Gulden zwanzig das Gramm, roter Libanese drei sechzig, gelber Libanese drei vierzig.«

Er halte sich strikt an die offiziellen Gras- und Haschpreise, die wöchentlich von dem Sohn eines Ministers in einem sozialistischen Radioprogramm bekannt gegeben würden, versichert Sander. »Ja, wirklich, so läuft das in Nederland, Jongens«, bekräftigt er angesichts der ungläubigen Blicke seiner Kunden.

Der übliche Einstieg. Bleibt die Kundschaft zögerlich und lässt die Blicke über die alten Plakate an den Wänden wandern, ist es Zeit für eine Spezialität.

»Ihr seid Feinsmakker, hey? Wahrscheinlich wollt ihr nichts weniger als het neusje van de zalm?«

Die Deutschen schauen fragend zu ihm herüber. »Das Näschen des Lachses«, übersetzt er und grinst achselzuckend. »Ist halt ein Seefahrervolk.«

Ein Nicken von ihnen reicht, und Kiki verschwindet nach oben. Sander dreht derweil einen Joint, und gibt ihn in die Runde. Bald darauf kehrt Kiki zurück, stellt feierlich ein Schmuckdöschen auf den Tisch und bleibt daneben stehen wie eine erfahrene Assistentin bei einem Zaubertrick.

»Dames en Heren, dat schwarze Gold«, verkündet Sander. »Nepal, fünf Gulden das Gramm, etwas für Kenner.«

Die Kunden beginnen, miteinander zu tuscheln, nehmen noch einen Zug, prüfen den Stoff, als wären sie Experten, und legen schließlich – wie fast immer – ihr Feriengeld auf den Tisch, um nach einer weiteren Tasse Tee und einem freundschaftlichen Händedruck aufzubrechen.

Er bringt sie bis zur Prinsengracht und winkt ihnen zum Abschied. Dann macht er sich wieder auf zum Nieuwendijk, um dort erneut seine Schleppnetze auf der Suche nach frischen Landsleuten auszuwerfen. Das alles drei bis vier Mal die Woche, vom Mittag bis zum Abendbrot.

Ihr Sortiment ist groß, aber ihr Vorrat übersichtlich. Niemals kaufen sie mehr als hundert Gramm ein. Manchmal ergattern sie auch eine Partie kongolesisches Gras, aber das behalten sie für sich selbst. Und das ungenießbare Nederwiet? Das kommt nicht in ihre Tüte und geht für gerade einen halben Gulden pro Gramm an Leute raus, die nichts zu beißen haben.

In seinen seltenen Telefonaten mit seinem Großvater erzählt er von einem Studium an der Sociale Academie. Was auf gewisse Weise ja auch stimmt, betrachtet man die Straße als Lernort, seine Kundschaft als Studienobjekte und seinen Handel als Praxisprojekt. Mit seinem Repertoire an Verkäufertricks erreicht er jeden, der Deutsch spricht. Mühelos stellt er sich auf die unterschiedlichsten Mentalitäten ein, umgarnt zwischen Revolution und Biederkeit hin- und hergerissene Schwaben gleichermaßen erfolgreich wie puristische Ostfriesen, lautstarke Rheinländer oder misstrauische Berliner. Er beruhigt die Ängstlichen, fühlt sich in die Lust der Unterhaltungssüchtigen nach Abenteuern ein, und lässt sich notfalls auch von Besserwissern, die ihre veralteten Reiseführer von A bis Z gelesen haben, beide Ohren abkauen. Denn es geht um Kommunikation. Und Kommunikation zahlt sich aus. Cash!

Sander und er ergänzen sich in diesem Spiel wie Yin und Yang. Sander kümmert sich um Laden und Ware, er um Straße und Kunden. Abends teilen sie die Beute. Genug zum Leben und um sich einen reichlichen Anteil am eigenen Warenbestand zu gönnen, aber auch nicht so viel, dass die Drogenbrigade der Amsterdamer Polizei sie ins Visier nimmt. Kleine Fische. Knabbel und Babbel, A-Hörnchen und B-Hörnchen – ihre Spitznamen in der Krakerszene. Keine, die auf eine heroische Zukunft schließen lassen. Aber sie kommen klar.

Von Zeit zu Zeit zeigen sie sich brav bei den wöchentlichen Plenumstreffen der Hausbesetzer. Auf die Unterstützung der Wohngruppen wollen sie im Notfall nicht verzichten müssen. Sie lauschen sprachgewaltigen Aktivisten, die neue Strategien vorstellen, um gegen die Wohnungsnot zu kämpfen und die öffentliche Meinung wieder für sich zu gewinnen. Und sie verfolgen die Wortgefechte, in denen die militante Gewaltanwendung für die Isolation »der Bewegung« von der Bevölkerung verantwortlich gemacht wird. Sie nicken zustimmend, wenn über die Mitarbeiter der Verwaltung geschimpft wird, die sich im Vergleich zum Großkapital als der viel gefährlichere Feind herausstellen. So scharf sind sie darauf, ihnen die Sozialhilfe immer weiter zu kürzen. Ein Verbrechen, gegen das man dringend solidarisch für lau arbeitende Anwälte in Stellung bringen muss. Schließlich ist man selbst nicht dazu geboren, um sich in bürokratischen Abnutzungskriegen zerreiben zu lassen.

Er gibt in diesen Sitzungen keinen Laut von sich. Er bleibt der Deutsche. Ein Exot, der hier zu sich selbst gefunden hat und gut als Kronzeuge für die internationale Dimension des niederländischen Häuserkampfs zu nutzen ist.

Mit Sander ist es etwas anders. Er hält zwar auch die Klappe, aber für ihn ist das Leben im besetzten Haus kein Urlaub vom bürgerlichen Leben und schon gar keine Spielerei. Er hat hier einen Platz gefunden, den er sich erkämpft hat und nicht verlieren will. Er kommt aus Amsterdam-Noord, hat Kiki einmal so nebenher wie bedeutungsvoll gesagt, und er wagte nicht zu fragen, ob das »kleinbürgerlich miefig« oder »richtig asi« bedeuten sollte. Wahrscheinlich Ersteres, denkt er, seit Kiki erzählt hat, dass Sanders Vater ein ausgemusterter Lastwagenfahrer und seine Mutter eine verdorrte Hausfrau im Kittel sei. Keine guten Voraussetzungen für eine steile Karriere in der gutbürgerlichen niederländischen Gesellschaft. Aber jetzt mit gerade Anfang zwanzig lebt Sander trotzdem schon im Herzen der Hauptstadt – und zwar ziemlich gut.

So schätzen sie sich sehr glücklich mit ihrem inoffiziellen Handelskontor. Und mit Kiki. Ihrer Kiki, Lead-Sängerin der Punk-Wave-Band KRY. Kiki, die schon einen Vertrag mit einer Plattenfirma über eine Single abgeschlossen hat. Kiki, die erst vor Kurzem einen sensationellen Auftritt im *Paradiso* absolvierte, zu dem sie ihn und Sander als Roadies reingeschmuggelt hatte. Kiki, die sich auf der Bühne mit gleißend weißblonder Bob-Perücke in eine Skulptur aus Eis verwandelt, in deren Innerem eine Kernfusion abläuft. Die dem Publikum, umbrandet von Gitarrensalven, unterkühlt von Aussichtslosigkeiten singt, bis sie ihm, den Mikrofonständer zwischen die Oberschenkel geklemmt, den Titel ihres Underground-Hits exzessiv entgegenschreit: FUCK LOVE! FUCK LOVE! Ihre Kiki, die Frau mit dem größten Herz zwischen hier und Minnesota, Ausfahrt Ost und noch weit darüber hinaus.

Kiki, die Dritte in ihrem Bunde. Die keine Wahl traf zwischen ihm und Sander, oder besser gesagt, die sich ganz und gar für beide entschieden hat. Ohne große Worte, in aller ruhigen Gewissheit die Nächte ehrlich zwischen ihnen aufteilend. Absolut problemfrei, niemand schließt niemanden aus, keiner verliert in keinem Streit. Peace, brother! Peace, sister! Make sex, not war.

7

Erst nach einer ganzen Weile auf der A115 hatte er sich wieder halbwegs beruhigt. Sanders Aktion hatte eine Kaskade von widerstreitenden Ängsten und Gedanken in ihm ausgelöst. Und Fragen. Wie der das gemacht hatte? Dass der genau wusste, wann er an den Briefkästen vorbeikam. Der Flur war von draußen gut einsehbar. Okay. Aber wo hatte sich Sander verborgen? Warum dieses Versteckspiel? Alles, um ihn zu schützen? Mensch, Sander! Er musste lachen, ein wenig bitter. Das war eine Situation ganz so wie früher, wenn Sander die Grenzen von Recht, Staat und Gesellschaft und damit erst recht die des braven deutschen Freundes auslotete. Jedes Mal hatte der kleine Marcel sich zuerst in die Hosen geschissen vor Angst, bevor dann doch der große Spaß einsetzte.

Dafür würde er Sander immer dankbar bleiben. Alte Regeln hinterfragen, nicht mit Worten, sondern mit Taten. Experimentieren. Das und der Mut, der dazugehörte, und die Freude an der Veränderung, das alles hatte doch eigentlich die Grundlage für seine politische Karriere geschaffen. Andererseits hatten sie sich damals immer nur durchgemogelt. Nie offen die Verantwortung übernommen. Aber das hätte wahrscheinlich auch Knast bedeutet. Und wer ging da schon freiwillig rein.

Es war schon ganz gut, dass Sander so mitgedacht hatte. Auch wenn sich dieses Handy in der Tasche fremd und irgendwie betrügerisch anfühlte. Zumal unklar war, wie und warum es überhaupt mit ihm und Sander weitergehen sollte. Ein Bruch von dreißig Jahren. Da musste man doch ganz neu ansetzen. Knabbeltje und Babbeltje konnte man sich nicht wirklich als Best Ager vorstellen. Auch wenn zumindest er sich ihren tierischen Vorbildern äußerlich ein wenig anzugleichen drohte, wie Sander gestern grinsend feststellte, nachdem er bei ihm den Ansatz zu Hamsterbacken diagnostiziert hatte. Während Sander immer noch ein Schlaks war, klassischer Fall von niederländischer Leptosomie. Genau das lange, schmale Gesicht von damals, nur braun gebrannt und mit deutlich geschärften Zügen.

Man musste sich halt neu kennenlernen. Das waren sie ihrer großen alten Freundschaft schuldig. Nur für heute, für heute war es erst mal genug.

Er befahl der dienstbaren Siri, seine Ex-Frau anzurufen, die ihm schon vor zwei Tagen wegen irgendeiner Unpässlichkeit seiner Mutter auf die Mailbox gesprochen hatte. Er hatte den Rückruf so lange wie möglich hinausgezögert. Mit Anne reden – mehr als gerne. Aber aus ihrem Mund die Wünsche seiner fernen Mutter zu empfangen, die Anne zunehmend dreist als Kanal zu ihm missbrauchte – das war eine Quälerei.

Die Verbindung kam zustande.

»Anne?«

Statt einer Antwort schnitten schrille Feedbacks die Autolautsprecher auf, die sich über einem auf- und abschwellenden Brummen austobten.

»Anne! Wo bist du?«

Endlich nahm der Krach etwas ab und wurde von heftigem Stimmengewirr im Hintergrund abgelöst. »Marcel? Hört du mich jetzt?«

»Störe ich dich?«, rief er in Richtung der Freisprechanlage.

»Im Gegenteil, du bist meine Rettung. Warte.« Dann fing sich Wind im Mikrofon, aber ihre Stimme war jetzt klarer zu hören. »Ich bin auf Jans Konzert. Gott, ich hab meine Ohrstöpsel zu Hause vergessen. Wenn ich dich nicht verstehen sollte, liegt es ausnahmsweise nicht an dir, sondern am Pfeifen in meinen Ohren.«

Annes Humor. Er grinste. Heute Abend spielte Jan mit seiner Band als Opener im Kieler Rathausbunker. *Drone &*

Noise-Festival, er hatte die Veranstaltung vor ein paar Wochen auf Facebook gelikt. So ein Klick kostete keine musikalische Überwindung.

Die Gitarre in einer Punkband zu zerschrammeln, das hätte er ja sofort begriffen, die Wut über die ganze Vernunftscheiße, den Hass auf die Zwänge des ach so freien Systems: direkte, unmittelbare Aggressivität. Aber vor den minimalistischen, jede Melodie, jeden Text verweigernden Soundgebirgen von Jans *Perishing Frequencies* hatte er kapituliert. Schon zu alt, der Junge, um das Ganze noch als spätpubertäre Phase abzutun. Nur Anne ging noch tapfer zu jedem Auftritt.

»Ich wollte mich eigentlich schon gestern melden.«

»Ich weiß. Aber dir sind wieder die Drogen dazwischengekommen.«

»Wenn das die NSA hört, Anne.«

»Nichts Neues für die. Du klingst müde.«

»Ja.«

»Bist du noch unterwegs?«

»Aber schon auf dem Weg ins Apartment.« Er vermied, seine Abgeordnetenwohnung als Zuhause zu bezeichnen. Zuhause, das war bis zur Scheidung vor zwei Jahren ihr Haus in Neuwittenbek gewesen. Die Scheidung. Ein Ermüdungsbruch. Einfach abhandengekommen. Scheiße. Und jetzt auch noch lügen. Wegen. Wegen nichts. Nein, »nichts« war das falsche Wort. Wegen eines großen Irrtums.

Anne hatte geschwiegen, abwartend, er musste etwas sagen.

»Abgesehen von den Trommelfellen, alles in Ordnung bei dir, Anne?«

»Deine Mutter muss wieder ins Krankenhaus. Gallensteine, so groß wie Asteroiden. Und du meldest dich nie, sagt sie. Während dein Bruder, obwohl auch er nicht in Köln wohnt …«

»Ich bin anders.«

»Ich weiß. Sehr genau sogar. Weißt du es noch?«

Er hatte jede ihrer Spitzen verdient und nahm sie als

Zeichen einer Restzuneigung, aus der sich vielleicht doch noch einmal etwas entwickeln konnte.

»In zwei Monaten sind Parlamentsferien. Vielleicht erinnere ich mich dann an Details.«

Anne musste lachen. Er hatte gehofft, sich irgendwann nicht mehr danach zu sehnen.

Es kratzte ihn in der Kehle. »Ich bin gleich da.« Lüge Nummer zwei.

»Willst du später noch mal anrufen? Jans Band spielt schon die Zugabe.«

»Ich muss dringend schlafen.« Lüge drei.

»Dann geh ich tapfer zurück in die Hölle.«

»Heldenhafte Anne. Grüß Jan von mir.«

»Er bleibt heute Nacht bei Jule. Ich hab sturmfreie Bude.«

»Ist das ein Angebot?«

»Ich habe leider meine letzte Trennung noch nicht verarbeitet.«

Die Tür stand doch offen. Was sie da sagte. Er müsste sich mehr reinhängen, präsent sein, überraschend, zeigen, wie sehr er … Ach, alles Quatsch, erst einmal musste er in seinem Privatleben hier reinen Tisch machen. Und Anne? Sie hatte bestimmt nur noch ein paar Phantomschmerzen, er hatte es einfach vergeigt.

»Pass auf dich auf, Anne.«

»Und du auf dich.«

Nur noch sieben Kilometer bis Potsdam-Zentrum. Er sollte umkehren. Und nahm den Fuß nicht für eine Sekunde vom Gaspedal.

»Siri! Was denkst du über Lügner?«

»Nett, dass du fragst, aber eigentlich ist es egal, was ich denke«, schepperte die iPhone-Stimme selbstlos aus dem Lautsprecher.

»Du bist keine große Hilfe.«

»Jeder hat das Recht auf seine Meinung.«

»Anders gefragt: Würdest du für mich lügen?«

»Ich bin dazu programmiert, die Wahrheit zu sagen.«

»Ist nur eine Lösung für Maschinen.«

»Ich fürchte, ich habe das nicht richtig verstanden.«

»Sehr menschlich, Siri. Ruf Sophie Deininger an.«

Er ließ es lange durchklingeln. Sie nahm nicht ab.

Fahr zurück. Oder fahr weiter, aber nur, wenn du alles endgültig mit ihr klärst. Und danach noch einmal Anne anrufen und fragen, ob sie mit dir in Urlaub fährt. Wenns sein muss, sogar in die Berge. Vielleicht nach Österreich. Oder Füssen. War klar, dass dir Füssen einfällt. Gerade weil es vermintes Gelände ist. Der Schwur, nach Kiki nie wieder mit einer Frau nach Füssen oder Innsbruck zu reisen, war heilig, unlösbar. Und Anne würde sowieso ablehnen.

Sophie hatte offenbar schon geschlafen. Erst nach einer ganzen Weile hatte sie ihm die Tür geöffnet, um mit einem achtlos über den Rücken gemurmelten »Hallo« gleich wieder ins Schlafzimmer zurückzukehren und unter die Bettdecke zu schlüpfen.

»Ich dachte, du freust dich.« Denk mal nach, was du sagst, Kamrath! Zwei kurzfristige Absagen von ihm in der letzten Woche, dazu eine ausweichende Antwort am Telefon auf ihren Vorschlag eines Florenz-Wochenendes. Er war doch nicht zum Streiten hergefahren. Oder vielleicht doch.

Er setzte sich auf die Bettkante, zog die Hand, die automatisch in Richtung ihres Oberschenkels unterwegs war, wieder zurück. Außerdem der totale Irrwitz, so kurz vorher mit Anne zu telefonieren. Ihre Stimme klang noch in seinem Ohr nach.

»Wie über einen Weihnachtsmann, der durch den Kamin fällt?«, fragte Sophie.

Folgerichtiger Sarkasmus, der ihn trotzdem ärgerte.

»Du hattest einen schweren Tag?« Verdammt, das hatte nicht so ironisch klingen sollen.

»Nein, im Gegenteil. Zumindest bis vor fünf Minuten.«

»Ich hätte besser nicht kommen sollen.«

»Du solltest besser nicht denken, dass ich hier sitze und auf dich warte.«

»Das tue ich nicht. Darf ich mir noch einen Kaffee machen, bevor ich gehe?«

Sie zog sich ein Kissen über das Gesicht, schob es nach ein paar Sekunden wieder zur Seite und richtete sich seufzend auf, wie man es von jungen selbstbewussten Amerikanerinnen in Schwarz-Weiß-Filmen kannte. »Also gut.«

Sie setzten sich an den kleinen retrogestylten Resopaltisch in der Küche. Die Wörter kamen ihnen nur schwer über die Lippen. Unvollendete Halbsätze, die zu Boden fielen, ehe der andere bereit war, sie aufzugreifen.

»Wo bist du, Marcel?«

Er sah aus dem Fenster. Es wurde zu kompliziert.

Dabei hatte es vor etwa einem halben Jahr so überwältigend leicht begonnen. Er hatte seinen Minister auf einer Tagung der Universität Potsdam zum Thema Raubkunst vertreten. Als der Rektor ihn mit dem noch ungewohnten Titel begrüßte und zum Impulsvortrag über das Restitutionsrecht nach vorne bat, prickelte plötzlich das Blut durch seinen Körper, anregend und irritierend.

Später kam Sophie, passte ihn vor der Tür ab. Sie schreibe gerade eine Hauptseminararbeit zum Thema. Bat um sein Manuskript.

Was danach geschah, hatte er sich später mit dem Übermaß an Sauerstoff in seinem Blut erklärt, denn eigentlich war er kein Draufgänger, kein Jäger. Er log, seine Rede hätte nur auf Stichworten basiert. Sie müsse ihm schon ihre E-Mail-Adresse verraten, damit er ihr irgendwann das fertige Manuskript zusenden könne.

Sie übergab ihm eine Visitenkarte. »Jetzt, wo Sie sich auf so durchschaubare Art meine Kontaktdaten beschafft haben, können Sie mich auch auf ein Glas Wein einladen.«

Er musste dringend zurück nach Berlin, aber abends um neun war er wieder in Potsdam. Ein stylishes italienisches Restaurant, Geschichten und vielfach befeuerter Witz, mutwillig das eine Glas Wein zu viel, um noch Auto fahren zu dürfen. Das Spiel der Augen und der Worte bei der Suche nach einem Ausweg aus dieser Notlage. Und keiner von ihnen hätte die leichte Resignation albern nennen wollen, mit der sie die Couch in ihrer Wohnung als einzige Lösung akzeptierten. Als gäbe es keine S-Bahn oder Taxis.

Sophie war neu für ihn, er neu für sie. Beide waren lange genug verheiratet (gewesen), um das als besondere Qualität zu erfahren. Informationen über das Eheleben vor (er) und während (Sophie) ihrer Beziehung waren Schnitzer im Übermut ihres Plauderns, nur Fragmente von Lebensläufen.

Sophie, Kunsthistorikerin, Magisterprüfung und Geburt des einzigen Kindes im selben Monat. Achtzehn Jahre später den reifegeprüften Sohn an ein Work&Travel nach Neuseeland verloren, den Gatten damit überrascht, dass sie nicht mehr bereit war, zu Hause auf seine seltenen Besuche zu warten. Eine Trennung vorerst nur zum Studium. Jetzt Jurastudentin, die daran mitwirken wollte, dass über die Welt verstreute Menschen die Kunstwerke zurückerhielten, die Nazis und Profiteure ihren Familien geraubt hatten. Eine Frau mit Erfahrung und Zielen, eine Frau, die endlich ernsthaft wahrgenommen werden wollte und entsprechend keine Lust auf ein Affärengeplänkel hatte, eine Frau für eine zweite Chance.

Wenn denn die erste Chance vertan war.

Jedes Mal, wenn Sophie mehr wollte – mehr Begegnung, mehr Unternehmung, mehr Austausch, mehr Tiefe und mehr Bekenntnis –, musste er an Anne denken und ob sie nicht zu ihm zurückkehren würde, wenn er ihr all das gäbe, was Sophie sich jetzt von ihm wünschte. Ein lähmender Gedanke, aus dem er sich glücklich nur in Arbeit flüchten konnte.

Wo war sie hin, die übermütige Stimmung, lustvoll quasi Verbotenes zu tun? Schon halb ersetzt durch Routinen und auch die Sorge um seine politische Karriere, seitdem er wusste, dass Sophies Mann Vorstandsvorsitzender eines DAX-Konzerns und gern gesehener Gast beim informellen Wirtschaftssalon der Kanzlerin war. Trotzdem konnte er sich nicht trennen, hatte das Gefühl, Sophie schon zu viel versprochen zu haben. Abgesehen davon, dass er schlichtweg süchtig nach ihrem herausfordernden Ton beim Sex war. Am besten wäre es, sie würde sich von ihm trennen.

Einstweilen stritten sie über Unwichtiges. Stichelten um das eigentliche Thema herum. Auch an diesem Abend. Dann lieber wieder allein ins Bett. Sophie zeigte ihm nicht die Tür, aber es war wenig unterhaltsam für ihn, allein in der Küche auf Resopalschränke zu starren. Er ging grußlos.

Das Mercedes Coupé war ein paar Hundert Meter weiter am Ende einer Nebenstraße geparkt, obwohl vor Sophies Haus immer Plätze frei waren. Als er in die Straße einbog, sah er in der Ferne einen Mann, der sich an einem Wagen zu schaffen machte. Er beschleunigte seine Schritte. Der stand tatsächlich an seinem Auto.

»Hey, Sie!«, Angst und Hass im Puls. Er rannte los.

Langsam drehte sich der Mann zu ihm um, als wollte er auf ihn warten. Dann winkte er so heftig ab, dass er beinahe das Gleichgewicht verlor. Kaum hatte er sich halbwegs gefangen, torkelte er grölend davon und verschwand in einer Parkanlage.

Scheiß Alki!

Er bremste ab, stützte sich auf den Knien ab, atmete schwer, schnaufte durch. Mach Sport, Junge. Er richtete sich wieder auf, umkreiste den Wagen. In den Lack der Motorhaube war grob eine Art Stern eingeritzt. Oder ein Cannabisblatt.

8

Amsterdam, 2. November 1983

Hey, Mann, brauchst du was?«

Die Frage kommt ihm verdammt bekannt vor. Aber diesmal ist er selbst der Angesprochene. Auf Deutsch, mit osteuropäischem Akzent.

Mit einem beinah gleichgültigen Kopfschütteln wendet er sich ab. Er hat seine Standardposition unter dem Vordach eines Cafés neben dem Oudebrugsteeg besetzt. Mit stillschweigender Duldung des Inhabers, weil er hier regelmäßig auch seinen Kaffee nimmt. Ein böiger Wind zerpflückt die Wolken zu Fetzen, aus denen ab und zu ein paar Tropfen fallen.

Eine Hand legt sich auf seine Schulter.

»Hey, Mann, brauchst du was?«

Es klingt diesmal eindringlicher, aber noch nicht wirklich bedrohlich. Trotzdem schlägt seine Straßenerfahrung Alarm. Er dreht sich wieder um. Dass sie keine Zivilbullen sind, sieht er sofort. Trotz der Kälte tragen sie nur leichte T-Shirts und keine Lederjacken, in denen man leicht Handschellen und Waffen verbergen kann. Und dann der Akzent. Zwei gedrungene Typen mit kurz geschorenen Köpfen, kleiner als er, aber mit umso derberen Fäusten. Erneut schüttelt er den Kopf und hält dabei Ausschau nach einem Fluchtweg.

»Dann verpiss dich!«

Das kam jetzt von dem Mann im Hintergrund, auf Niederländisch, der Akzent weiter grob. Aber ohne Wut ausgesprochen, eine selbstverständliche Feststellung, der er einfach folgen sollte.

»Was ist das Problem?« Er versteht nicht.

»Das Problem? Das bist du!«

Sie rücken näher. Er riecht Knoblauch, vermengt mit dem Geruch kalten Rauchs von starkem Tabak. Mit ihren durchtrainierten Oberkörpern drängen sie ihn ein kurzes Stück in die Seitengasse hinein.

»Was wollt ihr? Hört auf!« Ehe er um Hilfe rufen kann, schraubt sich eine Hand über seinen Mund, während eine andere nach seinem Handgelenk greift und es ihm schmerzhaft auf den Rücken dreht. Kurz streift ihn durchs Fenster der beunruhigte Blick des Wirts, ehe der sich eilfertig wieder seinen Kunden an der Theke widmet. Im selben Augenblick trifft ihn eine Faust unterhalb des Zwerchfells und schiebt es nach oben zu den Rippen. Er krümmt sich zusammen, sein Handgelenk kommt plötzlich frei. Während er noch verzweifelt nach Luft schnappt, schießt ihm schon die Hand des anderen Angreifers entgegen, und eine Stahlkugel schwingt in Richtung seines Kopfes. Vergeblich sein Versuch, sie fortzuwischen, knapp unter seiner rechten Augenhöhle schlägt sie ein.

»Lass dich hier nie mehr blicken!«

Dann drehen sie sich um, gehen in aller Ruhe fort, zwei Freunde auf entspannter Einkaufstour, von denen der eine unauffällig einen kleinen Totschläger in der Seitentasche seiner Militärhose verschwinden lässt.

Noch bevor er die Werkstatt erreicht, ist sein Auge hinter der Schwellung verschwunden.

»Sander! Kiki!«

Keine Antwort. Er stößt die Tür auf und muss sich mit dem ganzen Körper drehen, um mit nur einem intakten Auge den Raum in den Blick zu bekommen.

Sie sitzen auf dem braunen Cordsofa, wo sich sonst die Kunden fläzen. Kiki hält wie paralysiert den Pinsel ihres Nagellacks in der Hand, das Fläschchen liegt leer auf dem Boden. Auf ihrer weißen Jeansweste breiten sich türkise Flecken aus. Sie schluchzt. Sander hat den Arm um sie gelegt. Aber immerhin sind sie offenbar unverletzt.

Als Sander aufsieht und den Zustand seines Gesichts registriert, lässt er verzweifelt den Kopf sinken und stöhnt auf. Erst jetzt nimmt auch Kiki ihn wahr und starrt ihn mit großen Augen an.

»Diese Dreckschweine!«, ruft sie.

Sie springt auf und läuft die Treppe hinauf.

»Sie sind gerade erst weg«, sagt Sander.

Auf dem Tisch liegt ein Haufen zerrissener Haschtütchen, über den Boden verstreut das rostige Werkzeug aus ihrer Schatzkiste. Er schaut nach oben. Die Umlenkrollen des Seilzugs baumeln leer vor sich her.

»Mit unserem kompletten Vorrat.«

»Alles nur, weil die unser Zeug wollten?«, fragt er, während er vorsichtig nach der Beule über seinem Auge tastet, als überprüfte er den Wert der Beute.

»Wir sollen weg.«

»Wie ›weg‹?«

»Sie wollen die Stadt für sich allein.«

Kiki kehrt zurück, in der Hand einen tropfenden Waschlappen.

»Setz dich mal hin.«

Als sich der Waschlappen seinem Gesicht nähert, entdeckt er die Eiswürfel darin. Ein stechender Schmerz, als sie den Lappen behutsam über die Beule legt.

»Gehören die zu den Jugos vom Dam?«

Sander nickte. »Sie wollen unseren Bezirk. Und dass wir aus der Stadt verschwinden. Am besten noch heute.«

»Was soll denn das?«

»Sie hätten keine Lust, unsere Kindermädchen zu sein, die permanent checken müssen, ob wir nicht doch wieder anfangen.«

Kiki sieht auf die Uhr. »Shit, ich muss bald los. Mein Konzert in der *Stokvishal.*«

»Fahr dahin und bleib lieber. Da bist du wenigstens sicher.«

»Und wo in Arnheim soll ich bleiben, Sanderchen? Bei der Heilsarmee vielleicht?«

»Außerdem könnte Marcel mitfahren und von da aus über die Grenze nach Hause. Welche andere Wahl haben wir denn, als irgendwo in der Walachei zu verrotten?«

»Hör auf mit dem Scheiß«, fährt Kiki Sander an, ehe sie wieder zu schluchzen beginnt. »Ich würde aus der Band fliegen. Gerade jetzt!«

Die Tropfen des geschmolzenen Eises laufen über seine Wangen, als würde er mit ihr weinen.

»Muss Kiki denn auch weg?«

»Ja, natürlich«, herrscht Sander ihn an, als wäre er ein Idiot. »Weiß doch jeder, dass sie zu uns gehört.«

»Und was, wenn wir alle ganz einfach bleiben?«, fragt er beharrlich weiter.

»Sehen wir in kürzester Zeit so aus wie du, Knabbeltje. Und bald darauf noch schlimmer. Bis wir mitmachen. Sagte jedenfalls einer dieser Gorillas.«

»Wieso mitmachen? Wobei?«

Sander zuckt mit den Schultern. »Bringt nichts.«

»Und warum nicht?«

»Für eine Viertelmillion dürften wir bei ihnen einsteigen. Und sie würden uns den Nieuwendijk zurückgeben.«

Kikis Atem haucht über sein Ohr, während sie den Waschlappen neu ansetzt. Heute Nacht will sie bei ihm übernachten. Er lässt sich langsam nach hinten in die Kissen sinken. Dann durchfährt ihn ein Gedanke, der ihn beinahe stärker schwindeln lässt als der Schlag des Jugos. Er greift nach Kikis Hand und küsst sie.

»Ist dir gerade eingefallen, dass du die Kohle in der Tasche hast?«, fragt Sander irritiert.

»Da wohl nicht«, sagt er nachdenklich, während ihm die Wassertropfen weiter über die Wangen laufen. Er zieht Kiki noch näher zu sich und schaut zu ihr empor.

»Wir finden eine Lösung. Versprochen!«

Aus Sander bricht ein böses Lachen heraus, als wäre die Naivität seines deutschen Freundes nicht anders zu ertragen.

Tief in der Nacht hockt er im Laderaum des Renault-Kastenwagens, umbaut von Boxen, einem Mischpult und Mikrofonständern. Sander fährt, Kiki sitzt in Gedanken versunken neben ihm, ab und zu ein paar Melodien vor sich hersummend, als würde sie eine friedvolle Heimkehr beschwören wollen.

Für ein paar Stunden haben sie die Angst verbannen können. Mit Sander stand er in der ersten Reihe vor der Bühne der Stokvishal. Über dem verletzten Auge trug er statt eines Verbandes eine Augenklappe, die zwar schmerzte, ihn aber verwegen und zugleich verletzlich aussehen ließ.

Sie tanzten stolz ihren seltsamen Tanzstil, den Knabbel&Babbel-Mix aus Pogo und Wave, überraschten sie mit einer auf Kikis FUCK LOVE angepassten Choreografie, die sie erst vor Kurzem zu dritt zu einem Song von *Siouxsie and the Banshees* einstudiert hatten. Sie pfiffen und jubelten und reichten ihr eine Flasche an, damit sie zum rechten Zeitpunkt Bier in die Menge spritzen konnte.

Sie war unwiderstehlich gewesen. Schaute über das Publikum hinweg, als wäre es ihr persönliches Eigentum. Sie sahen sie rennen, im Rhythmus zucken und hüpfen, oder starr einen Song exekutieren, bis ihre kleinste Andeutung einer rhythmischen Bewegung das Publikum explodieren ließ. Nie zuvor ist sie ihm energiegeladener erschienen als am Abend dieses Tages, an dem man sie aus ihrem Paradies vertreiben will. Und nie zuvor waren ihre Blicke auf ihn fordernder und tiefer gewesen.

Noch während Sander zur Bar eilte, um als einer der Ersten an frisches Bier zu kommen, brüllte er sich die Lunge aus dem Leib, klatschte sich die Hände rot für eine letzte Zugabe. Aber irgendwann war es doch so weit gewesen, die Musik verstummt. Der Saal leerte sich, er stand allein da, um sich herum auf dem Boden zertretene Plastikbecher, Spuren von Springerstiefeln, betäubt von der Lautstärke, glücklich und ein wenig verloren, bis Sander ihn mitriss.

»Backstage, Junge, Backstage!«

In der Künstlergarderobe tobte die Ekstase nach dem

überwältigenden Auftritt. Die Bandmitglieder ließen das Konzert Revue passieren. Sander, der schon immer Gitarre spielen wollte, suchte die Nähe von Piet, dem Gitarristen, umgarnte ihn, bot ihm Gras gegen Unterricht. Ob es seinem Freund gelungen war, wusste er nicht, denn Kiki setzte sich auf seinen Schoß, flüsterte ihm kitzelnde Frechheiten ins Ohr. Sie tranken aus derselben Flasche, sagten kein Wort und wussten alles. Er war ein König, weil er sein Herz an eine Kaiserin verschenken durfte.

Aber jetzt im Auto auf dem Weg zurück nach Amsterdam hängt jeder seinen eigenen Gedanken nach. Eine Viertelmillion kann er nicht aus der Hosentasche ziehen, natürlich nicht. Aber Sanders höhnisches Lachen und seine eigene Wut auf die Jugos sind Antrieb genug für einen Strom von Ideen. Er zerkrümelt das letzte Stückchen Nepal, das Kiki aus ihrem Depot gekratzt hat, und baut einen Joint. Sander sitzt krumm und bewegungslos hinter dem Lenkrad und starrt auf die dunkle Autobahn. Zeit, gegen die wieder wachsende Furcht anzugehen.

»Also mitmachen oder raus aus der Stadt.«

Nur die Reifen auf dem Asphalt und der überforderte Motor sind zu hören.

Dann Sander: »Und wohin?«

»Oder mitmachen«, setzt er erneut an.

Eine Viertelmillion, das war ein lächerlich hoher Betrag, ein ferner unbezwingbarer Berg, eine Fata Morgana bei Ebbe in der Kasse. Er zündet den Joint an und reicht ihn Kiki.

»Wie viel bekommen wir für eine Viertelmillion?«

Sanders Antwort kommt schnell. Entweder hatte er es selbst schon vorher ausgerechnet, oder ihre potenziellen Geschäftspartner hatten die Zahl samt ihrer Forderung mitgeliefert.

»Hundertfünfzig Kilo Nepal. Macht eine Gewinnspanne von zweihundert Prozent innerhalb eines Monats.«

»Jungs, hört auf zu träumen. Wo soll die Kohle denn herkommen?« Kiki inhaliert tief und gibt den Joint zu Sander weiter.

»Von der Bank«, sagt Sander so beiläufig, als ob er tatsächlich über diese Möglichkeit nachdenkt. »Wir lassen uns einen Termin bei so 'nem Anzugspießer geben und bitten um einen kurz laufenden Geschäftskredit. Um einen kleinen Liquiditätsengpass zu überbrücken. Auf Namen der nicht eingetragenen Genossenschaft Knabbel & Babbel. So wie letztens diese Brauerei. Derselbe Grund.«

»Und wenn wir mit den Jugos sprechen? Wir garantieren ihnen, dass wir uns zurückziehen«, fragt er.

Sander schaut ärgerlich in den Rückspiegel.

»Wollen wir wetten, wie viele Silben du sprechen kannst, ehe sie uns zusammenfalten?«

»Was haben wir denn in der Spardose?«, schiebt sich Kiki mit Kinderstimmchen in den aufkeimenden Streit.

Seine Lippen umschließen das Mundstück, und er zieht kurz und heftig an dem Joint, als steckten die zweihundertfünfzigtausend darin, und er müsste sie nur noch heraussaugen. »Ist mir egal, ob wir es erben, klauen oder leihen müssen. Wir lassen uns nicht vertreiben!«

Es soll ein Mix aus alledem werden, begreift er in diesem Augenblick, da er beschließt, dass nur er allein Kiki, Sander und sich selbst vor der Verbannung bewahren kann.

Nachdem Kiki und er miteinander geschlafen haben, wälzt er sich bis zum Morgen ruhelos umher. Auch Kiki bekommt kein Auge zu, steht schließlich auf und geht unter die Dusche, während er zusieht, wie das fahle graue Licht der Dämmerung kraftlos unter den Vorhängen in den Raum hineinsickert. Sie kehrt zurück, schlüpft unter die Decke, schiebt ihre kalten Füße zwischen seine Beine, klettert langsam höher. Er greift nach ihren Fesseln, reibt sie warm.

Und dann flüstert er ihr seinen verwegenen Plan ins Ohr, so leise, als würde er seinen eigenen Worten nicht über den Weg trauen. Sie muss ihren Kopf zurücklehnen, ihm in die Augen schauen, um ihm glauben zu können, umarmt ihn, will wissen, ob er sich wirklich sicher ist, das tun zu wollen.

Dies werde eine Woche, für die die *Fehlfarben* den Soundtrack liefern, erklärt er und singt den Refrain eines der wenigen deutschen Songs, die Kiki kennt: »Keine Atempause / Geschichte wird gemacht / es geht voran!«

Überwältigt von diesen Aussichten, schlafen sie noch einmal miteinander, ehe sie in der Küche ein feudales Frühstück zusammenstellen und Sander wecken gehen.

Genervt schleicht Sander zum Tisch, schaut misstrauisch auf die reiche Tafel, verfolgt zunehmend sauer, wie sie eine Flasche Sekt köpfen, weigert sich anzustoßen, bloß weil sie wohl lecker gevögelt hätten. Ehe er explodieren kann, verkünden sie es: Wir sind gerettet!

Auch Sander mag es zunächst kaum glauben, klopft den Plan, den er, sein deutscher Freund, diesmal laut und überzeugt erklärt, auf Schwächen ab, ehe er bereit ist, alle seine Hoffnungen auf diese, ihre große und einzige Chance zu setzen.

Dass die Woche, in der sie ihre Geschichte vorantreiben wollen, auch eine Woche schlimmster Verluste würde, eine der grausamen Tode und die einer kopflosen, panischen Flucht, das übersteigt sein Vorstellungsvermögen so extrem, dass er es nicht einmal ahnen konnte.

Und der Rest … es werden nur Erinnerungsfetzen sein, zerrissen in einem Mahlstrom aus ungläubigem Schrecken, aus Schuld und grenzenloser Trauer, aber vor allem und immer wieder: aus tiefer Schuld.

9

Zwei Staatssekretärsfrischlinge unter sich. Er aß mit Elsbeth Winter, seiner Kollegin im Gesundheitsministerium, im Abgeordnetenrestaurant zu Mittag. Eine Ruhepause unter Freunden nach einer anstrengenden Sitzung im Gesundheitsausschuss.

Es hatte eine Weile gebraucht, aber während ihrer Zusammenarbeit am Legalisierungsprojekt war es ihm doch gelungen, ihr tiefes Misstrauen zu überwinden.

Noch ein Mensch, den er im Laufe seines Lebens enttäuscht hatte. In diesem Fall allerdings: enttäuschen musste, um sich selbst treu zu bleiben. Als er um die Jahrtausendwende herum die kleine Partei, die er mehr als ein Jahrzehnt lang mitgeprägt hatte, fast über Nacht verließ und – unvorstellbar! – nicht nur zu den etwas spießigeren Verwandten, sondern gleich auf die ganz andere Seite der Macht wechselte.

Erst kurz zuvor hatte sie, von Landessprecher Kamrath intensiv dazu ermutigt, für den Landesvorstand kandidiert. »Scharfes Denken, klare Analyse, darin bist du hervorragend, und das braucht unsere Partei jetzt mehr als alles andere.« Schon auf Kreisebene hatte er sich für die Medizinstudentin starkgemacht, ehe er nach ihrem Examen den nächsten Schritt einleitete. Allerdings war da schon unklar gewesen, ob ihr sein Einsatz wirklich helfen würde. Es gab eine Menge Neider, die ihn dafür abstrafen wollten, dass ihn die Presse ständig als einzige politische Hoffnung der Partei hochjubelte.

Ob wegen oder trotz seiner Fürsprache, Elsbeth schaffte es. Nur ein paar Monate später verließ er die Partei mit einem Knall. Elsbeth musste ihm das persönlich übel nehmen. Im

Stich gelassen von ihrem Vertrauten, der, noch während er sie zur Kandidatur überredete, hinterrücks seine Wechselpläne geschmiedet hatte.

Alles war anders geworden seit der vorgezogenen Bundestagswahl, die nach dem Bruch der x-ten großen Koalition nötig geworden war. Jetzt wurde seine Rolle in den Geschichtsbüchern umgeschrieben. Jetzt war er nicht mehr der Verräter, sondern ein Visionär, ein Pionier oder was sich die Boulevardjournalisten, die sich gerne an ihrer Formulierungslust besoffen, sonst noch so einfallen ließen. Und tatsächlich war er – wenn auch auf Scherpa-Ebene – hinter den Kulissen einer der Architekten dieser neuen, im Bund nie zuvor da gewesenen Koalition gewesen. Die Kommentare waren wohl nicht übertrieben, dass vor allem er derjenige gewesen war, der den richtigen Ton gefunden hatte, um die Ängste der Konservativeren zu zerstreuen. Und auch Elsbeth glaubte in der Rückschau mittlerweile, dass er damals wohl kaum anders konnte, als den Parteiwechsel mit sich allein auszumachen. Sie verzieh ihm. Und nun, im Legalisierungsprojekt, war es fast so wie früher, wenn die beiden eine Sache ausheckten.

»Du siehst schlimm aus, Marcel. Ganz blass.«

»Charmant, charmant. Hab nur etwas schlecht geschlafen.«

Er spürte, wie ihm sein Lächeln missriet. Dieser Autoritzer. Er hatte den Mann noch verfolgt, aber im Park war niemand außer einem weißen Foxterrier mit Herrchen an der Leine aufgetaucht. Zu viele Versteckmöglichkeiten, zu viele Ausgänge.

Er war zum Auto zurückgekehrt und noch ein paar Mal um den Block gefahren. Wie konnte das sein? Wie konnte dieser Typ wissen, dass das sein Wagen war, und vor allem, dass er mit der Legalisierung befasst war? Ein Cannabisblatt, tief ins Blech geritzt. Das sollte doch eine Warnung sein. Ein Rechtsextremer? Ein pegidanischer Wutbürger, der es denen da oben mal zeigen wollte? Wieso konnte der wissen, dass er eine Geliebte in Potsdam hatte? Niemand wusste das.

Es konnte nur so sein, dass der Typ ihn zufällig beim Einparken gesehen und erkannt hatte. Sein Foto war ja erst letztens wieder in der BILD abgedruckt worden. *Macht dieser Mann unsere Kinder zu Junkies?* Hatte ihr eine Rüge des Presserats eingebracht, die wieder keinen interessierte. Nur ein weiterer Orden auf der Brust dieser Volksverhetzer.

»Erde an Marcel? Ist es noch weit bis zur Landung?«

»Was? Ach, entschuldige. Es war wirklich eine schlimme Nacht. Erstaunlich, dass ich im Ausschuss nicht eingeschlafen bin, als euer schreckliches Trio zu den großen Grundsatzreden anhob. Fast wie damals Breschnew im sowjetischen ZK.«

»Übertreib nicht, fünf Stunden haben sie nicht geredet. Es waren höchstens zehn Minuten. Du musst sie verstehen. Phantomschmerz ist schlimm. Darum stänkern sie so herum.«

Elsbeth pickte in den veganen Königsberger Klops, als wollte sie aus ihm die Luft herauslassen. »Wenn wir ihnen jetzt den verbotenen Joint weglegalisieren, verschwindet aus ihrem Leben auch noch das letzte Nachglimmen ihres Dissidentendaseins.«

»Ja, ich weiß. Diese Absolutforderung nach Freigabe aller Drogen ist ihr letzter Showkampf. Und ehrlich gesagt, würde ich da ausnahmsweise gerne noch mal die Partei mit dir tauschen. In meinem Laden muss ich täglich tapfer Basiswissen vermitteln. Gestern hat mich MdB Möhrle aus Biberach tatsächlich gefragt, in welcher Flüssigkeit man dieses Haschisch eigentlich auflöst, um es spritzen zu können.«

»Nein.«

»Doch. Zugegeben ein Extremfall. Aber du hast ja eben selbst gehört, was manche bei uns umtreibt. Für die ist Hasch immer noch die Einstiegsdroge Nummer eins.«

»Marie!«

Elsbeth winkte einer Frau zu, die von der anderen Ecke des Restaurants aus auf den Ausgang zusteuerte. Als sie Elsbeth entdeckte, lächelte sie.

Elsbeth stand auf. »Bin sofort wieder da.«

An der Tür eine fröhliche Umarmung. Bewegtes Lachen. Wir müssen uns unbedingt bald mal wieder treffen. Ganz so sah es aus. Eine Frau Anfang vierzig, dunkelblondes, leicht gewelltes Engelshaar. Groß, schlank, auf die Entfernung hin gesehen vermutlich wasserblaue Augen, vielleicht auch hellgrüne, darunter hohe Wangenknochen, ein herzliches Lächeln auf Lippen, die aber zusammen mit zwei scharfen Falten an den Mundwinkeln das Zeug zu einem herben, spöttischen Zug besaßen.

Als er bemerkte, dass Marie seinen Blick registriert hatte, schaute er schnell auf sein Handy, als checkte er Nachrichten.

Fast im gleichen Augenblick vibrierte Sanders Nokia in seiner Jacketttasche. Er zog es heraus, öffnete die SMS unter dem Tisch.

»Heute Abend. Höchste Zeit für ein Geständnis. Von mir.«

Er schaute durch die Glaswände auf die Gänge des Reichstags. Wie viele Wahrheiten konnte man in so kurzer Zeit verdauen?

»Bin seit Stunden wieder da«, riss Elsbeth ihn aus seinen Gedanken.

»Wer war das?« Er gab sich keine Mühe, seine Neugierde zu verbergen.

»Marie? Marie Vos. Eine Art Politikberaterin.«

»Eine Art? Und arbeitet für euch?«

»Sie hat gerade in Brüssel etwas für uns geregelt.«

»Klingt immer geheimnisvoller. Würden uns die Dienste dieser Marie Vos auch bei unserer Arbeit helfen können?«

»Mit Banalitäten wie Mehrheitsbeschaffung gibt sie sich nicht ab. Sie agiert diskret gerade in solchen Grauzonen, in denen sich unsereins viel zu leicht die Finger schmutzig machen könnte. Und sie arbeitet normalerweise nur im Beneluxgebiet. Sie kommt schließlich aus Holland. Da verfügt sie über beste Verbindungen.«

»Aus den Niederlanden.« Dass er es nicht lassen konnte,

die Deutschen zu verbessern, wenn sie das Land auf einen seiner Teilstaaten reduzierten.

»Ja, auch das. Aber auch aus Holland. Noord-Holland, um genau zu sein, einem Dorf in der Nähe von Alkmaar. Mittlerweile aber Amsterdam.«

Er hob entschuldigend die Hände. Ehe er nachhaken konnte, kam Elsbeth wieder auf die Ausschusssitzung zu sprechen. »Lars Pieper hat vorhin jedenfalls die Klappe gehalten, das ist doch schon mal was.«

»Und sich fortwährend Notizen gemacht. Wart mal ab, der wird noch tief einsteigen.«

»Mir hat jemand gezwitschert, er habe ein attraktives Angebot aus der Wirtschaft. Vielleicht nimmt er schon innerlich Abschied.«

»Dann könnte er sich endlich eine richtige Jacht kaufen.«

»Er fährt Bötchen?«

»Etwas mehr wirds schon sein. Er hat mir mal erklärt, er wüsste genau, wie viele Probleme die niederländischen Coffeeshops in den umliegenden Wohnquartieren erzeugten. Immerhin würde er regelmäßig in Roermond sein, weil da sein Boot im Hafen liege.«

»So viel Freizeitgenuss habe ich ihm gar nicht zugetraut.« Elsbeth grinste.

Er schob sich das letzte Stückchen seiner Gemüselasagne in den Mund.

Pieper hatte sich bisher auf eine Weise konstruktiv verhalten, die von Selbstverleugnung nur so troff. Durch und durch ein Stratege. Dass der das Hohe Haus Richtung Privatwirtschaft verlassen würde – dieses Gerücht hatte er garantiert selbst gestreut. Um Verlustängste bei denen zu schüren, die hinter ihm standen.

Er kannte natürlich alles das, hatte es auch selbst manchmal angewendet. Wenn man ganz nach oben wollte, an den Punkt, an dem man wirklich etwas bestimmen und gestalten konnte, dann ging es gar nicht anders.

Dr. Lars Pieper war gefährlich. Der war so lange im politischen Geschäft wie er und spielte mindestens in derselben

Liga. Und war extrem ehrgeizig. Über kurz oder lang war das ein Kandidat für höchste Aufgaben, Minister, vielleicht sogar Ministerpräsident. Der Staatssekretärsposten im Justizministerium, für den Pieper vor der Wahl als Favorit gehandelt worden war, wäre ein wichtiger Zwischenschritt dahin gewesen. Aber seine Pläne zerschellten an zwei Wänden: Er hatte sich den neuen Koalitionspartner in der letzten Wahlperiode persönlich zum Feind gemacht, und der Justizminister wusste offenbar, von wem er Loyalität erwarten durfte und von wem nicht.

So war dann er beim Rennen um den Posten an Pieper vorbeigezogen. Ausgerechnet er. Pieper konnte ihn sowieso nicht leiden, behandelte ihn immer noch so, als wäre er ein trojanisches Pferd der kleinen Partei. Vermutlich hatte er Pieper einmal zu oft spüren lassen, dass er dessen rechtskonservative Haltung für eine Folge mangelnder sozialer Kompetenz hielt. Leute wie Pieper mochte man nicht als Freund haben. Aber als Feind waren sie noch gefährlicher.

Das Warten auf eine Attacke Piepers machte ihn nervös. Manchmal ertappte er sich dabei, längst fertig vorbereitete Reden, Texte und Konzepte erneut zu überprüfen. Das war ineffizient und würde erst recht dazu führen, dass ihm Fehler unterliefen. Andererseits kamen immer häufiger Kollegen und informierten ihn in beiläufig hingeworfenen Nebensätzen über Andeutungen Piepers. Und fast jedes seiner Hintergrundgespräche zum Cannabisgesetz erweiterte sein Netzwerk. Das zeigte doch, wie groß seine eigene Basis in der Fraktion inzwischen war.

»Marcel? Mar-ce-el!«

»Ja?«

»Mein Lieber, du brauchst wirklich Urlaub. Ich fragte gerade: Sollen wir ein bisschen die Gerüchteküche brodeln lassen und heute Abend zusammen Arm in Arm zum Sommerfest von *Burda* gehen?«

Elsbeth musste über seinen verwirrten Blick lachen. Sie konnte sich bei ihm solche Sätze locker erlauben. Er wusste, wie glücklich verheiratet sie war, dazu noch mit herzerfrischend fröhlichen Zwillingen auf der Habenseite. Darum hätte er wohl Lust auf diesen Ausflug gehabt. Keine Verwicklungen, keine ungeklärten Fragen, keine überraschenden Erinnerungen.

Aber Sander wartete schon.

10

Amsterdam, 3. November 1983

Nachmittags brechen sie auf. Diesmal sitzt er am Steuer. Kiki reicht ihm einen Becher Kaffee aus der Thermosflasche herüber. Sie haben den Renault mit einem Staubsauger geradezu klinisch gereinigt. Mögen die Drogenspürhunde an der Grenze wegen des hartnäckigen Geruchs in ihren Klamotten anschlagen, aber sie dürfen nicht ein Krümelchen Hasch, nicht einen Pollen Gras in diesem Wagen finden. Im Laderaum befindet sich nur eine Tasche, in die sie eilig ein paar Sachen zum Anziehen geworfen haben.

Auf Kikis Schoß liegt eine Karte, auf der sie die Route rot markiert hat. Ihr Ziel: das Tiroler Bankhaus in Innsbruck. So steht es auf dem Zettelchen geschrieben, das er seit über einem Jahr in einem Ledersäckchen aufbewahrt, verborgen in einer Geheimtasche seines Rucksacks. Mit einem erfundenen Namen und einem Code. Als Vorkehrung für den Notfall, hatte Fritz, sein Vater, ihm gesagt. Um seine Zukunft zu schützen.

Sander ist zu Hause geblieben. Er will die Jugos informieren und ihnen ihren Vorschlag unterbreiten. Eine Viertelmillion in D-Mark, nicht in Gulden. Zehn Prozent mehr, als sie gefordert haben.

Ich leihe es mir ja nur aus, beruhigt er sein schlechtes Gewissen. Aber steht ihm das Geld nicht sowieso schon ein bisschen zu? Ist es nicht ein Vorschuss auf das, was ihm später in den Schoß fallen soll?

»Fritz kriegt die Kohle zurück, sobald das Dope verkauft ist«, hat er zur Bedingung gemacht, damit Sander und auch er selbst nicht auf dumme Gedanken kommen.

Er hat in den vergangenen Monaten ja schon lauter Sachen

gemacht, die er sich früher nie zugetraut hätte. »It don't mean a thing, if it ain't got that swing« heißt ihr Schlachtruf, wenn sie vor einer neuen Herausforderung, einer neuen Erfahrungsmöglichkeit stehen und einen letzten Schub brauchen, um hineinzuspringen. Es ist der Titel eines Jazz-Standards, den Kiki gerne an Regentagen auflegt, um die Stimmung aufzuhellen. Kiki, von der in der Wave-Szene niemand, nicht mal ihre Band, weiß, dass sie tagsüber am Konservatorium Jazzgesang studiert. Im Gegensatz zu Sander, der sie immer wieder auffordert, den Scheiß doch sein zu lassen und sich lieber auf den Durchbruch mit ihrer Band zu konzentrieren, liebt er ihren Gesang. Ohne dass er sich auch nur eine Sekunde geschämt hätte, sind ihm Tränen über die Wangen gelaufen, als sie ihm nachts *My funny valentine* vorsang, die erste Strophe am Ende wiederholte, um den Song mit »You make me smile with my heart« ausklingen zu lassen.

Wie auch immer, es kommt nicht infrage, dass Friedhelm Kamrath, von der ganzen Welt außer Großvater nur »Fritz« genannt, der 68er-Sponti, der seinen geliebten Sohn Marcel in panischer Angst vor jeder Verantwortung vollkommen verwahrlosen ließ, dass also dieser nicht minder abgöttisch geliebte Vater von seinem eigenen Sohn betrogen wird. Damit das klar ist!

Heute Morgen hat er den beiden nur erzählt, woher das ganze Geld stammt. Der Großvater, ein im Krieg reich gewordener Textilindustrieller, hatte den ständig in der Grundschule fehlenden Marcel von der Polizei aus der WG im Frankfurter Westend holen lassen. Dann tat er alles, um Fritz auch von der Firma fernzuhalten, und bot ihm eine hohe Summe an, sofern er zugunsten Marcels auf sein Erbe verzichtete. Fritz, den Geld bis heute eigentlich nicht interessiert, holte mit Anwälten so viel wie möglich aus dem Alten heraus, nur um diesen Nazi-Kamrath, der ihn als Kind mit Herzenskälte gezüchtigt hatte, zu bestrafen.

Warum sein Vater das Geld in Innsbruck parkt, erzählt er erst jetzt und auch nur Kiki, als sie auf dieser langen Fahrt Köln passieren.

»Hier hat meine Mutter lange Jahre in einem Ashram gelebt«, weist er auf das Ausfahrtsschild nach Köln. »Anfangs war sie noch mit Fritz verheiratet. Die hatten aber wohl eine eigene Rechtsabteilung und ihr vorgerechnet, wie viel Gutes sie tun könnte, wenn sie sich von ihm scheiden ließ und ihren Anteil an seiner Kohle nach Indien schickte. Hatte Fritz natürlich keine Lust drauf und wollte alles in die Schweiz bringen. Bis ihm der Buchhalter seines Vaters das wohlgehütete Geheimnis konservativer Steuerhinterzieher verriet: Vorsintflutliche Sparbücher bei den braven Österreichern. Vollkommen anonym, gut verzinst mit mindestens fünf Prozent und auszahlbar an Überbringer mit Code und fiktivem Namen.«

Auch wenn er jetzt lacht, auch wenn er die Mutter, die sich nie für ihn interessierte, aus seinem Herzen verbannt hat, auch wenn er sicher ist, dass Fritzens Geldverschiebung moralisch richtig war, so kratzt doch das schlechte Gefühl in ihm, der Mitwisser eines Betrugs an seiner eigenen Mutter zu sein.

Das Sparbuch liegt in einem Schließfach, das gemeinsam mit dem diensthabenden Sparkassenmitarbeiter zu öffnen ist. Er kennt die Prozedur genau. Einmal hatte ihn sein Vater mitgenommen, um ihm zu zeigen, was im Fall des Falles zu tun ist.

»Wenn mir was passiert, bist du der Einzige, der an das Geld kommt, Marcello!«, hatte Fritz die Bedeutung dieses Wissens betont. Nur Fritz nennt ihn noch mit seinem richtigen Namen, den der Großvater auf dem Amt gleich hatte eindeutschen lassen. Marcello, nach dem Schauspieler, der die Hauptrolle in *La dolce vita* spielte. Jenem Film, dessen Titel sich seine Eltern Anfang der Sechzigerjahre auf die Fahnen geschrieben hatten.

»Wenn mir mal was passiert.« Es ist doch nur für ein paar Wochen, einen Monat längstens. Er seufzt.

Bei Frankfurt ist er versucht, abzufahren und Kiki die Orte seiner Kindheit zu zeigen, vielleicht sogar bei Fritz einzufallen. Aber es ist zu wenig Zeit, zu viel Risiko, sie dürfen ihren Auftrag nicht gefährden.

Zum ersten Mal seit über einem Jahr ist er wieder auf vertrautem Gelände. Hier muss er nicht nach den richtigen Vokabeln suchen, hier kann er in seiner Muttersprache so laut, wie er will, fluchen und schimpfen, ohne dass ihn einer zum Nazi erklärt; auf die Mercedesfahrer mit Hut, die samt Wackeldackel auf der Rückbank mit sechzig Stundenkilometern die rechte Spur entlangschleichen, und ebenso auf all die Arschlöcher mit ihren BMWs, die ihn von der linken Spur lichtorgeln wollen, obwohl er Opas Mercedes noch rechts neben sich hat. Willkommen in der Heimat.

An einer Raststätte holen sie sich Kaffee, macht er ein paar Dehnübungen, es liegt noch eine ganze Strecke vor ihnen. Als er den Wagen starten will, beugt sich Kiki zu ihm herüber und küsst vorsichtig sein regenbogenfarbenes Auge.

»So etwas darf nie wieder geschehen«, sagt sie sanft, aber bestimmt.

Ihre Küsse sind ein Energieschub, der ihn gegen alle Müdigkeit bis zur Grenze trägt, auch als sie selbst neben ihm schon lange eingeschlafen ist.

Bei der Zollkontrolle fragen sie sich, warum sie so viel Zeit mit dem Staubsauger verschwendet haben. Eine Lappalie am frühen Morgen. Der wie aus dem Beamtenei gepellte Jungzöllner winkt sie nach oberflächlicher Passkontrolle durch. Der Weg nach Innsbruck ist frei.

Das Tiroler Bankhaus sitzt in einem Gründerzeitgebäude mit allen nachgemachten Insignien der klassischen Machtkultur. Sie treten ein, und alles, was ab da geschieht, wird er später kaum noch erinnern, obwohl oder weil sie so aufgeregt und besorgt sind, im letzten Moment als Diebe entlarvt zu werden.

Wie sie mit formvollendeter Höflichkeit in den Keller zu den Schließfächern geführt werden. Wie mit den zwei Schlüsseln ihr Fach geöffnet wird. Fast leer, nur das dünne Sparbüchlein darin. Dann der Gang zurück in ein abgeschiedenes Zimmer auf der zweiten Etage. Ein blumiges Kaffeeservice auf einem Biedermeier-Tisch. Der versteckte, forschende Blick des gestriegelten Mitarbeiters, den es sichtlich Mühe kostet, das blaue Auge nicht zum Anlass einer kritischen Befragung zu nehmen. Das Nennen des Namens, der ihn als berechtigten Kontoinhaber ausweist: »Sankt Martin«. Und des dazugehörigen Codeworts »Laterne«. Kikis Gekicher und sein angestrengtes Zucken im Gesicht, um das aufsteigende Lachen unter Kontrolle zu halten. Nie kann er ernst bleiben, wenn Kiki so kichert. Dann die Auszahlung, vier große Umschläge voller Fünfhundert- und Hundert-Mark-Päckchen und fünf Hunderter extra, »Für Sprit und Spesen«, er zwinkert Kiki zu, der Gang zurück in den Keller, um das Sparbuch wieder einzuschließen. Und draußen auf der Straße die plötzliche Angst, jemand könnte ihm den abgescheuerten Jutesack entreißen, der, von den Geldumschlägen prall gefüllt, an seinem Handgelenk umherbaumelt. Eine Angst, die nur von der furchtbaren Müdigkeit gedämpft wird, die über die beiden hereinbricht.

Sie schaffen es bis zur Grenze, an der sie wieder nur durchgewunken werden. »Ich kann nicht mehr, Kiki, ich muss schlafen«, kurze Zeit später. Sie fahren in Füssen ab.

Da hat er mal drei Wochen Urlaub mit Großvater verbracht und kennt sich aus. Während der Großvater in einer nahe gelegenen Herberge »alte Freunde« und »echte Kameraden« traf, lernte er schwimmen und sich langweilen. Er zeigt Kiki das Hotel, in dem sie logierten, aber da hinein will er in keinem Fall noch mal. Er weiß genau, wohin.

Er parkt den Renault direkt vor der Tür des Hotels, holt zwei Hundertmarkscheine aus der Tasche.

»Ich habe noch nie in einem solchen Laden übernachtet«, sagt Kiki, als sie das Foyer betreten und der Blick des Senior-Rezeptionisten mit dem pomadisiert nach hinten gekämmten, silbernen Haar verrät, dass er in diesem Moment genau dasselbe über die neuen Gäste denkt.

Sie nehmen ein Zimmer mit Balkon und drehen das Doppelbett so, dass sie von dort aus direkt auf den Forggensee schauen können. Dann mimt er ein schlafwandelndes Frankensteinmonster, packt sie, fällt halb mit ihr und halb über sie ins Bett. Sie ziehen einander die Klamotten aus, lieben sich und schlafen erschöpft ein.

Kurz vor Mitternacht erwachen sie. Weil Kiki friert, lässt er für sie Wasser in die Badewanne ein. Später setzt er sich zu ihr an den Wannenrand. Während sie Schaum schlägt, öffnet er eine Flasche Sekt, die er in der Minibar entdeckt hat.

»Lass uns noch mal hierherfahren«, sagt er. »Wenn wir Fritzens Kohle nach Österreich zurückbringen. Und dann bleiben wir beide ein paar Tage. Ich will dir zeigen, welch schreckliche Folgen zu viel Geld haben kann.« Er klappt einen Prospekt vor ihr auf wie ein Puppentheater. Schloss Neuschwanstein.

»Wir beide«, wiederholt er nachdrücklich.

Sie schaut ihn nachdenklich an, eine ganze Weile, sagt nichts.

Sein Gesicht glüht plötzlich. Voll die rote Birne, denkt er, rettet sich in Aktionismus, jongliert mit der einen Hand zwei Gläser über ihren schaumbedeckten Körper, schüttet mit Schwung ein, die Hälfte geht daneben, sieht sie verschämt an, du blöder Angeber, denkt er, alles eine Nummer zu groß.

»Wir beide«, sagt sie ernst. »Das ist gut.«

Als sie am späten Abend Amsterdam erreichen, steif von der Autofahrt und erschöpft von langen Gesprächen, finden sie Sander auf dem alten Chesterfield in der Werkstatt. Er schrickt auf, als sie eintreten.

Kiki umarmt ihn, streichelt seinen Kopf, als wollte sie ihn auf Brüche untersuchen. »Sie haben dir nichts getan, Gott sei Dank.«

Er hält Sander die erhobene Hand entgegen, grinst schief, Sander schlägt ein wenig träge ein, als hätten sie ihn aus schwerwiegenden Gedanken gerissen.

Kiki und er lassen sich Sander gegenüber auf das Sofa fallen, sie nutzt seinen Schoß als Kopfkissen und jagt die Arme nach oben. »Mission completed«, ruft sie, »the money has landed!«

Sander sagt nichts, nickt leicht, als bestätigten sie ihm nur, was er längst weiß.

»Und hier?«, fragen Kiki und er wie aus einem Mund und müssen lachen. Sander schaut sie genervt an.

»Ich habe einen Deal.«

Er entwindet sich Kikis Kopf und setzt sich zu Sander auf die Armlehne, haut ihm auf die Schulter. »Mensch, Babbeltje, das ist doch super! Dann haben wirs also geschafft, Junge! Und? Waren die Typen okay?«

Sander zuckt mit den Schultern. »Ziemlich relaxed. Es wäre nichts Persönliches gewesen, nur Business.«

Er angelt mit dem Fuß nach der Bierkiste, zieht sie heran, holt zwei Flaschen hervor, öffnet sie mit dem Feuerzeug, hält Sander eine hin.

»Und wie genau sieht der Deal aus?«

»Ach …« Sander macht eine Handbewegung, als erklärte sich alles von selbst.

»Und wann?«

Sander setzt die Flasche an und trinkt langsam.

»Morgen«, sagt er endlich und rülpst.

Kiki steht auf, nimmt sich auch ein Bier, kommt zu Sander, hält ihm die Flasche entgegen, bis er anstößt.

»Hast du dich alleine gefühlt?«, fragt sie.

»Diese Art Sachen sollte man besser alleine erledigen«, sagt er, als würde er seit dreißig Jahren nichts anderes tun. »Du kannst dann einfach deinem eigenen Instinkt folgen, weißte?«

»Also hast du dich alleine gefühlt.« Kiki quetscht sich neben ihn in den Chesterfield und spielt mit seinem Haar.

Endlich entspannt sich Sander ein wenig, beginnt, von dem Jugo zu erzählen, den die beiden Gorillas als ihren Chef vorstellten.

»Wortkarger Typ. Schaut dich erst mal zehn Minuten an, bevor er einen Satz sagt. Irgendwann hast du das Gefühl, der checkt dich bis in die Seele hinein. Er meinte, er könnte morgen Abend liefern. Sie hätten Vorräte genug.«

»Vertraust du ihm?«, fragt Kiki.

»Warum nicht? Besser kann es für ihn doch nicht laufen, als dass wir ihm Monat für Monat sein halbes Lager abverkaufen?!«

Der Schreck treibt ihn von der Armlehne hoch. Er fährt grob mit der Hand über sein Gesicht, als versuchte er, ihn abzuwaschen. »Das heißt, wir müssen denen jeden Monat eine Viertelmillion auf den Tisch legen?«

»Na klar! Was hast denn du gedacht? Dass diese Aktion nur die Jahresmiete für 'nen Stand auf dem Nieuwendijk einbringt? Die Dinge ändern sich, Knabbeltje. Alle Dinge müssen sich ändern. Und jetzt besonders schnell. Wir werden uns aus dem ganzen Kleinklein zurückziehen. Wir müssen dringend Leute auftreiben, die für uns auf die Straße gehen. Feste Läufer, die nur mit uns arbeiten dürfen, mit einer fixen wöchentlichen Abnahmequote und klar abgesteckten Revieren. Und natürlich auf eigenes Risiko.«

Kiki arbeitet sich aus dem Chesterfield heraus und dreht sich zu Sander um. »Also dasselbe, was die Jugos mit uns machen?!«

Sander zeigt mit dem Flaschenhals in Richtung seines Auges. »Es ist kein Spiel mehr, das seht ihr doch. Oh, übrigens hat er sich für den Schlag gegen dein Köpfchen entschuldigt. Nehme ich jedenfalls an. Er meinte, mit der Zeit falle es ihm immer schwerer, seine Schlagkraft in angemessener Dosis einzusetzen.«

Kälte kriecht über seinen Rücken. »Wer ist ›er‹? Hat ›er‹ auch einen Namen?«

Sander grinst ihn nur an.

»Und wo werden wir den Deal abwickeln?«

»In Noord. Irgendwo entlang des IJ. Die Details konnten sie noch nicht nennen. Nur eins: Nicht mehr als zwei Personen. Den Rest telefonieren sie morgen durch.«

Sander greift nach Kikis Handgelenk, zieht sie auf seinen Schoß.

»Komm, Kiki, lass uns ins Bett verschwinden.« Es ist seine Nacht.

Sie steht wieder auf.

»Ich schlafe heute bei meiner Schwester.«

Sander hat ihr Handgelenk nicht losgelassen, zieht sie noch einmal zu sich herunter.

»Ey, ihr wart so lange weg. Nun komm schon, Kiki.«

»Nein. Was soll denn das?« Sie reißt ihren Arm los und geht zur Tür.

»Kein Problem, Baby.« Sander lächelt kühl. »Aber sei morgen früh wieder hier. Die haben nämlich keine Lust, dass so ein wütender kleiner Deutscher mit blauem Auge vielleicht auf die verrückte Idee kommt, sich zu rächen. Und darum sollen wir zwei den Deal machen, nur du und ich.«

II

Er entkam dem Bundestag erst, als der Parlamentspräsident die Sitzung geschlossen hatte. Keine Chance, sich zwischendurch stiekum davonzumachen. Kurz nach halb acht setzte er sich aufs Rad und fuhr erst einmal Richtung Apartment. Sander würde bestimmt im *Anna Koschke* sitzen. Jedenfalls hoffte er das sehr, er war erschöpft für zwei. Welche Schrecken auch immer Sander ihm beichten wollte, es sollte schnell gehen, denn er musste unbedingt ins Bett. Und kein Schnaps. Definitiv kein Schnaps.

Ein paar Straßen weiter stieg er ab und zog das fremde Telefon aus der Tasche. Sander hatte seine Nummer auf der Eins abgespeichert. Kaum ein Freizeichen, und er nahm ab.

»Da bist du ja endlich.«

»Ich bin schon freundlicher begrüßt worden.«

»Sorry, Knabbeltje, meine Nerven. Gut, dass wir uns gleich sehen.«

»Was ist denn so Schlimmes geschehen?«

»Erzähle ich dir gleich. Ich warte im *Split*. Kennst du das? Sonnenallee?«

»Im tiefsten Neukölln? Ich brauche mindestens eine Dreiviertelstunde dahin. Steig bitte in den Wagen und komm ins *Anna Koschke*.«

»Marcel. Was ist nur los mit dir? Ich suche extra einen Ort aus, an dem dich keiner kennt, und du willst, dass wir uns wieder auf dem Tablett servieren? Schwing dich auf dein Fiets oder fahr von mir aus U-Bahn, aber mach schnell, dein Bier wird schal.«

Klick.

Er tippte wütend den Namen des Lokals in die Kartenapp seines privaten Handys ein – war das schon ein Fehler?

Eine verräterische Spur? So ein Unsinn. Das eine war, sich ein bisschen vor der Presse vorzusehen. Aber so zu tun, als hätte die Kripo ihre digitalen Forensiker auf ihn angesetzt, das ging zu weit. Come on, Kamrath! Tritt in die Pedale, strample dir die Paranoia weg.

Als er das *Split* erreichte, war das Hemd unter seinem schwarzen Jackett nass. Draußen alle Tische besetzt, Stimmengewirr. Er trat ein.

Ein einziger Gast, der in einer Ecke neben der Hintertür saß und ihn kurz abcheckte, ehe er wieder in einer Art Meditation zu versinken schien.

Die Geräusche von draußen drangen nur gedämpft herein, machten das Restaurant zum verlassensten Ort der Stadt. Es war dunkel, der Wirt hatte die Lampen über den Tischen erst gar nicht eingeschaltet. Selbst der Tresen wurde fast nur von dem kleinen Fernseher beleuchtet, über dessen Bildschirm ein kroatisches Programm flimmerte.

»Entschuldigen Sie, ich suche einen Herrn, mein Alter, sehr schlank, circa einen Meter neunzig …«

»Sander. Gehen Sie da durch die Tür in den Hinterhof.«

Der Wirt registrierte seinen überraschten Blick mit einem leichten Grinsen.

Als er nach der Klinke griff, nickte ihm der Mann am Tisch zu. So, als erteilte er ihm die Erlaubnis, die Tür mit dem Schild »Privat« zu öffnen.

Dahinter verbarg sich ein freundlich gestalteter kleiner Innenhof. Oliven- und Feigenbäume. Jemand hatte vor langer Zeit versucht, ein Meer mit Schiffen und Strandurlaubern an die Wand zu malen. Davor zwei Tische mit karierten Tischdecken. Klappstühle. Auf einem saß Sander und schaute ihn fröhlich an.

»Schön, dass du da bist«, eine einladende Geste, Platz zu nehmen, als gehörte der Laden ihm.

»Man kennt dich hier.« Unüberhörbar seine Verstimmtheit.

»Familie.« Sander lächelte. »Milans Bruder war anfänglich stiller Teilhaber in meinem Unternehmen und hat meine

Expansion in die Ostniederlande mitfinanziert. Heute genießt er das Leben auf den Antillen – nur von der Rendite. Das verbindet.«

»Dann hätten sie dich auch adoptieren können.«

»Schlechte Laune, Knabbeltje?«

»Ich bin durch, Sander. Erst der Abend mit dir; dann hat gestern ein Irrer eine Art Anschlag auf meinen Mietwagen verübt, und das alles während einer der wichtigsten Sitzungswochen im Bundestag. Und vorhin schickt mir ein alter Freund eine sehr beunruhigende Nachricht. Also hetze ich mit dem Rad durch den Berliner Killerverkehr und finde ihn vollkommen entspannt inmitten einer Ferienidylle.«

»Ich war nie der Typ, der vor anderen heult. Weißt du nicht mehr?«

Er stockte. Doch, er wusste noch. »Entschuldige, harte Zeiten.« Peinlich, so aus der Haut zu fahren, als hätte man sich nicht gerade erst wiedergefunden.

Sander lächelte und wies noch einmal auf den leeren Stuhl.

Er nahm Platz. Der Wirt kam.

»Für mich ein Pils. Und zum Essen …«

Sander hob die Hand. »Sie stellen uns etwas zusammen. Bring mir auch noch ein Bier, Milan.«

Als sie wieder allein waren, beugte Sander sich vor. Er kam sofort zur Sache, schien aber um jedes Wort ringen zu müssen. »Mein Großvater. Mein Großvater war – ein Nazi. Schlimmer. Er war bei der Waffen-SS.«

Sander verstummte.

Das musste man erst einmal sortieren. Wie jetzt?

»Du hattest einen deutschen Großvater?«

Sander schüttelte den Kopf. »Nein, nein, er stammt aus Zandvoort. Aber er war schon früh Mitglied bei den niederländischen Nazis. Im NSB. Und dann, 1943, mein Vater war fünf, da hat er sich freiwillig zur SS gemeldet und ist über Nacht verschwunden.«

Jetzt verstand er Sanders Scham. In der Rückschau waren die Niederländer ja fast alle im Widerstand gewesen. Nicht ganz so ausschließlich wie die Franzosen, aber doch ziemlich. Auch wenn die Kollaboration mittlerweile etwas offener diskutiert wurde. Ein SS-Nazi in der Familie, das war bis heute eine schwere Schande, die man auch als Nachgeborener nicht nur achselzuckend hinnehmen konnte. Wäre das damals in ihrer Amsterdamer Zeit herausgekommen, pfff. Es hätte eine Menge Stress bedeutet – für Sander und für ihn als seinen deutschen Freund. Oft genug hatten ihn ältere Leute bestenfalls ignoriert, sobald sie ihn als Deutschen identifiziert hatten. Und wenn die Jüngeren betrunken oder bekifft waren, hatte er regelmäßig Nazigrüße in Empfang nehmen dürfen, selbst wenn er zuvor nicht laut geworden war. Selbst von denen, die ihn gut kannten. Sander wäre es dann nicht besser, vermutlich sogar schlechter ergangen.

»Bist du deswegen nach Berlin gekommen?«

Die Tür klappte auf. Milan und ein Kellner. Brachten Bier und gemischte Fleisch- und Vorspeisenplatten, Reis und Salat.

Sie tranken, aber keiner von ihnen rührte das Essen an.

»Mein Vater starb vor einem Jahr. Ich hatte keine Zeit, mich um sein Haus zu kümmern. Erst im Januar. Beim Ausräumen fand ich eine Schachtel mit ein paar Dokumenten, Fotos, auch Naziorden und einem Brief aus Deutschland. Von 2011, noch ungeöffnet.«

Sander machte eine lange Pause.

»Als ich noch ein Kind war, hatte Mutter früher ab und zu so Andeutungen gemacht, aber Vater ist immer wütend geworden, wenn ich nach dem Opa fragte. Hat mich danach meistens wegen Lappalien vertrimmt. Bis ich nie mehr fragte. Mir war schon klar, dass der kein netter Kerl gewesen sein konnte. Aber ein SS-Mann?! Ich nahm die Schachtel mit, den Brief habe ich nicht mehr angefasst. Mein Vater war ja immer nur ein blöder Arsch für mich gewesen, aber jetzt verstand ich, was er mit sich rumzuschleppen hatte. Hatte ich da das Recht, den Brief einfach zu öffnen? Na ja. Aber du kannst vor deiner Geschichte nicht davonlaufen,

Knabbeltje. Vor zwei Monaten habe ich ihn doch noch gelesen. Er war von eurem Volksbund Deutsche Kriegsgräberfürsorge. Ein Pflug hatte südlich von Berlin Opas Reste samt Erkennungsmarke an die Sonne befördert, und sie hatten sie auf einem Kriegsfriedhof beerdigt.« Er schluckte. »Ach komm, lass uns endlich essen, bevor es kalt wird! Milan!« Sander brüllte beinahe. »Milan!«

Die Tür ging auf.

»Bring uns noch Bier und zwei Sljivovica.«

»Ich möchte nur ein – ach, was solls.« Er nickte. Ein niederländischer SS-Großvater, ein Sohn, der nach der Befreiung nicht nur Halbwaise war, sondern als Nazibrut Spießruten laufen musste, und ein Enkel, den die Druckwelle der Gewalt noch über den sprachlosen Vater erfasst hatte. Ein Schnaps war da mehr als angemessen.

»Willst du das Grab besuchen?«

»Habe ich heute getan. Waldfriedhof Halbe. Zigtausend Tote aus einer einzigen Schlacht. Du gehst durch die Reihen, und nach einiger Zeit ist die Luft erfüllt vom Geruch von all dem vergossenen Blut, dem verbrannten Fleisch. Dir wird schlecht, aber du musst weiter, denn irgendwo da mittendrin liegt der Vater deines Vaters. War nicht schön, Knabbel, war wirklich nicht schön. Und du bist der Einzige, dem ich davon erzählen kann.«

Er sah Sanders Einsamkeit und spürte, wie seine Augen feucht wurden. Knabbeltje und Babbeltje. Nur älter, nur ernster, trauriger, verletzter und ehrlicher. Zwei Freunde.

»Mittlerweile weiß ich, dass er mit der 4. SS-Freiwilligen-Panzergrenadier-Brigade Nederland Ende 1943 bei den Großeltern meiner kroatischen Freunde hier gewütet hat. Partisanenkampf, Frauen und Kinder ermorden, das ganze Programm. Und dass er die Schlacht bei Narva als einer der wenigen überlebte, um im April 1945 in der letzten Kesselschlacht des Kriegs doch noch ins Gras zu beißen.«

Er trank einen Schluck.

»Aber das sind natürlich alles nur Daten, die für viele gelten. Ich aber will wissen, warum er das getan hat. Was genau er getan hat. Und ob er wenigstens am Ende begriffen hat, was für ein Idiot er gewesen ist.«

»Ich fürchte zwar, das steht in keiner Akte. Aber ich könnte dir sicher helfen, schneller in die Archive zu kommen.«

»Ich habe mich nicht in dir getäuscht, Knabbeltje, du bist ein wahrer Freund.« Sander machte eine Pause, schien nachzudenken. »Aber lass mal. Ist gerade viel zu gefährlich für dich, jetzt alten niederländischen Staub aufzuwirbeln. Ich kümmere mich lieber selbst darum.«

Der Klingelton, den er für Sophie eingestellt hatte, drang aus der Innentasche des Jacketts. Nicht das. Nicht jetzt. Auch seine Möglichkeiten waren doch irgendwann einmal erschöpft. Endlich kehrte wieder Stille ein, sie war weitergeleitet worden. Kurz darauf das Meldesignal für eine Nachricht auf der Mailbox.

»Von mir aus hättest du ruhig rangehen können«, meinte Sander.

Er winkte ab, nahm mit den Fingern eins der Cevapcici und biss hinein. Tat gut, jetzt zu schweigen und einfach nur gemeinsam zu essen. Manche Dinge waren zu groß und zu schwer, brauchten Zeit und Ruhe.

Es begann wieder zu klingeln, derselbe Ton.

Er fühlte sich persönlich, moralisch unter Druck gesetzt, ja erpresst. Wut stieg in ihm auf, für die er sich sogleich schämte. Trotzdem, so ging das nicht. Er fischte nach dem Handy.

»Ja.«

»Störe ich?«

»Ich esse gerade.«

»Gute Idee, ein Versöhnungsessen wäre eine Alternative. Wo bist du? Ich kann gleich da sein.«

Sophies Stimme klang nach der defensiven Anfangsfrage jetzt fröhlich, vielleicht ein wenig bemüht, ein bisschen ängstlich, wie er reagieren würde, aber eben auch mutig und mit dem Willen, es zum Guten zu wenden. Diese Nähe und dass sie einfach zu ihm kommen wollte, gegen alle Absprachen. Er war irritiert. Musste etwas auf Zeit spielen.

»Wie soll das gehen, wo bist du denn?«

»In Berlin. Vor deiner Haustür, um genau zu sein. Aber du bist nicht da. Hast du eine Ahnung, wo du gerade sein könntest?«

Es war zu deutlich, dass sie sich seiner Wortkargheit nicht ergeben wollte, dass sie die sicher schon aufsteigende Enttäuschung über seine knurrige Reaktion niederdrückte. So konnte er sie nicht abfertigen. Hatte sie wirklich nicht verdient. Er schickte entschuldigende Blicke zu Sander.

»Okay, Sophie, also, ich bin schon fast fertig, muss nur noch zahlen. Lass uns auf einen Wein treffen, sagen wir, in einer Dreiviertelstunde, du kennst doch das …«

Sander beugte sich blitzschnell über den Tisch und zog ihm das Handy aus der Hand. Ließ sich grinsend zurückfallen, während er das Telefon ans Ohr hielt.

»Entschuldigen Sie, Sophie, dass ich mich einmische. Nein, Sie kennen mich nicht. Noch nicht. Sander aus Amsterdam. Ich bin sozusagen das Date, das Ihr geliebter Marcel gerade vor Ihnen verschweigt. Er hat mir aber eben noch von Ihnen vorgeschwärmt.«

Sander zwinkerte ihm bei dieser Lüge zu.

Dieser Idiot! Alles mit der charmantesten Version seines niederländischen Akzents und einem herzlichen Lachen durchmischt, was würde Sophie jetzt denken?! Mit einer Geste schnitt er Sander die Kehle durch.

»Nein, nein! Sie stören ganz und gar nicht. Ich bin nur ein Freund aus ältesten Tagen. Gerade zu Besuch in Berlin. Wollen Sie denn nicht einfach zu uns kommen?«

Er hörte Sophies Stimme, konnte aber nicht verstehen, was sie sagte. Sander grinste ihn die ganze Zeit über an, hatte sichtlich Spaß an diesem Spiel. Das für ihn aber kein Spiel war. Vielleicht, vermutlich sogar, würde ein solches Treffen mit Sophie alles nur noch komplizierter machen. Womöglich auch mit Sander, wer wusste das schon. Wie süffisant Sander seinen zornigen Blick ignorierte.

»Nein, wir schweigen uns gerade sowieso nur an. Ehrlich. Und ich würde Sie wirklich gerne kennenlernen. Finden Sie nicht auch, dass er seine Freunde viel zu egoistisch für sich allein behält? – Ja, sehen Sie?! Das sollten wir uns doch nicht so einfach bieten lassen.«

Sophie lachte laut. Sander gab ihr die Adresse des *Split* durch, charmierte noch ein wenig, verabschiedete sich und gab ihm, nachdem er die Verbindung beendet hatte, zufrieden das Telefon zurück.

Er spürte, wie der Zorn seine Adern verengte und ihm das Adrenalin in den Kopf schoss, das Denken abschaltete, zehnmal tief durchatmen, was fiel Sander eigentlich ein!

»Du kannst dich nicht einfach so in mein Leben einmischen, spinnst du?!«

»Hey, hey, Knabbeltje.«

»Scheiß auf Knabbeltje. Ein bisschen Respekt darf doch wohl sein. Auch zwischen Freunden. Gerade zwischen Freunden!«

»Sorry, Marcel, sorry, Mann«, Sander hob beschwichtigend die Hände, »ich wollte dir nichts, ehrlich. Ich dachte nur, es ist so ein mieser Tag heute, du bist fertig mit den Nerven, ich bin fertig mit den Nerven. Ein bisschen Plauderei, ein bisschen Lachen mit einer hübschen Frau – sie ist doch hübsch, nicht wahr? – und gebildet, natürlich gebildet, die Frauen meines Freundes Knabbel müssen gebildet sein, oh, ich möchte sie wirklich unglaublich gerne mal sehen, diese Geliebte; nur angucken, Knabbeltje, nur angucken, ich fasse sie auch nicht an, ich schwöre, mein Bester, lass uns heute ein bisschen feiern, dass wir noch leben. Dass wir leben und nicht in einen Krieg ziehen müssen, dass uns keiner über den Haufen schießt, wenigstens heute nicht, haha, dass wir einfach so frei leben dürfen. Wie gut es uns geht. Dir und mir und deiner schönen, klugen Sophie.«

Sander griff nach dem Bier und hielt es ihm zum Anstoßen entgegen.

Es war wirklich überwältigend. Wie Sander das immer schaffte. Schon damals bei bösesten Krawallsuchern genau wie bei schlecht gelaunten Polizisten. Den Zorn einfach wegschwafeln, mit herzlichstem Lachen, mit schlichten

Lebensweisheiten, größtmöglichem Pathos. Sander legte los, hörte nicht mehr auf, bis man einfach seinen ganzen Zorn vergaß und fassungslos dem melodischen, theatralischen Singsang folgte. Und das Irrsinnigste angesichts dieser Aufhäufung von Banalitäten war ja, dass Sander recht mit dem zu haben schien, was er da sagte, oft jedenfalls. Sodass man sich beinahe schämte, worüber man sich eben noch aufgeregt hatte. Diese Lockerheit, in Amsterdam hatte er sie schließlich selbst ab und zu empfunden, war auf einem guten Weg gewesen, das war alles so lange her, irgendwo im Sediment der Jahrzehnte versunken. Und jetzt stiegen im Korsett der ewigen Pflicht und dauernden Verantwortung nur noch der Ärger, der Zorn, das Adrenalin ganz schnell nach oben. Lebensbedrohlich, wenn man nicht irgendwann die Notbremse zog und ausstieg, um den Blick wieder zu weiten.

Sander hielt ihm standhaft weiter das Glas entgegen. Der gab nicht auf.

Er nahm sein Bier, es klirrte, eins vor Glasbruch, sie tranken. Zwei Freunde.

12

Amsterdam, 6. November 1983

Es ist sonderbar, mit Sander zu frühstücken, ohne dass Kiki bei ihnen ist und immer wieder einmal aufsteht, um eine andere LP auf den Plattenteller zu legen. Um seufzend die ihr von Gott aufgegebene schwere Pflicht zu erfüllen, die beiden Jungs den Unterschied zwischen guter und schlechter Musik zu lehren.

Sie sitzen einander schweigend gegenüber. Er nippt an seinem Brennnesseltee, Sander schlürft seinen Kaffee, während er irgendwelche irren Zahlen in den Taschenrechner hackt.

In der Nacht hat er kein Auge zugetan. Fritz hintergangen zu haben. Die Bedrohung durch die Jugos. Der Druck, ins Profigeschäft zu wechseln. Und die Sache mit Kiki. Sanders Blick, als Kiki die gemeinsame Nacht mit ihm so durchschaubar vermied. Durch ihre Heilige Dreifaltigkeit zieht sich ein Riss. Alle drei spüren es, aber die Frage ist, wer außer ihm selbst es noch in allen Konsequenzen begriffen hat.

Am wenigsten vielleicht Sander. Heute Morgen hatte der ihn mit dem Tee geweckt. Sicher etwas nervös wegen des Deals, aber doch aufgeräumt wie immer hatte er von einer Party erzählt, die er in ihrer Abwesenheit besucht hatte. Ahnt er nicht einmal, dass er Kiki bald verlieren wird?

Er fragt sich, ob er mit Sander drüber reden soll. Falls ja, was müsste er ihm sagen? Und falls nein, ist er dann ein Betrüger, ein Verräter? In jedem Fall ist es besser, erst die Sache mit den Jugos zu regeln. Dann kann man immer noch in aller Ruhe über alles sprechen.

»Come on, Knabbeltje, it's D-Day«, unterbricht Sander

seine Grübeleien, springt auf und schlägt ihm aufmunternd auf die Schulter. Härter als üblich, sehr viel härter als freundschaftlich. Aber dass er das so empfindet, verdankt sich vermutlich seinem schlechten Gewissen wegen Kiki, denn Sander ist nun mal ein deutlich rauerer Bursche als er selbst.

Sander grinst ihn an, er grinst zurück. »Yeah man, let's get ready to rumble!«

Sander geht zum Telefon, das neben dem Treppengeländer an der Wand hängt, und greift zum Hörer. Von einem Papierchen, das er aus seiner Hosentasche genestelt hat, liest er laut eine Nummer ab und treibt mit seinem Zeigefinger die Wählscheibe an. Nach einer Weile sagt Sander »Hallo«, hält den Daumen hoch und zieht den Vorhang zur Küche zu.

Nur noch Gemurmel dringt jetzt zu ihm durch, bis Sander den Vorhang wieder aufreißt. Er spaziert herein wie ein Entertainer, ballt die Faust zum Sieg und besteigt rittlings den Stuhl neben ihm.

»Läuft wie geschmiert! Die Sache steigt um sieben, wenn alle vor der Glotze hocken und ›*Studio Sport*‹ schauen. Die Straßen werden leer sein wie nach einer Neutronenbombe.«

»Und wo?«

»Am Rand des Vliegenbos. Gleich hinter Ketjen.«

Vom Vliegenbos hat er gehört, ein alter Stadtwald. Aber das andere? »Ketjen? Wo ist das?«

»*Was* ist das. Die Schwefelsäurefabrik in Noord.« Sander ballt wieder die Faust. »Sie schicken mich auf mein Terrain, ohne es zu wissen. Da habe ich schon als Kind gespielt, ich kenn da jeden Schleichweg.«

»Und was noch?«

»Auf beiden Seiten je zwei Leute, wir checken die Ware, sie die Kohle und dann ab.«

»Aber wir kriegen komplett Nepal?«

»Wir werden alles abdecken. Fünfzig Nepal, fünfzig Maroc, fünfzig Gelber Lib und fünfzig Ki Afghane.«

»Ki Afghane? Ist das was Neues?«

»*Sjonge jonge*, Ki! Kilo, Herr Kamrath. Du bist doch sonst so schlau.« Sander knufft ihn wieder, diesmal etwas sanfter, lacht ihn an. Nie gibt er auf, ehe er dich mit seinem Enthusiasmus angesteckt hat.

»Ich habe sogar schon ein paar Knaben von der Keizersgracht geangelt. Ich muss morgen nur mit dem Finger schnippen, und die stehen auf der Matte, um mit ein paar Kis, sorry, Knabbeltje, ich meinte natürlich Kilos, loszuziehen. Hey Mann!«

Sander legt ihm die Hand in den Nacken, zieht seinen Kopf zu sich heran. »Vergiss die Straße, da haben wir nichts mehr zu suchen. Wir! Kommen! Groß! Raus! Bald werden die Leute mit Hochachtung von Knabbel und Babbel sprechen!«

»Alles okay, Sander.« Er ringt sich ein Lächeln ab. »Mir liegt nur die Sache mit Fritzens Geld ein wenig auf der Seele.«

»Mann, ich versprechs dir. Noch bevor dein blaues Auge wieder schweinchenrosa ist, haben wir die Kohle doppelt und dreifach wieder hereingeholt. Dann legst du sie gleich wieder auf Papas hohe Kante. Mit Zinsen. Und kein Hahn kräht weiter danach.«

»Du hast recht, Babbel. Wann fahren wir los?«

»Wir? Du weißt doch, dass sie dich da nicht sehen wollen. Du bleibst hier. Außerdem bist du der Finanzier. Wenn du dabei wärest, und etwas ginge schief, wärest du doppelt gearscht. Finanziers bleiben immer im Hintergrund. Ist bei den Jugos genauso.«

»Wieso ›wenn was schiefgeht‹?«

»Weil, wenn sie wissen, dass die Kohle von dir ist – und woher sollen die ganzen schönen Deutschmark sonst auch kommen? –, wollen sie von dir vielleicht wissen, ob da nicht noch mehr zu holen ist. Ein paar Schläge hier, ein paar dort, bis du sie geradezu anbettelst, Papas Sparbuch als Geschenk anzunehmen. Wollen wir das? Ich jedenfalls nicht. Und Kiki wird mit ihrer Art für gute Stimmung sorgen. Ich will es so relaxed wie möglich haben.«

Den letzten Satz hört Kiki, als sie zur Tür hereinkommt.

»Relaxed? Das ist genau mein Ding«, sagt sie fröhlich. »Wo ist mein Tee?«

Sie küsst Sander, küsst ihn, lässt kurz die Hand auf seiner Schulter liegen, ehe sie sich neben Sander setzt.

»Was genau wollen wir relaxed haben?«

»Alles! Absolut keinen Bock auf Stress mehr«, sagt Sander, während er ihr Tee in seinen leeren Kaffeepott einschenkt.

Den restlichen Mittag verbringen sie mit der Frage, wo sich zweihundert Kilo Hasch am sichersten verbergen lassen. Die Werkzeugkiste ist Geschichte, viel zu klein für diese neue Dimension. Aber der Hebemechanismus, der muss doch noch für etwas zu gebrauchen sein.

Die Arbeitsgrube in der Werkstatt fällt ihnen ein. Sie rollen den alten Teppich auf und bohren an den Ecken Löcher in die Betonplatte, die über der Grube liegt, setzen große Haken ein und befestigen die Ketten daran. Vorsichtig spannen sie an, die Ketten halten, die Platte hebt sich. Ein Geruch von ranzigem Öl füllt die Luft. Kiki weigert sich mitzugehen, hockt sich an den Rand, während Sander und er über eine glitschige Treppe hinabsteigen.

»Sieht aus wie ein Grab«, sagt sie düster.

»Perfekt, oder?«, grinst Sander, während er an der Wand entlangstreicht »Da will niemand wirklich reingucken. Wir stellen ein paar alte Kisten rein, einen Haufen Putzlappen darüber, und der Fisch ist gegessen.«

Er streckt Kiki seine Hand entgegen, sie weicht angeekelt zurück, an seinen Fingern kleben Öl und Dreck.

»Leichenfett!«, schmatzt er, als hätte er eine Delikatesse entdeckt, und wankt theatralisch und stöhnend nach oben. »Leichenfett!«

Er greift nach einem Tuch, um die Treppe zu putzen, aber Sander stoppt ihn.

»Bloß nichts sauber machen. Das ist unser bester Schutz!«

Er schaut verwirrt auf die schwarze Spur, die Sanders Sohlen in der Werkstatt hinterlassen. Aber man muss ja nicht immer alles verstehen.

Um halb sieben zieht Sander seine Lederjacke an und stellt den Kragen auf. Kiki hat sich umgezogen, trägt über einer angerissenen Netzstrumpfhose einen schwingenden Rock, als würde sie zu einem ihrer Konzerte fahren. Das weite T-Shirt über dem Hemdchen sieht zu dünn für diesen kalten Abend aus. Er zieht seine Jeansjacke vom Haken und reicht sie ihr. Sie zieht sie an, muss lachen. Viel zu groß. Sie krempelt die Ärmel um, knöpft die Jacke nicht zu, sondern schlägt die Seiten über und zieht sie mit einem schmalen rosafarbenen Gürtel fest zusammen.

»Siehst fast aus wie Nena«, lacht er.

Sie faucht, zeigt die Krallen, grinst.

Es ist Zeit.

Sander wirft ihm den leeren Rucksack zu, schaut ihn auffordernd an. Er geht in sein Zimmer, greift das Kissen und schüttet die Geldbündel, auf denen er in der Nacht alles andere als ruhig gelegen hat, in den Rucksack.

Sander steht schon halb draußen, checkt die Straße, während Kiki ihn am Treppenabgang erwartet.

»Nervös?«, fragt er besorgt.

Sie nickt nur.

Er küsst sie schnell, und Sander wendet sich ihnen in diesem Moment zu.

Die Straßenlaterne beleuchtet ihn von hinten, ein hagerer, knochiger Typ, zäh und behände; einer mit einer zweiten Hülle aus verschwiegener Vergangenheit unter der Haut. Eine Hülle, die ihn schützt und zugleich einschließt, die ihn für die anderen fremd und unfassbar macht. Nur die, die selbst eine solche Hülle in sich tragen, mit ganz eigener Vergangenheit, erkennen das. Leute wie er. Und doch muss jeder von ihnen seinen eigenen Weg finden, mit dem Leben da draußen in Kontakt zu kommen, seine Rolle einnehmen in diesem Spiel. Sander als Babbeltje, immer bereit zu einem Spaß, mit einem ermüdungsfreien Mundwerk, wenn es darum geht, seine Ziele zu erreichen und sich einen Platz zu schaffen bei den anderen. Und er, Knabbeltje? Was ist seine Rolle, sein Weg?

Sander winkt ungeduldig mit dem Kopf. »Ey Leute, keine große Show jetzt. In einer Stunde, maximal in anderthalb, sind wir zurück.«

Er geht mit ihnen bis zum Renault, gibt Kiki den Rucksack. Eine feuchtkalte Bö lässt ihn frösteln.

Sander startet und fährt langsam an.

Zum Abschied klopft er mit der flachen Hand auf das Dach des wegfahrenden Wagens, sieht den kleinen roten Rücklichtern hinterher, bis sie abbiegen.

13

Während sie auf Sophie warteten, hatten sie kein Wort mehr über Sanders Friedhofsbesuch verloren. Sander hatte nur noch einen schalen Witz über die abgelegenen, leer stehenden Gebäude in der Gegend gemacht, in denen man ganz wunderbar Haschplantagen installieren könnte. Und ob er nicht lieber den Job wechseln wollte, in dem Geschäft würde er viel mehr verdienen können als in der Politik. Dann hatte Sander detailliert wissen wollen, womit sich sein Freund Marcel als Staatssekretär im Justizministerium den lieben langen Tag herumschlagen musste. Ein etwas abstruser Übergang, der ein bisschen nach billigem Ablenkungsmanöver roch.

Aber er hatte dankbar die vielen Fragen aufgegriffen und Sander am Beispiel der Cannabis-Legalisierung mit den Feinheiten des deutschen Gesetzgebungsprozesses vertraut gemacht; das war für ihn eine deutlich leichtere Aufgabe, als einen Niederländer über einen SS-Großvater hinwegzutrösten.

»Jedenfalls wäre uns damals in Amsterdam eine Menge erspart geblieben, wenn es dieses Gesetz schon gegeben hätte«, hatte er seinen kleinen Vortrag schließlich beendet.

Aber Sander hatte sogleich mit dem Zeigefinger herumgefuchtelt wie ein Verkehrspolizist, der das Überfahren eines Stoppschildes missbilligte.

»Das ist nur halb wahr, mein Lieber. Hätte es dieses Gesetz schon gegeben, hätten wir alle uns vermutlich niemals kennengelernt. Oder doch, aber wir wären niemals so gute Freunde geworden. Bei allem Schrecklichen: Was für ein Verlust!«

»Da hast du allerdings recht. So gesehen, könnte unser

schönes Gesetz am Ende also die ein oder andere deutsch-niederländische Freundschaft verhindern.«

»Das könnt ihr doch nicht ernsthaft wollen, Knabbeltje!«, gab sich Sander empört.

»Ich verspreche dir, wenn das Gesetz erst durch ist, werde ich nicht ruhen, bis der Etat für den deutsch-niederländischen Jugendaustausch verdoppelt wird.«

Sander grinste.

»Na, vielleicht solltet ihr lieber noch mal über das Gesetz nachdenken.«

Und dann stand Sophie im Hinterhof. In eng anliegenden Bluejeans und einer leicht glänzenden, sportlich geschnittenen Bluse, deren Mittelblau mit der Farbe ihrer Augen korrespondierte und ihr nach hinten gebundenes, langes blondes Haar noch stärker leuchten ließ. Sander, der Blödmann, pfiff leise durch die Zähne. Peinlich. Er erwartete diesen genervten Blick von ihr, der so vernichtend sein konnte. Stattdessen lachte sie, und Sander stimmte ein.

Wie sie da stand, so selbstgewiss, so schön, so energetisch, ganz wie bei ihren ersten Begegnungen. Hatte Sander diese Leichtigkeit, diese Bereitschaft zum Glück, die ihnen unterwegs abhandengekommen war, nur mit seinem kleinen Telefonflirt in ihr wiedererweckt? So einfach sollte das gehen? Beruhig dich, Kamrath, eifersüchtig wie ein Teenager! Immerhin ist sie wegen dir nach Berlin gekommen. Um dich zu überraschen. So gekleidet, wie du sie am liebsten siehst.

»Willst du deiner Freundin nicht endlich einen Stuhl anbieten, Knabbeltje?«

»Ich musste gerade nur so intensiv an Botticelli denken.«

So leicht kannst du mich nicht mehr vorführen, Sander. Über die Jahre habe ich gelernt, schlagfertiger zu sein. Fast so wie du. Der du jetzt sicher gerade nur Bahnhof verstanden hast, während Sophie noch schwankt, ob sie das kunsthistorische Kompliment ihres komplizierten Geliebten ein wenig albern oder betörend finden sollte. Aber ihre zart geröteten Wangen hatten sich schon entschieden.

Jetzt konnte er aufstehen und ihr einen Stuhl vom Nebentisch holen, ohne dass er wie ein Erfüllungsgehilfe von Sanders Charme aussah.

Sie gab ihm einen langen Kuss.

»Aphrodite trüge heute also Levis – das ist eine gewagte These, selbst für einen Juristen«, neckte sie ihn, ehe sie sich Sander zuwandte. »Was hatten Sie da gerade zu Marcel gesagt? Knabbeltje?«

»Ich beichte alle Details, wenn ich dich duzen darf.« Sander grinste. »Ihr Deutschen seid echt total plemplem mit dieser Siezerei.«

»Also gut: DU, oh Sander, enthülle mir die tiefsten Geheimnisse meines Geliebten.«

Er griff nervös nach seinem Glas und trank, aber Sander gelang es, ausführlich von ihrer Amsterdamer Freundschaft zu erzählen, ohne dass auch nur ein einziges Mal die Wörter Gras oder Hasch fielen. Und so ging es weiter. Sie fragte Sander aus, und Sander lieferte ihr Anekdote um Anekdote, in denen sein Freund Marcel stets im besten Licht erschien: wortgewandt, locker, abenteuerlustig und immer im rechten Moment klug und mit Übersicht.

Eigentlich war der Marcel dieser Anekdoten eine Kunstfigur, in der das Beste von Sander und ihm zusammengefügt war. Noch eine sehr subtile Freundschaftserklärung an diesem Abend. Er war gerührt und beschwingt, und Sophies Hand auf seinem Oberschenkel war zart und verheißungsvoll.

Dann zog Sander überraschend, aber nicht unwillkommen den Autoschlüssel hervor.

»Meine Lieben, ich will euch nicht länger von eurem Tête-à-Tête abhalten. Ich werde jetzt aufbrechen.«

Spät genug war es, und es würde noch später werden mit Sophie. Zum ersten Mal in seinem Apartment. Er wurde unsicher, ob das wirklich eine gute Idee war. Aber sich jetzt mit fadenscheinigen Ausreden aus diesem außergewöhnlichen Abend zu verdrücken, das wäre billig und unwürdig. Sophie und auch sich selbst gegenüber.

»Ich besorge die Rechnung«, sagte er, aber Sander winkte gleich ab.

»Ist schon alles geregelt, Knabbel. Wir können gehen.«

»Können wir denn gar nichts beitragen?«, fragte Sophie.

Sander schien zu überlegen. »Na, ihr könntet mich noch zu meinem Wagen begleiten. Der steht irgendwo da hinter diesem Park«, er wies in eine unbestimmte Richtung.

»Na klar! Bodyguard spielen ist eine unserer einfachsten Übungen, Knabbeltje, oder?« Sie knuffte ihn übermütig in die Seite. Irritierend. Aber sie hatte ihr zweites Glas Wein auch viel zu schnell getrunken, fand er.

Später hätte er nicht mehr sagen können, wer von ihnen auf die Idee gekommen war, noch eine Runde durch diesen Park zu drehen. Jedenfalls war Sophie ganz begeistert gewesen. Es war ja auch noch warm, eine perfekte Frühsommernacht. Trotzdem waren sie allein im Park. Wochentag halt. Eine sehr angenehme, friedvolle Stimmung.

Im hinteren Teil des Parks stießen sie auf einen eigenartigen, gotisch aufgetürmten Brunnen. Im Taschenlampenlicht ihrer Smartphones entdeckten sie an den Seiten märchenartige Figuren und rundherum bronzene Putten, die ihr Wasser auf verschiedenste Arten nicht halten konnten.

Dann entdeckte Sander einen überdimensionalen, mit einer Rundbank ausgestatteten Holzpilz, der auf einem Hügel am Rand der Anlage aufgebaut war.

»Hey, von da haben wir bestimmt einen schönen Blick über den Park. Den nehmen wir noch mit.«

Sie saßen eine Weile da oben, Sophie schürfte nach längst versunken geglaubtem Proseminarwissen und unterrichtete Sander über historische Parkanlagen.

Allmählich geriet ihm dieser kleine Ausflug zu ausufernd. Er mahnte zum Aufbruch, er durfte nicht zu unausgeschlafen sein. Das Plenum morgen würde nicht vor Mitternacht beendet sein.

»Ach komm, Knabbeltje. Ein halbes Stündchen. Es gibt noch Nachtisch.« Sander zauberte einen großen Joint aus der Tasche.

»Oh, nein, nicht auch das noch«, stöhnte er auf.

»Hab ichs mir doch gedacht. Ihr wart bestimmt keine Kostverächter damals in Amsterdam. Alte Freunde, alte Kiffer, was?« Sophie lachte.

»Komm, du hast in deinem Leben bestimmt schon mal geraucht«, sagte Sander.

»Geraucht ja, aber gekifft? Nie. Ich kannte leider niemanden, der das machte.«

Sander zündete den Joint an und zog genüsslich daran.

»Na, dann ist es ja wohl allerhöchste Zeit!« Er reichte ihn an Sophie weiter.

»Sophie, bitte. Wir wollten doch noch zu mir. Das hier kann Stunden dauern.«

»Sei kein Spielverderber, Marcel. Du musst doch austesten, wofür du dich als Staatssekretär einsetzt.«

Er wollte gerade erklären, dass er in Amsterdam Selbstversuche für zwei Leben angestellt hatte, da zog sie schon heftig an dem Joint. Zu heftig. Sie musste husten, fasste sich aber und sog diesmal etwas vorsichtiger an dem dünnen Mundstück. Dann hielt sie ihm die Tüte hin.

Wie lange war das her? Nach der Katastrophe mit Sander und Kiki hatte er das Zeug über Jahre nicht mehr angerührt. Er wäre sich wie ein Verräter vorgekommen. Aber bei irgendeinem verdrießlichen Parteikonvent hatte er doch dankbar den Sticky angenommen, den ihm ein nicht minder genervter Kollege zur Entspannung anbot. Fünfzehn Jahre war das sicher her.

Sophie wedelte lachend mit dem Joint vor seiner Nase herum. Es roch nicht schlecht.

»Ist ganz soft, Knabbel, plättet nicht und regt eher an. Kleine Selbstzüchtung von mir. Das Zeug, mit dem sich die Jugend heute abschießt, ist nichts für alte Männer wie uns. Aber wenn du nicht willst.«

Sander nahm Sophie die Tüte aus der Hand und zog leicht.

Wenn er jetzt rauchte, geriete er in Gefahr. Nicht nur, weil ihn jemand dabei beobachten könnte. In dem, was es mit ihm machen würde, lag vielleicht das größere Risiko. Eine Auszeit von der klaren Ordnung, in der er sich bewegte, von der Verantwortung; es würde Räume öffnen, die ihm womöglich eine Rückkehr in die Pflicht schwer machen könnten; Gefühle verstärken, gegen die er sich seit Jahren regelmäßig zur Wehr setzen musste, längst dringliche Fragen noch dringlicher machen. Warum tat er sich das alles an? Diese ständige Selbstdisziplinierung, den Kampf, die Streitereien, ja auch die Intrigen. Denn da durfte man sich doch nichts vormachen. Vieles von dem, was unter dem Label »politisches Netzwerken« lief, drehte sich darum, Konkurrenten wegzuräumen – im besten Falle, weil man glaubte, sie würden die falschen Ziele verfolgen, im schlechtesten Falle, weil man unbedingt denselben Job haben wollte. Dann wiederum im besten Falle, weil man sicher war, es besser zu können als die anderen, im Normalfall, weil Stillstand in der politischen Karriere Rückschritt war, weil man sich nur halten konnte, wenn die Macht wuchs, um jene zu versorgen, die einen stützten. Wenn er jetzt diesen Joint rauchte, würde er sofort spüren, wie sehr er sich um ein wirkliches Leben jenseits der Arbeit betrog, um die Glücksmomente, in denen man einfach da war, eins mit sich und der Welt, und auch um die Momente der Trauer, die Tage, an denen man sich selbst nicht aushalten konnte, es aber musste – und dann auch schaffte. Das gehörte zum Leben doch dazu und kostete aber Zeit, die er seit Jahren nicht mehr hatte.

»Uuuuiiih!«

Das war Sophie. Sie hob offenkundig gerade ab, musste giggeln und lachen, bekam sich nicht mehr ein und steckte Sander an, den smarten Geschäftsmann in seinem schicken silbergrauen Maßanzug. In seinem Gesicht erkannte er jetzt das Gesicht des jungen Sander so deutlich wieder wie nie zuvor in den letzten Tagen. Wie damals! Ich will auch. Einfach loslassen, schauen, was passiert, sich im Zusammenhang mit den unmittelbaren Bedürfnissen fühlen, unverstellt kommunizieren, das Kurzzeitgedächtnis auf Echtzeitdauer konzentrieren, über Konsequenzen, Probleme, Folgekosten gar nicht mehr nachdenken können, weil es um den Moment ging.

Er gab Sander ein Zeichen, der reichte ihm grinsend den Joint, er sog daran, das war wirklich ein holy shit, feinstes Zeug, ganz wie Sander gesagt hatte, wolkig watteweich und erfrischend zugleich. Du bist ein Künstler, Sander, ein wahrer Künstler. Du könntest reich werden mit dem Zeug. All die alten Säcke, die das Kiffen meiden, weil sie dann am nächsten Tag nicht mehr in die Gänge kommen, würden dir die Bude einrennen.

Es war gut, wie es war. Sehr gut sogar. Bestens. Höchstens schade, dass sie keine Süßigkeiten oder Chips dabeihatten. Sander gratulierte Sophie. Oft merkten die Leute ja beim ersten Mal nicht gleich etwas, aber sie hätte vermutlich das Gen dafür. Eines dieser geheimnisvollen Gene, die die Wissenschaft noch nicht entdeckt hatte.

Er zog noch einmal, ehe er den Joint an Sander weiterreichte, aber Sophie entwand ihn ihm behände, nahm zwei kräftige Züge, bis der Filter beinahe erreicht war und Sander ihn gentlemanlike übernahm, um die Glut auszudrücken.

Sophie begann, einen Film nachzuerzählen, den sie erst jetzt in seinem ganzen absurden Witz begriffe. Wie er einem diese vollkommen alberne Unterwerfung unter die eigene Angst, peinlich zu erscheinen, vorgeführt habe, die in dieser Gesellschaft herrschte. In der alle nur noch auf cool machten, absolut narzisstisch um ihre Außenwirkung besorgt. Wie viele Jahre sie da selbst mitgespielt habe, an der Seite ihres Mannes. Allein diese Empfänge und – ganz gruselig – die Auslandsreisen, das Damenprogramm für die Ehefrauen der Vorstandsmitglieder, deren hierarchische Ordnung sich unhinterfragt sofort dem Rang der Alpha-Gatten nachbildete. Wem die Wortführerschaft zustand, die Meinungshoheit. Wer die subtilen Demütigungen austeilen durfte und wer sie hinzunehmen hatte. Sie könnte kotzen, wenn sie an diese Leute dachte, zu denen sie selbst gehört hatte, aber immer nur halb, nie ganz eine dieser – ja, das war das richtige Wort: Meinungshoheiten.

Es war offenkundig, wie sehr sich Sophie in Rage redete, ihre Hände zitterten leicht, sie hatte es wahrscheinlich etwas übertrieben, und die schlechten Gefühle drohten sie so verstärkt zu überwältigen. Er sah Sander beunruhigt an, aber der arbeitete bereits an einer Lösung, zauberte eine Packung Weingummi hervor. Auch auf dieser Ebene hatte Babbeltje eben schon immer an alles gedacht.

»Sophie! Nun kommt der nächste Schritt deiner Ausbildung«, zog er ihre Aufmerksamkeit von den bösen Erinnerungen ab. »Jetzt ist dein Geschmackssinn gefragt. Nie, nie, nie zuvor wirst du Weingummi so sehr genossen haben. Beginnen wir mit: Orange!«

Es konnte so einfach sein. Nach dem dritten Stück Süßigkeit war das Damenprogramm vergessen. Nebeneinander schauten sie ins Dunkle und schmatzten, warben blumig für die von ihnen jeweils bevorzugte Geschmacksrichtung.

Sander reichte ihm noch einen kleinen Joint. »Der ist nur für dich, Marcel. Nie mehr als einen Joint beim ersten Mal, Sophie.«

Sie lachten und schmatzten weiter.

Das ist wirklich feinste Ware, dachte er kurz darauf und betrachtete die Glut seines persönlich von Sander für ihn gedrehten Joints.

»Da hab ich ja wohl richtig gerochen, Leute. Was'n hier los? Schickimickikiffen?«

Erschreckt fuhren die drei herum.

Im Unterholz am hinteren Rand der Anhöhe stand ein abgehalfterter Kerl. Junkie vielleicht. Schwarze Jeans, hochgeschlossene Lederjacke. Anfang vierzig, konnte natürlich auch zehn, fünfzehn Jahre jünger sein, schlimme Zähne jedenfalls, aber er wirkte ziemlich frisch, Methadon, Uppers, alles war möglich.

»Und das in meinem Kiez. Leute, Leute. Ohne mir was abzugeben?« Seine Stimme schwankte zwischen Spaß und Drohung.

»Klar geben wir dir was ab. Hier, du kannst ihn gerne haben.« Er hielt ihm den Joint entgegen. Nur keinen Ärger jetzt.

»Hey, dich kenn ich doch irgendwoher. Du bist so'n Promi, oder? Ja, klar, hab dich heute noch in der U-Bahn gesehn. Im Fernsehn. Alter, du bist dieser Haschtyp von der Regierung, oder? Heroin solltet ihr mal legalisieren, ihr blöden Kiffer.«

So ein Mist. Er versuchte, sich gegen die Wirkung des Joints zu stemmen. »Nee, ich seh dem nur ähnlich. Werd ich dauernd drauf angesprochen«, fiel ihm endlich ein.

Der Junkie hatte plötzlich ein abgewetztes Smartphone in der Hand und drückte wild auf einem Button herum. Immer wieder blitzte ein Licht auf und blendete ihn.

»Ist ja scheißegal. Hauptsache, du siehst so aus, Mann.« Er drückte weiter ab. »Wie geil, Alter! Voll mit dem Joint in der Hand. Die Fotos bringen mir fünfhundert. Mindestens! Ey, ich werd die meistbietend versteigern. Lächeln, Alter, immer schön lächeln!«

Erst jetzt begriff er, dass er dem Kerl die ganze Zeit über noch den halb gerauchten Joint entgegenhielt. Und das vermutlich mit roten Augenrändern, in einem vollkommen überblendeten kalkweißen Horrorgesicht. Staatssekretär Dr. Kamrath – vollgepumpt mit Drogen. Er warf den Joint weg und bemühte sich aufzustehen.

Es dauerte ein wenig, bis der Befehl die Beine erreicht hatte, aber dann kam er doch schneller hoch als gedacht.

»Mach keinen Ärger, Mann. Gib mir das Handy. Das geht zu weit.«

Er ging mit langsamen Schritten auf ihn zu, die Hände ausgestreckt. Redete in möglichst ruhigem Ton.

»Du bekommst die fünfhundert von mir, okay? Gleich jetzt, cash auf die Kralle. Plus zweihundert für das Handy.«

»Ha, bist du doch der Politclown. Haha, das wird vierstellig, Alter, vierstellig, ganz locker!« Der Junkie freute sich wie ein kleiner Junge und begann, auf der Stelle zu hüpfen wie ein Sprinter bei den Startvorbereitungen. Vollkommen irre.

Er musste ihm das Handy abnehmen, unbedingt. Stürzte auf ihn zu, aber kurz bevor er ihn erreicht hatte, sprang der Junkie zur Seite und lief an ihm vorbei, den Hügel hinunter in den Park. Sander war nah bei Sophie geblieben, die vollkommen erstarrt dasaß, hechtete jetzt aus dem Sitz hinter dem Junkie her, versuchte, seine Beine zu fassen, griff ins Leere, kugelte den Hügel herunter.

Er musste ihm selbst hinterher, ihn unbedingt kriegen. Das konnte nicht sein, das durfte nicht sein. Nimm die Beine in die Hand, Marcel, mach schon, ja, die sind schwer, und alles zittert. Trotzdem, gib alles!

Der Junkie war erstaunlich schnell. Früher Sportler gewesen vielleicht. Sprintete Richtung Norden. Da waren Bus- und S-Bahn-Haltestelle. Und wer weiß was für Möglichkeiten, zu entkommen.

Endlich schien der Mann doch noch an Energie zu verlieren. Er kam ihm näher, holte Meter um Meter auf. Der Junkie brach ein wie ein Vierhundertmeterläufer, der am Anfang völlig überpaced hatte, kam fast nicht mehr von der Stelle.

Jetzt konnte er ihn schon fast greifen, noch einmal gegen den Schmerz in der Lunge und in den Oberschenkeln hart durchziehen, jetzt!, jetzt stieß seine Hand nach vorne, fest gegen den Rücken des Junkies. Der vornüber zu Boden stürzte.

Er warf sich über ihn, aber der Kerl rollte zur Seite. Dann sah er plötzlich das Springmesser in dessen Hand. Nicht sehr groß, aber lang genug und spitz.

Sie richteten sich beide vorsichtig auf, einander belauernd, tief in den Knien bleibend, er zitterte vor Angst, unbekanntes Terrain, körperliche Gewalt, nie gelernt, Judo, Karate, so etwas wäre jetzt Gold wert. Aber dem völlig ausgepumpten Junkie ging es kaum besser, ganz offensichtlich, auch wenn der ihn provozierend angrinste und mit dem Messer herumfuchtelte.

»Mach dich vom Acker, Alter. Sonst biste tot.«

Endlich kam Sander, aber noch weit hinten auf dem Weg, Sophie im Schlepptau, wollte sie anscheinend nicht zurücklassen, sie bewegte sich langsam und ungelenk wie ein Spielzeugroboter. Sander rief, nicht sehr laut, aber der Junkie war für einen Moment abgelenkt.

Das war die Chance. Er holte aus, um ihm mit dem Fuß das Messer aus der Hand zu treten. Der Junkie wich noch etwas aus, der Fuß traf die Hüfte, der Stoß wirbelte den Mann herum, der knickte um, strauchelte und stürzte auf die Wiese neben dem Weg, mit einem Schrei, ehe er sich drehte wie in Zeitlupe, die Hand an die Seite gepresst.

Im Sturz war dem Mann das Handy in weitem Bogen aus der Tasche geflogen, und er konzentrierte sich nur noch auf das schrottige Teil im Gras, sprang dorthin, griff es, steckte es in seine Jackentasche.

Und dann hörte er Sophie, die nur noch wenige Meter entfernt war, laut aufschreien. Sie starrte den sich umherwälzenden Junkie an, der die Hände immer noch auf seine Seite presste. Als er ihrem Blick folgte, sah endlich auch er den Griff des Messers, der zwischen den Händen hervorschaute. Bis zum Schaft steckte es in der Jacke. Aus dem Riss im Leder und unten aus dem Bund quoll Blut hervor. Eine Menge Blut.

Sander hatte inzwischen Sophie von hinten umfasst, hielt ihr den Mund zu. Sie wehrte sich, Rangelei, Sander redete auf sie ein, beruhigte sie, warnte sie, bloß nicht auffallen jetzt, wir müssen ruhig bleiben, ja, er hat recht, wir müssen jetzt ruhig bleiben. Mein Gott, es ist alles vorbei, wie sollen wir da ruhig bleiben, das ist alles zu viel, was passiert hier, da musste etwas in dem Joint gewesen sein, das hier konnte doch nur eine einzige große Halluzination sein!

Der Junkie drehte sich noch einmal schmerzverkrümmt zur Seite, blieb dann reglos liegen. Wenn er jetzt hinüberginge zu ihm und ihn anfasste, dann würde sich dieses Hirngespinst mit einem Mal auflösen.

»Bist du wahnsinnig? Bleib weg!«, zischte Sander, sich nervös umschauend.

Aber das konnte er doch nicht. Und wenn es keine Halluzination war, dann brauchte der Mann doch Hilfe. Er kniete sich neben ihn, fasste vorsichtig an seine Schulter, plötzlich fährt der hoch! Greift mit der Hand nach seinem Kopf! Verkrallt sich in seinem Haar, stöhnt, röchelt nach Hilfe, reißt ihm ein Haarbüschel aus, die Fingernägel in der Kopfhaut wie Krallen.

Er griff den Arm des Junkies, drückte ihn weg, bis die Hand seines Gegners alle Kraft verlor und der Mann zurück in die Seitenlage fiel, ohnmächtig oder ...?

Von hinten schoben sich zwei Hände unter seine Schultern. Sander. Der ihn unnachgiebig hochzog und zu Sophie führte, die ihn kreidebleich ansah, Teil eines ungeheuren Albtraums.

»Hör mir jetzt zu, Marcel, oder du landest im Knast. Marcel! Hörst du? Verdammt!«

»Er lebt doch noch. Wir müssen ihm helfen!«

Sander hob die Hände gegen ihn. »Bleib du hier bei Sophie. Warte, okay?«

Erst als er nickte, ging Sander herüber, mit etwas Abstand um den mit dem Rücken zu ihnen still daliegenden Mann herum, beugte sich hinunter, nahm ein Taschentuch. Prüfte wohl die Pupillen, den Puls an der Halsschlagader, zog ein wenig den Reißverschluss der Lederjacke herunter, linste hinein, schaute wieder hoch, schüttelte den Kopf.

»Nichts zu machen. Ihr müsst weg von hier. Alle beide. Sofort!«

»Das geht doch nicht«, stammelte Sophie.

»Und was geht, Mylady?«, fragte Sander jetzt scharf. »Willst du die Polizei auf euch hetzen?«

»Aber wir haben doch gar nichts getan! Der hat uns überfallen. Ist in sein Messer gestürzt. Wir sind doch Zeugen!« Ihre Stimme kippte ins Hysterische.

»Und die Kampfspuren hier? Und der bekiffte Staatssekretär mit seiner bekifften Geliebten? Samt altem Freund aus dem Drogenparadies? Tolle Zeugen, was? Selbst wenn uns die Polizei glauben sollte – ihr wäret erledigt. Die Medien reißen euch in Stücke, kein Stein bleibt auf dem andern, euer Leben explodiert. Und es wird kein neues für euch geben. Nicht in diesem hochanständigen Land. Ihr müsst jetzt weg.«

Er hatte Sander die ganze Zeit still zugehört. Mit jedem Wort war er nüchterner geworden, als hätten die körperliche Anstrengung und der Schock das THC aus seinem Körper geschwemmt. Sander hatte recht. Sie hatten keine andere Wahl.

»Du willst ihn so liegen lassen?« Das konnte allerdings keine gute Idee sein.

»Vertrau mir, Marcel. Ich regele das. Ich schiebe ihn eben unter den Strauch, hole den Wagen, packe ihn in den Kofferraum und lasse ihn verschwinden. Der Weg ist breit genug, ich kann durchfahren bis zur Sonnenallee und bin in fünf Minuten auf der Autobahn. Lasst mich machen und haut jetzt ab, verdammt.«

»Aber keiner von uns kann noch fahren!« Wie erbärmlich er klang. Wie schwach. Ein hilfloses Kleinkind. Und Sander der Vater, der auf alles Antworten wusste, wissen musste!

»Also gut, geht zur Sonnenallee, aber haltet euch hinter den Büschen. Ich rufe einen Freund an. Luka. Er fährt euch zu deiner Wohnung. Lass gleich morgen früh deine Klamotten verschwinden, Knabbel! Hast du verstanden?! Und zu niemandem ein Wort! Los jetzt!«

14

Amsterdam, 6. November 1983

Er schaut auf die Uhr, während er wieder ins Haus zurückkehrt. Schaltet das Radio an. *Human Nature.* Michael Jackson. Nicht gerade aufmunternd. Er dreht weiter. »Und ich düse, düse im Sauseschritt und nehm die Liebe mit auf meinem Himmelsritt«. Der zweite deutsche Song in diesem Jahr, der es auf Platz eins in den Niederlanden geschafft hat. Ist auch keine Lösung. Er schaltet aus und geht hinunter in die Werkstatt, probiert noch mal die Hebevorrichtung aus. Die Betonplatte hängt schön gerade.

Er wirft einen Blick in die dunkle Grube. Die Kisten für das Haschisch stehen bereit. Er senkt die Platte wieder ab, rollt den Teppich darüber, schiebt das Sofa heran und macht sich darauf lang. Zieht ein Comicheft aus dem Stapel, den sie als Zeitvertreib für ihre Kundschaft angeschafft haben. Den würden sie jetzt nicht mehr nötig haben. Er überlegt, seinen Vater anzurufen und ihm alles zu erzählen. Fritz würde das bestimmt verstehen. Aber er würde sich zu große Sorgen machen. Und vor allem: Er würde zum Mitwisser werden. Das geht nicht.

Irgendwann fallen ihm die Augen zu.

Als ihn ein Geräusch weckt, denkt er für kurze Zeit, Kiki und Sander hätten ihn mit fröhlichem Geschnatter aus dem Schlaf geholt. Er springt vom Sofa auf und läuft zur Tür. Auf der Straße ist es totenstill, fieser Nieselregen, die Kopfsteine glänzen nassschwarz im Laternenlicht. Ein paar Meter weiter gehen ein paar Typen Richtung Wallen, die werden ihn geweckt haben. Noch einmal schaut er die Straße herauf und herunter, ehe er die Tür wieder schließt.

Er merkt, dass er hungrig ist, geht die Treppe nach oben in die Küche, schmiert sich ein paar Brote und belegt sie mit Käse. Vielleicht noch etwas Warmes dazu. Bei dem Sauwetter. Eine große Dose Suppe. Gute Idee. Kiki und Sander werden sicher auch Hunger haben. Er geht zum Vorratsschrank, schaut eher zufällig auf den kleinen Wecker, den Kiki mal besorgt hat.

Schon fünf nach halb zehn.

Er versucht, sich den Schrecken wegzuerklären, während er die Suppe im Topf umrührt. Das Auto hat eine Panne. Oder die Jugos wollten alles bis zum letzten Schein nachzählen. Fast tausend Scheine, das dauert. Vielleicht noch auf Echtheit prüfen. Oder womöglich wollten die plötzlich doch Gulden statt Mark haben. Welche Wechselstube in Amsterdam würde das tun? Oder sie warteten an der falschen Stelle. Oder ... er hört ein Geräusch. Sind sie endlich da? Er geht zum Türrahmen, zieht den Vorhang beiseite, schaut ins Treppenhaus.

»Hey, Kiki? Sander?« Er will lauter rufen, die Stimme bricht ihm weg, er verschluckt sich. Als er sich ausgehustet hat, läuft er in sein Zimmer und kramt den Stadtplan hervor. Het Vliegenbos. Auf der anderen Seite des IJ.

Mit Kikis Fahrrad und der Fähre ist er binnen einer halben Stunde drüben.

Sobald die Fähre angelegt hat, schießt er als erster Radfahrer über den Steg. Hier kennt er sich nicht aus. Er murmelt sich die Straßennamen vor, die er sich in der Reihenfolge der Fahrtroute eingeprägt hat. Buiksloterweg, Havikslaan, Meeuwenlaan, Johan van Hasseltweg ... Dann endlich sieht er im Licht mächtiger Scheinwerfer ein Gebirge aus weißem Dampf aus den Fabrikschornsteinen emporsteigen. Er muss gleich da sein. Er wird langsamer, biegt links ab, noch einmal nach rechts, und da ist der Park. Er fasst wieder etwas Mut. Das stimmt also.

Er fährt jetzt im Schritttempo, schaut sich jeden vorbeifahrenden Wagen genau an. Aber ein Renault Kastenwagen ist nicht darunter. Als er auf einen Kanal stößt, bleibt er ratlos stehen. Biegt er nach links ab, kommt er dem Fabrikgelände zu nah, und dort, im Licht der Strahler, werden sie den Deal sicher nicht abgewickelt haben. Also dann nordwärts, den Vliegenbos entlang.

Er passiert kleinere und größere Betriebe, parkende Lastwagen, kommt an einem großen Campingplatz vorbei. Er rast durch den Park, an Sportplätzen vorbei, verirrt sich in einem Wohngebiet mit kleinen Häusern und kommt schließlich wieder bei der Fabrik raus. Er steigt ab, bleibt keuchend bei der Einfahrt stehen. Es ist beinahe Mitternacht.

Vielleicht sind sie längst zu Hause. Wie blöd, dass er ihnen keine Nachricht auf den Küchentisch gelegt hat. Jetzt werden sie sich sicher um ihn sorgen.

Die Klamotten komplett nass von Regen und Schweiß, nimmt er scharf die Kurve in ihre Straße.

Sein Herz krampft sich vor Enttäuschung zusammen. Nirgendwo ein Renault.

Hey, warte mal. Keine Panik jetzt. Könnte doch sein, dass sie genau wie du herumfahren, um dich zu finden. Er lässt das Fahrrad gegen die Hauswand fallen und sucht in seinen Taschen nach dem Werkstattschlüssel. Den er nicht braucht. Das Tor steht einen Spalt weit offen. Das Licht brennt.

Also sind sie doch zu Hause! Die Betonplatte ist fast bis zur Decke hochgezogen und schaukelt leicht. Der Teppich liegt ordentlich aufgerollt auf der Bank. Gott sei Dank, ein Jubelschrei entfährt ihm. Sie sind sogar schon dabei, die Ware zu verstauen. Die Erleichterung ein Golfstrom in seinem Körper. Er betritt die Garage. Aber sie sollen sich nicht erschrecken, wenn sie sich da unten gerade abrackern.

»Hey, hey«, ruft er nicht zu laut, »alles gut gelaufen, was?«

Er wartet.

Jetzt müssen gleich ihre Köpfe am Rand der Grube erscheinen. Aber es bleibt still. Er nähert sich der Arbeitsgrube, schaut hinein, in eine schwarze, ölige Leere.

»Hey Kiki«, brüllt es jetzt aus ihm hervor. »Sander!«

Noch einmal schaut er in die Grube, lauter Fußabdrücke im Dreck, logisch, sie haben da heute Mittag noch gestanden.

Aber da liegt etwas. Ein ölverschmierter toter Vogel, Quatsch, vielleicht ein großer Lappen. Vorsichtig steigt er hinab.

Es ist Sanders Lederjacke. Er hebt sie auf. Sie scheint ihm schwerer als normal. Das Innenfutter ist durchnässt. Er greift in die Innentasche, zieht Sanders Portemonnaie hervor, wirft es auf den Rand der Grube. Schiebt die Jacke hinterher. Alles so nass und schmutzig. Er klettert wieder zurück nach oben, ans Licht.

Seine Hände sind ganz klebrig. Scheiß Öl. Er schaut auf sie herunter. Sie sind voller Blut.

»Kiki?« Immer wieder ruft er ihren Namen, während er durch das ganze Haus läuft. »Kiki!« Sie ist nirgends zu finden. Er öffnet ihren Kleiderschrank, greift zwischen Jacken, Hosen und Röcke, rennt in sein eigenes Zimmer, zieht die Decke vom Bett, kniet sich und schaut unter das Bett. Er schwört, nicht mit ihnen zu schimpfen, wenn sie einen Scherz mit ihm treiben, auch wenn es der schlechteste Scherz ist, den sich jemals irgendwer hat einfallen lassen. In Sanders Zimmer schiebt er den Schrank beiseite. Babbeltje kommt auf die verrücktesten Ideen, ich kenn ihn doch. Er sucht hinter dem Duschvorhang und klettert mit einer Taschenlampe auf den Dachboden, nichts, keine Spur von Sander, keine von Kiki.

»Es ist schiefgegangen«, flüstert er. Panik steigt in ihm auf. Das hilft keinem. Konzentrier dich! Vielleicht mussten sie weg. Aber wohin?

Er ruft Kikis Schwester an. Schlaftrunken meldet sie sich, fragt, wer da ist.

»Ein Freund. Ist Kiki bei dir?«

»Nein. Sie ist heute Morgen weg und wollte zu euch. Aber was …«

Ehe sie ihre Frage beenden kann, drückt er schon die Gabel herunter und wählt gleich wieder. Die Nummer von Sanders Eltern.

Er kramt sein bestes Niederländisch hervor, entschuldigt sich und erklärt, ganz dringend Sander sprechen zu müssen.

Ob er denn nicht wisse, wie spät es ist, dass anständige Menschen längst schlafen würden und dass er ihn und seine Frau zu Tode erschreckt habe, fährt ihn der Vater barsch an. Also vermutlich, denn das Amsterdamer Platt, das ihm da entgegenschallt, versteht er maximal zur Hälfte. Sander jedenfalls sei nicht da, seit einem halben Jahr schon nicht mehr da gewesen, mindestens!

»Was hat der Bursche jetzt schon wieder ausgefressen?«

Er legt auf.

Die letzte Nummer, die er wählt, ist die von dem Zettel, den Sander neben dem Telefon liegen gelassen hat. Die Jugos müssen in jedem Fall doch wissen, wo die beiden sind. Zumindest, ob sie am Treffpunkt aufgetaucht sind. Eine kurze Stille im Hörer, nachdem er die letzte Ziffer gewählt hat, ein Knacken, seine Hand zittert, dann das Signal für eine Nummer ohne Anschluss. Er legt auf, liest die Nummer noch einmal genau ab, keine Verwechslung möglich, deutlich geschriebene Ziffern. Er wählt erneut, wieder dasselbe hohe Tuten.

Plötzlich packt ihn die Angst. Er zerrt die Balken zur Tür, die sie für den Fall einer Räumung bereitliegen haben, verbarrikadiert sich. Er schnappt sich eine Decke, sinkt auf eine Bank, am ganzen Leib vor Angst und Kälte bibbernd.

Sie sind nicht da, sie sind nirgendwo, aber wer hat die Jacke in die Grube geworfen? Soll das ein Zeichen sein? Wofür? Eine Warnung? Von wem? Haben Kiki und Sander das geheime Versteck verraten müssen? Aber warum? Und all das Blut? Nur ein Unfall? Oder ... Zahllose Szenarien jagen durch seinen Kopf, ohne dass er auch nur eines davon halbwegs durchdenken könnte. Einzig, dass er die Polizei nicht anrufen darf, das ist ihm klar. Er sortiert die Plätze, an denen er sie finden oder wenigstens jemanden treffen könnte, der sie gesehen hat, nach Wahrscheinlichkeit. Bis er erschöpft und mit einer heranziehenden Erkältung einschläft. Sein Gesicht tränennass von wirren Albträumen und einem glücklichen Moment, in dem er sie lachend vor sich stehen sieht, nachdem sie ihn mit herzlichen Knüffen geweckt haben.

Aber er wacht allein auf, steif und verspannt von der Nacht auf der schmalen, harten Bank. Von draußen dringt die Geschäftigkeit einer neuen Woche herein. Er geht zur Tür, schafft die Balken zur Seite, schließt auf, schaut die Straße entlang. Weiter kein Renault, und es liegt weder eine Nachricht im Briefkasten, noch klebt ein Zettel an der Tür, nichts.

Er setzt sich aufs Fahrrad, arbeitet seine Liste ab. Die Stunden rinnen ihm durch die Finger. Überall hält er sich nur kurz auf. Beim *Paradiso*, in ihrem Stammcafé, selbst am Konservatorium. Er klappert einige befreundete Wohngemeinschaften in den besetzten Häusern ab, trinkt einen Kaffee, fragt nicht direkt nach Kiki und Sander, versucht, die Leute zu einer beiläufigen Bemerkung zu veranlassen. Schließlich können hier auch V-Leute mit am Tisch sitzen, Infiltranten, die nur darauf warten, Indizien für irgendeine illegale Aktion zu sammeln oder die Polizei über untergetauchte Kraker oder wenigstens einen größeren Drogendeal zu informieren. Er muss aufpassen. Die Situation für Kiki und Sander nicht noch verschlimmern!

Alles vergebens.

Eine weitere Nacht folgt, in der er mit einem offenen Ohr, einem blinzelnden Auge schläft, bei jedem Geräusch hochfahrend, für nichts.

Und eine dritte, nachdem er den ganzen Tag über auch die unwahrscheinlichen Orte abgeklappert hat.

Mit entzündeten Nerven streift er seit dem Morgen wieder durch die Stadt, läuft mehrfach sein altes Revier ab, in der Hoffnung, die Jugos würden auftauchen. Dann hätte er wenigstens Klarheit, was sie mit Kikis und Sanders Verschwinden zu tun haben. Egal, was sie danach mit ihm machen würden. Aber niemand taucht auf, und keiner spricht ihn an.

Am Nachmittag dieses dritten Tages betritt er das Café, vor dem ihm die Jugos aufgelauert hatten. Nichts los. Der Wirt liest weit über die Theke gebeugt eine Zeitung, die aufgeschlagen vor ihm liegt.

Er bestellt einen Kaffee. Fragt, ob der Wirt eine Idee habe, wo er die Typen von letzter Woche treffen könnte. Die, die ihm so zugesetzt hatten.

»Bist du auf der Suche nach Ärger, Kleiner?«, fragt der Wirt kopfschüttelnd und rät ihm, lieber vernünftig zu sein und sich mit den Dingen abzufinden, wie sie nun mal seien.

Er fragt erneut, nun dringlicher.

»Junge, du bist echt lebensmüde.«

»Nein, absolut nicht!« Aber ehe er weiterreden kann, richtet sich der Wirt auf und geht weg, rüber zur Zapfanlage.

»So ein Jüngelchen wie du ist kein Gegner für die, höchstens ein Zeitvertreib.«

Aber das hört er schon nicht mehr, weil sein Blick auf die Zeitung fällt.

Wie ihm plötzlich kalt wird und sich eine Gänsehaut über seinen ganzen Körper zieht.

Wie er brav nickt und noch braver fragt, ob er die Zeitung lesen dürfte.

Wie der Wirt sie zusammenfaltet und ihm nicht ohne Sorge in der Miene herüberreicht.

Wie er sich an den hintersten Tisch setzt.

Wie er erst begreift, dass er weint, als er die Tropfen auf dem Zeitungspapier sieht.

Wie er murmelnd den Text entziffert, als wäre er ein Zweitklässler. Den Aufruf, dass sich jeder, der etwas über die Identität dieser jungen Frau sagen kann, bitte bei der Amsterdamer Polizei melden möge. Und den Bericht daneben, dass die schwer misshandelte Leiche der jungen Frau aus der

Kleinen Die, einem Kanal in Amsterdam-Noord, gezogen wurde.

Wie er sich zwingen muss, die Augen auf das Foto zu richten. Wie furchtbar es ihn danach sehnt, dieses Gesicht zu sehen. Und wie viel furchtbarer es sich verändert hat.

Wie leer ihr Blick ist.

Wie leblos ihre Wangen sind.

Wie dünn ihr Mund.

Wie er sich zu dem Bild ihrer Kleidung rettet. Seine Jacke erkennt, die umgekrempelten Ärmel. Wie sie gelacht hat. Wie sie gefaucht hat.

Wie er dann aufsteht und sofort wieder auf den Stuhl zurückfällt, als hätte ihm wer die Füße weggezogen.

Wie er wütend mit beiden Fäusten auf seine zitternden Oberschenkel schlägt, immer wieder. Wie er die Zeitung zusammenfaltet und in seine Jacke steckt, aufspringt und aus dem Café stürzt, am Wirt vorbei, der die Hand, die ihn aufhalten will, wieder sinken lässt.

Wie er zum Hauptbahnhof läuft. Ein Wahnsinniger, vor dem die Leute zur Seite springen.

Wie er ein Ticket für den Rhein-Main-Express kauft, die eindringlichen Fragen, ob ihm nicht gut sei, ob er Hilfe brauche, mit Blicken voller Hass beantwortet.

Wie er versteinert auf den Sitz vor ihm starrt, die ganze Fahrt über, nachdem der Zug Amsterdam pünktlich um 18:06 Uhr verlassen hat.

Wie der Zeiger der Bahnhofsuhr auf 22:55 Uhr umspringt, als er in Frankfurt aus dem Zug steigt, zu einer Telefonzelle geht und seinen Vater anruft.

Und wie er sich von da ab an fast nichts mehr erinnern kann. Tage und Nächte, die aus seinem Gedächtnis gewischt sind. Nur Fritz, der unermüdlich neben seiner Matratze hockt und so liebevoll wie hilflos über seinen Kopf streichelt, ihm Tee einflößt, ihm Lieder singt vom Aufbruch, von der Freiheit und vom Glück.

15

Als endlich alles erledigt war und er sich aufs Bett geworfen hatte, bekam er kein Auge zu, wälzte sich, starrte gegen die Decke, schwitzte unter dem Oberbett, schob es beiseite, begann, im feuchten T-Shirt zu frieren. In den Schlaf fand er immer nur für ein paar Minuten. Dachte er. Doch als er aus einem scheinbaren Sekundenschlaf auffuhr, stand der Wecker bereits auf neun Uhr, und es fehlten ihm drei, vier Stunden.

Durch die Rollladenschlitze fiel das Morgenlicht in Form von Morsezeichen auf die gegenüberliegende Wand. Wie ging das noch, drei kurz, drei lang, drei kurz, oder umgekehrt?

Sophie.

Er schaute zur Seite, er war allein.

Sie war nicht geblieben. Auf Lukas Empfehlung. Er hatte den Sinn zwar nicht ganz begriffen, aber es gab in dieser Nacht eh nichts zu begreifen. Dieser Luka hatte sich auf so perfekte Weise um sie beide gekümmert, dass er gerne alle Verantwortung abtrat. Kein Funken Energie mehr für den üblichen Kontrollwahn.

Luka hatte seinen Wagen hinter einer Hecke geparkt, hatte sie kurz gemustert und dann die Rückbank mit Folie ausgekleidet, ehe er und Sophie einsteigen durften. Unterwegs erklärte er ihnen, dass er Sophie später mit ihrem Wagen nach Potsdam fahren werde. Keiner müsse am helllichten Vormittag sehen, dass da eine obendrein bemerkenswert attraktive Frau das Apartment des Staatssekretärs verlasse. Das würde den Nachbarn sofort wieder einfallen, wenn jemand die richtigen Fragen stellte.

Luka stoppte neben Sophies Mini und verlangte eindringlich, dass sie in ihrem Wagen warten müsse, bis er zurückkehrte. Eine Dreiviertelstunde, maximal eine Stunde. Alles würde gut. Nachdem sie umgestiegen war, hatte Luka auch ihn nahe dem Apartmenthaus herausgelassen und einen Parkplatz in einer Seitenstraße gesucht.

Er hatte seine Wohnung kaum betreten, da klingelte Luka schon. »Ich schaffe das«, hatte er das Hilfsangebot abzulehnen versucht, aber Luka hatte nur leicht den Kopf zur Seite geneigt und war ohne ein weiteres Wort eingetreten.

Als Erstes hatte er seine Kleidung ausziehen müssen. Überall auf Hose, Jackett und Hemd befanden sich Flecken von Blut und Dreck. Luka, der sich eine Schere aus der Küche besorgt hatte, nahm die Klamotten entgegen und stopfte sie, nachdem er die Etiketten herausgeschnitten hatte, in einen Plastikbeutel, die Etiketten gesondert in eine kleine Tüte.

»Ich entsorge das, wenn es Ihnen recht ist. Und jetzt sollten Sie duschen gehen.«

Luka war es auch gewesen, der ihn anwies, eine E-Mail an sein Büro zu schreiben.

»Natürlich wäre es besser, wenn Sie ganz normal zur Arbeit gingen. Aber wenn ich Sie mir so anschaue. Das stehen Sie nicht durch. Zu viele Fragen. Eine E-Mail um halb drei Uhr morgens hat große Überzeugungskraft, wenn sie von zuverlässigen Leuten kommt.«

Er schrieb etwas von Magen-Darm und fiebriger Erschöpfung und der Hoffnung, in den nächsten Stunden doch noch etwas Schlaf zu finden – immerhin Letzteres war keine Lüge gewesen. Die Abstimmungen im Plenum würden sie zu händeln wissen, die Mehrheit der Koalition war groß genug, um ein paar Ausfälle zu verkraften. Und zwei seiner Termine mit regionalen Interessenvertretern konnte er Sabine Meyerling überlassen. Nur die beiden anderen Besprechungen in Sachen Cannabis-Legalisierung hätte er verdammt noch mal führen müssen. Sie zu verschieben, würde Zeit kosten, die sie eigentlich nicht mehr hatten. Immerhin sollte das Gesetz noch vor der Sommerpause verabschiedet werden. Aber es half nichts. Luka hatte recht. In seinem Zustand würde das alles nichts bringen.

»Ich weiß nicht, wie ich Ihnen danken soll«, hatte er zum Abschied gesagt.

»Sie sind ein guter Freund Sanders. Sie brauchen mir nicht zu danken. Schlafen Sie sich aus. Der Kerl hat es nicht besser verdient.«

Er hob ratlos die Schultern, sein Blick glitt zur Seite ins Leere.

»Glauben Sie mir, ich kenne diese Leute. Gehen Sie ins Bett. Später sehen Sie die Dinge wieder klarer.«

Das war um kurz vor drei Uhr in der Früh gewesen. Jetzt, um neun, sah er die Sache kein Stück klarer. Im Gegenteil. In der Nacht hatte er Flashbacks und verwirrende Träume gehabt. Sein Vater hatte an seinem Bett gesessen und um ihn geweint, als wäre er tot. Er hatte Kiki entdeckt und nach ihr gerufen, aber sie war vor ihm weggelaufen und in ein Messer gestürzt. Sander war in seinem Rücken aufgetaucht und hatte ihn durch eine Gartentür gestoßen, hinter der eine ausgelassene Ferienstimmung am Meer herrschte, während draußen die Polizei vergeblich nach ihnen suchte. Irgendwann in dieser Nacht waren ihm alle verlässlichen Koordinaten verloren gegangen, mit denen er zwischen Gegenwart, Vergangenheit und Hirngespinsten unterscheiden konnte. Alles floss ineinander, wurde eins; eine einzige Katastrophe, ein Strudel, in dem sein sonstiges bisheriges Leben zerrieben wurde, und er stand daneben und musste ohnmächtig zusehen.

Er quälte sich aus dem Bett und ging in die Küche, warf eine Kaffeekapsel in den Automaten.

Er rief Sander an, aber der nahm nicht ab. Also schickte er ihm eine SMS. Keine Antwort. Sophie war ebenfalls nicht zu erreichen. Sollte sie zur Uni gegangen sein? Unvorstellbar. Sie hatte stumm und am ganzen Körper zitternd neben ihm im Wagen gesessen.

Vielleicht schlief sie ja noch.

Derselbe Ablauf eine Stunde später. Ein vergeblicher Anruf bei Sander, eine SMS, die unerwidert blieb, und die Mailbox bei Sophie. War sie vielleicht zusammengebrochen? Und falls ja, war Luka noch bei ihr gewesen, oder lag sie seit Stunden allein irgendwo in einem Zimmer, hockte wie gelähmt unter der Dusche? Konnte man diesem Luka vertrauen? Eine Frau in hilfloser Situation.

Dummes Zeug, das war sichtlich ein Profi gewesen. Nicht darüber nachdenken, was für einer. Aber er war professionell, und er war Sander ganz offenkundig auf eine besondere Weise verpflichtet.

Womöglich war sie in Panik zu ihrem Mann gefahren, erzählte ihm gerade alles, und er tröstete sie auf eine Weise, wie er es nie zuvor getan hatte. Eine Herzlichkeit, die ihm leichtfallen würde. Im Triumph, dass ihm Sophies Beichte einen Spaten zur Hand gab, mit dem er diesem Nebenbuhler Kamrath ein ganz tiefes Grab schaufeln würde.

Diese Variante erschien ihm plötzlich so wahrscheinlich, dass er wieder zum Handy griff und ihre Nummer wählte. Als er endlich ihre Stimme hörte, konnte er ein lautes Aufatmen nicht unterdrücken, obwohl sie halb von Tränen erstickt war.

»Gott sei Dank, Sophie, ich habe mir solche Sorgen gemacht. Bist du in Ordnung?«

»Was hat …« Sie brauchte eine Weile, bis sie sich so gefasst hatte, dass sie weiterreden konnte.

»Was hat Sander mit ihm gemacht?«

»Ich weiß es nicht. Ich kann ihn nicht erreichen.«

»All das Blut.«

»Ja. Furchtbar. Ein schrecklicher Unfall …«

»So einfach ist das für dich?«, unterbrach sie ihn. »Nur ein Unfall? Hättest du ihn doch einfach weglaufen lassen! Aber du musstest ja unbedingt …«

»Sophie, hör auf! Du warst auch auf den Fotos. Ich habe das auch für dich getan!«

Sie lachte bitter auf. »Was? Was hast du für mich getan? Ihn erstochen?«

»Bist du wahnsinnig, Sophie? Es war Notwehr! Er hat mich angegriffen, ich habe ihn weggestoßen, und er – er ist in das Messer gestürzt. Willst du mich etwa zum Mörder stempeln?«

Sie begann wieder zu weinen.

Dieser Albtraum würde niemals enden. Er wollte auflegen, wartete, wusste nicht weiter, schwieg.

»Entschuldige«, sagte sie nach einer langen Weile, in der sie leise geschluchzt hatte. »Ich habe kein Auge zugemacht. Diese Bilder im Kopf. Was können wir nur tun?«

»Nichts. Nur hoffen, dass Sander ihn gut genug versteckt hat!«

»Und wenn er Familie hatte? Wenn die ihn suchen?«

»Wenn, wenn, wenn, Sophie! Wir müssen Sander vertrauen. Und die ganze Geschichte vergessen. So schnell wie möglich! Hast du verstanden?«

Sie sagte keinen Ton.

»Sophie! Der Typ ist nur einer von tausend Junkies im Jahr, die draufgehen. Mit dem Geld für die Fotos hätte der sich sowieso den goldenen Schuss gesetzt. Dieses dumme Arschloch! Ich lasse nicht zu, dass er uns in sein Unglück mitreißt.«

Sie antwortete nicht. Seine wütende Tirade hallte in der Stille nach.

Endlich räusperte sie sich. »Ruf mich vorerst nicht mehr an, Marcel.« Ihr Stimme klang plötzlich hart und entschieden. »Ich brauche Zeit, um das alles zu sortieren. Und du sicher auch.« Sie drückte ihn weg.

Die Hand mit dem Handy sank in seinen Schoß. Draußen auf dem Flur gingen Leute an seiner Wohnungstür vorbei, drei, vier in angeregter Unterhaltung. Noch ein Lachen, dann war es wieder ruhig.

In der LED-Fläche des Fernsehers spiegelte sich die Wohnzimmereinrichtung. Er mittendrin. Ein Schemen auf dem Sofa. Umhüllt von schwarzem Wasser.

Sortieren. Was gab es da zu sortieren? Sie setzte sich ab. Das war es. Weil das Leben in ihre schöne heile aufgeräumte

Welt einbrach. Mit aller Gemeinheit und Hässlichkeit und Gewalt. Und er war schuld daran? Und was war mit seiner Welt? Das betraf sie doch beide. Als ob es sie nichts anginge. Anne hätte sich nicht so einfach aus dem Staub gemacht. Selbst schuld, Marcel. Ein Fehler zieht den anderen nach sich. Ohne die Affäre mit Sophie kein Abend mit Sophie und kein Joint im Park. Und ohne Joint kein toter Junkie. Eine ganz einfache, logische Folge. Das würde er ihr bei Gelegenheit noch auslegen. Wenn es zu dieser Gelegenheit noch kommen sollte.

Aber er würde den Kontakt halten müssen. Unbedingt! In diesem Zustand, mit dieser Verdrehung der Tatsachen in ihrem Kopf war sie eine große Gefahr. Wie immer diese Beziehung zu Ende gehen würde – am Ende müsste er sie davon überzeugt haben, dass sie mindestens ebenso viel Schuld an der Situation hatte wie er. Und dass sie genauso viel zu verlieren hatte, wenn die Sache herauskäme. Sie war scharf auf das Abenteuer gewesen. Jetzt konnte er nicht zulassen, dass sie sich daraus davonstahl wie aus einem Kinofilm, der ihr zu brutal war.

Er hätte sich gerne das Schindelhauer geschnappt. So schnell wie möglich aus der Stadt heraus ins Grüne. Sich auspumpen, bis man nach Luft schnappt, und dann tatsächlich freie, frische Luft atmen. Aber selbst Berlin konnte ein Dorf sein, und wenn auch alle Parlamentarier gerade im Plenum sitzen sollten, gab es doch genügend Menschen, die ihn jetzt, wo er schwänzte, nicht sehen sollten.

Stattdessen zog er die Flasche *Linie* aus dem Eisfach. Nur einen Doppelten, um den Adrenalinpegel zu dimmen. Er schaltete das Laptop ein und las seine E-Mails, schrieb Antworten, programmierte eine Absendeverzögerung auf den frühen Abend.

Um nicht an seiner Ungeduld irrezuwerden, folgte er einem festen Rhythmus, in dem er bei Sander anrief. Aber er blieb unerreichbar. Wohin zum Teufel war der abgetaucht?

Am Nachmittag konnte er es endlich wagen, sich im Büro zu melden. Er musste sich kaum Mühe geben, um schlapp und erschöpft zu wirken. Meyerling hatte über die beiden Termine hinaus mehr Dinge regeln können, als er ihr aufgetragen hatte. Sie wusste, dass er Eigeninitiative schätzte, und er wusste, dass sie ihre Grenzen genau kannte. Es war tröstlich, dass wenigstens etwas funktionierte. Er versprach, morgen wieder an Bord zu sein, sie wünschte ihm gute Besserung, er schluckte eine sarkastische Antwort herunter, und von da an war er wieder allein.

Den Gedanken, Anne anzurufen, verwarf er. Er durfte sie in nichts hineinziehen, und vor allem sollte sie nicht das Gefühl bekommen, er würde sie als Mittel gegen seine schlechte Stimmung benutzen.

Irgendwann brach er auch seine Versuche ab, Sander ans Telefon zu bekommen.

Er checkte die Zeitungen online, blätterte ohne Konzentration durch die von Meyerling per Mail zugesandten Unterlagen für den nächsten Tag, gab sich noch zwei Gläser Aquavit und legte sich ins Bett.

Er schlief besser als erwartet.

16

Frankfurt, 9. November 1983

Dass er schon lange krank gewesen sei, erklärt er seinem Vater, als es ihm allmählich wieder etwas besser geht. Eine üble Kehlkopfentzündung. Seit Wochen schon quält sie ihn. Darum ist er nach Hause gekommen. Und weil er vollkommen erschöpft sei. Eigentlich schon seit Monaten. Er hat sich einfach in viel zu viele Aktivitäten gestürzt. Amsterdam, Fritz! Und dann das Studium. Es war einfach alles *too much*. Seine vagen und holprigen Erzählungen verlangen nach weiterer Erläuterung, aber sein Vater lässt ihn in Ruhe. Fritz ist einfach nur froh, dass er zurückgekehrt ist, und wie früher wartet sein Vater ergeben ab, was immer da kommen mag.

Diesmal ist ihm diese Engelsgeduld sehr recht. So kann er sich in die Stille seines Jugendzimmers zurückziehen, vier Treppen hoch unterm Dach, weit weg, als hätte ihn ein wütendes Schicksal aus der Welt verbannt.

Wie sehr er ihrer bedarf, dieser Stille. In seinem Kopf schwirren die Gedanken umher wie ein Bienenschwarm, aber er darf kein Wort davon herauslassen. Nur eine einzige präzise Frage würde ausreichen, seine selbst auferlegte Omertà zu brechen. So flüstert er nur, er müsse unbedingt seine Stimme schonen.

Er isst kaum und trinkt zu wenig. Sein Vater will einen Arzt rufen, aber er winkt nur müde ab. Er sei schon in den Niederlanden bei einem Hausarzt gewesen, lügt er, zwei Mal sogar, und jedes Mal sei ihm Ruhe verordnet worden. Ruhe, nichts als Ruhe sei die einzige Medizin, die da helfen könne. Fritz nickt verständnisvoll, so wie er es immer tut, wenn er auf Widerstand trifft.

Und er ist wirklich krank, bis in jede Faser seines Körpers hinein. Krank vor Sehnsucht nach Kiki, krank aus Einsamkeit, krank von ihrem Bild in der Zeitung, das sich in sein Gedächtnis eingebrannt hat, und krank von den Dämonen, die sich des Nachts schwer auf seine Brust setzen und ihm in allen schrecklichen Details von ihrem Tod erzählen, bis er beinahe erstickt und mit einem qualvollen Schluchzen um Atem ringend auffährt.

Er kneift seine tränennassen Augen zusammen, um die Quälgeister zum Verschwinden zu bringen, aber sofort werden sie von neuen Dämonen ersetzt, die sich an seine Bettkante hocken. Sie halten die blutgetränkte Jacke Sanders empor und schreien ihm entgegen, wie sein Freund ums Leben gekommen ist. Er reißt sich die Bettdecke vom Körper, um sie damit zu vertreiben, und heult laut auf, um ihre Stimmen zu übertönen. Ein ungleicher Kampf, bis ihn in der Morgendämmerung ein bleierner Schlaf übermannt. Aus dem er wieder erwacht, ängstlich nach Geräuschen der Welt unter ihm horchend, darauf hoffend, dass das Leben die Dämonen vertrieben hat. Aber auf seine Speicherkammer dringen nur ab und zu ferne Sirenenklänge und gedämpftes Kindergeschrei empor.

In seltenen Augenblicken atmet er erleichtert auf, wenn ihm wieder bewusst wird, dass zumindest er selbst dem Tod entronnen ist. Doch sofort erscheint ihm diese Empfindung als Perversität, denn wütender als alle anderen Ursachen seiner Erkrankung brennt in ihm das Gefühl der Schuld. Er krümmt sich im Bett zusammen, wenn er an seine hilflose Suchaktion zurückdenkt. Alarm hätte er schlagen müssen, noch am selben Abend. Über die verdammte Telefonkette hätte er die ganze Hausbesetzerszene mobilisieren können. Stattdessen war er eingeschlafen, und Kiki wurde als namenlose Tote aus dem Wasser gezogen, und ihr zerschundenes, entstelltes Gesicht musste als Illustration eines Zeitungsberichts herhalten.

Der Gedanke an seine panische Flucht, in der er so treulos davongelaufen ist, zieht ihm die Kraft aus den Gliedern.

Er hatte Angst, und die Angst ließ ihn feige werden. Das also war sein Liebesbeweis für Kiki, für das, was sie ihm bedeutete. Und selbst jetzt noch gab er aus Angst seinen Gefühlen nicht nach, die Polizei in Amsterdam anzurufen, sodass Kiki vermutlich immer noch als anonyme Leiche in einer Kühlzelle lag. Aber sein Leben war doch in Gefahr gewesen! Und war er nicht gegen alle Vernunft durch die ganze Stadt gefahren und gelaufen, um die beiden Freunde zu finden? Es war doch alles viel komplizierter!

X-mal durchdenkt er das Geschehen der vergangenen Woche, vom Moment an, an dem die Jugos ihn von seinem Stammplatz vertrieben, bis zu seiner verzweifelten Heimfahrt. Krampfhaft sucht er nach Beweisen, dass es nicht anders als so enden konnte, und stets endet seine Suche bei ihm selbst, der sich für den Retter ihres Dreipersonenglücks hielt. Der die Rolle des Helden so sehr genoss, weich gebettet auf Fritzens österreichischem Sparbuch. Ein Möchtegern-Messias, der den ihm Anvertrauten, geblendet von seiner strahlenden Aura, den Weg in den Untergang wies.

Am siebten Tag nach seiner Rückkehr kommt der Großvater auf Krankenbesuch.

Er wäscht sich ein wenig, kämmt sich die Haare, zieht ein frisches T-Shirt an und sitzt aufrecht, als Heinrich Kamrath eintritt. So gut er kann, beantwortet er ein paar Fragen zu seinem Amsterdamer Aufenthalt. Was er im vergangenen Jahr an der Sociale Academie gelernt hat? Ob es wahr sei, dass nicht allein die Dozenten den Studenten Noten gaben, sondern beide Seiten einander? Und konnten die Professoren wirklich von sogenannten Studentenräten entlassen werden? Und, nur der Form halber gefragt, sein eigener Enkelsohn habe sich doch sicher nicht an diesen Hausbesetzeraktionen beteiligt, die das ganze Land erschütterten?

Alle kritisch ironischen Nachfragen wischt er mit einem müden Lächeln beiseite, nein, an solch kindischen und zeitraubenden Aktionen hat er sich natürlich nicht beteiligt. Hier beschränkt er sich auf ein Nicken, dort auf ein demonstratives Aufseufzen, als würde er nun, da er wieder in seiner vertrauten Umgebung wohl aufgehoben ist, umso deutlicher erkennen, welch verrückten Unterrichtsreformen sie da in Amsterdam zum Opfer gefallen waren.

Der Großvater registriert seine Antworten mit einer ungewöhnlichen Entspanntheit und einer Langmut, die ihn tief beunruhigt. Auch lässt sich an Großvaters Gesicht kein Zeichen von Abscheu erkennen, eher eine verhaltene Neugier, obwohl sein Halbwissen über die niederländische Reformfreude sicher aus den Hetzartikeln der BILD stammt.

»Und du bist krank?« Die Augen des Großvaters verraten starken Zweifel.

Er macht eine hilflose Gebärde. »Hab mir zu viel aufgeladen«, setzt er an und stoppt wieder, als der Großvater etwas aus der Innentasche seines Jacketts herausfischt.

Er erkennt das Sparbuch sofort.

»Du meinst wahrscheinlich: zu viel Geld. Wo ist das abgeblieben, Junge?«

Er presst seine Lippen zusammen. Nur ein einziges Wort, und alle mühsam errichteten Dämme würden brechen. Er würde die ganze verdammte Geschichte erzählen müssen, ganz gleich, dass da Heinrich Kamrath sitzt, vor dem er größere Ehrfurcht hat als vor der ganzen restlichen Erwachsenenwelt zusammen.

Der Großvater wartet stoisch auf eine Antwort. Unten in der Küche hört er Fritz herumfuhrwerken. Gleich wird er Tee und Kekse hochbringen.

»Nun?«

Er schüttelt den Kopf, obwohl er das Familienkapital angetastet hat. Eine Todsünde.

Der Großvater schlägt das Sparbuch auf und legt es neben ihn auf die Bettdecke.

Er spürt, wie das Blut in seinen Kopf steigt, während er einen schnellen, verstohlenen Blick auf die Seiten wirft.

»Schau nur genau hin«, lädt der Großvater ihn ein.

Zögerlich nimmt er es auf, sieht das Datum seiner Reise mit Kiki und die Abhebung. Aber darunter steht noch eine Zeile, in der eine Einzahlung in gleicher Höhe bestätigt wird. Nur einen Tag nach seiner Flucht. Ihm stockt der Atem. Der Bankdirektor musste ihn an den Großvater verraten haben. Der war damals auch in Füssen dabei gewesen. Ein alter Kamerad Heinrich Kamraths. Und Kameraden halten treu und fest zueinander, hatte der Großvater ihm eingeimpft. Nicht gut genug offenbar, denn seine Kameraden in Amsterdam hatte er im Stich gelassen, als es drauf ankam. Er kämpft gegen die Tränen an, die in ihm aufsteigen.

»Ist von dem Geld noch etwas übrig?«

Er schaut weg, der Blick sucht vergeblich Halt an den schrägen Wänden.

»In Ordnung, also offenbar nicht. Aber sag mir wenigstens, ob du in Gefahr bist.«

»Nein, nein«, sagt er heiser.

»Also gut.« Der energische Ton, in dem Heinrich Kamrath seine Beschlüsse zu verkünden pflegt. »Dir fehlt hier das richtige Umfeld, um wieder auf die Beine zu kommen. Du wirst ab sofort bei mir wohnen. Mindestens auf ein Jahr. Du kannst das Zimmer deines Vaters beziehen. Und du nimmst endlich dein Jura-Studium auf. Ich konnte deine Einschreibung noch veranlassen, obwohl das Semester schon angelaufen ist. Du hängst zwei Monate hinterher, aber ich habe dir jemanden besorgt, der dich auf den Stand bringen wird.« Abschätzig sieht er sich um. »Was du jetzt brauchst, Junge, sind feste Strukturen. Pack deine Sachen, morgen schicke ich dir einen Wagen. Ich gehe jetzt und spreche mit deinem Vater.«

Er würde gerne widersprechen, protestieren, aber der Großvater zieht ihm das Sparbuch aus der Hand und tätschelt ihm damit die Wange.

»Ich habe dein Minus ausgeglichen, weil ich dir eine zweite Chance geben will, ein anständiges Leben zu führen. Seinen Vater zu betrügen, gehört nämlich nicht dazu. Also weiß Friedhelm nichts hiervon. Und so soll es auch bleiben. Verstanden?«

Am Sonntagabend steht ein Mercedes T1 von Kamrath Textiles vor der Tür.

Mit Mühe hat er sich aus dem Bett gezwungen und gemeinsam mit Fritz den Schreibtisch durch das enge Treppenhaus nach unten manövriert. Unverzichtbar. Fritz hatte ihn vor Jahren aus Teilen eines alten Schranks für ihn zusammengebaut. Dann hat er die paar Klamotten, die sein Großvater vielleicht als Kleidung akzeptieren würde, in eine Tasche gestopft und eine zerkratzte Chet-Baker-Schallplatte von Fritz dazugelegt. In der Brusttasche seiner Jacke liegt gut geschützt der Anarcho-Button, den ihm Kiki damals an die Brust geheftet hatte wie einen Orden. Ein Talisman, den er sein Leben lang bei sich tragen will.

Kurz bevor er auf den Beifahrersitz steigt, legt ihm sein Vater liebevoll die Hand auf die Schulter.

»Du machst das schon, Marcello.« Er lächelt tapfer.

In der Villa seines Großvaters liegt schon ein Stapel Lehrbücher für ihn bereit. Er lässt sich seinen Schreibtisch direkt ans Fenster stellen, aus dem heraus er auf den parkähnlichen Garten schauen kann, und räumt schnell seine Sachen in den Schrank. Herr Kamrath senior erwarte ihn im Wohnzimmer, wird ihm gesagt.

Als er den Raum mit der großen Fensterfront zum Garten betritt, steht Großvater schon bereit, mustert ihn aufmerksam, nickt zufrieden. Aus seiner Hausjacke zieht er einen Schlüsselbund, den er ihm mit einer gewissen Feierlichkeit überreicht, die nicht frei von Ironie ist.

»In der Bibliothek wartet übrigens jemand auf dich«, sagt er beiläufig, als wäre es selbstverständlich, dass er hier Besuch empfängt. Heinrich winkt, er möge ihm folgen.

»Ihr Name ist Anne. Zweites Studienjahr Jus. Ihr Vater liefert uns hochwertige Garne. Da kommen die Asiaten nicht mit. Morgen um halb elf beginnt dein Unterricht.«

Der Großvater, die Klinke schon in der Hand, bemerkt sein Zögern.

»Das wird schon. In ein paar Wochen hat sie dich fit

gemacht. Sie ist die Beste in ihrem Jahrgang, es wäre für alle eine Überraschung, wenn sie nicht mit summa cum laude abschlösse.«

»Klingt gut«, ringt er sich ab. »Danke.«

»Keine Angst. Flausen hat sie trotzdem im Kopf. Begeistert sich für diese Umweltterroristen. Soll sogar in deren neuer Partei mitarbeiten«, sagt der Großvater leise, und es ist nicht klar, ob er sich lustig macht, sich sorgt oder ihn davor warnen will, den nächsten Fehler zu begehen. Dann öffnet er die Tür.

17

Gerade jetzt! Mitten in diesem Gespräch. Das wie erwartet eines der schwierigsten war und sich seit mehr als zehn Minuten im Kreise drehte. Natürlich hatte er vorher sein Diensthandy ausgeschaltet. Auch sein privates Smartphone. Nur an diesen Prepaidknochen hatte er nicht gedacht, weil Sander ja eh abgetaucht war. Doch genau jetzt hatte der offenkundig beschlossen, sich zu melden.

Ihm gegenüber saß Dorothea Völkl in ihrer ganzen *Mia-san-mia*-Selbstzufriedenheit und signalisierte ihre Missbilligung über die Störung nur durch ein leichtes Stirnrunzeln. Wie eine Lehrerin, die genau weiß, dass sie bald, sehr bald wieder ihr rotes Notenbüchlein ziehen darf, um diesem unerzogenen Rotzlöffel alles heimzuzahlen.

Bloß nicht dieses Ding auf den Tisch legen! Er versuchte, das Handy durch den Stoff der Jacketttasche hindurch auszuschalten, aber es gelang ihm nicht, und das Telefon piepste unbeirrt im Crescendo weiter.

»Es tut mir leid, ich war sicher, es ausgeschaltet …« Er fand diesen Miniknopf einfach nicht.

»Reden Sie ruhig weiter, Herr Dr. Kamrath, so etwas bringt mich nicht aus der Ruhe.«

Diese vergiftete Freundlichkeit. Aber ihn! Ihn brachte das Piepsen aus dem Konzept. Sofort hatte er den Junkie vor Augen, und all die Fragen, die er Sander stellen wollte, stoben durch sein Hirn.

Endlich wurde der Anruf abgebrochen.

»Verzeihen Sie! Wir waren bei, also, letztlich, letztlich haben wir doch dasselbe Ziel. Wir müssen unbedingt jene schützen, die zu schwach oder zu unreif und jedenfalls gefährdet sind, eine Abhängigkeit zu entwickeln. Aber Sie müssen doch zugeben, dass wir an diese Menschen viel besser herankommen werden, wenn sie keine Angst mehr haben müssen, kriminalisiert zu werden. Und wenn wir offensiv über die verschiedenen Cannabis-Arten und ihren THC-Gehalt informieren können.«

»Dann liegt das Kind aber schon längst im Brunnen. Ihr Gesetz treibt die jungen Leute doch erst in die Abhängigkeit hinein. Die Zahlen in Colorado …«

»Liebe Kollegin Völkl, wenn Sie schon dem Massenaufschrei im Internet nicht glauben wollen, so glauben Sie doch bitte wenigstens mir, dass Ihre Mitarbeiter Ihnen da Daten aus einer vollkommen absurden Quelle geliefert haben. Die jüngste Monitoring-Studie der Universität Michigan beweist, dass die Legalisierung in den USA nicht zu einer Zu-, sondern zu einer leichten Abnahme des Cannabis-Konsums bei Schülern geführt hat. Während bei uns trotz Verbots die Zahl minderjähriger Nutzer Jahr für Jahr massiv ansteigt.«

»Aber nur, weil Sie und Ihre Fans mit Ihrem Geschwätz von der ach so weichen Droge alle Gefahren kleinreden! Und jetzt halten Sie mit Ihren Politfreunden von früher auch noch eine Studie zurück, die beweist, dass Cannabis längst selbst eine harte Droge geworden ist.«

Er konnte ein leichtes Zusammenzucken nicht verbergen.

»Da staunen Sie, nicht wahr? Auch wir haben Leute im Gesundheitsministerium. Ich gebe Ihnen einen kollegialen Rat: Mit dieser Vertuschungsaktion überschreiten Sie den Rubikon. Das könnte für Sie und Ihre Kollegin im Gesundheitsministerium noch Konsequenzen haben. Denn im Zweifelsfall werden Sie persönlich dafür den Kopf …«

Wieder begann es zu piepsen. Sie brach ihren Satz ab, schaute ihn jetzt ungehalten an. Dieser Angriff von ihr. Aus dem Hinterhalt. Hatte ihn erst mit dem üblichen argumentativen Vorgeplänkel eingelullt, um ihm plötzlich einen ganz bösen Schwarzen Peter herüberzuschieben. Das brach alles über ihn herein und riss ihn mit, so instabil, wie er sich gerade fühlte. Und zugleich Sander, der meinte, jetzt Druck machen zu können. Der jetzt unbedingt mit ihm reden wollte. Warum wollte er das dann gestern nicht? Als Zeit war und als er bald wahnsinnig geworden war in seiner Bude.

Er drückte wütend auf dem Knochen herum, würgte das Geräusch endlich ab. Hatte sie ihn da gerade bedroht? Konsequenzen? Welcher Art? Politisch? Oder gar strafrechtlich? Klopfte sie nur auf den Busch, oder war das eine in ihrer Gruppe abgestimmte Aktion? So würden der Fraktionsvorsitzende und sein Parteichef doch nicht die Koalitionsvereinbarung unterlaufen wollen. Das musste, konnte nur ein Alleingang sein. Diese eitle Schnepfe, die seit Jahren auf jeden Expertenrat pfiff, weil ihre schlichtesten Parolen im Bierzelt am besten ankamen, und was diese Masse gut fand, musste auch die Wahrheit sein, und Wahrheit war einfach und immer die alte Lüge.

»Wissen Sie, Kollegin Völkl, ich habe Sie in den letzten Jahren oft verteidigen müssen, wenn Sie wieder einmal eine Ihrer Brandreden gegen die weichen Drogen gehalten haben. Gegenüber Fachleuten wie Bürgern. Aber ich habe das gerne gemacht. Vor allem, weil ich die Unterstellung ungerecht fand, Sie würden nur aus einem persönlichen Interessenkonflikt heraus als Lobbyistin agieren. Aber so halsstarrig, wie Sie sich auch heute wieder gegen alle guten Argumente sperren, so verbohrt, wie Sie hier Informationen nachbeten, die längst als falsch entlarvt wurden, gibt es eigentlich nur zwei mögliche Erklärungen dafür: Entweder übersteigt die Komplexität des Themas Ihre Auffassungsgabe, oder Sie operieren hier tatsächlich nur als Sprachrohr der Alkohollobby. Aber egal, was von beidem es ist, Frau Kollegin Völkl: Bevor ich mich in dieser Angelegenheit auch nur für irgendetwas verantworten sollte, werden Sie Ihre abweichende Haltung dem Koalitionsausschuss erläutern müssen. Und das wird – so oder so – bitter für Sie enden, das garantiere ich Ihnen!«

Sie sah ihn eher amüsiert als überrascht an, mit einer spitzen Neugierde, als schiene sie abzuwarten, ob noch etwas kommen würde.

Mein Gott, was hatte er da jetzt gerade getan? Er hatte nur noch gespürt, wie sich seine Halsschlagader verengte und ein Schub Adrenalin vom Brustkorb in den Kopf schoss und alles flutete. Und dann gib ihr! Schlag deine Gegnerin nieder, koste es, was es wolle. Sie oder du. Aber jetzt war das Adrenalin verbraucht, es hatte gerade noch gereicht, um von seinem Stuhl aufzuspringen, aber nicht mehr, um den Raum zu verlassen.

Sie erhob sich jetzt ebenfalls.

»Herr Staatssekretär, ich danke sehr für Ihre Zeit. Ihre Mitarbeiterin wird Ihnen gesagt haben, dass ich meine Rückreise eigens für dieses Gespräch verschoben habe. Den nächsten Zug möchte ich nicht auch noch verpassen. Ich werde die Landesgruppe gerne über Ihre Bewertung unserer Gegenargumente informieren. Bei aller Bescheidenheit erwarte ich nicht, dass die Kollegen Ihre Einschätzung meiner Kompetenz teilen werden.«

Was war er für ein Idiot? Er hatte sie umgarnen wollen, herausfinden wollen, ob es einen Preis gab, für den man ihre Zustimmung noch einholen konnte, ihr mit aller Formulierungskunst eine goldene Brücke bauen, die es ihr ermöglichen würde, die Änderung ihrer Meinung öffentlich überzeugend vertreten zu können. Stattdessen hatte er ihr nicht nur gezeigt, wie dumm er sie fand, sondern sich auch noch die Vorwürfe der Hanfszene zu eigen gemacht, denen zufolge sie als Erbin eines Getreidegroßhandels, der spezialisiert an Brauereien und Destillerien lieferte, ihr eigenes Geschäft absichern wollte. Und wie oft hatte sie nicht auch das Hohelied auf den Alkohol als nicht wegzudenkendem Antriebssaft unserer Kultur gesungen. Diese Angst hätte er ihr nehmen sollen. Dass natürlich weiter hinreichend gesoffen würde, selbst wenn das Gras in jedem zweiten Garten wüchse. Aber er – er musste jetzt etwas sagen, und zwar ganz schnell.

»Frau Völkl, ich habe mich sehr missverständlich ausgedrückt, es lag mir absolut fern …«

Und wieder piepste das Handy. Aber nur zweimal mit jeweils zwei dicht aufeinanderfolgenden Tönen, SMS.

»Dass Sie darüber hinaus meine Integrität auf so infame

Weise infrage gestellt haben, werde ich vorläufig für mich behalten. Wir werden sehen, ob sich diese Entgleisung einer vorübergehenden Überforderung verdankt. Wenn Sie mich jetzt entschuldigen würden. Sie kennen sich ja aus.«

Sie verließ den Raum.

Er folgte ihr langsam, sie stand mit dem Rücken zu ihm am Schreibtisch ihrer Mitarbeiterin und besprach etwas mit ihr.

»Dann gute Heimfahrt, Frau Völkl, vielleicht reden wir übernächste Woche noch einmal in Ruhe.«

Sie kostete es aus, ließ seinen Satz unbeantwortet im Raum verhallen. Mit ihrem Bericht über seinen Ausraster würde sie bei ihren Leuten punkten, vielleicht sogar weitere Abweichler gewinnen können. Das Misstrauen in ihrer Landesgruppe gegenüber den Parteigeschwistern aus allen anderen Bundesländern war immens groß. Immer glaubten sie, man würde sie nicht ernst nehmen, weil man sie für beschränkt hielt, für zurückgeblieben, für Dorfdeppen, obwohl ihr Land top dastand.

Und jetzt hatte niemand Geringeres als ein Staatssekretär einer von ihnen genau das ins Gesicht gesagt. Das war beste Munition für Völkls Anti-Cannabis-Kampagne. Und natürlich durfte sie jetzt glauben, sie allein hätte ihn mit ihrer Taktik zu diesem Fehler verleitet. Und nicht der tote Junkie im Park. Und nicht Sophie, die ihm jederzeit in den Rücken fallen konnte. Und nicht Sander, der zur Unzeit nicht da war und zur Unzeit da.

Wie zerschlagen ging er in den nächstgelegenen Waschraum, warf sich zwei Hände Wasser ins Gesicht, schaute leer in sein aschfahles Gesicht. Er riss sich los, betrat eine Toilettenkabine und zog Sanders Handy aus der Tasche. Zwei verpasste Anrufe, zwei SMS mit dem gleichen Satz: »Melde dich, es brennt!«

Die Bar, in die Sander ihn bestellt hatte, lag im ersten Stock eines Fünfsternehotels in der City-West und hätte einen schönen Blick auf die Gedächtniskirche bieten können, wenn die Gardinen vor den großen Fenstern nicht zugezogen gewesen wären.

Zu dieser frühen Uhrzeit verloren sich nur wenige Gäste in einem Art-déco-Interieur der 1920er-Jahre, das bis ins Detail stilsicher durchdekliniert war. Zwei Tische waren mit Pärchen besetzt, die mit sich selbst beschäftigt waren. Nahe dem Eingang saß ein Mann an der Theke, dessen Jackett wie aufgepumpt wirkte. Ein Bodybuilder im Maßanzug, der sich gerade auf einschüchternde Weise eine Handvoll Popcorn in den Mund stopfte. Der Bartender hatte sich diskret abgewendet und überprüfte den Zustand der Gläser. Von Sander keine Spur.

Er ging den langen, schmalen Gang zwischen Tresen und Tischen entlang. Schließlich entdeckte er ihn in einer Ecke sitzend, vor sich ein leeres Whiskyglas. Sobald er sich in den halbrunden Sessel an Sanders Seite gesetzt hatte, hatten sie die volle Aufmerksamkeit des Bartenders, und Sander bestellte »zweimal vom selben«.

Sie hatten einander zur Begrüßung nur zugenickt, und keiner sagte etwas, bis der Kellner zwei *Maker's Mark* servierte.

»Ich hoffe, du gehörst nicht auch zu diesen versnobten Scotch-Dogmatikern. Ich mag diesen Bourbon. Er kommt meinem Lieblingsgenever von *Zuidam* immer noch am nächsten.«

Erwartete Sander jetzt etwa Small Talk über Spirituosen von ihm?

»Wo warst du die ganze Zeit?«

»Ho, Knabbeltje, ho. Könnte es sein, dass ich genug damit zu tun hatte, dir ein Problem vom Hals zu schaffen?«

»So beschäftigt, dass du nicht mal zwei Minuten telefonieren konntest?«

»Es bot sich an, das Handy für eine Weile ausgeschaltet zu lassen. Ich muss nicht deutlicher werden, oder?« Sander griff nach den Rauchmandeln in der Schale und lehnte sich zurück, schob sich eine nach der anderen zwischen die Vorderzähne und ließ sie genüsslich knacken. »Feines Zeug. Die wissen, wie sie dir Lust auf den nächsten Drink machen.«

»Wenn es so brennt, wieso bringst du mich dann nicht auf den Stand?«

»Weil du mir zu aggro bist, Marcel. Was ich dir zu erzählen habe, verlangt nach einem kühlen Kopf. Also sag mir erst mal, warum du so wütend auf mich bist. Ohne meine Hilfe würdest du inzwischen vermutlich deutlich unkomfortabler sitzen.«

Sander hatte recht. Was sollte das? Er lud gerade seine ganze Verzweiflung über die Katastrophe im Park und all ihre Nachbeben von Sophies Wankelmut bis zu seiner dummen Beleidigung Völkls bei Sander ab.

Weil es ohne dessen Wiederauftauchen gar nicht zu alldem gekommen wäre? Bisschen kurz gedacht, Herr Doktor. Gab doch genug Punkte, an denen du die Möglichkeit hattest, die Geschichte anders laufen zu lassen. Bis zur Schlussphase, als du den Joint hättest ablehnen können. Oder den Junkie abziehen lassen. Wenn Sander überhaupt eine Mitverantwortung an der Situation tragen sollte, hatte er die mit seiner Hilfsaktion mehr als wettgemacht.

»Ich erinnere mich kaum, wann ich zum letzten Mal so grundlegend verstört war. Ich weiß nicht, was ich tun soll, und wenn ich etwas tue, endet es in einem Desaster. Es tut mir leid.« Er hielt Sander das Glas entgegen, der das Angebot, anzustoßen, ohne Zögern annahm.

»Ich verstehe dich gut, Knabbel. Alles läuft perfekt, und plötzlich, nur durch einen dummen Zufall, gerät dein ganzes Leben ins Wanken. Ich kenne das.«

Er nickte stumm, während Sander einen Schluck trank.

»Das Problem ist, dass die Scheiße, in der wir stecken, noch viel tiefer ist, als wir dachten. Es war nämlich gar kein Zufall.«

Überrascht sah er Sander an.

»Was heißt das, ›kein Zufall‹?«

Sander zog einen Umschlag aus der Innentasche seines Jacketts und schob ihn über den Tisch.

Er öffnete ihn und zog ein knappes Dutzend Fotos heraus. Sophie vor ihrer Haustür aus seinem Wagen aussteigend,

Sophie und er in einem Café und einander küssend vor dem Ausgang, Sophie und ihr Mann auf einem roten Teppich bei irgendeinem gesellschaftlichen Event, er mit nacktem Oberkörper am Fenster ihrer Wohnung, Sophie auf dem Weg in die Juristische Fakultät, Sophie in ihrem Wagen, Sophie beim Joggen im Wald. Alles mit Teleobjektiv herangezoomt. Observationsdokumente.

Er meinte zu spüren, wie der Sauerstoff in seinem Brustkorb versickerte, bevor er die Lungen erreichen konnte. »Was soll das?«, presste er heraus.

»Ich war nicht ganz ehrlich zu dir, Knabbel.« Sander stockte.

Ein Albtraum, er steckte wieder inmitten eines furchtbaren Albtraums. Wie damals. »Sprich weiter, Sander!«

»Ich bin einigen Leuten noch etwas schuldig, Knabbel. Leuten, die ganz oben im Amsterdamer Wietkartell sitzen.«

»Ein ›Wietkartell‹?«, unterbrach er ihn. »Was zum Teufel soll das sein, so ein Graskartell?«

»Sei kein Idiot, Knabbel. Es gibt fünf Gruppen, die die Haschversorgung im Land unter sich aufgeteilt haben. Das ist kein wirkliches Geheimnis. Wie auch immer: Es sind Leute, denen man eine Bitte besser nicht abschlägt.«

»Zum Beispiel einen alten Freund zu erpressen?«

»Schrei nicht rum, Mann! Wir brauchen nicht noch mehr Ärger. Lach mich an und klopf mir auf die Schulter, als hättest du gescherzt.«

Er hatte gar nicht gemerkt, wie laut er geworden war. Der Bartender sah mit hochgezogenen Augenbrauen herüber und wendete sich erst wieder ab, als Sander vor Vergnügen auf den Tisch haute, als hätte sein Gegenüber gerade eine extrem amüsante Story erzählt.

Der kluge Sander hatte den Ort für sein Geständnis gut gewählt. Groß und nischenreich genug, um vertraulich miteinander zu reden, und klein genug, um jede scharfe Reaktion zu unterdrücken, weil man kein Aufsehen erregen durfte.

Sander sprach leise weiter. »Im Gegenteil. Um das Schlimmste zu verhindern, hoffe ich immer noch. Mehr denn je.

Sie hatten mich zu dir geschickt, um herauszufinden, ob es eine Möglichkeit gibt, das Cannabisgesetz noch zu verhindern. Ich sollte dich nur aushorchen, mehr nicht. Es tut mir leid, dass ich nicht gleich mit offenen Karten gespielt habe, ehrlich. Aber ich war einfach überwältigt, dich nach all den Jahren endlich wiederzusehen. Meinen alten Freund Knabbel.«

»Und diese Drecksfotos hier? Alles Bilder für dein Berliner Urlaubsalbum?«

»Ich habe ihnen berichtet, was du mir erzählt hast. Dass es ein paar kleinere Schwierigkeiten gebe, aber du sicher bist, dass das Gesetz glatt durchgeht. Und dass Geld keine Option ist, dich auf ihre Seite zu bringen, weil du voll hinter dieser Sache stehst. Darauf haben sie mir diese Fotos geschickt.«

»Um genau was zu erpressen? Dass ich das Gesetz stoppe?«

Sander hob die Schultern. »So haben sie es gesagt. Das, oder sie würden dafür sorgen, dass dein Techtelmechtel mit der Frau des CEO an die Sonne kommt und deine Karriere in Rauch aufgeht.«

Er musste ein paarmal tief durchatmen, ehe er leise genug antworten konnte.

»Was ist das für ein beschissener Kinderglaube, Sander? Hast du ihnen nicht auch erzählt, wie so ein Gesetz entsteht? Ich bin nicht der König von Deutschland, verdammt. Wie sollte ich das machen?«

»Es ist ihnen scheißegal, wie du das machst. Du bist der verantwortliche Staatssekretär. Lass dir was einfallen. Oder du bist im Arsch. Und deine Sophie. Und ich auch, weil ich bei dir gescheitert bin. Wir alle werden im Arsch sein.«

»Aber was haben sie davon, wenn das Gesetz nicht kommt? Das ist doch alles Schwachsinn.«

»Stell dich nicht so dumm. Du kennst die Zahlen doch genau wie wir. Sechzig Prozent des niederländischen Wiets werden nur für den deutschen Markt angebaut. Wenn ihr legalisiert, ist der deutsche Markt tot, und unsere Plantagenbesitzer können Tapeten aus ihrem Zeug stricken.«

Er schüttelte unwillig den Kopf. »Dann liefern sie eben nach Osteuropa. Den Zug in Deutschland kann jedenfalls niemand mehr stoppen. Ich sag dir, was passiert, wenn ich meine eigene Vorlage sabotiere. Sie werden mich sofort fallen lassen, und meine Karriere fährt mindestens so krachend gegen die Wand wie in dem Moment, da die Sache mit Sophie herauskommt. Mit einem gewichtigen Unterschied. Wenn ich nicht wegen Illoyalität, sondern wegen der Eifersucht eines CEO fliege, bekomme ich nach zwei, drei Jahren eine zweite Chance.«

Sollten sie doch die Fotos veröffentlichen. Vielleicht würde ihm das sogar helfen. Die Wietgangster aus dem Nachbarland versuchen, ihn, den erfolgreichen Staatssekretär, aus dem Amt zu räumen. Viel Feind, viel Ehr. Wenn er diesen Erpressungsversuch selbst vorher publik machte, könnte ihn das zum Helden machen.

»Marcel. Hör mir jetzt mal zu. Ich kenne diese Leute gut. Zu gut. Ich habe mit eigenen Augen gesehen, was sie mit denen tun, die ihren Plänen im Weg stehen. Diese Drohung mit der Veröffentlichung der Fotos ist nur eine erste Stufe. Sie versuchen immer erst, den Ball so flach wie möglich zu halten. Keine Eskalation, bevor sie nötig ist, das sind Profis, verstehst du?« Sander fächerte mit einer Handbewegung die Fotos auf.

»Kannst du die Bilder so schlecht lesen? Die wissen alles. Wo ihr wohnt, wann und wo ihr euch trefft, aber auch, wann und wo Sophie joggen geht, auf welchen Routen sie zur Uni fährt. Wenn ich ihnen berichte, dass du über ihre Drohung nur lachst, zünden sie die nächste Stufe. Und dann wird es vielleicht bald keine Sophie mehr geben. Reicht es nicht, dass du damals schon Kiki verloren hast?«

Er schluckte. Sanders Satz drehte ein paar heiße Kreise in seinem Hirn. Es brauchte eine Weile, bis er wieder Worte fand.

»Das ist so mies, Sander, so verdammt mies. Sie wissen schon, warum sie genau dich schicken. Ich habe Kiki verloren? Ich wollte damals mit dir gehen, schon vergessen?

Aber du hast bestimmt, dass unbedingt Kiki dabei sein sollte. Und dann hast du zugelassen, dass sie sie erschlagen. Denn du lebst, aber sie ist tot.«

Sander beugte sich mit einem schlecht gespielten starren Lächeln und vor Hass blitzenden Augen zu ihm herüber, setzte unter dem Tisch die Hand mit einem krallenartigen Griff auf seinen Oberschenkel und drückte zu.

»Sag das nie wieder, Moff! Nie! Wieder! Sie war alles, was ich hatte! Ich habe sie verteidigt, bis sie mich zu Brei geschlagen haben, während du zu Hause lecker hinterm Ofen gepoft hast. Das war das Letzte, was sie gesehen hat: dass ich bereit war, mein Leben für ihres zu geben. Dass ich sie so liebte, wie kein anderer es tat. Und trotzdem sagte ich eben: Du hast sie verloren. Genauso, wie ich sie verlor. Ich achte nämlich deinen Schmerz, auch wenn du damals nicht dabei warst. Also pass jetzt auf, was du sagst, sonst verlierst du den einzigen Freund, der dir noch helfen kann.«

Sanders Griff lockerte sich, er hatte Tränen in den Augen, genau wie er.

»Zwei vom selben«, rief er dem Bartender zu. Die Stimme kippte ihm dabei fast weg. Seine Hände zitterten. »Was ist da schiefgelaufen, Sander? Wie konnte das so enden, du fast tot und Kiki …«

Sander schwieg, bis der Kellner den Bourbon gebracht und sich wieder zurückgezogen hatte.

»Es war ganz allein meine Schuld, Knabbel.« Ein verwundeter, schutzloser Blick. Sander nahm den *Maker's Mark* in einem Zug.

»Wir waren sehr früh da, ich wollte die Lage in Ruhe checken. Kiki ging es nicht gut, sie war kalkweiß im Gesicht. Wir hatten noch genügend Zeit, also schickte ich sie raus in den Wald, frische Luft schnappen, den Kreislauf in Schwung bringen. Während ich wartete, ging mir das letzte Gespräch durch den Kopf, das ich mit den Jugos hatte. Und plötzlich dachte ich, es könnte eine Falle sein. Dass sie das Ding an ihrem Boss vorbei auf eigene Rechnung drehten und nur unser Geld abgreifen wollten. Ich stellte mir vor, wie wir mit leeren Händen zu dir zurückkehren würden. Dass wir aus Amsterdam verschwinden müssten. Und dass du deinem Vater sagen müsstest, dass du sein Geld nicht geliehen, sondern gestohlen hast. Also …«

Sander stockte, sah zum Bartender herüber, der gerade mit einem Shaker hantierte, räusperte sich und fuhr endlich fort.

»Also habe ich die Tasche mit dem Geld genommen und sie da draußen provisorisch versteckt. Kiki kam zurück und sah sofort, dass sie weg war. Ich sagte ihr, sie solle sich keine Gedanken machen, ich hätte alles im Griff. Mein zweiter Fehler. Dann kamen sie. Und es lief ab, wie ich befürchtet hatte. Sie wollten uns abzocken. Einer durchsuchte unseren Wagen, während der andere mit einer abgesägten Schrotflinte auf uns zielte. Als er nichts fand und mich bedrohte, sagte ich, Kiki würde das Geld sofort holen, sobald wir die Ware geprüft hätten, und ich würde als ihr Pfand zurückbleiben.

Er schlug auf mich ein, fragte immer wieder, wo die Kohle ist, aber ich wiederholte nur, dass nur ich das wüsste und ich es Kiki sagen würde, sobald sie uns das Hasch zeigten. Unter all den Schlägen verlor ich das Bewusstsein. Nur für kurze Zeit. Aber als ich die Augen wieder aufschlug, war schon alles zu spät. Kiki musste ihnen gesagt haben, dass das Geld nicht weit vom Wagen versteckt sein musste. Jedenfalls kam der eine gerade mit der Tasche aus dem Wald, und dann sah ich erst den anderen. Rittlings auf Kiki sitzend, einen Schlagring an der Hand. Voller Blut. Ihr Gesicht war völlig … Kein Lebenszeichen von ihr. Der mit der Tasche rannte schreiend auf ihn zu. Was er getan hätte. ›Das kleine Biest wollte abhauen, selbst schuld, die dumme Schlampe.‹ Das waren exakt seine Worte. Und dann stand er auf und knöpfte sich die Hose zu. In aller Seelenruhe. Das miese Schwein grinste sogar.

Ich versuchte, wegzukriechen. Aber ich kam nicht weit. Das Vorletzte, an das ich mich erinnere, ist der Schaft der Schrotflinte, der auf mein Gesicht einstürzt, das Letzte, wie ich in eisigem Wasser schlagartig zu Bewusstsein komme, keine Luft in den Lungen, Wasser spuckend, wie ich trotzdem noch einmal abtauche, weil ich fürchte, dass sie noch irgendwo am Ufer stehen könnten, und dass ich irgendwie an Land gerobbt bin, ehe ich wieder bewusstlos wurde und erst im Krankenhaus wieder aufwachte.«

»Mein Gott, es tut mir alles so furchtbar leid. Wenn ich doch nur mitgekommen wäre, vielleicht ...«

Sander lachte bitter auf. »Knabbel, hör auf damit. Was hättest du gegen diese Typen ausrichten können. Nichts! Überhaupt nichts!«

Sie saßen eine lange Weile stumm da, bis Sander scharf durchatmete und ihm freundschaftlich, aber sehr hart auf die immer noch schmerzende Stelle am Oberschenkel klopfte.

»Wir müssen unseren Frieden damit machen, Knabbel. Ein maßloses Unglück, und wir noch Kinder. Völlig überfordert und ausgeliefert. Aber jetzt sind wir keine Kinder mehr. Und jetzt geht es um die Zukunft! Hör zu, Marcel! Als ich eben sagte, es war kein Zufall, da meinte ich die Sache mit dem Junkie. Ich habe eine niederländische Mobilnummer in seiner Jacke gefunden. Die steckten dahinter. Vielleicht wollten sie die Fotos, um dich zu erpressen. Vielleicht wollten sie dir auch nur zeigen, dass sie immer an euch herankommen werden. Glaub mir, mein lieber, einziger Knabbel. Es ist überlebenswichtig, genau das zu tun, was sie wollen. Egal wie, mach es klar! Stopp dieses Gesetz!«

18

Es hatte Stunden gebraucht, bis er die schrecklichen Bilder des Überfalls auf Kiki und Sander für eine Weile verdrängen konnte. Er musste wieder einen klaren Kopf bekommen, durfte nicht zulassen, in diesem Tsunami von Katastrophen unterzugehen.

Sobald am Horizont ein Hauch Morgenlicht aufschien, stieg er aus dem Bett und begab sich an den Schreibtisch, um das Chaos zu ordnen, das ihn die Nacht über wach gehalten hatte. Er setzte zwei Überschriften auf ein Blatt: Sander lügt / Sander sagt die Wahrheit; zerknüllte es, nahm ein neues Blatt. Es war zu eindeutig, dass Sander nicht mit offenen Karten spielte, ihm etwas verschwieg und vorlog. Die interessantere Frage war, an welchen Punkten Sander die Wahrheit gesagt hatte.

Seit bald einer Woche, seit Sander auf der Spielfläche erschienen war, trieben ihn die Ereignisse blind voran. Wenn er überhaupt einmal handelte, erschöpfte sich das in hilflosen Reaktionen, die dann meist wieder von einer neuen Wendung des Geschehens neutralisiert wurden. Er musste Abstand gewinnen, endlich mit einem analytischen Blick an die Situation herangehen. Vielleicht würde er sich über seine eigenen Handlungsoptionen klarer werden, wenn er die möglichen Wahrheit-Lüge-Varianten durchspielte. Womöglich sogar endlich wieder in die Vorhand kommen.

Sanders Vergangenheit, die geschickte Dramaturgie seines Auf- und Abtauchens, seine Vorsicht mit dem Prepaidhandy und nicht zuletzt die Selbstverständlichkeit, mit der er einen Mann wie diesen Luka herbeizitieren konnte, der ohne Zögern und mit unverkennbarer Professionalität für ihn im Grenzbereich der Illegalität agierte – all das legte nahe, dass Sander in der Szene tiefer verankert sein musste, als er zugab. Mit dem leicht naiven und geschwätzigen Babbel aus seiner Jugendzeit hatte dieser Mann nichts mehr zu tun. Den musste er aus seinem Kopf verbannen, ebenso wie all die charmanten Bekenntnisse und Erinnerungsspielchen während ihrer Begegnungen. Was blieb dann? Wirklich nur ein gewiefter Geschäftsmann, der seit Langem erfolgreich auf der »Shabby zu Lifestyle«-Welle ritt und lediglich noch ein paar alte Schulden in der Drogenszene zu begleichen hatte? Schulden welcher Art?

Sander und seine Auftraggeber konnten nicht ernsthaft geglaubt haben, man könnte einen deutschen Staatssekretär bei einem solch zentralen Politikprojekt kaufen. Sicher wäre es für sie die angenehmste Lösung gewesen. Einen Versuch also wert. Aber hätten sie darauf vertraut, gäbe es diese Fotos nicht.

Es war vermutlich ziemlich unklug von ihm gewesen, Sander gegenüber zu behaupten, dass diese Waffe viel zu stumpf wäre. In seiner Vorstellung, mit dem Outing eines Erpressungsversuchs zum Helden der Öffentlichkeit zu werden, hatte er sich für ein paar Minuten einfach zu überlegen gefühlt, fast unverletzbar. Als hätte sich die Bedrohung damit erledigt.

Vielleicht hatte Sander selbst das vorausgesehen und sich darum schon die Geschichte zurechtgelegt, dass der Überfall des Junkies kein Zufall gewesen wäre. Wie sollte das abgelaufen sein? Sander müsste ihnen einen Tipp gegeben haben. Aber er konnte nicht wissen, dass Sophie während ihres Treffens anrufen und zu ihnen stoßen würde. Und wäre er ohne Sophie auf den angebotenen Joint eingestiegen? Wahrscheinlich hätte er Sander ja nicht einmal zu seinem Auto begleitet. Und schon gar keinen Spaziergang durch den Park mehr gemacht. Nein, dieser Junkie konnte nicht von Sanders Auftraggebern geschickt worden sein. Es konnte sich nur um eine Lüge Sanders handeln, mit der er den Druck zu erhöhen versuchte. Er hatte ja selbst gesagt, dass auch sein Wohl von dieser Angelegenheit abhing.

Er durfte sich von diesem schlauen Burschen nicht so leicht in Panik versetzen lassen. Immerhin war er so geistesgegenwärtig gewesen, das Handy des Junkies einzusammeln. Sonst sähe die Situation jetzt natürlich anders aus. Aber so. Das Telefon, beziehungsweise das, was nach ein paar gezielten Hammerschlägen davon noch übrig war, ruhte längst tief unterhalb der Monbijoubrücke auf dem Boden der Spree.

Okay, vergiss den Junkie. Die andere Drohung. Was war mit Sophie? Welchen Vorteil sollte es ihnen bringen, ihr etwas anzutun? Spätestens dann wäre die Polizei hinter ihnen her. Nein, die wahrscheinlichste Variante war und blieb, ihre Affäre ans Licht der Öffentlichkeit zu zerren.

Die Schlagzeilen und Berichte der Boulevardpresse bedenkend, verlor er den Großteil seiner Zuversicht, heil aus dieser Sache herauszukommen. »Der Staatssekretär und seine CEO-Geliebte«; »Wie erpressbar ist dieser Politiker?«; »Während der CEO mit der Kanzlerin über Staatshilfen verhandelt, vergnügt sich ein Staatssekretär mit dessen Frau«. Er stöhnte auf. Eine unheilige Allianz. Sophies Mann mit seinem ungesunden Charaktermix aus niederstem Siegerinstinkt, cholerischer Struktur und nachtragendem Memoryeffekt, und die Kanzlerin, die in kühler Entschiedenheit Leute aus dem Weg zu räumen pflegte, die für sie zum Störfaktor wurden. Das könnte er politisch nicht überleben.

Und mit seinem Sturz würde dieses Wietkartell wenigstens etwas Zeit gewinnen. In jedem Fall die Sommerpause, vielleicht zwei, drei Monate mehr. Etwas Sand ins Getriebe würde sein Rücktritt schon blasen.

Und was hätte er davon, den unbestechlichen Helden zu geben? Das Gefühl, das Richtige getan zu haben? Während er vor den Trümmern seiner Karriere stünde. Nach bald dreißig Jahren politischer Arbeit. Den ewigen Anfeindungen nach seinem Parteiwechsel – in beiden Fraktionen. Statt dieses Land zu gestalten, müsste er sein Leben als selbstständiger Berater fristen. Ein Berater, von dem sich Unternehmen aus anrüchigen Branchen politische Kontakte erhofften, bis selbst die begriffen, dass mit ihm kein Staat mehr zu machen sein würde.

Und wofür das alles? Damit Sven, Cem und Natascha ihr Gras nicht mehr illegal beim Dealer ihres Misstrauens kaufen mussten? Und der Finanzminister sich über weitere Steuereinnahmen freuen darf? Klar war das jetzt ziemlich eindimensional gedacht. Aber er war diesen langen Weg doch nicht gegangen, um so kurz vor dem Ziel aufzugeben. Würde die Welt denn gleich zugrunde gehen, wenn dieses Gesetz nicht käme? Oder zumindest vorerst nicht käme?

Wohl kaum. Er müsste einen Weg finden, wie er das Gesetz verhindern könnte, ohne seinen Ruf als guter Politikmanager zu gefährden. Und natürlich ohne sich den Erpressern dadurch noch weiter auszuliefern. Ein Drahtseilakt. Absturz hochwahrscheinlich. Es sollte also besser nur ein Plan B sein.

Fehlte noch Plan A. Die Leute hinter Sander irgendwie ans Messer liefern? Sie ausschalten? Kaum vorstellbar, wie ihm das gelingen sollte. Aber vielleicht auch nur deshalb, weil er überhaupt nichts über sie wusste. Und weil er letztlich auch nichts über Sander wusste. Kein Wunder, ohne jede nachrichtendienstliche und polizeiliche Unterstützung. Nur eine Woche hatte Sander ihm für ein erstes öffentlich sichtbares Zeichen gegeben. Wie sollte er bis dahin an die nötigen Informationen gelangen?

Er stand auf und machte sich auf die Suche nach etwas Essbarem. Im Kühlschrank fand er einen abgelaufenen Joghurt – und auf dem Rückweg eine Idee. Oder vielmehr gleich zwei.

Um neun Uhr traute er sich, Elsbeth Winter anzurufen. Sie hatte ihr Handy natürlich nicht abgeschaltet.

»Marcel! Es ist gerade …« Im Hintergrund hörte er es heftig scheppern, gefolgt von einem Knall und einem doppelten Aufheulen, aus dem nicht eindeutig zu schließen war, ob die beiden sechsjährigen Söhne Indianer spielten oder soeben beim Abriss des Wohnzimmers von einem Regal begraben worden waren.

»Warte mal. Carsten? Carsten! Kannst du mal eben? Danke, ich halte es kurz, ja, versprochen.«

Der Kinderlärm wurde leiser, er hörte, wie eine Tür geschlossen wurde, dann ein Aufseufzen, Elsbeth hatte sich vermutlich auf einen Stuhl fallen lassen.

»Okay, Marcel. Ich hoffe, es ist wirklich wichtig. Du hast mich zwar soeben vor zwei kleinen Taliban gerettet. Aber dafür hat mich Erziehungsberechtigter Nummer zwei mit Blicken getötet, weil ich ihn aus seiner Architektenexistenz gerissen habe.«

»Es ist absolut wichtig. Na ja, es hätte vielleicht auch bis Montag Zeit gehabt. Aber ich bin etwas verwirrt gerade. Und ich will nicht, dass du mir hinterher vorwirfst, ich hätte dich früher informieren sollen.«

»Hast du wieder heimlich die Partei gewechselt?«

»Kein Scherz, Elsbeth. Ihr habt ein Leck im Ministerium.«

»Wie bitte?«

»Ich hatte gestern ein sehr unangenehmes Gespräch mit der Hefeweizen-Völkl. Sie weiß von der Studie.«

»Von *der* Studie?«

»Ich weiß nicht, ob sie ihr vorliegt, aber sie schien mindestens ein wesentliches Ergebnis zu kennen. Und vor allem weiß sie, dass ihr das Papier unter Verschluss haltet.«

»Verdammt. Wie kann das sein?«

»Sie meinte, sie hätten auch ihre Leute im Gesundheitsministerium. Und sie drohte mir, also im Prinzip uns, mit persönlichen Konsequenzen.«

Elsbeth schwieg eine Weile.

»Und du hast sie nicht einfangen können?«

»Sagen wir, ich habe mich taktisch ein wenig unklug verhalten.«

»Heißt?«

»Dass sie in mir jetzt nicht mehr nur ein arrogantes Arschloch sieht, sondern ihren Feind. Ich wurde hinauskomplimentiert.«

»Ach Marcel, wie kann gerade dir so etwas passieren?

Okay, die Völkl! Aber, nein ehrlich, das ist wirklich ganz schlecht. Und jetzt?«

»Schadensbegrenzung. Vielleicht hat sie ja nur ein paar Andeutungen aufgeschnappt, und die Studie liegt ihr noch gar nicht vor. Wir müssen das Papier in jedem Fall sichern. Wer bei euch hat bisher Zugang gehabt?«

»Nur die direkte Linie von der Referatsleitung Betäubungsmittel über den Abteilungsleiter zu den Staatssekretären. Es gibt zwei Exemplare. Eins liegt bei Wilhelms, unserem beamteten Staatssekretär, eins bei mir. Die Ministerin habe ich nur mündlich unterrichtet, damit sie im Worst Case sagen kann, sie habe die Studie nicht zu Gesicht bekommen.«

»Du hast die Akte weggeschlossen, nehme ich an?«

Elsbeth begann plötzlich herumzudrucksen. »Also ich habe sie … Sie war im Safe, aber dann – ich hatte sie mir noch einmal vorgenommen, und dann musste ich plötzlich …« Sie atmete tief durch. »Also gut, sie ist augenblicklich nicht weggeschlossen, aber ich habe sie ganz tief unten in meiner Schreibtischschublade verstaut. Unter zehn verstaubten Akten zu unwichtigem Zeug, in einem Aktendeckel mit der Aufschrift Masern, Mumps und Röteln oder so ähnlich. Ich habe halt vergessen, sie da wieder herauszuholen.«

»Nicht gut, Elsbeth. Das beunruhigt mich.«

»Hör mal, Marcel, ich habe über diese Studie nie ein Wort verloren. Außerdem: Es sind meine Leute. Mit Jens arbeite ich schon fast zehn Jahre zusammen. Der hat als Büroleiter schon ganz andere Dinge für mich gedreht, und nie ist etwas nach außen gedrungen. Und den anderen vertraue ich fast genauso.«

»Wie auch immer. Die Studie muss gesichert werden. Wann kommst du wieder nach Berlin?«

»Am Montag muss ich die Ministerin nach Brüssel begleiten und anschließend nach Genf. Vermutlich erst Donnerstagabend.«

»Dann möchte ich das selbst in die Hand nehmen. Gleich

Montag. Ich kann nicht noch mehr Gegenwind gebrauchen. Ich rufe deinen Büroleiter an.«

Er hörte eine Tür und Carstens Stimme, obwohl piano gehalten, erkennbar verärgert. Elsbeth schob die Hand über das Telefonmikro.

»Marcel? Da bin ich wieder, tut mir leid. Es gibt ein kleines Problem. Jens ist diese Woche unglücklicherweise auch nicht da, kleiner Eingriff im Krankenhaus. Nur er hat den Code für den Safe. Aber ich könnte Katrin mit der Studie zu meinem Abgeordnetenbüro schicken, um sie dort einzuschließen.«

»Wer ist Katrin?«

»Meine wissenschaftliche Hilfskraft, absolut …«

»Nimms mir nicht übel. Keine zusätzliche Hand mehr an diesem Papier. Ich gehe am Montag ins Ministerium und bringe es persönlich in dein Büro, einverstanden?«

»Du hast recht. Selbst wenn es unwahrscheinlich ist – wir können uns kein Risiko mehr erlauben. Ich schicke Katrin gleich eine SMS, um dich anzukündigen. Untere Schublade links. Aber jetzt muss ich zurück in den Anti-Terrorkampf. Sonst verliere ich meinen einzigen Alliierten. Danke für deine Warnung – und deine Hilfe.«

»Halt, stopp, Elsbeth. Du könntest mir auch einen kleinen Gefallen tun.«

»Ich hätte es wissen müssen. In dieser Gesellschaft gibt es nichts umsonst.«

Er unterdrückte einen Seufzer. »Marie Vos. Ein Kollege von mir in Kiel könnte vielleicht ihre Hilfe gebrauchen. Kannst du mir die Kontaktdaten schicken?«

»Sie hat darum gebeten, mit ihren Kontaktdaten restriktiv umzugehen. Wenn es um lokalen oder regionalen Kram gehen sollte, kann ich dir gleich sagen, dass sie kein Interesse haben wird.«

»Mal schauen.«

»Gut, wird erledigt. Und wegen der Völkl …«

»Wenn es hart auf hart kommt, müssen wir es top-down über die Fraktionsspitzen regeln. Das kann sich die Koalition nicht gefallen lassen. Machs gut.«

Als er auflegte, hielten sich Erleichterung und schlechtes Gewissen in etwa die Waage. Aber nach einem weiteren Gedanken fühlte er sich nur noch zum Kotzen.

Seine Bemühungen, Marie Vos zu erreichen, endeten den Vormittag über mit enttäuschender Regelmäßigkeit in ihrer Mailbox. Jedes Mal legte er auf, ohne eine Nachricht zu hinterlassen. Er benutzte Sanders Nokiaknochen, seine Nummer blieb unterdrückt. Erst beim dritten Versuch einer neuen Serie, die er nach einem Ausflug in eine Pasteria auf der Oranienburger und einem kurzen Mittagsschlaf gestartet hatte, meldete sie sich endlich. Kurz ab und in leicht genervtem Ton, so als wollte sie nur eben checken, wer es wagte, sie an einem sonnigen Samstag so dauerhaft mit Anrufen zu bombardieren.

Nachdem er sich mit etwas Mühe auf Niederländisch für die Störung entschuldigt und erklärt hatte, auf Empfehlung seiner alten Freundin Elsbeth Winter anzurufen, wurde sie freundlicher. Und als er seine Funktion samt gegenwärtiger Hauptaufgabe verriet, hatte er ihre volle Aufmerksamkeit. Sie verstand natürlich, dass er am Telefon nicht ins Detail gehen wollte. Aber dass er sie so ohne weitere Erklärung noch an diesem Wochenende treffen wollte, verlangte ihr einen Vertrauensvorschuss ab, für den sie eine Gegenleistung einforderte.

Nicht sie würde nach Berlin kommen, sondern er nach Maastricht, wo sie sich gerade für ein paar Tage aufhielt. Die Cafébar, die sie als Treffpunkt nannte, befand sich passend zum Sonntag im Chor einer entweihten Kirche, die man zum Hotel umgebaut hatte.

Während er die Bahn- und Flugverbindungen checkte, erkannte er plötzlich die Chance, die mit diesem Ausflug nach Westen verbunden war. Eine knappe Autostunde von Maastricht entfernt befand sich Piepers Wahlkreis. Er rief die Webseite des Fraktionsvize auf und wurde in der Terminleiste fündig.

Man musste es versuchen. Nur eine SMS. »Bin morgen

in der Gegend. Hätten Sie nach Ihrem Termin in der Mühle eine Stunde Zeit für mich?«

Noch am selben Abend flog er nach Düsseldorf und quartierte sich im *Sheraton Airport* ein und orderte für den nächsten Tag einen Mietwagen.

Die Veranstaltung, auf der Pieper sprechen würde, hatte noch nicht begonnen, als er den kleinen Ort erreichte. Er wartete eine Weile am Stadtrand, beantwortete ein paar Mails, parkte dann ein Stück von der Mühle entfernt. Um Pieper keine Gelegenheit zu geben, den Besuch des Staatssekretärs bei Parteifreunden und Bürgern auszuschlachten, wollte er sich erst in den Saal schleichen, wenn schon gesprochen wurde. Von A nach B nach C herumgereicht werden wie ein Souvenir aus dem politischen Berlin und dann in der ersten Reihe den Applaushansel für Pieper zu spielen, das musste wirklich nicht sein.

Um zehn nach elf betrat er die Mühle. Eine Kellnerin wuchtete gerade ein großes Tablett voller Altbiergläser an der Theke hoch und steuerte auf den Saal zu. Dicht hinter ihr schlüpfte er durch die Tür.

Es waren eine Menge Leute da, denn es ging um ein Thema, das ihnen hier auf den Nägeln brannte. So waren unglücklicherweise nur in den vorderen Reihen noch einige wenige Stühle unbesetzt. Also lieber stehen, am besten ein wenig verborgen. In einer der hinteren Ecken war noch Platz an einem Fachwerkbalken.

Gerade hatte ein Gewerkschaftsfunktionär seine Begrüßungsrede beendet und kündigte nun den treuen Verteidiger des rheinischen Braunkohletagebaus an, ihren Bundestagsabgeordneten Dr. Lars Pieper.

Der Applaus war wie erwartbar nicht überwältigend. Pieper hatte das Pech, hier einen Kompromiss der Koalition verteidigen zu müssen, dem ihre Partei nur unter Schmerzen zugestimmt hatte und der mittelfristig ein paar Tausend Arbeitsplätze in der Region vernichten würde.

Pieper sah verkleidet aus. Die etwas sackigen Freizeitklamotten passten nicht zu ihm. Und er wirkte unkonzentriert, sein Blick fand keinen Halt im Publikum. So geriet sein Einstieg verhältnismäßig schwach, und er musste sich schnell bärbeißige Zwischenrufe gefallen lassen, von denen einige mit Gelächter und Zwischenapplaus bedacht wurden. Dann trafen sich ihre Blicke, und er begriff, dass Pieper abgelenkt gewesen war, weil er die ganze Zeit über nach ihm Ausschau gehalten hatte. Das versprach nichts Gutes.

»Ich verstehe Ihren Unmut. Ich teile ihn nämlich. Auch ich war von diesem Kompromiss mehr als enttäuscht. Dass ich mich aber wirklich mit aller Energie in der Verhandlungskommission für unsere Sache eingesetzt habe, fällt Ihnen vielleicht leichter zu glauben, wenn es Ihnen ein Mann bestätigt, dessen Ruf als engagierter Politikgestalter ihm gerade in allen Medien vorauseilt. Ich freue mich, dass mein Parteifreund und Fraktionskollege Dr. Marcel Kamrath, parlamentarischer Staatssekretär und ebenfalls Mitglied der Verhandlungskommission, heute eigens aus Berlin zu dieser Veranstaltung ins Rheinland gereist ist, um zu zeigen, dass die Zukunft unserer Region ganz oben auf der Aufgabenliste der Regierung steht. Dr. Kamrath, herzlich willkommen!«

Die Leute drehten ihre Köpfe in Richtung von Piepers ausgestrecktem Arm. Einige wenige applaudierten, die meisten musterten ihn, als wäre er ein zwar neues, aber ziemlich unattraktives Nagetier im örtlichen Zoo. Er nickte zum Gruß und lächelte, bewegte die Lippen, »vielen Dank« sollte das heißen.

»Die Älteren von Ihnen werden sich sicher noch erinnern, dass der Herr Staatssekretär vor vielen Jahren noch jener Partei angehörte, die uns nun dazu zwingt, das Ende des Braunkohleabbaus um weitere acht Jahre vorzuverlegen.«

Etliche Buhrufe unterbrachen Pieper. »Was will der Wendehals hier?«, rief einer wütend.

»Bitte! Ich erinnere nur deshalb an diese alte Geschichte, weil es Herr Dr. Kamrath war, der wenigstens zu diesem Kompromiss beitragen konnte. Es waren nicht zuletzt seine Erfahrungen aus jahrelangen Diskussionen mit Fundamentalisten, die uns halfen, die Forderung nach einem Ausstieg binnen fünf Jahren abzuwehren.«

Angeführt vom Vorsitzenden der Bergbaugewerkschaft, kam zögerlicher Applaus auf.

»Vielleicht wollen Sie selbst ein paar Worte sagen, Herr Kollege?« Pieper lächelte ihm aufmunternd zu.

Nein, das wollte der Herr Kollege eigentlich nicht. Wenn es nämlich nach dem Herrn Kollegen gegangen wäre, hätten sie den Braunkohletagebau schon gestern eingestellt. Aber jetzt musste der am Nasenring vorgeführte Herr Kollege das Spiel Piepers eben brav mitspielen. Schon eilte jemand mit einem Mikrofon auf ihn zu.

»Herzlichen Dank. Als Herr Dr. Pieper mich um Unterstützung an diesem Tag bat, habe ich natürlich sofort gerne zugesagt. Denn wir alle in Berlin wissen, dass dieser Zwangskompromiss die Lage der Bergleute im rheinischen Revier zunächst einmal erschwert. Ich sage ›zunächst‹, weil auch eine Chance darin steckt. Als ich Dr. Pieper vorschlug, unsere Zustimmung von einer massiven Erhöhung der Wirtschaftsfördermittel für die Region abhängig zu machen, wusste ich ihn gleich auf meiner Seite. Und so ist uns das ja auch gelungen.«

Das war gelogen, zumindest halb gelogen. Denn tatsächlich war es Pieper gewesen, der im Alleingang einen Streit mit der eigenen Fraktion riskiert hatte, um diese Mittel durchzusetzen. Er selbst hatte nur ganz zum Ende hin zugestimmt, als Pieper die Mehrheit eh schon zusammenhatte. Aber wer sollte das in diesem Saal wissen, und diesmal war es an Pieper, mit wohlwollendem Lächeln an dieser kleinen Geschichtsfälschung mitzuwirken.

»Ihre augenzwinkernde Gedächtnisauffrischung hinsichtlich meines Parteiwechsels, der im Übrigen ja doch schon rund fünfzehn Jahre zurückliegt, lieber Kollege – diese Erinnerung gibt mir die Chance, auf etwas Wesentliches hinzuweisen. Wir dürfen nie aufhören zu lernen. Bereit zum Neustart zu sein. Uns auf neue Entwicklungen einzulassen, selbst wenn sie uns manchmal schmerzvolle Konsequenzen abverlangen. Wenn ich mich hier umsehe, schaue ich in Gesichter von Menschen, die seit Jahrzehnten im Bergbau ständig mit neuen Entwicklungen konfrontiert wurden. Haben Sie dann einfach nur reagiert? Nein, Sie haben all diese Herausforderungen immer wieder neu mit Ihrer eigenen Arbeit, Ihrem eigenen großen Einsatz gemeistert.«

Die Unruhe, die während seiner ersten Sätze noch geherrscht hatte, hatte sich inzwischen gelegt.

»Die Fähigkeiten und Kenntnisse, die Sie dabei erworben haben, sind gewaltig. Und deswegen bin ich überzeugt davon, dass Sie auch diesmal nicht einfach kapitulieren werden. Wir haben zehn Jahre Zeit mit diesem schwer erkämpften Kompromiss gewonnen. Zehn weitere Jahre, in denen es unsere Aufgabe ist, neue qualifizierte Jobs in der Region anzusiedeln und die dazu nötigen Fortbildungsprogramme zu organisieren. Damit Sie in angemessene Arbeitsplätze wechseln können und Ihren Familien weiterhin ein gutes Auskommen sichern können. Sie dürfen uns beim Wort nehmen. Unsere Partei, aber ganz besonders natürlich Ihren Bundestagsabgeordneten vor Ort, Dr. Lars Pieper. Vielen Dank.«

Der Applaus, den er erntete, war ebenfalls nicht rekordverdächtig. Aber er war laut genug, um zu beweisen, dass er Piepers kleine Schikane gut gemeistert hatte.

Als sie, wegen dringender bundespolitischer Geschäfte entschuldigt, eine Dreiviertelstunde später der Mühle entkommen waren, grinste Pieper ihn beinahe spitzbübisch an.

»Sie nehmen es mir nicht übel, dass ich Ihren Besuch ein wenig für meine Zwecke genutzt habe, nicht wahr, Kamrath?«

»Ach was, es hat fast Spaß gemacht. Habe schon länger nicht mehr so über Bande gespielt.«

Das Ungefähre und Vieldeutige seiner Antwort schien Pieper zu gefallen. Fast mochte man glauben, er würde seine Freundschaften bevorzugt im Wettstreit schließen.

»Jedenfalls haben Sie mir sehr geholfen, Kamrath. Als MdB kann man bei dieser Frage in der Region eigentlich nur verlieren. Auf der einen Seite das Energieunternehmen und die Gewerkschaft. An der Braunkohle hängen ja immer noch fast zwanzigtausend Arbeitsplätze. Auf der anderen Seite sind unsere Parteifreunde in den Stadt- und Gemeinderäten fast geschlossen dagegen, Dörfer und Landschaft weiter plattzumachen. Kommen Sie, dahinten ist unser neuer Stadtpark. Gehen wir eine Runde spazieren.«

Pieper wies in eine ungefähre Richtung.

»Was treibt Sie eigentlich in meine Heimat? Plattes Land haben Sie da oben in Kiel doch selbst genug.«

Auf diese Frage hatte er sich im Flughafenhotel gewissenhaft vorbereitet.

»Sting. Ein alter Studienfreund, mit dem ich früher regelmäßig auf Konzerte gegangen bin, hatte mich zum Open-Air-Konzert gestern im Mönchengladbacher Hockeypark eingeladen.«

»Oh, dafür sehen Sie heute aber schon wieder ganz fit aus.«

»Na ja, Sting ist ja nicht gerade Underground. Und in meinem Alter schlägt man bei Konzerten sowieso nicht mehr über die Stränge.«

»Verstehe«, behauptete Pieper, während sie den Park betraten. »Dafür wird hier seit Monaten umso mächtiger über die Stränge geschlagen. Riechen Sie das?«

Pieper hatte recht. Junge, Junge. In der Tat roch es schwer nach Haschisch. Dabei war in der Nähe niemand zu sehen. Als hätte hier jemand beim Spazierengehen nicht eine Tüte durchgezogen, sondern eine hochangereicherte THC-Bombe in die Luft gejagt.

»Da hinter den Bäumen befindet sich die Liegewiese. Die müssen Sie sich mal ansehen.« In Piepers Ankündigung mischten sich Stolz und Empörung eines Hausbesitzers, dem die Nachbarshunde ständig in den perfekt durchgestylten Vorgarten kackten.

Es war noch nicht viel los auf der Wiese. Mittagszeit. Am Parkrand frühstückte eine altersgemischte Gruppe an einem schweren Eichentisch, der vermutlich aus einem der nahe gelegenen Gründerzeithäuser herbeigeschleppt worden war.

Einige Kinder bretterten mit ihren Skateboards durch einen stillgelegten Brunnen, und etwas abseits davon saßen oder lagen ein paar junge Leute im Kreis. Einer spielte Tabla, manche redeten, andere ließen etwas Weißes kreisen, dessen Geruch der Wind schnell in ihre Richtung trieb.

»Tja, sonntags in der Stadt.« Man konnte ja mal unverbindlich einsteigen, um herauszufinden, wie Pieper die Sache angehen lassen wollte.

»Ja, das wirkt noch halbwegs nett. Aber ab dem späten Nachmittag können Sie hier nicht mehr frei atmen. Dann hängen hier fast nur noch solche Kiffergruppen herum. Und es sind immer häufiger Minderjährige. Selbst Huub Rijking, ein alter Freund von mir im Roermonder Gemeinderat, sagt, so schlimm hätte es bei ihnen drüben nie ausgesehen. Vielleicht verstehen Sie meine Sorgen wegen Ihres Gesetzesentwurfs nun etwas besser.«

»Jetzt erwarten Sie sicher, dass ich genau solche Situationen als starkes Argument für die Verabschiedung des Gesetzes bezeichne. Dass sich hier zeigt, wie krachend gescheitert die Verbotspolitik ist. Immer mehr kiffen, und immer mehr Jüngere kiffen. Und genauso ist es ja auch. Wir sind gescheitert.«

Pieper hob an, ihn zu unterbrechen, aber er bat mit einer Handbewegung um mehr Redezeit.

»Sie kennen meine Argumente natürlich. Dass wir nach einer Legalisierung die Minderjährigen viel besser aufklären können, dass in einem kontrollierten Markt die Qualität des Cannabis steigt und der durchschnittliche THC-Gehalt absinkt und so weiter. Aber, und das wird Sie jetzt erstaunen, ich bin ein wenig unsicher geworden, ob wir wirklich schon so weit sind.«

Pieper blieb tatsächlich überrascht stehen. »Und das heißt?«

»Wenn ich Ihnen das sagen könnte. Sehen Sie, ich habe in den letzten Monaten so viele Gespräche geführt. Mit Wissenschaftlern, Medizinern, Sozialarbeitern, Kollegen. Und zunehmend beschleicht mich dabei der Verdacht, wir könnten etwas übersehen haben. Dass wir Befürworter vielleicht zu sehr von uns selbst ausgegangen sind, von starken, reflexiven Charakteren, die verantwortlich mit Gefahren umzugehen wissen.«

»Aber werter Kollege, Sie haben die Federführung bei diesem Vorhaben. Wir stehen kurz vor der Verabschiedung des Gesetzes. Dass Sie da jetzt plötzlich mit persönlichen Unsicherheiten kommen, wundert mich sehr. Wenn diese Sache platzt, wie steht dann unsere Koalition da?«

Es war beinah körperlich zu spüren, wie elektrisiert Pieper von der Wendung des Gesprächs war. Er musste davon ausgegangen sein, dass er über seine mögliche Blockadestrategie ausgehorcht würde und dass ihm die Regierung über den Staatssekretär möglicherweise Gegenleistungen für seine Zustimmung anbieten wollte. Aber ein Bekenntnis abweichenden Denkens durch seinen persönlichen Kontrahenten? In seinem Hirn mussten die Neuronen gerade Dauerfeuer schießen, um die neue Situation einordnen zu können. Jetzt noch etwas nachlegen.

»Verstehen Sie mich nicht falsch, Herr Pieper, ich bin weiterhin der festen Überzeugung, dass wir dieses Gesetz brauchen. Aber die Frage ist: Benötigen wir nicht mehr Zeit? Haben wir wirklich alle Punkte hinreichend berücksichtigt, um einen Missbrauch auszuschließen? Stellen Sie sich vor, wir begehen Fehler um eines schnellen Erfolgs willen, und etwas Schlimmes passiert!«

»Sie überraschen mich immer mehr, Herr Dr. Kamrath. Wieso kommen Sie mit diesen Bedenken ausgerechnet zu mir? Ich meine, bei aller durchaus vorhandenen Sympathie für Sie, aber ich habe von Anfang an durchblicken lassen, dass Sie mit Ihrem Entwurf auf dem Holzweg sind. Und es hat mich sehr getroffen, dass man meine Haltung in dieser Frage als eine Art Racheakt für Ihre Ernennung missgedeutet hat.«

Pieper hatte nicht nur angebissen, der Köder war sogar schon in seinem Magen angekommen, verbreitete ein wohliges Gefühl und verlangte nach Nachschub.

»Ich persönlich habe das nie so gesehen. Ich habe mich nicht um dieses Amt gedrängt, und dass es mir für Sie leidtat, werden Sie mir gewiss abnehmen. Aber Sie sind kein Mann, der Mitleid braucht. Angesichts Ihrer politischen Erfahrung bedeutet das höchstens eine kleine Verzögerung, das wissen wir beide. Und wenn ich Sie mit meinen bescheidenen Möglichkeiten demnächst unterstützen kann, werde ich das tun, das verspreche ich Ihnen.«

An dieser Stelle hätte er sich am liebsten übergeben. Unter anderen Umständen hätte er zwar um Piepers Zustimmung zum Gesetz geworben, aber er hätte sich niemals so selbst erniedrigt wie jetzt, da Sander ihm im Nacken saß und es um etwas ganz anderes ging, nämlich um alles.

Piepers Daumen fuhren in seinen Hosenbund, zogen parallel erst zur Seite und dann die Hose nach oben bis zum kleinen Bauchansatz, der diesen Bundeswehroffizier der Reserve sicher ärgerte. Gleichzeitig streckte er sich ein wenig, und es fehlte nur noch, dass er in seinen hellbraunen Budapestern ein wenig gewippt hätte. Das war eine Schwäche dieses Karrierestrategen im politischen Nahkampf, die ihm schon früher einmal aufgefallen war. Dass Pieper seinen Körper nicht hundertprozentig im Griff hatte. Scheinbar unbeobachtete Momente bei Vorträgen anderer, in denen man ihm seine Gedanken im Gesicht eins zu eins ablesen konnte, die Verachtung vermeintlich Dümmerer oder den Ärger, dass er gerade einmal nicht den Ton angeben durfte. Oder die hochmütige Überzeugung, alle anderen eines Tages in die Tasche zu stecken. So wie jetzt in diesem Augenblick, da er glaubte, der Staatssekretär suchte sein Vertrauen in Anerkenntnis, wer von ihnen beiden der Stärkere war.

»Deswegen bin ich zu Ihnen gekommen, Dr. Pieper. Gerade weil Sie von Anfang an keinen Hehl aus Ihrer Skepsis gemacht haben. Ich möchte Ihre Bedenken mit meinen abgleichen und mit Ihnen überlegen, ob wir vor einer Freigabe noch wissenschaftliche Untersuchungen benötigen oder eventuell örtlich begrenzte Pilotprojekte. Ob wir also verschieben müssen. Und wenn ja, wie wir das ohne Schaden für die Regierung, insbesondere aber ohne Schaden für unsere Partei noch hinbekommen können.«

Er hatte sich die Wörter herausgezwungen, zögerlich, suchend, dann aber, als hätte er endlich eine Grenze überschritten, zunehmend schneller sprechend, als bräche alles, was ihn bewegte, endlich heraus. Mein Gott, wenn die ganze Situation nicht so traurig und bitter wäre, müsste er sich zu seiner schauspielerischen Glanzleistung gratulieren und im Bundestag eine Theatergruppe ins Leben rufen.

Pieper sah ihn nachdenklich an, legte die Hand leicht auf seine Schulter, um ihm anzuzeigen, dass sie ihren Spaziergang nun wieder aufnehmen würden.

»Haben Sie an der Mühle geparkt?«

»Ein paar Hundert Meter weiter die Straße rauf.«

»Ich bringe Sie noch zu Ihrem Wagen.«

Bis sie das Auto erreicht hatten, redeten sie kein Wort mehr.

Er drückte den Funksender, ein Signal, und die Blinker des Mercedes leuchteten auf.

»Es war sehr gut, dass Sie mich heute aufgesucht haben. Eigentlich sollten wir uns alle mal in unseren Wahlkreisen besuchen, um einander besser verstehen zu lernen. Ich weiß das zu schätzen, Herr Kollege.«

Er hatte nichts anderes erwartet. Pieper kostete die neuen Machtverhältnisse, die er zu erkennen meinte, bis zur letzten Silbe aus. Unverbindliche Freundlichkeiten in Mengen, aber kein Wort über das Wesentliche. Wollte er hier nicht ohne Antwort verschwinden, musste er sich eine erbetteln.

»Dann darf ich damit rechnen, dass wir uns zu Beginn der Sitzungswoche bezüglich der Cannabisfrage noch einmal besprechen können?«

Pieper nickte. »Ihre Fee soll meine anrufen und sagen, ich betrachtete dieses Treffen als vorrangig.«

Wann hatte er das letzte Mal einen Abgeordneten getroffen, der von seiner Bürovorsteherin als »Fee« sprach? War das noch vor der Jahrtausendwende gewesen? Es passte jedenfalls in den konservativen Rollback, mit dem Pieper derzeit durchaus erfolgreich für eine Erneuerung der Partei warb. Sollten alle Bemühungen, ihre Partei auf die Erfordernisse einer modernen Gesellschaft einzustellen, am Ende an einer solchen Figur zerschellen? Eine furchtbare Aussicht, er würde ein zweites Mal seine politische Heimat verlieren.

»Ja, also dann …« Piepers fast verlegener Satzanfang riss ihn aus dem Gedankenwirbel, in dem er sich verloren hatte, und erst jetzt wurde ihm die peinliche Stille bewusst, in der er Pieper die ganze Zeit über freundlich debil angelächelt haben musste.

»Entschuldigen Sie, Dr. Pieper, mir schwirren so viele Dinge aus unserem Gespräch im Kopf herum. Würden Sie nur … Vielleicht, meinen Sie, wir könnten, natürlich nur, sofern wir es als notwendig erachten sollten, diesen Zug noch zu einem Zwischenhalt bringen?«

Wie dilettantisch! Dass er sprach wie ein aufgeregter Neuling im politischen Geschäft, das würde Pieper ihm doch niemals abnehmen. Jetzt würde er misstrauisch werden.

Aber er schien so geblendet von diesem triumphalen Erlebnis, wie der gut zehn Jahre ältere und erfahrene Staatssekretär da gerade vor ihm zu Kreuze kroch, dass er ihm stattdessen gönnerhaft aufmunternd auf die Schulter klopfte.

»Es ist kurz vor zwölf, Kamrath, kurz vor zwölf.«

Dumme Knallcharge, zu viel Zeit vor dem Fernseher verbracht, zu viele billige Texte gehört!

»Aber ich könnte mir vorstellen, dass es noch nicht zu spät ist, in den Ausschüssen ein paar Fragen zu formulieren, die das Verfahren verzögern würden. Sie wissen ja selbst sehr gut, wie das geht. Und wenn man dabei die Perspektive vermittelt, dass das Gesetz spätestens zum Ende der Legislaturperiode doch noch verabschiedet werden kann, würde die Regierung auch halbwegs ihr Gesicht wahren.«

Er bemühte sich, sehr nachdenklich zu nicken. Pieper sah ihn etwas mitleidig an.

»Sie verstehen aber, dass es wenig sinnvoll wäre, wenn ich diese Fragen vorbringen würde. Man würde nur behaupten, ich wollte mich für meine Zurücksetzung an Ihnen rächen. Wir müssten also jemand anderen in der Fraktion finden, der es für Sie erledigt.«

Wieder nickte er und schaute Pieper fragend an. Würde er jetzt einen aus seiner Unterstützergruppe outen? Nein, den Gefallen tat er ihm nicht.

»Aber selbst wenn das klappt – es ist Ihnen schon bewusst, dass man Ihnen eine solch plötzliche Verschiebung als handwerklichen Fehler auslegen würde? Das könnte Sie unter Umständen das Amt kosten.«

Was war das? Eine kollegiale Warnung oder eine Drohung? Er zuckte leicht resigniert mit den Schultern.

»Es würde helfen, wenn wir beide den Entwurf einfach noch mal Punkt für Punkt durchgingen, um aus Ihrer Position heraus zu sehen, ob und wie lange wir verschieben müssten. Und wenn das Amt dann der Preis für ein gutes Gewissen sein sollte, dann wäre das eben so. Hauptsache, ich weiß Sie hinter mir.«

»Das kann ich Ihnen von Herzen versprechen, lieber Dr. Kamrath. So oder so.«

TEIL II

19

Staatssekretär Dr. Marcel Kamrath sollte ich den ersten schwarzen Fleck auf meiner weißen Weste verdanken. Nein, das war untertrieben. Eigentlich stahl er mir geschickt wie ein Taschendieb die Weste vom Körper und versenkte sie in einer Grube voller Schmutz. Denn trotz all meiner Erfahrung mit hintergründigen Strategien und Ablenkungsmanövern gelang es ihm, mich zu einem Spielball seines Überlebenstriebs zu machen. Hätte ich nicht schon von Anfang an begreifen müssen, dass mich mein hochrangiger, mit besten Empfehlungen ausgestatteter Klient nur als Instrument für eine gnadenlose Revanche benutzen wollte? Doch inzwischen bin ich davon überzeugt, dass sich sein Plan erst später ausbildete, Schritt für Schritt, je ärger er in Bedrängnis gebracht wurde. Dass ich dabei – weniger strafrechtlich als moralisch – mitschuldig wurde, war für ihn nur ein unvermeidbarer Kollateralschaden. Wobei ich mir nicht sicher bin, ob er überhaupt jemals einen Gedanken auf die Folgen seines Handelns für mich verschwendet hat.

Bei unserem ersten Telefonat war er sehr zurückhaltend, wirkte sogar verlegen, als ob er sich schämte, mir mit seiner peinlichen Situation zur Last zu fallen. Ich verstand es als eine Vorsichtsmaßnahme aus Erfahrung, bekräftigte, wie sinnvoll der unverstellte Blick einer externen Beratung sei, und reservierte für ihn ein paar Stunden in meinem Kalender.

Später checkte ich ihn auf die Schnelle. An Informationsmaterial herrschte kein Mangel, sobald ich den Namen Marcel Kamrath in die Suchmaschine eingab. Die Bildersuche allein ergab Hunderte von Nachweisen, angefangen bei einem blutjungen Kamrath auf einem Kongress der deutschen Umweltpartei, Seite an Seite mit seiner ebenfalls blutjungen Frau, bis hin zur Übergabe der Ernennungsurkunde zum Staatssekretär durch Kamraths Minister und einem weiteren Berg von Fotos im Zusammenhang mit einer Gesetzesinitiative zur Legalisierung von Cannabis.

Ich sollte ihn also leicht identifizieren können. Aber als ich an dem Ort wartete, den ich als Treffpunkt vorgeschlagen hatte, beschlich mich plötzlich die Sorge, ich würde jeden Mann, der in einem tiefgrauen Anzug und mit kurz geschnittenem silbergrauem Haar erschiene, für ihn halten. Denn das einzige Charakteristikum, das sich mir während der Bilderschau wirklich tief eingeprägt hatte, war seine perfekt konforme Verkörperung eines bestimmten Typus von Berufspolitiker.

Meine Klienten kommen durchweg zu spät – in zweifacher Hinsicht. Zum einen erscheinen sie verspätet zu unserem Termin. Meistens sind es Männer, selten auch Frauen, die einen spüren lassen wollen, dass sie über die Zeit anderer verfügen dürfen. Sie nehmen Platz und lassen eine Entschuldigung in Standardfloskeln vom Stapel, die mehr das selbstverständliche Recht auf Prioritätensetzung als echtes Bedauern erklärt. Es lässt mich trotzdem ziemlich kalt. Wer sich bei mir meldet, hat eine Menge mehr zu verlieren als seinen großen Auftritt. Je tiefer meine Kunden in der Patsche sitzen, umso länger brauchen sie übrigens, um zu ihrer Verabredung zu erscheinen.

Viel dramatischer ist ihre Verspätung in der anderen Hinsicht. In der Regel haben sie ihre prekäre Situation viel zu lange ignoriert, bevor sie endlich zu mir kommen. Niemand gibt gerne zu, dass ihm ein Problem über den Kopf gewachsen ist, aber für meine Klientel bedeutet jeder Ruf um Hilfe gleich einen Gang nach Canossa. Es müssen am Horizont schon die apokalyptischen Reiter auftauchen, bis sie bereit sind, diesen Gesichtsverlust in Kauf zu nehmen. Beim ersten Termin tun sie darum noch so, als fehlten ihnen Zeit und Lust, sich mit einem solch lächerlichen Thema noch selbst abzugeben. Es braucht dann oft mehrere Gespräche, ehe das Problem in all seiner Vertracktheit endlich offen auf dem Tisch liegt.

Am Telefon hatte Kamrath keinerlei Andeutung gemacht, was ihm quer saß, also erwartete ich ein ausführliches Briefing. Ich hatte einige Minuten vor der Zeit an der Theke Platz genommen und einen Espresso bestellt.

Gegenüber all den Zuspätkommenden erwies sich mein neuer Klient als Ausnahme: Er betrat die Weinbar geradezu aufreizend pünktlich. Eine Weile blieb er stehen und schaute sich in dieser Klosterkirche, die zum hedonistischen Tempel eines Fünfsternehotels umgebaut worden war, um, als wäre er nur eingetreten, um die Architektur zu bewundern. Dann kam er zu mir und begrüßte mich wie eine gute alte Bekannte. Eine Show für den Barkeeper.

Wir setzten uns an einen der Tische an der Längsseite des Kirchenschiffs. Obwohl wir von Premiers Crus und mit Auszeichnungen überhäuften Selektionen geradezu umringt waren, beschränkte sich Kamrath auf das touristische Standardarrangement von Limburgischem Vlaai und Kaffee. Ich schloss mich an.

»Wie gesagt, habe ich Ihre Kontaktdaten von Elsbeth«, begann er umständlich. »Und wir haben uns vor ein paar Tagen auch schon im Restaurant des Bundestags gesehen.«

Ich nickte vage. Natürlich hatte ich seine Blicke und seine unbeholfenen Versuche, sie zu verbergen, wahrgenommen, aber ich tat so, als hätte ich Mühe, mir die Situation zu vergegenwärtigen.

»Sie haben in Brüssel eine Angelegenheit für Elsbeth erledigt«, sagte er, während er ein Stück Vlaai mit der Gabel abzwackte. »Ich hoffe, mit Erfolg?«

Eine Fangfrage.

»Es ging um Verstöße in einem medizinischen Patentverfahren«, gab ich kurz zurück. »Frau Winter kann Ihnen die Details sicher besser berichten. Es gelang uns, die Angelegenheit für alle Seiten gütlich zu regeln.«

Ich bezweifelte, dass Elsbeth ihm gegenüber ausplaudern

würde, dass wir eine angehende Whistleblowerin betreut hatten, die über gefälschte Testergebnisse in einem deutschen Pharmakonzern auspacken wollte. Hinter den Kulissen zwang Elsbeth das Unternehmen, seine Patentanfrage zu stoppen, während ich für die Frau eine erhebliche Abfindung für ihr Schweigen aushandelte. Nach der Autoindustrie sollte nicht der Pharmasektor auch noch den letzten Rest des guten Rufs von Made in Germany ruinieren.

Meine Antwort war konkret genug, um nicht unhöflich zu wirken, aber allgemein genug, um meine Diskretion zu beweisen. Seinem Gesicht war keine Reaktion abzulesen, aber dass über ein solches Verfahren öffentlich nichts bekannt geworden war, gefiel ihm gewiss.

»Ich stamme aus Nord-Holland«, sagte ich wie aus heiterem Himmel. »Aus Heerhugowaard, nahe Alkmaar.«

Er nickte kauend.

»Bekannt vom Käsemarkt. Eine der wenigen touristischen Attraktionen, bei der sich Show und Realität zu einem unentwirrbaren Knäuel verbinden.«

»Also ganz wie die Politik.«

Er sagte es ohne jede Ironie, und ich belohnte ihn dafür mit einem wissenden Lächeln.

»Aber in das Käsegeschäft sind Sie offenbar trotzdem nicht eingestiegen?«

Ich bin im Internet nirgends zu finden, also spendierte ich ihm einen Einblick in meine Vita.

»Wie Sie habe ich Jura studiert. Allerdings in Amsterdam. Meinen ersten Job hatte ich dort in einer großen Anwaltskanzlei, Bereich Strafrecht. 2009 bin ich in den Dienst des Innenministeriums gewechselt. AIVD. Bei Ihnen wäre das die Kombination aus Verfassungsschutz und Bundesnachrichtendienst. Zunächst habe ich als Screener gearbeitet und Kandidaten für sensible Aufgaben gecheckt. Botschaftspersonal vor allem. Später wurde ich Analystin für neu gegründete Parteien. Irgendwann war es Zeit, sich selbstständig zu machen, und seitdem übernehme ich überwiegend Beratungsaufträge im politischen Sektor.«

»Was war das Thema Ihrer Abschlussarbeit, wenn Sie die neugierige Frage eines Fachkollegen erlauben?«

»Das Für und Wider der chemischen Kastration von Serientriebtätern.«

Dann haben Sie sich inzwischen sehr weit von Ihren ursprünglichen Interessen entfernt«, stellte er fest. »Was war damals Ihr Ergebnis?«

»Unentschieden«, antwortete ich, und um eine Diskussion zu vermeiden, fügte ich an: »Das gilt für mich bis heute.«

Er ließ seinen Blick über die Weinregale schweifen.

»Unentschiedenheit ist ein Luxus, den ich mir als Politiker leider selten leisten kann.« Das war seine Einleitung, um zur Sache zu kommen. Er schob den Teller beiseite, auf dem noch der halbe Vlaai lag.

»Ich hätte gerne, dass Sie jemanden für mich überprüfen. Es ist ein alter Freund, mit dem ich seit Kurzem wieder Kontakt habe. Einen sehr wertvollen Kontakt. Wir haben uns vor rund fünfunddreißig Jahren aus den Augen verloren.«

Kamrath zog einen Briefumschlag aus einer Tasche seines Jacketts und legte ihn vor mir auf den Tisch. Ich öffnete ihn und holte ein Foto heraus, das einen dünnen, aber athletischen Mann zeigte. Sein Gesicht war sonnengebräunt und scharf geschnitten, das Haar darüber schon etwas ergraut. Aber weil es locker und lässig hochgekämmt war, wirkte der Mann jünger, als er war. Das verrieten die Falten unterhalb seines Kinns, die sich bei Mittfünfzigern fast zwangsläufig einstellen. Am interessantesten war sein wachsamer, forschender Blick.

»Er heißt Sander van Haag.«

»Haben Sie eine Adresse?«

Kamrath schüttelte den Kopf. »Das gehört zu den Dingen, die ich gerne Ihrem Bericht entnehmen würde.«

»Und weiter?«

»Ganz allgemeine Informationen. Falls Sie auf Ungewöhnliches stoßen, wüsste ich darüber natürlich gerne mehr. Aber erst einmal: was und wo er arbeitet, wovon er wie lebt, ob er verheiratet oder anderweitig liiert ist. Ob er Kinder hat, seine Hobbys, Sport, kurz seine persönlichen Lebensumstände.«

Mit einer Gebärde deutete er an, dass ich sicher selbst am besten wüsste, was dieser Sammelbegriff umfasste.

»Also auch, ob er Schulden hat, unter irgendwelchen Süchten leidet oder Konflikte mit der Polizei oder anderen Behörden hat?«

Er lehnte sich zurück, als ob er sich schon jetzt von alldem distanzieren müsste.

»Sofern es zutrifft, ja.«

»Haben Sie vielleicht schon eine Idee, mit welcher Art Auffälligkeiten ich rechnen könnte?«

»Ich habe von dem Gerücht gehört, dass Sander in der ein oder anderen Weise mit dem Handel von Marihuana zu tun haben könnte. In meiner Position darf ich die Klärung solcher Fragen natürlich nicht dem Zufall überlassen.«

»Kein Problem«, versprach ich. »Ich werde Ihnen ein Angebot schreiben. Wohin soll ich es …«

Er beugte sich nun wieder nach vorne, und mit einem Mal war in seinen Augen eine Anspannung abzulesen, von der die klassisch elegante Designerbrille nicht abzulenken vermochte.

»Nein, nein. Für so etwas haben wir keine Zeit. Wie lange brauchen Sie für diesen Auftrag? Zwei, vielleicht drei Tage? Ich vertraue auf Ihre angemessene Kalkulation.«

»Mehr Zeit sollte nicht nötig sein. Und falls es komplizierter werden sollte, melde ich mich sofort.«

Er blieb in seiner vorgebeugten Haltung, so als wollte er mir noch etwas Vertrauliches mitteilen, aber er schwieg.

Vielleicht brauchte er nur einen kleinen Impuls. »Eine vielleicht etwas indiskrete Frage: Hat Sie dieser Freund womöglich um einen Gefallen gebeten? Oder Ihnen einen angeboten?«

Kamrath warf dem Kellner einen Blick zu und bedeutete ihm, die Rechnung zu bringen.

»Was anderes ist Freundschaft denn als ein ständiges

Geben und Nehmen? Solange alles im Gleichgewicht bleibt, gibt es da kein Problem.«

Ich hätte ein ganzes Regal der teuren Weine um uns herum darauf verwettet, dass dieses Gleichgewicht in seinem Fall gerade dabei war, aus der Balance zu geraten.

Während wir durch das Kirchenschiff Richtung Ausgang liefen, gab er mir noch eine Mobilnummer.

»Eine sichere Verbindung. Staatlich garantiert«, sagte er, als wollte er mich zum Ende noch einmal an seine Bedeutung erinnern.

20

Herr Dr. Kamrath. Guten Morgen. Elsbeth hat mir Ihren Besuch schon angekündigt.«

»Und sie hat Ihnen gesagt, warum ich hier bin?«

»Ja, bitte kommen Sie.«

Katrin Schröder sah nicht unpassend verkleidet aus in ihrem leichten Strickkleid, aber man konnte sie sich doch eher in alternativeren Klamotten auf einer Demo vorstellen als so im Büro einer Staatssekretärin.

Ihn hingegen, in seinen Anzügen, würde wohl niemals jemand für verkleidet halten. Dabei sehnte er sich an grauen Tagen nach seiner alten Lederjacke zurück. Die Jacke, die er schon während des Studiums an den Nagel gehängt hatte. Weniger, weil sein Großvater ihm ständig wegen seiner Kleidung und seines Umgangs in den Ohren lag, sondern weil die Lederjacke viel mehr über seine Unsicherheiten und Ängste verriet als ein solcher Anzug, wie ihn in seiner damaligen Partei sonst nur noch einer trug. Selbstbewusste graue Vögel inmitten einer bunten Truppe.

Gäbe er heute seinem Gefühl nach und kaufte sich eine neue alte Lederjacke, sie würden ihn auslachen, die jungen Leute, aber sicher noch mehr die älteren. Diese boshafte Diagnose »Midlife-Crisis«, als handelte es sich um eine Krankheit, nach der Hälfte des Lebens kritisch zu fragen, ob man wirklich eins mit diesem Alltag war, ob man sich nicht doch furchtbar verlaufen hatte, obwohl man all die Jahre scheinbar einer geraden Linie gefolgt war. Dabei reihte sich in Wirklichkeit nur ein Zufall an den anderen. Was, wenn die Jugos in Amsterdam sie 1983 in Ruhe gelassen hätten? Vielleicht würde er dann immer noch dort leben. Zum Beispiel als Manager der berühmten Jazzsängerin Kiki

Molenaar. Oder was, wenn sein Großvater ihn nicht bald darauf seinem Vater entzogen hätte? Nie hätte er Anne kennengelernt, ergo kein Sohn Jan und wohl auch kein Einstieg in die Politik. Eine zwar nicht unbegrenzte, aber doch große Menge sehr unterschiedlicher Lebensentwürfe ergab sich aus nur zwei Variablen. Weniges machte den Leuten mehr Angst als ein gestandener Mitgenerationist, der versteinerte Logiken infrage stellte, das Ruder noch einmal herumwarf und so bewies, dass es für Veränderungen eben doch nicht zu spät war. Das musste dann lächerlich und klein gemacht werden. »Midlife-Crisis«, mit höhnischem Unterton. Umso trauriger, dass die Männer, deren Antworten auf die Frage nach dem richtigen Leben ein Motorradführerschein und eine zwanzig Jahre jüngere Frau waren, den Feixenden in aller Regel auch noch recht gaben. Autsch. Sophie. Vierzehn Jahre jünger. War keine Lösung. Wusste er. Niemals würde er einer dieser Männer sein wollen.

»Dr. Kamrath?«

»Entschuldigen Sie, Frau Schröder. Klassisches Montagssyndrom. Zu viele Filme gesehen am Wochenende.«

Sie lächelte. Nachsichtig, fand er. Der Herr Staatssekretär machte auf Cineast.

Er folgte ihr endlich in Elsbeths Büro.

Sie blieb nahe der Tür stehen, während er auf Elsbeths Schreibtischsessel Platz nahm. Die Situation schien ihr unangenehm zu sein. Ein Staatssekretär eines anderen Ministeriums und sogar aus einer anderen Partei, der wie selbstverständlich den Stuhl ihrer Chefin besetzte. Und sie stand da wie eine Aufseherin.

Er sah sie aufmunternd an. »Glauben Sie mir, mir erscheint das hier selbst sehr sonderbar. Aber es hilft ja nichts.«

Sie nickte. »Ich lasse Sie dann mal allein. Wenn Sie etwas brauchen …«

»Nein, nein, bitte bleiben Sie hier. Gerade weil die Situation so ungewöhnlich ist, möchte ich diesen Aktentransfer gerne im Vier-Augen-Prinzip mit Ihnen durchführen. Wir dürfen uns jetzt keine Nachlässigkeiten erlauben.«

Er schob die Hand in seine Jacketttasche, holte nach kurzer Suche ein Taschentuch hervor und schnäuzte sich. Dann zog er die Schublade auf, die Elsbeth ihm genannt hatte, und hob einen Stapel Akten auf die Tischplatte.

»Hier, das ist sie. Sehr gut.« Er packte die anderen Akten zurück und schlug den Mappendeckel auf. »Ja, genau. Dann werden wir sie jetzt gemeinsam in Elsbeths Abgeordnetenbüro bringen, einverstanden?«

Ehe sie antworten konnte, klingelte sein Mobiltelefon. Er nestelte es aus der Jacketttasche, schaute auf das Display, verzog ein wenig den Mund und nahm das Gespräch an.

»Ja, Werner? – Ja, verstehe, eine Sekunde, bitte.« Er sah Katrin Schröder entschuldigend an. »Wären Sie so nett. Ich muss ein paar Dinge mit dem Minister besprechen. Ich melde mich sofort, wenn wir fertig sind.«

»Selbstverständlich, Herr Dr. Kamrath.«

Sobald sie die Tür hinter sich zugezogen hatte, schloss er die Timer-App, für deren Alarm er am Morgen seinen Klingelton ausgewählt hatte, und öffnete die Kamera. Titelblatt, Inhaltsverzeichnis, Vorwort und Zusammenfassung und schließlich vier Seiten mit den wichtigsten Tabellen. Die ganze Fotoaktion dauerte keine fünf Minuten.

Er stand auf und ging mit dem Handy am Ohr zur Tür. »Ja, es bleibt dabei, Werner. Ich bringe die Unterlagen für die Beamtenrechtsreform heute Nachmittag zum Flughafen.«

»Entschuldigen Sie, Frau Schröder. Sie wissen ja, wie das ist, wenn ein Minister anruft. Also, packen wir die Akte in einen Schuber und bringen sie ins Jakob-Kaiser-Haus.«

Weil es so mühelos war, weil es ihm so einfach und glatt von der Hand gegangen war, schämte er sich umso mehr. Denn dass er so leichtes Spiel hatte, verdankte sich keiner faszinierenden Verstellungskunst, sondern einem Gut, das in der Politik Mangelware war: Vertrauen. Nur weil Elsbeth ihn nach seiner damaligen Desertion erneut als einen unbedingt verlässlichen Freund in ihr Herz aufgenommen hatte und für ihn bürgte, hatte er Katrin Schröder so banal übers Ohr hauen können. Konnte er sich wegen Sanders Bedrohung auf Notwehr berufen? Und wennschon. Wenn das rauskäme, würde Elsbeth ihm niemals mehr verzeihen können.

Im Büro erwartete ihn ein Schreibtisch voller Redeentwürfe, Gesetzesentwürfe, Briefentwürfe, Stellungnahmen, Gutachten der Wissenschaftlichen Dienste und eine Telefonliste, die unmittelbar den Traum von einer eremitischen Existenz hervorrief. Obwohl ihm immer wieder der Verrat an Elsbeth Winter ins Gehege kam, arbeitete er die Dinge stoisch ab. Nicht so schnell und effektiv wie sonst, aber immerhin. Die Routine gab ihm Halt. Ein paar Schritte auf sicherem Gelände.

Aber dann musste er doch wieder raus. Denn das Einzige, das an seinem angeblichen Telefonat mit dem Minister nicht gefakt war, war der nachmittägliche Termin mit ihm in Tegel. Was konnte so wichtig sein, dass es nicht Zeit bis zum regulären Meeting am Mittwoch haben konnte? Auf seine SMS-Nachfrage, ob er irgendwelche Unterlagen mitbringen sollte, war nur ein schlichtes »Nein« zurückgekommen.

Er wies sich bei der Lufthansa-Mitarbeiterin am Frontdesk aus und wurde in die Senator Lounge geführt. Der Minister hatte eine Sitzgruppe im hinteren Winkel des Raums gewählt und studierte Akten. Sein persönlicher Referent saß ihm gegenüber. Als der ihn entdeckte, erhob er sich, wies auf seinen schweren blauen Sessel und schlenderte Richtung Buffet davon.

Er setzte sich.

Der Minister schaute nicht auf, las weiter in der Akte, schrieb Notizen an den Rand. Erst eine ganze Weile später klappte er sie zu und sah ihn mit dem Gesicht an, das nicht nur er am meisten an seinem Chef hasste. Scheinbar ausdruckslos, nur die grauen Augen durch die strenge, rechteckige Brille auf ihn gerichtet, keine zuckenden Lider, keine Regung der Mundwinkel, aber zwei Falten am Kinn, die ihn sehr schlecht gelaunt aussehen ließen.

»Hallo Werner. Alles in Ordnung?«, er rang sich ein Grinsen ab.

»Das möchte ich dich fragen, Marcel.«

Erinnerungen an eine Lehrerin am Gymnasium. Unterstufe. Gleiche offene Taktik. Welche Missetat meinte sie? Es gab ja immer mehrere, die aus Sicht der Erwachsenen zuzugeben waren. Von welcher wusste sie, welche würde man ihr frei Haus dazu liefern? Was seinen Minister anging, tippte er darauf, dass die Völkl schon heute ihre erste Attacke geritten hatte.

»Das meiste schon, würde ich sagen. In Sachen Cannabis muss ich derzeit ein paar verdammt dicke Bretter bohren. Aber das bekomme ich hin.«

»Willst du das denn noch?«

Pieper, also! Du hattest ihn ja eingeladen, hinter dir zu stehen. Und er hat dieses Angebot buchstäblich genutzt, um dir in den Rücken zu fallen.

»Ach, daher weht der Wind. Hat Pieper Gift verspritzt?«

»Er hat mir nur von einem ziemlich eigenartigen Besuch meines Staatssekretärs berichtet. Ganz neutral, sogar eher verständnisvoll. Zu verständnisvoll, nach meinem Geschmack.«

»Entschuldige, Werner, ich hätte dich wohl vorher einweihen sollen. Es gab ein paar Hinweise, dass Pieper im Hintergrund dabei ist, Widerstand gegen das Gesetz zu organisieren, und ich wollte versuchen, seine Strategie und seine Mitstreiter zu identifizieren. Also bin ich zu ihm und habe so getan, als hätte ich selbst arge Zweifel.«

»Bisher war mir nicht bewusst gewesen, was für ein brillanter Schauspieler du sein kannst.«

Der Minister ließ eine lange Pause, die man gut mit hektischer Selbstverteidigung hätte füllen können. Er zuckte mit den Schultern.

»Für Pieper hat es anscheinend ausgereicht, wenn er danach sofort zu meinem Minister rennt.«

»Sicher fiel es Pieper leichter, dir zu glauben, nachdem die Völkl ihm berichtet hat, wie du sie abgefertigt hast. Es ist schon beeindruckend, wie man innerhalb von zweiundsiebzig Stunden einreißen kann, was ein ganzes Team über Monate mühsam aufgebaut hat. Nur warum gerade du, das würde ich gerne von dir erklärt haben.«

»Werner, du weißt genau, wie sehr ich für diese Legalisierung gekämpft habe. Und immer weiterkämpfe, jeden Tag. Es ist absurd, mir zu unterstellen, ich …«

»Ich unterstelle? Vorsicht, Marcel! Du bewegst dich gerade auf hauchdünnem Eis. Ich habe mich persönlich für deine Benennung eingesetzt. Das hat mir in Piepers Landesgruppe keine großen Freunde gemacht. Aber ich wollte jemanden, der für sein Wort einsteht. Sag mir, dass ich mich in dir nicht geirrt habe.« Seine Stimme vibrierte, im Ministerium hätte er an dieser Stelle wahrscheinlich gebrüllt. Selbst der stets so beherrschte Minister hatte seine Grenzen. Höchste Zeit für Sack und Asche.

»Es war dumm und ungeschickt von mir. Es tut mir wirklich leid, Werner. Ich weiß auch nicht, wie mir das mit der Völkl passieren konnte. Ich hatte mich gut vorbereitet, aber einen abgrundtief schlechten Tag erwischt, und sie hat alle meine Triggerpunkte gleichzeitig gedrückt. Und dann hatte ich plötzlich die Idee für diese Pieper-Aktion und gedacht, ich könnte damit einen Befreiungsschlag landen. Piepers Gegenwehr durchkreuzen und damit die Völkl weiter isolieren. Es war – es war – einfach eine Scheißidee. Ich repariere das. So schnell wie möglich.«

Es war ein tief empfundenes Gefühl, das ihn die Sätze so herauspressen ließ, das ihn gleichzeitig seine Hände so wringen ließ, dass das Blut aus ihnen wich. Denn für ein paar Sekunden waren Sanders Erpressung, der Junkietod und all das Schreckliche tatsächlich hinter den Vorwürfen des Ministers verblasst, sodass er seine Aktionen aus der Perspektive des Mannes bewerten konnte, der er bis zum Auftauchen Sanders gewesen war. Es war klar, dass Werner ihn in einer Angelegenheit von geringerer öffentlicher Aufmerksamkeit wahrscheinlich sofort entlassen hätte, und zwar zu Recht. Er selbst wäre nicht so nachsichtig mit sich umgegangen.

Aber dann stand ihm seine ausweglose Situation wieder vor Augen und dass er sich vielleicht nur würde retten können, wenn er nicht nur gegen jede politische Vernunft handeln würde, sondern vielleicht sogar gegen das Gesetz. Und er war nur noch dankbar, dass dieser kurze Moment der Rückkehr in sein altes Leben seine Entschuldigung so authentisch gemacht hatte. Denn offensichtlich war der Minister bereit, noch einmal Vertrauen in ihn zu setzen.

»Keine Einzelaktionen mehr, Marcel! Hast du mich verstanden?«

Er nickte brav, während Werner weitersprach.

»Pieper und Völkl übernehme ich selbst, wenn sie zu viel Druck machen sollten. Und du gönnst dir mal eine kleine Auszeit. Du siehst wirklich schrecklich aus. Es ist keinem geholfen, wenn du dich aus Erschöpfung vergaloppierst.«

21

Sander van Haag, achtundfünfzig Jahre alt, geboren in Amsterdam-Noord, war dem ersten Anschein nach ein leichtes Ziel für meine Ermittlungen. Bei der Handelskammer wurde er als verantwortlicher Gesellschafter von *De Pandjes* geführt, einer Trödel- und B-Ware-Ladenkette mit Filialen in den ganzen Niederlanden.

Die Zentrale befand sich in einer Halle an einem Seitenarm des Nordseekanals nahe bei Zaandam. Es ist eine sumpfige Gegend. Das Wasser steht dort nie mehr als einen halben Meter unter der Grasnarbe. Ich checkte die Jahresbilanzen des Betriebs und fand nichts Besonderes. Meine Zielperson wirtschaftete gut und fuhr in der Regel ordentliche Gewinne ein.

Der Internetauftritt von *De Pandjes* bestand im Wesentlichen aus einer Seite, auf der alle Filialen mit Adressen und Fotos gelistet waren. Auf den Bildern konnte ich erkennen, dass die Firma so ziemlich alles an- und wieder verkaufte, was nicht niet- und nagelfest war: vom Einzelstück bis zu ganzen Containerladungen, vom abgenutzten Krempel bis zur Neuware, von Tand bis Kunst und von Retroplastikkram bis zur echten Antiquität.

Ich rief in der Zentrale an und fragte, ob sie Interesse an zehn gut erhaltenen Deckenleuchten aus den Sechzigerjahren hätten. Klar sei man interessiert, sagte der Mann am Telefon, aber als ich auf den Preis meiner Prachtstücke zu sprechen kam, erklärte er sofort, dass mehr als fünfzig Euro nicht drinsäßen.

»Ohne sie gesehen zu haben? Das sind außergewöhnliche Stücke. Mindestens das Zehnfache wert.«

»Fünfzig für alle zusammen. Anordnung von oben.«

Auf meine Frage, ob ich mal direkt mit »von oben« sprechen könnte, erklärte er, der Chef sei auf Reisen. Ich fragte, wann der Herr van Haag denn zurückkäme. Er stutzte kurz, als er den Namen hörte, und versprach, mal eben nachzuschauen. Eine Weile hörte ich noch seine schlurfenden Schritte, dann dauerte es, bis er den Hörer wieder aufnahm. Knarzendes Plastik. Ich fragte mich, ob sein Telefon noch eine Wählscheibe oder schon Tasten hatte.

»Schwer zu sagen«, brummte er, »versuchen Sies noch mal Ende der Woche.« Dann legte er auf.

An Ware schienen sie jedenfalls keinen Mangel zu haben. Höchstens an kundenfreundlichem Personal. Aber das war kaum das, was Herr Kamrath wissen wollte.

Ich beschloss, einen Joker einzusetzen.

Geheimdienste treiben Handel untereinander, so wie alle anderen Unternehmen auch, aber sie betreiben das Spiel immer noch nach den althergebrachten Regeln der Viehhändler. Keiner von ihnen versendet Angebote oder Rechnungen, keine Gelder werden überwiesen, und natürlich würde man in den Akten niemals auch nur den Hinweis auf einen Deal finden. Ob einer beim anderen in der Kreide steht oder was guthat, bleibt sicher aufbewahrt in den Köpfen der Akteure. Das gilt selbst dann, wenn man einen Laden längst verlassen hat. Auch wer nicht mehr auf der Lohnliste steht, kann weiterhin wertvolle Informationen an seinen früheren Chef weiterreichen und dafür später einen Gegendienst erwarten.

Mein Vorgesetzter damals in der Auswertungsabteilung hieß Pope. Unsere amerikanischen Freunde nannten ihn lieber Papa Oscar, weil sie die Namensgleichheit mit dem Oberhaupt der katholischen Kirche unpassend fanden, und so hieß er bald auch bei uns. Er war mir noch etwas schuldig, denn vor einiger Zeit hatte ich ihm Informationen und Beweise über eine israelische Firma geliefert, die in ganz Europa Sicherheitstechnik und Software in Aufnahmezentren für Asylbewerber installiert hatte. Alle gesammelten Informationen wurden quasi live in die Heimat übermittelt und erlaubten dort Scans nach potenziellen Feinden. Es war für mich nur ein Beifang gewesen. Der eigentliche Job war die Überführung eines hohen EU-Beamten, der für solcherlei Aufträge die Hand aufhielt. Ich vermute, die israelische Firma arbeitet heute für unseren Dienst, denn ich habe nie von einer Aufdeckung dieses Skandals gehört.

Ich rief Papa Oscar am Sonntagmorgen an. Eine von schlechter Laune durchtränkte Stimme meldete sich. Es hatte nicht nur mit mir zu tun. Offenkundig hatte er Bereitschaftsdienst, denn gleich nachdem ich ihn begrüßt hatte, unterbrach er mich, um seinem Chauffeur das Büro in Zoetermeer als Ziel anzugeben.

»Wenn du mich am heiligen Sonntag störst, willst du sicher einen Scheck einlösen«, nahm er das Gespräch wieder auf.

»Könntest du für mich einen gewissen Sander van Haag durch die Maschinen laufen lassen?«

»Wer soll das sein?«

Ich fasste das wenige zusammen, das ich sicher wusste.

»Das ist alles? Komm, gib mir wenigstens einen Tipp, in welche Richtung es geht.«

Natürlich hätte ich ihm sagen können, dass er vielleicht irgendwo im Cannabissektor fündig werden könnte, aber dann hätte er meine Anfrage gleich an das Nationale Korps weitergeleitet, und ich hätte nur Polizeiinformationen erhalten. Ich aber wollte den Komplettcheck.

»Negativ. Du hast freie Spielfläche.«

»Don't call me, I call you«, beendete er das Gespräch lustlos.

Das tat er noch am selben Mittag. Wir verabredeten uns für den frühen Abend auf einem Parkplatz an der A12. Das verschaffte mir Zeit, auch meinen Auftraggeber etwas genauer unter die Lupe zu nehmen. Ich telefonierte mit ein paar Bekannten in Deutschland, Journalisten, die gerne bereit waren, ihr Wissen mit mir zu teilen und mich so in ihr Netzwerk einzubinden. Noch so ein Feld, auf dem die Tauschwirtschaft weiterhin floriert.

Herr Kamrath war der Sohn einer gewissen Hannelore Brinkmann, eines Hippiemädchens avant la lettre, das sich im Umfeld der Münchener Kunstakademie bewegte und mit neuen Beziehungsformen experimentierte. Eines ihrer Testobjekte im Herbst 1961 war Friedhelm Kamrath, und dieser Versuch hatte als wichtigste Folge meinen derzeitigen Klienten. Angeblich kam Marcel Kamrath vier Wochen zu früh auf die Welt, nachdem seine Mutter in der Nacht der Schwabinger Krawalle am 21. Juni 1962 in München in einen Schlagstockeinsatz geraten war. Dass es überhaupt solche öffentlich verfügbaren Details über Hannelore gab, verdankte sich Friedhelm Kamrath, beziehungsweise mehr noch dessen Vater Heinrich, über den 1999 ein Aufsatz in einem kleinen Kulturmagazin mit gesellschaftspolitischem Anspruch erschienen war. Einer meiner Bekannten hatte den Artikel für mich aus seinem Archiv gekramt. Ein ebenso gut wie scharf und süffisant geschriebener Nachruf auf den Gründer des gleichnamigen Textilkonzerns, der seinen Aufstieg der Arisierung jüdischer Geschäfte und erheblichen Aufträgen aus der Wehrmacht verdankte. Der Artikel schilderte minutiös Heinrich Kamraths Strategie, seine Gewinne in Immobilien und Grundstücke in bester Lage anzulegen, sodass er nach dem Untergang des Dritten Reichs sehr schnell wieder obenauf war, seine geschickte Netzwerkarbeit, dank derer er in der Entnazifizierung nur als Mitläufer eingestuft wurde, und seine Rolle in den NS-Seilschaften der Fünfziger- und Sechzigerjahre. Und auch, dass der Altnazi die unpassende Liaison seines Sohnes mithilfe einer großzügigen Reisekasse für Hannelore zu beenden half, die sich prompt im Kielwasser eines selbst ernannten Gurus nach Rohtak in der indischen Provinz Haryana aufmachte, wusste der Verfasser genüsslich auszubreiten.

Dies war dann aber auch schon das einzige ungewöhnliche Ergebnis der Medienrecherche. In allen anderen Artikeln über Kamrath fanden sich nur noch hochoffizielle biografische Angaben, die nichts als einen braven und fleißigen Mann ohne Fehl und Tadel präsentierten.

Abitur 1982, Auslandsaufenthalt, Aufnahme des Jurastudiums in Frankfurt 1983. Seine spätere Ehefrau Anne lernte er schon da kennen und engagierte sich mit ihr in der jungen deutschen Umweltpartei. Als sie 1992 eine Stelle als Richterin in Kiel annahm, folgte er ihr und eröffnete dort eine Kanzlei. Hochzeit. Sie blieb der Partei treu, aber Kamrath vollzog 2001 einen überraschenden Doppelschritt und wechselte zu den Konservativen.

Über diese Zeit bekam ich ein dickes Pressedossier in die Hände. Aber selbst aus den kritischsten Kommentaren und Zitaten ergaben sich für mich keine Anhaltspunkte, die weitere Aufmerksamkeit verdienten. Die Delle in Kamraths politischer Biografie währte jedenfalls nicht lange. Er arbeitete sich hoch und spielte schon bald wieder auf Landesebene und nicht viel später auch im Bund mit. Meine Quellen waren sich uneinig darüber, wie groß das politische Talent dieses Mannes wäre, aber sie waren alle überzeugt, dass er das Ende seiner Laufbahn noch nicht erreicht hatte.

Dann war es Zeit, sich auf den Weg zu machen.

Bevor ich Papa Oscar endlich am letzten Picknicktisch des Parkplatzes entdeckte, hatte ich eine Phalanx von ein paar Dutzend Lastwagen hinter mir gelassen. Ich ließ meine Scheinwerfer kurz aufblitzen. Sofort drehte er sich um und ging, die Hände in den Taschen einer alten beigen Jacke, in ein kümmerliches Waldstück hinein.

Ich traf ihn auf einer einsamen kleinen Lichtung an, die sich zu anderen Uhrzeiten allerdings einiger Beliebtheit zu erfreuen schien. Jedenfalls überstieg die Zahl der gebrauchten Kondome und Fetzen von WC-Papier die der vereinzelten Waldblumen deutlich.

Während der Autoverkehr an uns vorüberraste, zog Papa Oscar ein A4-Blatt aus seiner Jackentasche. Wie früher fragte ich mich, ob er diese Art von Spionageromantik einfach nur als Spleen kultivierte oder ob er wirklich glaubte, dass wir so am sichersten vor Kameras und Richtmikrofonen wären.

»Über dein Target führen wir kein Dossier«, begann er. »Er ist weder eine Gefahr für die Sicherheit des Staates noch ein Informant, kurzum, ein absoluter Nobody.«

»Auch keine Brechstange?«

Papa Oscar schaute mich irritiert an. Aber nicht, weil ihm der Begriff für die meist Schwerkriminellen, die der Dienst gegen die Zusicherung weitreichender Immunität für besonders schmutzige Aufgaben heranzieht, nicht mehr vertraut gewesen wäre.

»Dafür ist er doch viel zu alt«, sagte er vielmehr streng, als hätte mir das klar sein müssen.

»Dies hier«, er wedelte mit dem Papier, »kommt alles von unseren blauen Freunden. Oder besser gesagt, von ihren Analysten, denn amtliche Fakten gibt es auch polizeilich kaum über ihn.«

Er musterte mich einige Augenblicke lang schweigend, während zwei oder drei Lastwagen mit aufheulenden Motoren von dannen zogen.

»Dein Mann ist ein alter Fuchs im Märchenwald der immergrünen Wietbäumchen.«

Ich wusste nicht, was ich kurioser finden sollte, seine lyrische Ader oder sein eigenartiges Getue. Er hielt das Papier fest gegen seine Brust gedrückt und schaute mich skeptisch an.

»Du wirst doch nicht für eines der anderen Tiere in diesem Wald arbeiten?« Seine Stimme klang zu ernst, um mit einem Witz darauf zu reagieren.

»Dann hätte ich das dort«, ich wies auf das A4-Blatt, »sicher alles längst gewusst.«

»Also gut.« Er warf einen kurzen Blick auf das Papier, als wollte er sich vergewissern, nichts vergessen zu haben. »Der Typ scheint einer der führenden Köpfe in der Wietmafia zu sein. Er kontrolliert das östliche Grenzgebiet zwischen Delfzijl und Kerkrade. Er hat drei Geschäftsbereiche aufgebaut, die er streng voneinander getrennt hält. Zum einen die Plantagen. Die sind über die ganze Region verteilt: in Scheunen überschuldeter Bauern, auf Speichern und in Kellern von

Häusern, in denen Sozialhilfeempfänger wohnen, in Bungalows, deren Eigentümer sich für längere Zeit im Ausland aufhalten, und in allen sonstigen Gebäuden, in denen oder wenigstens in deren Nähe es Strom und Wasser gibt.

Der zweite Bereich ist die Abteilung Ernte und Transport. In der beschäftigt er eine ganze Armee von Handlangern. Denn er setzt beim Verkauf auf Diversität. Er liefert niemals große Mengen. Seine Kunden sind nur kleine Händler, aber dafür hat er unglaublich viele. Weit mehr als die Hälfte seines Umsatzes macht er übrigens in Deutschland.

Schließlich führt dein Typ ein Handelsunternehmen. *De Pandjes*. Wenigstens das solltest du schon wissen. Das ist der legale Bereich. Darüber wäscht er sein Wietgeld. Die Gewinne legt er überwiegend in Immobilien an. Manchmal wundert man sich, dass überhaupt noch Häuser in ehrbarer Hand sind, aber das nur am Rande. Einen Vertrauten für die Finanzen hat er nicht, darum kümmert er sich höchstpersönlich. Wie um fast alles andere auch. Ab und zu, wenn harte Zeiten aufkommen, heuert er Söldner als Troubleshooter an. Seine Stärke liegt genau darin. Dass er das Risiko breit streut, dass er die wichtigsten Fäden in der Hand behält und dass er selbst Abstand hält. Niemals würde man ihn auch nur im weiteren Umkreis seiner Geschäfte antreffen.«

»Hat er denn überhaupt kein Strafregister?«

Papa Oscar hielt mir das A4-Blatt entgegen. Ein einziger Eintrag.

»Verbotener Waffenbesitz. 1999. Eine ungeladene HS 95, kroatisches Fabrikat. Zufällig entdeckt bei einer Verkehrskontrolle am Grenzübergang nach Deutschland. Ein Polizeirichter in Arnheim brummte ihm dafür sechzig Sozialstunden auf.«

»Und da war er schon im Marihuanahandel aktiv? 1999?«

»Noch viel länger. Zum ersten Mal soll er zur Jahreswende 1983/1984 bei den schweren Jungs aufgetaucht sein. Plötzlich wurde er Partner bei einer Gruppe Jugoslawen, die damals den Haschischhandel in Amsterdam beherrschten. Er ist wohl auch mit einer kroatischen Frau verheiratet, die allerdings schon lange wieder in ihrer alten Heimat lebt. Selbst hat er mehrere Adressen, von denen man aber bisher vermutlich höchstens zwei Drittel hat identifizieren können.«

Er zog einen weiteren Zettel aus der Tasche, entfaltete ihn und streckte ihn mir unter die Nase. Eine Liste von Adressen.

»Ich nehme ihn wieder mit, aber du darfst vorher ein Foto davon machen. Alles andere, was ich gesagt habe, wirst du dir sicher so merken können.«

»Das alles wissen unsere Leute und kommen doch nicht an ihn heran? Hat der Mann denn gar keinen wunden Punkt?«, fragte ich, während ich die Kamera meines Smartphones auf das Dokument richtete.

»Die Konkurrenz. Er liegt mit mindestens einer Motorradgang und einem türkischen Clan über Kreuz. Es heißt, sie hätten schon drei Mal versucht, ihn aus der Welt zu schaffen. Aber er versucht wohl weiter mit aller Macht, ihnen Marktanteile abzunehmen, während sie sich im Augenblick darauf beschränken, ihr Terrain zu sichern. Sie scheinen darauf zu warten, dass er Deutschland verliert.«

»Deutschland verliert? Was heißt das?«

»Liest du keine Zeitung? Oder kannst du plötzlich nicht mehr eins und eins zusammenzählen? Unser Nachbarstaat will lieber selbst an Hasch und Marihuana verdienen und legalisiert. Dann ist dein Typ seinen wichtigsten Absatzmarkt los und verwandelt sich quasi über Nacht in einen kleinen Fisch. Eine leckere kleine Zwischenmahlzeit für die großen Haie daheim.«

Er schob die Papiere wieder zurück in seine Innentasche.

»So, damit wären wir wohl quitt«, sagte er erleichtert und drehte sich unversehens um. Ohne einen Gruß marschierte er durch das Wäldchen zurück zum Parkplatz.

Ich war nicht überrascht. Papa Oscar war noch nie für einen herzlichen Umgang mit seinen Leuten bekannt gewesen.

Ich wartete, bis ich seinen Wagen wegfahren hörte.

Sobald ich im Auto saß, notierte ich mir alles, was er erzählt hatte. Dann rief ich Kamrath an. Er nahm meinen Bericht ohne größere emotionale Reaktion auf, obwohl er doch erfuhr, dass in seiner alten Freundschaft das Gleichgewicht von Geben und Nehmen möglicherweise gerade ins Rutschen geriet.

»Gute Arbeit«, sagte er schließlich. »Könnten Sie noch ein wenig auf Stand-by bleiben? Für einen Folgeauftrag?«

22

So sah es also aus. Sander betrieb hier sein eigenes Geschäft. Versteckte sich feige hinter seinen Konkurrenten. Weil sie die wahrhaft Mächtigen waren. Richtige organisierte Kriminalität mit Bandenstruktur. Wohingegen Sander also nur ein Einzelgänger war, mit einem kleinen Stab von Geschäftsführern oder wie man das nennen wollte. Unmengen kleiner Deals über dezentrale Netze. Hatte auch Vorteile, andererseits erstaunlich, dass er sich in so einem Haifischbecken überhaupt auf diese Weise halten konnte. Na ja, er machte sicher genügend Umsatz, um sich in Krisenzeiten die Leute fürs Grobe einzukaufen. Gefährlich genug.

Trotzdem, zunächst mal war es positiv, dass Sander allein sein Gegenspieler war und nicht die ganze niederländische Wietmafia. Die ja im Gegenteil nur darauf zu warten schien, dass sein Gesetz durchging. Wenn er Sander irgendwie ausschalten könnte, würden jedenfalls nicht am nächsten Tag drei andere Typen vor der Tür stehen. Wahrscheinlich würde Sanders Laden ohne ihn sofort auseinanderfallen. Mann gegen Mann also. Das war ein Blatt, das man vielleicht spielen konnte. Zumindest, wenn man noch den ein oder anderen Trumpf in die Hand bekam.

Er lehnte sich in seinem Bürostuhl zurück und dachte eine Weile nach. Oder man bluffte. Und versuchte, dem Gegner in die Karten zu schauen. Was gab es schon zu verlieren?

Er zog sein privates Laptop aus der Aktentasche und recherchierte eine Weile den Berliner Stadtplan, checkte via Satellitenbild Details, prüfte verschiedene Routen. Der Treffpunkt musste so weit draußen liegen, dass Sander nicht zu Fuß oder mit Bus oder Bahn kommen würde. Aber auch nicht zu weit, weil mit jedem Kilometer die Gefahr wüchse, ihn auf dem Rückweg zu verlieren.

Seine Finger zitterten leicht. Endlich nicht mehr nur reagieren, endlich in die Vorhand kommen. Sollte ihm das gelingen, könnte er seinen aktuellen Plan, der Elsbeth Winter in große Schwierigkeiten bringen würde, doch noch fallen lassen.

Er rief die Carsharing-App auf und reservierte einen Wagen für den Abend.

Noch ein paar Minuten, dann hätte er seine Anmerkungen zum Referentenentwurf für ein geändertes Staatsbürgerschaftsrecht fertig und könnte das Ministerium verlassen. Nur kürzeste, sehr kompliziert formulierte Passagen in Unterabschnitten, die aber so sehr den Interessen der Mehrheit in ihrer Fraktion zuwiderliefen, dass man sich fragen musste, ob im Haus jemand versucht hatte, unauffällig Fakten zu schaffen. Mit Auswirkungen, die erst bei praktischer Anwendung der Änderungen zutage treten würden und dann nicht so schnell wieder eingedämmt werden könnten. Hätte Meyerling den Entwurf nicht so akribisch geprüft, das Ding wäre im Haus vielleicht einfach so durchgewunken worden. Ein Hoch auf die weltbeste persönliche Referentin.

Zwischendurch holte er Sanders Mobiltelefon aus der Tasche und drückte die Kurzwahltaste. Natürlich ging der nicht dran. Mijnheer van Haag bestimmte, wann geredet wurde. Er legte das Telefon neben die Akte.

Zehn Minuten später vibrierte es.

»Und?« Sander klang ungehalten.

»Wir müssen reden.«

»Ich hoffe, es gibt gute Nachrichten.«

»Wie mans nimmt.«

»Ihr Deutschen hattet mal den Ruf, blitzartig zur Sache zu kommen.«

»Dann sei um sieben in Weißensee. McDonald's, Hansastraße.«

»Ich habe keine Zeit für solche Agentenspielchen, Marcel.

Wenn es unbedingt sein muss, treffen wir uns wieder in der Bar.«

»Hansastraße, Sander. Ich werde da auf dem Parkplatz stehen. Sei pünktlich.« Ohne eine weitere Reaktion abzuwarten, drückte er die Aus-Taste.

Er hatte sich sofort nach dem Telefonat verabschiedet und auf den Weg nach Weißensee gemacht. Den BMW parkte er vor einem Autoteilehändler gegenüber der Rückseite des Schnellrestaurants. Er verstellte den Rückspiegel so, dass er auf den Sitzen liegend nach draußen sehen konnte. Dann stieg er aus und ging zu den Parkplätzen an der anderen Seite.

Es war alles andere als gemütlich, hier herumzustehen, aber er brauchte das Gefühl, Sander einen kleinen Schritt voraus zu sein. Es war immer noch heiß, zu heiß für einen Tag Anfang Juni, und Hunger hatte er auch, aber seit Jan ihm wütend Fotos von den Mastanstalten der Zulieferer gezeigt hatte, erlaubte er sich keine Fast-Food-Ausrutscher mehr.

Die Leute in den Autos, die den Drive-in-Schalter nutzten, starrten ihn an. Wer sollte auch annehmen, dass jemand hier im feinen Anzug diese sagenhaft frische Luft genießen wollte?

Kurz nach neunzehn Uhr fuhr ein weißes Mercedes-Coupé auf den Parkplatz. Berliner Kennzeichen. Hinter dem Steuer Sander. Er parkte ein paar Meter weiter.

»Also, was ist es, das du mir nicht an einem zivilisierten Ort sagen konntest?«, fuhr Sander ihn an, kaum dass er neben ihm Platz genommen hatte.

»Du hast mal wieder nur groß gebabbelt, Babbeltje. Die Wietmafia. Ich schlottere vor Angst.«

»Du riechst zwar nicht so, aber bist du vielleicht betrunken, Marcel?«

»Ich habe auch meine Leute, Sander. Und ich weiß jetzt genau, dass keineswegs das komplette niederländische Haschkartell hinter mir her ist, sondern du ganz alleine, mein alter Kumpel Sander.«

»Sagt wer?«

»Dir geht der Arsch auf Grundeis, mein Lieber. Wenn ich unser Gesetz durchbringe, bist du erledigt. Und alle anderen werden applaudieren. Ich habe keine Angst vor dir. Vergiss die Sache besser.«

»Ich weiß nicht, was du eingeworfen hast, aber tu dir selbst einen Gefallen und halt jetzt die Klappe. Es macht mir keinen Spaß, dein Leben zu zerstören.« Nachdem er erst belustigt gewirkt hatte, schien Sander jetzt müde, als hätte er solche Szenen schon zu oft erlebt.

»So läuft das nicht mehr, Sander. Ich weiß alles über dich. Wie du deine Geschäfte betreibst, wie du dein Geld wäschst. Ich kann dich so hochgehen lassen.« Er schnippte mit Daumen und Zeigefinger. »Ich muss nur zum BKA gehen, ihnen beichten, dass ich vor rund fünfunddreißig Jahren ein kleines bisschen Gras verhökert habe, und mir wird nichts geschehen. Aber dich werden sie mithilfe ihrer niederländischen Freunde einkassieren, ehe du Piep sagen kannst. Niemand wird dir dann noch irgendetwas glauben. Schon gar nicht meine paar Wochen mit Sophie. Also, willst du das wirklich weiter durchziehen?«

Sanders Gesicht verzog sich zu einem abfälligen Grinsen. »Knabbeltje, du warst mal deutlich pfiffiger. Alles, was du da behauptest, behaupten die Bullen drüben auch. Und haben keine Beweise. Nicht einen einzigen. Und du meinst, deine Aussage, ich würde dich erpressen, um das Gesetz zu verhindern, würde dann reichen, um mich in den Knast zu bringen?«

»Sollen wirs ausprobieren?« Er hob die Schultern hoch, als wäre es ihm vollkommen gleich.

Ansatzlos schoss Sanders Hand hervor, packte ihn grob am Revers seines Jacketts und zog seinen Kopf nahe zu sich. Keine Wut im Blick, eine kalt kalkulierte Attacke Sanders, die umso mehr Angst in ihm erzeugte.

»Hör zu, Knabbeltje. Ich sage das nur ein Mal. Und nur, weil du mal mein bester Freund warst. Keiner, der mich unterschätzt hat, hat das bisher überlebt. Also sei kein Idiot.

Wen interessiert schon, mit wem du in die Kiste steigst, wenn man doch viel schlimmere Dinge über dich erzählen kann.«

Den Bluff durchziehen, jetzt nicht schwach werden. Grinsen und kontern. »Was sollte das schon …«

Luft! Er schnappte nach Atem. Sanders linke Faust hatte genau seinen Solarplexus getroffen.

»Ich hatte dir gesagt, du sollst die Klappe halten. Damit du den entscheidenden Punkt nicht verpasst. Hörst du jetzt zu, Marcel?«

Er nickte, weiter um Sauerstoff ringend.

»Verhinderst du dieses Gesetz nicht, findet die Polizei in Kürze eine Leiche. Keine Sorge, nicht deine. Aber du kennst den Toten besser, als dir lieb ist. Eine traurige Gestalt, dieser Junkie. Irgendwo abgestochen und dann vergraben worden. All das Blut auf seiner Jacke, seins und das von einem anderen. Und noch mehr DNA unter seinen Fingernägeln. Ein Fest für die Spurensicherung. Und wenn die dann noch einen Tipp bekommt, wessen DNA infrage kommt …«

Keine Energie zum Widerstand mehr.

Sander sah ihn traurig an.

»Ich kann ja verstehen, dass du dich schlecht fühlst. Tragische Sache. Vor allem, weil der Junge noch zu retten gewesen wäre. Obwohl die Einstichstelle, die ich ihm vorher genau markiert hatte, viel gefährlicher war, als ich ihm versprochen hatte.«

Das Atmen kostete ihn immer noch Mühe. Er versuchte, etwas zu sagen, musste husten.

»All das Blut«, krächzte er endlich.

»Heftig, nicht wahr? Ich hatte ihm zuvor einen halben Liter abgezapft. Den Transfusionsbeutel haben wir an derselben Stelle platziert, wo er sich das Messer reinstechen sollte, damit alles noch ein bisschen blutiger aussehen würde. Zwei Fliegen mit einer Klappe, Junge. Ihr hattet bei dieser Menge noch mehr Panik, und der Junkie nahm mir meine Lüge ab, dass die Wunde nicht so schlimm sein würde. Na ja, er war sowieso nicht ganz helle, und dann der Drogenmissbrauch all die Jahre … wie auch immer: Hätte der Angreifer ihn ins

Krankenhaus gebracht und nicht einfach so in die Grube gelegt … Gut, wer konnte ahnen, dass der Junge nur bewusstlos war. Aber Mord bliebe das schon. Das weißt du als Jurist sicher besser als ich.«

»Du bist ein solches Schwein«, stieß er hervor.

»Oh, ein Politiker mit Moral. Aber auf dem Ohr bin ich taub, Marcel. Ich bin Geschäftsmann, da hat die Moral nichts zu suchen. Der Kosten-Nutzen-Effekt war zu günstig. Der Junge brauchte nicht mal Crystal Meth, der stand nur auf Heroin. Ein bisschen als Vorschuss – ein schlechter Wortwitz, entschuldige – und zweihundert Gramm hinterher plus medizinische Privatversorgung. Selbst wenn er das alles bekommen hätte, wäre es ein gutes Invest gewesen.«

Er starrte Sander an. Wie sehr er ihn hasste. Ein Monster, das ihn zu seinesgleichen machte.

»Nimms dir nicht allzu sehr zu Herzen, Knabbeltje. Er wäre sowieso bald krepiert. Du bist nur seinem Goldenen Schuss zuvorgekommen.« Sanders Griff lockerte sich und gab das Jackett frei.

»Und jetzt steig aus und erledige, was zu erledigen ist. Danach können wir beide diese furchtbare Geschichte vergessen. Auf ewig.«

Er musste doch irgendetwas tun. Er konnte doch jetzt nicht einfach so gehorchen. Ohne Gegenwehr, ohne Konsequenzen für Sander.

»Reiß dich zusammen, Mann. Das ist das Leben, nicht deine Schickimicki-Welt. Raus jetzt!«

Der Boden wankte unter seinen Füßen, als er fortging.

In seinem Rücken startete der Mercedes, blieb aber noch stehen. Vielleicht das Navi. Oder ein Telefonat. Oder Sander wollte ihn noch beobachten.

Das war genau das, was er mit Sander tun wollte. Warum er diesen Ort als Treffpunkt ausgesucht hatte. Beinahe hätte er es in diesem Horror vergessen. Wenigstens herausfinden, wo Sander in Berlin wohnte. Das konnte er noch tun, selbst wenn alles Weitere nun ausweglos schien.

Möglichst unauffällig beschleunigte er etwas, bis er die Ecke des Gebäudes erreicht hatte. Dann rannte er zu seinem BMW und stieg ein, legte den Kopf auf den Beifahrersitz. Immer noch schmerzte seine Brust.

Endlich fuhr Sander langsam an ihm vorbei.

Er richtete sich auf, startete den Wagen, wartete, dass Sander auf die Straße abbog. Dann setzte er zurück und folgte langsam. Sander musste keine fünfzig Meter entfernt an einer roten Ampel halten. Also noch warten. Warum zog jetzt nur ein einziger lächerlicher Wagen an ihm vorüber, der etwas Abstand zwischen ihm und Sander schaffen würde.

Solange die Ampel Rot zeigte, wollte er an der Ausfahrt des Schnellrestaurants stehen bleiben, aber dann tauchte hinter ihm ein Fast-Food-Fan im blauen Mazda auf und hupte schon vor dem Halten. Als könnte der nicht um ihn herumkurven. Hochgeworfene Arme hinter dem Lenkrad, Stinkefinger, aufgerissener Mund, noch ein Hupen. Er musste los, und in diesem Moment schaltete die Ampel um. Glück gehabt.

Sander bog links ab, blieb, wie der Wagen hinter ihm, in der rechten Spur. Nur der Idiot im Mazda drehte auf, zog links an ihnen vorbei. An der übernächsten großen Kreuzung müssten sie rechts abbiegen, um nach Mitte zu kommen, aber Sander blieb auf der Geradeausspur, zog im letzten Moment auf die linke Abbiegespur. Er konnte ihm gerade noch folgen, ließ sich wieder etwas weiter zurückfallen. Die nächste rechts, entlang an Lichtenberger Platte, dann wieder ein paar Seitenstraßen, Industriegebiet, was zum Teufel wollte Sander hier? Er musste großen Abstand halten, zu wenig Verkehr. Und plötzlich war der Mercedes verschwunden.

Ein Autoverwerter, ein Altmetallhandel, leer stehende Fabrikgebäude, einige saniert. Große Reklametafeln, die für den neuen In-Bezirk warben, für Lofts, kreatives Arbeiten und zeitgemäßes Wohnen, dazwischen pittoreske Ruinen, die im heiß laufenden Immobilienmarkt bald fällig sein dürften, immer wieder Einfahrten in Innenhöfe und Wege zu dahinterliegenden Brachflächen und dann, an einem dieser Pfade, nur leicht hervorstehend, der Heckflügel eines weißen Mercedes. Der Wagen ansonsten von einer halb verfallenen Ziegelmauer verdeckt.

Er stieg aus, näherte sich bis auf ein paar Meter, versuchte, mehr zu erkennen, vergeblich. Setzte sich wieder in den Wagen, holte das Laptop hervor, Satellitenbilder von 2009, ein entkerntes Gebäude, nichts Besonderes weiter.

Er legte den Computer weg und konzentrierte sich auf die Einfahrt. Einmal meinte er, einen vorbeihuschenden Schatten gesehen zu haben. Vermutlich zu lange auf denselben Fleck gestarrt.

Sander war jetzt schon bald eine Dreiviertelstunde drinnen. Wenn er überhaupt noch dort war. Wagentausch, eine Ausfahrt zur Parallelstraße hatte er auf den Bildern gesehen. War doch alles möglich. Er musste sich entscheiden. Wegfahren oder nachschauen. Fuhr er jetzt nach Hause, blieb dieses Treffen nur noch als der Anfang vom Ende in Erinnerung. Ohne jeden noch so kleinen Hoffnungsschimmer.

Du gehst da jetzt rein. Wer weiß, was du dort finden kannst. Wenn du dich weiter in deiner Komfortzone verschanzt, wirst du ihm den Rest deines Lebens ausgeliefert sein. Also los.

Er lief, dicht an das Mauerwerk der Fabrik gedrückt, bis kurz vor den Mauervorsprung, atmete tief durch und schob langsam den Kopf um die Ecke. Zweifelsfrei Sanders Mercedes, aber von ihm selbst keine Spur. Rechts eine verrostete Eisentür, halb aus den Angeln gerissen.

Es wäre Wahnsinn, da reinzugehen. Wenn jemand da drin war, würde er sich definitiv nicht über Besuch freuen. Obdachlose, minderjährige Trebegänger, Junkies – nicht noch einmal ein Junkie. Dann hörte er Sanders Stimme. Kam aus der Fabrik. Nur leise, musste weiter drinnen stehen. Vielleicht sogar erste Etage, schlecht zu sagen, ob die Stimme von da oben aus den Fensterlöchern heraushallte. Niemand anderes zu hören. Sander schien zu telefonieren.

Und tatsächlich tauchte er jetzt mit Handy am Ohr in einer der Fensteröffnungen auf.

Schnell presste er sich an die Wand, aber Sander sah nicht herunter, nur in die Ferne. War wütend, schimpfte, aber es war kaum etwas zu verstehen. Es ging um Lieferungen, Zahlungsverzug, so etwas. Vielleicht würde es helfen, mehr von diesen Problemen zu wissen. Er schlüpfte durch die Tür. Gleich dort eine Treppe nach oben. Er schlich Stufe für Stufe nach oben. Von Sander war hier nichts mehr zu hören. Er konnte nur beten, dass er ihm jetzt nicht entgegenkommen würde. Aber alles lief glatt. Er war im ersten Stock, lugte um die Ecke in die Halle, in der Sander eben noch gestanden hatte. Weg. Am anderen Ende des Raums war noch ein Treppenhaus. Hatte das Gebäude bestimmt über diesen Weg verlassen.

Er tat einen Schritt vorwärts, ein Geräusch hinter ihm. Ehe er sich umdrehen konnte, traf heftig etwas Breites, Hartes seinen Rücken. Ein zweites Mal, ein fast klatschendes Geräusch, und mit solcher Wucht, dass er, schon im Stolpern begriffen nun gänzlich vornüberfiel, gerade noch das Gesicht vor dem Sturz auf den groben Betonboden schützend. Eine kurze Holzlatte fiel neben ihm zu Boden. Dann riss ihn wer an seinen Hemd- und Jackettkragen halb nach oben, keuchend, es klang nach Sander, musste Sander sein, stieß ihn die Treppe hinunter, ohne den Griff zu lockern. Jeder Stoß ein Schlag gegen den Kopf.

Kein Geländer, um sich festzuhalten, mehr stürzend denn laufend, nach draußen, am Mercedes vorbei. An der Wand entlangscheuernd. Ein Regenfass, eine zweite Hand griff in sein Haar, drückte seinen Kopf tief in das Fass. Voller Wasser, keinen Atem geholt, die Arme schlugen von selbst um sich, ohne Chance. Der Kopf zurückgerissen, Schnappen nach Luft zwischen würgendem Husten und wieder ein Stoß und wieder heruntergestoßen, Luftblasen und verwirbelndes Wasser, dass die Augen schmerzten, hielt ihn noch länger, noch länger unten, atmen, atmen, verschluckst dich, und es wird dunkel, und der Kopf wurde herausgezogen, und der Körper stürzte zu Boden, unerträgliche Stiche in den Lungen, scheiternde Versuche, tief zu atmen, grobe Steine, die sich ihm in den Rücken trieben, und Sander über ihn gebeugt, ihn am Revers packend, Schweiß, der von seiner Stirn auf ihn heruntertropfte, aus seinem hassverzerrten Gesicht.

»Willst du wirklich schon sterben? Willst du das, du Idiot?«

Ein fast tierisches Brüllen, gefolgt von Faustschlägen in den Bauch. Brackwasser, das sich in den Staub erbrach. Während Sander weiter schrie.

»Begreifst du das eigentlich nicht? Der kleine freche Bursche aus Amsterdam-Noord ist zu groß für dich geworden. Einer von denen, die den Daumen heben oder senken. Und du, du lebst nur noch aus zwei Gründen. Weil du deinen Job erledigen sollst und weil ich es Kiki schuldig bin. Aber wenn du nicht tust, was ich will, Moff, werden dich auch die Toten nicht mehr beschützen können.«

Sander ließ ihn mit einem Mal los, der Kopf fiel hart auf den Boden. Sander wandte sich ab, ein paar Schritte, kehrte um, nahm etwas Anlauf, die Schuhspitze bohrte sich tief zwischen die Rippen.

»Deine letzte Chance, Moff! Tu, was ich sage!«

Sander ging zu seinem Mercedes, stieg ein, setzte mit durchdrehenden Reifen zurück, sodass eine dichte Staubwolke über den Boden auf ihn zuwehte, und fuhr davon.

23

Sobald der erste fahle Schimmer der Morgendämmerung in sein Schlafzimmer drang, richtete er sich auf, blieb aber auf der Bettkante sitzen. Unter seiner Schädeldecke pochten die Kopfschmerzen im Rhythmus seines Herzschlags. Im Nachttisch fand er einen Streifen Schmerzmittel. Gab es keinen anderen Ausweg, als sich Sander zu unterwerfen? Sander hatte alle Trümpfe in der Hand: Dr. Kamrath, ehemals illegaler Kleindealer in Amsterdam, jetzt als legaler Großdealer in der Bundesregierung; Dr. Kamrath, der damals seine Freundin zu ihren Mördern schickte, um für ihn einen Drogenhandel abzuwickeln; Dr. Kamrath, wie er sich heutzutage mit einem Joint entspannt; und als Höhepunkt der Show Dr. Kamrath, der einen Junkie niedersticht und lebendig begräbt.

Er zwang sich, aufzustehen. Im Badezimmer drückte er zwei Tabletten aus dem Blister und warf sie ein.

Konnte Sander das alles wirklich so exakt geplant haben? Er konnte zum Beispiel doch nicht wissen, dass Sophie anrufen würde. Nein, aber da hatte er einfach improvisiert, seine Chance genutzt. Mit Sophie konnte er viel mehr Druck in die Sache bringen. Also entwand er ihm das Handy. Entschuldigen Sie, Sophie, dass ich mich einmische … Und die Bitte, ihn im Ausgleich für die Einladung zum Essen zum Auto zu begleiten, die hätte er auch auf andere Weise geschickt anbringen können. Ob mit oder ohne Sophie.

Der Platz, an dem sie den Joint rauchten, war jedenfalls von Sander vorgeschlagen worden. Und dass der ihn der alten Zeiten halber leicht zum Kiffen überreden konnte, gepaart mit der geschickten Entschuldigung, er müsse doch austesten, wofür er als Staatssekretär sich einsetze, das verlangte nicht nach besonderer Vorausplanung.

Er nahm das Zahnputzglas und trank ein paar Schlucke Wasser. Es brachte nichts, jedes Detail zu rekonstruieren. Fakt war: Er steckte fest im Würgegriff eines Mannes, der sich seit über dreißig Jahren in der Welt der organisierten Kriminalität bewegte. Dass er gestern noch geglaubt hatte, es könnte von Vorteil sein, dass Sander allein sein Gegner war, bewies nur, dass er keine wirkliche Ahnung hatte. Dieser Einzelgänger hatte nicht nur ein Geschäft zu verlieren, sondern sein Leben, und das machte ihn umso gefährlicher.

Also, was nun? Wenn er Sander nicht half, riss der ihn in seinen Untergang mit. Dass ihn die Partei für den angeblichen Mord am Junkie wie ein verdorbenes Stück Fleisch ausspucken würde, so what. Eine Zelle wartete auf ihn! Vielleicht säße er nicht lebenslänglich, das würde ein guter Anwalt zu verhindern wissen, aber unter zehn, zwölf Jahren ließe man ihn garantiert nicht davonkommen. Das wäre beinahe der Rest seiner aktiven Jahre. Und er ginge in die Geschichte ein als das Schulbeispiel eines Politikers, der seine Fehltritte vertuschte und leugnete und mit jeder weiteren Aktion auf umso fatalere Weise wiederholte. Er würde in der medialen Hölle als deutsche Provinzversion eines Nixon auf ewig zur Rechten Barschels schmoren.

Er warf sich ein paar Hände Wasser ins Gesicht. Wenn er aber Sander half, würde der von da an mit immer neuen Forderungen kommen. Die Verhinderung dieses Gesetzes wäre nur der Anfang einer groß angelegten Erpressungsaktion. Und am Ende, eines Tages, würde er trotzdem von Sander verraten werden. Wenn man ihm nicht schon zuvor auf die Schliche kam.

Er atmete tief durch. Damit konnte er sich noch später beschäftigen. Erst einmal galt es, die nächsten Tage zu überstehen. Und dazu musste er seine Pläne gewissenhaft ausführen.

Während er darauf wartete, dass die Espressomaschine Betriebstemperatur erreichte, ging er noch einmal alles Schritt für Schritt durch.

Er griff nach seinem Smartphone und wählte die Mobilnummer Meyerlings. Morgens ab halb sieben saß sie zu Hause am Kaffeetisch und studierte die Tagespresse.

Noch vor dem ersten Freizeichen stoppte er den Anruf wieder. Ohne Zweifel würde sie seine Anweisungen diskret umsetzen, aber ihm stand nicht der Sinn nach ihren kritischen Nachfragen. Es war besser, ihr auf die Mailbox im Büro zu sprechen.

»Guten Morgen, Sabine. Würden Sie bitte für heute meine Termine absagen und verschieben. Ich muss mich leider kurzfristig einer notwendigen Folter unterwerfen: Spenden sammeln für die Partei …« Er ließ einen ironisch resignativen Seufzer folgen. »Eine Ausnahmechance, die ich nicht an mir vorübersegeln lassen darf. Das ist übrigens buchstäblich gemeint. Ich werde mich die nächsten vierundzwanzig Stunden auf hoher See befinden. Eine kleine Segeltour mit Kieler Freunden, die uns dabei helfen wollen, auf Kurs zu bleiben. Im Laufe des morgigen Vormittags werde ich meinen Posten wieder einnehmen. Ach so, leider habe ich da draußen keinerlei Möglichkeit, zu telefonieren. Traditionell kassiert man an Bord alle Handys ein. Falls also irgendwo ein Feuer ausbrechen sollte, müssen Sie es bitte für mich austreten.«

Der nächste Anruf. Wolfgang Hochwaller. Dem Landesvorsitzenden konnte er jetzt eine Freude bereiten. Enttäuscht, nein, ärgerlich hatte Hochwaller reagiert, als er vor Wochen die Teilnahme an der Segeltour von Jasper Jensen abgesagt hatte.

»Die Fahrt kann uns eine halbe Million für den Wahlkampf einbringen, Marcel, dafür erwartet Jensen schon, dass wir unseren Bundestagsabgeordneten und Staatssekretär auffahren.«

Aber in diesen Tagen vierundzwanzig Stunden unerreichbar zu sein, das hatte ihm nicht in den Kram gepasst. Bis jetzt. Jetzt war alles anders.

»Gegen elf bin ich bei euch am Boot«, versprach er Hochwaller, der immer noch etwas verschnupft schien.

Den Dienstwagen zu nehmen, wäre die bequemste Variante. Und ein Risiko, das man nicht brauchte. Jeder Kiebitz war einer zu viel. Fünfzehn Minuten bis zum Car-Sharing-Stand, weitere dreieinhalb Stunden, bis er den Kieler Jachthafen erreichte, zuzüglich einer halben Stunde Umweg, um etwas Substanzielles gegen Sanders Ungeduld zu tun.

Der Memorystick mit den Fotos der Cannabis-Studie aus Elsbeth Winters Schreibtisch lag griffbereit neben der Wohnungstür.

Er fand einen Parkplatz am Hausvogteiplatz, gleich um die Ecke vom Justizministerium und direkt gegenüber vom Coffeeshop. Immer noch eigenartig für ihn, dass sie hier unter diesem Namen wirklich Kaffee verkauften und kein Hasch. Er warf einen Blick durchs Fenster.

Es war noch nicht viel los, höchstens die Hälfte der Tische war besetzt. Er erkannte ein paar Gesichter aus dem Ministerium und ein paar freie Journalisten, die darauf hofften, dass zu einem Croissant und einem doppelten Espresso auch ein paar Krümel Neuigkeiten auf den Tisch kamen. Elmar Grasskamp saß mit dem Rücken zum Fenster an einem der hohen Tische auf einem Barhocker.

Er betrat das Café, hängte seine Jacke an die Garderobe, bestellte beim Kellner einen Americano und setzte sich draußen an einen der kleinen Tische. Von hier aus war das Zitat Einsteins gut zu sehen, das in roten Buchstaben auf die Marmorfassade seines Ministeriums gesetzt worden war. »Wenn es sich um Wahrheit und Gerechtigkeit handelt, gibt es nicht die Unterscheidung zwischen kleinen und großen Problemen.«

Einstein würde sich vielleicht wundern, welche Wege die Wahrheitsliebe manchmal nutzte. Die Wahrheit, um die es hier ging, würde jedenfalls anfangs nicht in großen Lettern präsentiert, sondern ganz leise durchsickern.

Von Weitem sah er den politischen Kommentator der Berliner Zeitung herannahen.

Schnell zog er irgendeine Akte aus seiner Tasche heraus und tat so, als studierte er sie intensiv. Bloß keinen Small

Talk jetzt, mein Lieber, aber sei versichert, heute Abend sollst auch du genug Stoff für einen bissigen Leitartikel haben. Nur jetzt, jetzt musst du noch ahnungslos weiterlaufen.

Denn Elmar Grasskamp von der Berliner MoPo war als der Glückliche auserkoren, der mit einer Exklusivmeldung die Auszeichnung als findigster Journalist des Tages einheimsen sollte. Und zwar nicht aufgrund besonderer journalistischer Qualitäten, sondern weil er einen Hut zu tragen pflegte. Sommers wie winters, und stets denselben. Sein Markenzeichen. Das jetzt gerade an der Garderobe hängend auf seinen Träger wartete.

Er setzte seine halb leere Tasse auf dem Tisch ab und stand auf. Es nutzte nichts, es weiter hinauszuzögern.

An der Garderobe griff er nach seiner Jacke und stieß dabei Grasskamps Hut vom Haken. Er bückte sich, um ihn aufzuheben. Hatte es jemand gesehen? Dann einfach weggehen. Aber nein, es gab keine misstrauischen Blicke in seine Richtung. Er beulte den Hut an ein, zwei Stellen wieder aus und hängte ihn zurück an den Haken. Mit einer Schreibgebärde in der Luft signalisierte er dem Kellner, den Kaffee auf seine Monatsrechnung zu setzen. Dann ging er über die Straße zu seinem Auto.

Grasskamp hatte von alldem nichts mitbekommen, so versunken war er in das Exemplar seiner eigenen Zeitung, das ausgebreitet vor ihm auf dem Tisch lag.

Auf Höhe von Heiligengrabe ließ er einen Anruf unbeantwortet. Elsbeth Winter. Kurz darauf folgte das Signal, dass sie auf seine Mailbox gesprochen hatte. Den Inhalt konnte er sich gut vorstellen. Hallo Marcel, eine Katastrophe. Jemand hat die Cannabisstudie durchgestochen. Ruf mich an, bevor sie dich anrufen.

Je näher er seinem Ziel kam, umso mehr stieg die Zahl der Anrufe an. Elsbeth, Elsbeths Büro, Elsbeths Ministerin, sein Minister und dessen Referent. Bei Todendorf versuchte endlich auch Grasskamp, ihn zu erreichen. Er musste die harte, unbequeme Beule im Schweißband des Hutinnenrandes natürlich sofort bemerkt haben, als er sein Schmuckstück aufsetzte. Ein unangenehmes Gefühl, das sich mit einem Schlag in totale Euphorie verwandelt haben dürfte, als er den Inhalt des Sticks checkte. Auch Grasskamp hinterließ eine Nachricht auf der Mailbox, vor der es ihn schon jetzt graute. Der Mann neigte dazu, die Zwangsverpflichtung seiner Zeitung zu kurzen Artikeln mit knapp gehaltenen, nebensatzfreien Hauptsätzen in seiner mündlichen Rede maßlos zu kompensieren, indem er schwer gedrechselte Phrasen zu ineinander verschachtelten Satzungetümen auftürmte. Wahrscheinlich gelang es ihm bei diesem Anruf trotzdem nur mühsam, seinen Triumph dahinter zu verbergen: Werter Herr Dr. Kamrath, ganz außerordentlich würde ich mich über eine Stellungnahme von Ihnen hinsichtlich der besorgniserregenden Schlüsse freuen, die eine bisher unbekannte, mir allerdings vorliegende Studie des Gesundheitsministeriums bezüglich des Missbrauchs von Cannabis zieht …

In der Nähe von Stolpe rief ihn der Chefredakteur der MoPo an. Wahrscheinlich, um ihm zu verdeutlichen, dass sie noch an diesem Nachmittag online einen Bericht veröffentlichen würden, in dem nicht nur das Gesundheitsministerium, sondern auch das Justizministerium eine Hauptrolle spielte, und dass es nur von ihm abhänge, ob seine Perspektive darin Platz fände oder nicht. Nun, diesmal eher nicht.

Von seinem Büro kam keine einzige Nachricht herein, nicht einmal eine SMS. Gute Arbeit, Sabine. Sie wäre die Letzte, die an einem solchen Punkt schon in Panik geriete.

Um halb zwölf erreichte er das Gelände des Kieler Jachtklubs. Jasper Jensen hatte im dazugehörigen Hotel eine Suite reserviert, in der passende Crew-Bekleidung für sie bereitlag. Nachdem er sich umgezogen hatte, checkte er ein letztes Mal die wichtigsten Nachrichtenseiten. Nichts. Die Ruhe vor dem Sturm.

Während er die Promenade zum Hindenburgufer überquerte, schaltete er sein Telefon aus. Für vierundzwanzig

Stunden erwarteten ihn nichts als Wellen und eine frische Meeresbrise. Und nicht zu vergessen eine ganze Serie von mehr oder minder lockeren Gesprächen mit den Alphatieren aus seinem Wahlkreis, denen Wolfgang Hochwaller und er ein paar Hunderttausend Euro für die Parteikasse aus den Taschen ziehen wollten. Ein Kinderspiel, verglichen mit dem, was ihn danach erwarten würde.

»Letzter Mann an Bord!«, rief Jensen vom Cockpit aus, kaum hatte er das Deck über die Laufplanke betreten.

Die Mitglieder der Crew hoben ihre Hände. Die *Seelöwe* war startklar. Auf dem Vorderdeck standen Carstens und Münker beieinander, so wie immer. An den Pollern begannen Assmann und Berger, die Leinen abzuwickeln. Klatten erklärte mit einem nur leicht ironisch verbrämten Stolz, der Steuermann zu sein.

»Aye, aye, Sir«, bestätigte er locker die Rangfolge.

Demonstrativ überreichte er Jensen das Smartphone, der es nicht minder weihevoll annahm und im Safe deponierte. Die Trennung der Nabelschnur zum Festland war die erste goldene Regel, die man zu befolgen hatte, wenn Jasper Jensen auf seine Jacht einlud.

Eben erst hatte er seine Tasche auf seine Koje geworfen, da gab das Schiffshorn zwei Signale ab; die Seelöwe legte ab.

Seine Aufgabe bestand darin, sich um die Kombüse und die Navigation zu kümmern und bei Bedarf an Deck Handlangerdienste zu leisten. Von harter körperlicher Arbeit wurde er dispensiert, nachdem er auf Prellungen verwiesen hatte, die er sich erst tags zuvor bei einem Fahrradsturz zugezogen habe. So saß er die meiste Zeit ausgestattet mit Karte, Bleistift, Kompass und Lineal im Deckshaus, um die zweite goldene Regel zu erfüllen: Es wurde nur nach guter alter Sitte gesegelt. Selbst ein antiker Sextant befand sich unter den Instrumenten. Aber hier war im Ausnahmefall Schummeln gestattet. Bei schlechtem Wetter bediente sich selbst Jensen eines GPS-Systems, das griffbereit im Kasten lag.

Bis zum Ende der Kieler Förde fuhren sie mit Motorkraft. Acht Seemeilen, um die bewohnte Welt hinter sich zu lassen. Für eine knappe Stunde waren ein paar Passagierschiffe, Tanker und natürlich die übliche Flotte von Containerschiffen und Repräsentationsjachten ihre Begleiter. Er nutzte die ruhige Phase und setzte eine Kanne Kaffee auf. Einem Crew-Mitglied nach dem anderen brachte er einen dampfenden Becher, dabei die von Jensen aufgestellte Diensthierarchie streng beachtend.

Er erkundigte sich bei Carstens nach dessen zwei Söhnen, die bald seine Nachfolge in seiner Immobilienfirma antreten sollten. Und er gratulierte Münker zu seiner Heirat, bei der unlängst nicht nur zwei recht ansehnliche Menschen, sondern auch ein etabliertes Bauunternehmen und eine über Generationen gewachsene gesellschaftliche Reputation zusammengefunden hatten. Diese beiden hier waren die Goldfasane, denn sie besaßen – allerdings immer noch weit abgeschlagen hinter dem millionenschweren Pharmaunternehmer Jensen – das größte Betriebsvermögen, und noch wichtiger: Sie konnten darüber verfügen, ohne dass sie sich zuvor in endlosen Gesprächen mit irgendwelchen Anteilseignern hätten verständigen müssen. In ihren Unternehmen waren sie genau wie Jensen die unbestrittenen Alleinherrscher.

Und dann war da noch Assmann, ein nicht mehr ganz so jugendlicher IT-Bursche, in dessen Firma sich die größte Ansammlung kompetenter Nerds in Schleswig-Holstein zusammengefunden hatte. Er entstammte einer Familie von hohen Beamten und hatte dank ihrer Insiderkenntnisse unterschiedlichste Software-Applikationen entwickeln können, die inzwischen auf den Rechnern zahlreicher Kommunen und des Landes liefen.

Berger kannte er von allen am längsten. Sie hatten damals in Kiel fast zeitgleich ihre Anwaltskanzleien eröffnet, und da sie unterschiedliche Arbeitsschwerpunkte hatten, verschafften sie einander hin und wieder ein lukratives Mandat. Inzwischen war Berger Gesellschafter eines angesehenen Wirtschaftsberatungsunternehmens, das sich erfolgreich auf EU-geförderte Großprojekte spezialisiert hatte.

Klatten war der Jüngste an Bord. Hochwaller, der ihn mal als Rohdiamanten bezeichnet hatte, hatte ihn für diese Tour schanghait. Klatten besaß eine Zeitarbeitsfirma, die sich auf den Bereich der Seniorenpflege spezialisiert hatte und seit Jahren mit zweistelligen Wachstumsraten aufwartete. Er stand am Steuerrad und umklammerte es, als pflügte die *Seelöwe* durch schwere See und drohte jeden Augenblick in Schlagseite zu geraten.

Er warf einen Blick über Klattens Schulter auf den Kompass. Brav hielt der Personaler den Kurs auf sechsundzwanzig Grad. Sobald sie den Leuchtturm Friedrichsort und das Denkmal für die ums Leben gekommenen U-Boot-Mannschaften hinter sich gelassen haben würden, konnte er Klatten den neuen Kurs geben.

Er mochte die *Seelöwe*. Ein Noordkaper 48. Mit ihrem hohen Deckshaus erinnerte sie an klassische Segler der 1920er, aber sie war durch und durch ein modernes Boot von gut fünfzehn Metern Länge und mit bis zu vier Segeln. Er sah Jensen über das Deck laufen und die Winschen kontrollieren. Sie waren elektrisch zu bedienen, aber nach dem Geist der goldenen Regel Nummer zwei würden seine Kameraden die Segel per Hand hissen.

Er griff nach dem Windmesser und hielt ihn in die Luft. Ein schöner starker Wind aus Südwesten brachte es auf rund siebzehn Knoten. Dann kehrte er an seinen Navigationstisch im Deckshaus zurück und berechnete einen Kurs für den Zeitpunkt, an dem sie die Ostsee erreichen würden.

Es war bereits nach zwölf Uhr. In der MoPo-Redaktion dürfte die Spannung auf einen Höhepunkt zulaufen. Sie würden alles daransetzen, die Nachricht als Erste zu bringen, immer in der Sorge, dass die Studie auch in die Hände der Konkurrenz gelangt sein könnte. Ohne Stellungnahmen der entscheidenden Leute aber wäre der Bericht nur halb so viel wert. Elsbeth dürfte gerade Spießruten laufen, denn es war klar, dass ihr Ministerium das Dokument unter Verschluss gehalten hatte. Keiner erwartete, dass auch das Justizministerium Kenntnis von solcher Fachliteratur hätte. Ohne seine persönliche Bekanntschaft mit Elsbeth hätte auch er nichts davon erfahren. Die erste Frage an ihn wäre darum gewesen, ob er sich als federführender Organisator vom kleinen Koalitionspartner nicht betrogen fühlen müsste.

Während Elsbeth in Berlin mitten in einen schweren Sturm geriet, musste er sich hier nur darauf konzentrieren, die Parteikasse ordentlich anzufüttern. Während des Abendessens würde er vage andeuten, dass man ihn in der Hauptstadt für ein Ministeramt handelte. Er würde nichts weiter sagen, schon gar nicht, dass er die Entwicklungshilfe übernehmen könnte. Sollten sie ihrer Fantasie freien Lauf lassen. Die Aussicht auf einen Minister in ihrem Netzwerk dürfte ihnen jedenfalls einen tieferen Griff in den Geldbeutel erleichtern.

Am Rande der Ostsee gab Jensen die Order, alle Segel zu setzen. So kamen rund zweihundertfünfundsechzig Quadratmeter Fläche in den Wind. Gegen Mitternacht sollten sie Bornholm erreichen. Jensen wollte die Insel umrunden und über die Südroute zurückfahren.

Zum Abendessen setzten sie sich auf die Bänke rund um den Steuerstand und wechselten sich ab, damit jeder Zeit genug für seine Spaghetti Frutti di Mare hatte. Während des Essens verteilte Jensen die Wachen. Er selbst teilte sich mit Carstens die Hundewache, am Morgen von vier bis acht.

Er lauschte den Witzen und Anekdoten der anderen. Sander war weit weg. Die Studie war weit weg. Nur das schlechte Gewissen wegen Elsbeth wollte nicht ganz Ruhe geben.

Jensens Erzählung lenkte ihn ein wenig ab. Ein Nordkaper sei eigentlich ein schwarzer Walfisch, so gut wie ausgestorben.

»Die männlichen Exemplare sind in etwa so groß wie dieses Schiff«, sagte der Skipper. »Ihr Penis erreicht eine Länge von mehreren Metern, und ihre Hoden wiegen rund eine Tonne.« Jensen genoss die ungläubigen Blicke. »Und warum hat die Natur das so schön eingerichtet? Damit die Jungs den Samen ihrer Vorgänger wegspülen können. Denn die Weibchen pflegen sich stets mit mehreren Männchen zu paaren, und das kann ja wohl nicht angehen.«

Er versuchte, die folgenden Sprüche seiner Kameraden so weit wie möglich auszublenden. Nie würde er sich an den befremdlichen Humor solcher Männerrunden gewöhnen, und es fiel ihm schwer, die Frage zu verdrängen, ob dahinter nicht viel grundsätzlichere Differenzen zwischen ihm und »den anderen« lauerten.

Nachdem er der Crew ein selbst gemachtes Tiramisu aufgetischt hatte, übernahm er vor einem knappen Fünf-Stunden-Schlaf noch für eine Stunde das Ruder.

Um ihn herum hatten sie noch immer ihren Spaß an Jensens Erzählungen aus dem Tierreich. Er löste den Blick vom Kompass und sog tief die Seeluft ein.

An Steuerbord glitten die Lichter eines Stenaliners Richtung Schweden vorüber. Vor ihm öffnete sich das Meer in seiner ganzen Weite und lockte ihn, einen Weg seiner Wahl einzuschlagen. Das war wahre Freiheit. So wie sie ihm damals auch in Amsterdam erschienen war. Lange vor der Katastrophe. Einfach ins Ungewisse starten und schauen, wo es einen hinführt.

Beim Wachwechsel traf er Carstens in bedrückter Stimmung an. Es kostete ihn beinahe eine Stunde, um herauszufinden, dass einer der beiden Söhne dem Unternehmer mitgeteilt hatte, definitiv keine Karriere in der Holding anzustreben. Der Junge wolle sich der Weltverbesserung widmen, erklärte Carstens missmutig, und habe schon Bewerbungen an verschiedene internationale Hilfsorganisationen geschickt.

Er ließ Carstens sein Klagelied zu Ende singen. Als hinter ihnen am östlichen Horizont eine blaue Glut aufschien, vertraute er ihm mit gedämpfter Stimme an, dass auch er selbst seine nähere Zukunft in der Entwicklungshilfe sah.

»Mehr kann ich derzeit nicht sagen. Aber lass ihn doch ruhig ein paar Erfahrungen auf diesem Feld sammeln.

Danach werden wir sehen, welche Möglichkeiten sich für ihn in Berlin bieten.«

Mit diesen Aussichten hellte sich Carstens' Stimmung ein wenig auf. Und als er ihm dann die künftigen Investitionsmöglichkeiten in Afrika skizzierte, sah alles noch positiver aus.

»Infrastruktur, öffentliche Einrichtungen, Aufbau effektiver agrarindustrieller Komplexe – wenn wir den Wettlauf mit den Chinesen nicht endgültig verlieren wollen, werden wir da erhebliche Mittel hineinpumpen müssen, von denen natürlich in erster Linie unsere Unternehmen profitieren sollen«, sagte er, während die Wellenkämme im Morgengrauen weiß aufleuchteten.

Aber wo sie gerade über Investitionen sprachen, wie dachte Carstens eigentlich im Augenblick über die Partei? War er mit ihren Resultaten zufrieden? Er ließ ihn ausführlich über die Probleme berichten, die er wegen der feindlichen Grundhaltung des neuen Koalitionspartners gegenüber der Immobilienwirtschaft entstehen sah, und über seine Sorge, dass die Partei sich davon anstecken ließe. Nachvollziehbar, aber wirklich unbegründet, versicherte er Carstens. Aber er werde in Berlin mit dem wirtschaftspolitischen Sprecher der Fraktion reden. Vielleicht könne man ja gleich nach der Sommerpause ein Hearing zum Thema ansetzen.

Wie um sein Angebot zu bekräftigen, zog er ein Fläschchen Genever aus der Jackentasche und reichte es Carstens, der ein paar vorsichtige Schlucke nahm. Dann brach auch er die dritte goldene Regel an Bord und setzte die Flasche an. Sie grinsten einander an, ihr Schuldbewusstsein hielt sich in Grenzen. Nichts ging über eine gute Freundschaft, vor allem in jenen Momenten, in denen man sich ansonsten eher allein auf der Welt fühlte.

Als er sich gegen acht Uhr erhob, um die Crew zu wecken, hatte Carstens ihm nicht weniger als hunderttausend Euro zugesagt, zahlbar in zwei Tranchen.

Er servierte ein deftiges Frühstück mit Spiegeleiern und großen Scheiben krossen Specks.

Sie hatten Glück. Der Wind hatte nach Norden gedreht, und so mussten sie auf der Rückfahrt nicht gegen den Wind kreuzen. Das gab ihm die nötige Ruhe für ein vertrauliches Gespräch mit Jensen, der aber nur ankündigte, demnächst auf einen Kaffee im Justizministerium vorbeizukommen, und eines mit Assmann. Ihm bot er nach dessen Brandrede über das digitale Analphabetentum der Partei den Vorsitz in einem landesweiten Arbeitskreis mit Aussicht auf bundespolitisches Gehör an. Aber um das wirklich produktiv zu machen, müsse man natürlich im nächsten Jahr erst einmal die Landtagswahl gewinnen, hatte er hinterhergeschoben. Und das brachte ihm weitere hunderttausend Euro Spende ein. Hochwaller, der Münker und Klatten übernommen hatte, durfte zufrieden mit seinem Bundestagsabgeordneten sein.

Es war Jensens Privileg, gegen Ende der Fahrt eine joviale und doch spitzzüngige Manöverkritik hinsichtlich der maritimen Qualitäten dieser etwas zusammengewürfelten Mannschaft abzugeben – und das Ergebnis ihrer kleinen Charityreise zu verkünden. Dreihundertfünfundsiebzigtausend Euro, das sei nicht ganz wenig, aber doch auch nicht genug, weswegen er sich entschlossen habe, auf sechshunderttausend aufzurunden. Gerührt applaudierte Hochwaller seinem alten Freund, bis die anderen einstimmten. »Schleswig, Holstein, stammverwandt, haltet fest der Eintracht Band!«

Um elf Uhr erreichten sie die Kieler Förde, und nur eine Stunde später legten sie an. Unterwegs hatte er für sie noch einen Lunch vorbereitet, den sie im Jachthafen einnahmen. Und dann entließ Jensen mit der feierlichen Rückgabe der Smartphones seine Crew wieder in die Niederungen der Welt an Land.

Er zwang sich, nicht sogleich nach seinen Anrufen zu sehen, sondern spazierte in aller Ruhe mit Hochwaller und Carstens in die Hotellobby. Aus den Augenwinkeln schielte er auf die Überschriften der Zeitungen, die am Tresen auslagen. Mit einem bitterem Triumph stellte er fest, dass in allen Schlagzeilen das Wort Cannabisgesetz in Verbindung mit einem Fragezeichen auftauchte.

Sander durfte mit ihm zufrieden sein.

24

Sabine Meyerling brachte ihn auf den aktuellen Stand und bat sehr dringend um Rückruf. (6)

Das Büro des Ministers wollte ihn sehr gerne weiterverbinden. (11)

Elsbeth Winter fragte, ob sie sich schnellstmöglich beraten könnten, wer dahintersteckte, warum zum Teufel er gerade jetzt abgetaucht sei, ob er vielleicht dahintersteckte, und schließlich, was ihre Freundschaft eigentlich wert sei. (5)

Der persönliche Referent des Ministers forderte seine sofortige Rückmeldung ein. (4)

Anne erkundigte sich besorgt nach seinem Wohlbefinden. (1)

Der Minister höchstselbst zeigte sich not amused. (1)

Die Hauptstadtkorrespondenten der überregionalen Printmedien hatten dringende Fragen. (25)

Die der Radiosender auch. (14)

Und die der Fernsehsender sowieso. (22)

Neunundachtzig Anrufe in Abwesenheit, davon mit Mailboxansprache: einundsechzig.

Er rief Anne an und entschuldigte sich auf ihrer Mailbox, dass er sie angesichts der Lage nicht auf einen Cappuccino einladen konnte, obwohl er (noch) in Kiel war.

Danach Sabine Meyerling. Er dankte für ihren Einsatz und erklärte, ab sofort zu übernehmen.

Danach meldete er sich beim Ministerreferenten.

»Schlechter Zeitpunkt für Kurzurlaube, Marcel.«

»Dieser ›Kurzurlaub‹ beinhaltete ein All-inclusive-Wellnesspaket für unsere Wahlkampfkasse. Habt ihr schon rausgefunden, wer die Studie an die Presse durchgestochen hat?«

»Du hast doch gesagt, dass die Völkl davon wusste.«

»Ihr habt mit Elsbeth Winter gesprochen.«

»Was glaubst du? Eine Videokonferenz. Winter, ihre Ministerin, Werner und ich. Nur du hast gefehlt. Die Völkl hat deinen Verdacht im Übrigen empört zurückgewiesen.«

»Welche Überraschung. Und jetzt?«

»Rufst du Elsbeth Winter an. Ihr habt bis achtzehn Uhr Zeit, eine Argumentationslinie zu entwickeln.«

»Wie bringen wir die nach draußen?«

»Wir haben ein ›Was nun …?‹-Special klarmachen können. Noch heute Abend. Mit beiden Ministern.«

»Immerhin. Wie ist der Ablauf?«

»Achtzehn Uhr Abstimmung mit den Pressereferaten Justiz und Gesundheit bei uns, neunzehn Uhr Briefing Minister, zwanzig fünfzehn zum Hauptstadtstudio, einundzwanzig Uhr auf Sendung.«

Er ließ den Wagen stehen, die Rückführung würde dem Praktikanten aus dem Wahlkreisbüro einen kostenlosen Ausflug nach Berlin bescheren, und nahm ein Taxi zum Hauptbahnhof. Mit dem ICE ging es jetzt sicherer und schneller, und er konnte alles in Ruhe durchdenken.

Auf dem Bahnsteig telefonierte er mit Elsbeth, unterbrach sie, keine Zeit für Vorwürfe jetzt, gleich fuhr der Zug ein, um Viertel vor fünf Treffen in seinem Büro.

»Hast du schon etwas vorbereitet?«

»Ich schicke es dir gleich.«

»Hätte ich geahnt, dass die Völkl so weit gehen würde, wäre ich nicht zum Spendensammeln gefahren. Tut mir ehrlich leid, Elsbeth. Wir kriegen das hin.«

Im Zug checkte er die Online-Presse. Die Opposition forderte natürlich den Rücktritt der Gesundheitsministerin. Pieper erklärte, das Gesetz befinde sich ja noch in der Entwurfsphase, sodass man auf neue Erkenntnisse immer noch rechtzeitig reagieren könne. Insofern würden die Mitglieder seiner Fraktion die angekündigte Stellungnahme des Gesundheitsministeriums mit besonderem Interesse erwarten.

Pieper hatte also die Chance zur Revolte nicht nutzen wollen, hatte die Steilvorlage, die er ihm da geliefert hatte, nicht angenommen. Gab sich loyal, wartete ab. Vielleicht würde Staatssekretär Kamrath in der neuen Situation ja einen unbedachten Schritt aus der Deckung tun, einen Fehler machen, von dem Pieper profitieren konnte, ohne sich offen gegen die Koalitionsvereinbarung zu stellen. Eine scharfe Reaktion Piepers auf die durchgestochene Studie war die eine Option gewesen, um Sanders Forderung zu erfüllen. Oder wenigstens einen längeren Aufschub im Gesetzgebungsverfahren zu erreichen.

Ein Tablett mit Gummibärchentüten wurde ihm entgegengehalten. Er lehnte dankend ab, bestellte beim ICE-Begleiter einen Kaffee.

Jetzt konnte er nur noch darauf setzen, dass die Völkl mithilfe der neuen Informationen ihre Landesgruppe hinter sich brachte. Kaum jemand in der Schwesterpartei stand der Legalisierung positiv gegenüber, aber bisher war der Ärger auch nicht groß genug gewesen, dafür eine Regierungskrise in Kauf zu nehmen. Und allzu viele Freunde hatte sich die Völkl mit ihrer oberlehrerhaften Art auch nicht gemacht. Bisher hatte sie sich noch nicht zu Wort gemeldet. Sollte sein Verrat also vollkommen umsonst gewesen sein?

Wie Sander dann reagieren würde, ob es noch eine andere Handlungsoption geben würde, das Gesetz zu verhindern, das waren die entscheidenden Fragen, aber es war viel zu früh, darüber nachzudenken. Die Sache begann gerade erst, richtig hochzukochen. Und alles, was er jetzt tun konnte, tun musste, war: nicht aufzufallen. Schön mitarbeiten an der Gegenstrategie. Das war eh kein Hexenwerk. Dutzendfach erprobt, wie man auf so etwas reagieren musste. Wie gut es gelingen würde, hinge weniger von tollen Ideen des Herrn Staatssekretärs ab, sondern davon, wie sich jetzt die Minister verhielten. Und ob sich in den nächsten Tagen jenseits aller Sachargumente eine Dynamik in der öffentlichen Meinung entwickelte. Wer die Emotionen dann weiter befeuerte, Politik, Medien, Verbände, bis die Kanzlerin die Reißleine ziehen müsste und Sander sich die Hände reiben dürfte. Und er selbst noch einmal davonkäme. Bis zur nächsten Erpressungsaktion durch einen niederländischen Antiquitätenhändler.

Elsbeth wartete bereits im Besprechungsraum, als er in der Mohrenstraße eintraf. Sie war blass und zittrig. Aber ihre Vorlage war mal wieder eins a. Er hatte nur kleine Änderungen vorzuschlagen. Dann übernahmen sie abwechselnd die Position der Interviewer, wollten Unerwartetes so weit wie möglich ausschalten, prüften ihre Argumente, telefonierten mit Referenten in beiden Ministerien, um Daten weiterer Studien einzuholen und Rechtsfragen zu klären, schliffen an Formulierungen, die eindeutig genug waren und doch noch hinreichend Raum für mögliche spätere Revisionen ließen, ohne dass man den Ministern Wortbruch würde vorwerfen können. Dann kamen die Pressesprecher, die mit ihnen eine lange Liste möglicher Fragen des Journalistenduos durchgingen, bis auch die Minister erschienen.

Versteinerte Mienen, sowohl bei Hannah Behrendt als auch bei Werner Drews. Zum Einstieg Werners deutlich formulierte Unlust, nun jene Kastanien aus dem Feuer holen zu müssen, die Frau Winter allein durch ihren fahrlässigen Aktenumgang hineingeworfen habe. Jedoch obliege es ja nicht ihm, über Konsequenzen nachzudenken. In seinem Haus jedenfalls wäre Derartiges vollkommen undenkbar.

Die Ministerin stimmte zu, dass ihnen da ein verwaltungstechnischer Fehler unterlaufen sei, die viel wesentlichere Frage sei aber doch, wie es sein könne, dass offenbar interessierte Kreise aus der Fraktion des Koalitionspartners einen Maulwurf in ihrem Haus platziert hätten. Und ob man bereit sei, Frau Völkl einer eingehenden Befragung zu unterziehen. Was wiederum Werner nur als Verschleierungstaktik mittels eines unbelegten Gerüchts verstanden wissen wollte, die vom Chaos im Gesundheitsministerium ablenken sollte. Bis sich die Pressesprecher zu dem Hinweis genötigt sahen, dass in der nächsten Stunde Einigkeit und

Zusammenhalt die Basis für einen Erfolg sein würden. Die ganze Zeit über hielt sich Elsbeth tapfer, und er, ihr alter Mentor und Freund und Verräter, schämte sich umso mehr in Grund und Boden.

Schließlich machten sich die Minister und ihre Mitarbeiter getrennt auf den Weg zum Sender. Ein paar Minuten für letzte hausinterne Abstimmungen.

Im Studio passte zwischen Behrendt und Drews dann aber kein Blatt. Elsbeth und er verfolgten die Live-Sendung gemeinsam mit den beiden Pressesprechern in einem Nebenraum.

Ob der Justizminister bis zu diesem Morgen auch keine Kenntnis von dieser Studie gehabt habe?

»Sehen Sie, das Gesundheitsministerium hat zahlreiche Studien in seine Arbeit zu diesem Gesetz einbezogen und natürlich auch seinerseits Studien in Auftrag gegeben. Mir als Justizminister muss die Kollegin nicht jedes Detail übermitteln, sondern nur die nötigen Schlussfolgerungen, die sie aus den Forschungsergebnissen zieht. Dass sie das verlässlich tut, daran habe ich weiterhin keinerlei Zweifel.«

»Sie sind also von diesen doch besorgniserregenden Erkenntnissen der veröffentlichten Studie nicht überrascht gewesen?«

»Verzeihen Sie, Frau Richter, aber halten Sie die Regierung wirklich für so naiv? Diese Studie bestätigt doch nur, was wir immer wieder betonen: Cannabis ist wie jede andere weiche Droge selbstverständlich nicht ungefährlich. Aber wer sind wir denn, dass wir mittlerweile schon über drei Millionen Menschen in unserem Land vorschreiben wollen, dass sie statt Cannabis weiterhin nur Alkohol zur Entspannung genießen dürfen. Alkohol, bei dem in viel erheblicherem Maße gesundheitliche Folgen …«

»Um Alkohol geht es heute aber nicht. Frau Ministerin, wie Ihnen bekannt sein dürfte, enthält Cannabis heute bis zu dreißig Prozent des Rausch erzeugenden Wirkstoffes THC. Vor nicht mal zwanzig Jahren lag der Gehalt noch bei höchstens zwölf Prozent. Ihre Studie bestätigt beim Konsum dieser hochgezüchteten Sorten ein fünffach größeres Risiko für Psychosen. Und chronisches Kiffen sorgt offenbar für Veränderungen des Gehirns, mit schlimmen Auswirkungen auf die Gedächtnisbildung. Haben Sie diese alarmierenden Daten bewusst verschwiegen, um Ihr Wahlversprechen einzulösen?«

»Lieber Herr Heigel, wir haben nichts verschwiegen. Weder bewusst noch unbewusst. Diese Studie haben wir in Auftrag gegeben, um die Bedingungen des Gesetzes verantwortlich definieren zu können. Alle Daten werden bei der Diskussion über den Gesetzesentwurf zur Begründung herangezogen werden.«

»Aber …«

»Ich möchte gerne genauer auf Ihre Frage eingehen. Das Hauptproblem ist weniger der THC-Gehalt. Bei einer Legalisierung wird der für jede Sorte angegeben werden müssen. Das ist ein großer Vorteil gegenüber der heutigen Situation, da die Konsumenten nie genau wissen, wie stark das Cannabis ist. Wissen sie um einen höheren Gehalt, dosieren sie aller Erfahrung nach niedriger. Grundsätzlich ist aber die interessantere Frage, wie hoch der Gehalt an Cannabidiol im Haschisch ist. Dieses CBD ist sozusagen die therapeutische Komponente und mildert negative Effekte von THC ab. Wir planen darum, nicht nur einen Höchstgehalt von zwanzig Prozent THC, sondern auch einen Mindestgehalt für Cannabidiol festzulegen.«

»Das klingt jetzt für unsere Zuschauer vielleicht ein wenig kompliziert. Das heißt, Sie wollen …«

»Entschuldigen Sie, Herr Heigel. Das klingt nicht nur kompliziert, es ist kompliziert. Vielleicht sollten auch Sie als Journalisten einmal aufhören, die absurde Vorstellung zu befeuern, dass man auf schwierige Fragen immer einfache, populistische Antworten geben könnte. Studien wie diese brauchen wir nicht nur, um ein gutes Gesetz zu schaffen, sondern auch um die Forschung weiter voranzutreiben und eine fundierte Gesundheitsaufklärung zu betreiben. Wir müssen endlich aufhören, die Augen vor der Realität zu verschließen!«

Sie machten alles richtig bisher. Werner hatte sich nach seinem Eingangsstatement zurücklehnen können, weil im Augenblick die gesundheitlichen Fragen im Vordergrund standen. Und Hannah Behrendt agierte in einem angenehmen Kampfmodus, kompetent, transparent und offensiv, ohne bissig zu wirken. Vor einer guten Woche hätte er sich darüber noch freuen können, jetzt musste er hoffen, dass sich wenigstens einer der beiden doch noch einen kapitalen Fehler leisten würde.

»Anscheinend gilt das aber nicht für Ihren Parlamentarischen Staatssekretär, Herr Drews. Sie haben ihm bisher fast die gesamte politische Kommunikation des Gesetzesentwurfs überlassen. Jetzt, in dieser Krise, schweigt er plötzlich, und mehr noch, man spricht davon, dass er geradezu abgetaucht sei.«

»Mit Verlaub, Frau Richter, wer immer dieser ›man‹ ist, er verbreitet nicht nur die Unwahrheit, sondern verwendet buchstäblich auch das falsche Bild. Herr Dr. Kamrath war in der Tat zwar für vierundzwanzig Stunden nicht erreichbar. Er befand sich aber in aller Unschuld auf einem kurzen Segeltörn in der Ostsee. Dabei abzutauchen, wäre äußerst nachteilig. Im Übrigen ist er seit heute Mittag wieder im Dienst und arbeitet daran, die Missverständnisse aus der Welt zu schaffen, mit denen wir uns hier beschäftigen müssen.«

»Ein etwas unglückliches Timing Ihres Staatssekretärs, finden Sie nicht?«

»Herr Dr. Kamrath ist ein Mann vieler Talente, das Hellsehen gehört allerdings nicht dazu. Er war schon an Bord, als das Thema aufkam. Insofern wüsste ich nicht, was es da zu kritisieren gibt.«

»Dr. Kamrath hatte also ebenso wenig Kenntnis von der Studie wie Sie?«

»Für ihn gilt dasselbe wie für mich. Wir müssen nicht jede einzelne Quelle kennen, aus der das Gesundheitsministerium schöpft.«

»Trotzdem rumort es in der Koalition, Herr Minister. Vorhin hatten wir Gelegenheit, mit Ihrer Parteifreundin Dorothea Völkl zu sprechen, die ja einige Jahre lang Drogenbeauftragte der Bundesregierung war. Insofern eine höchst kompetente Stimme. Hören wir doch mal rein.«

Da tauchte sie also doch noch auf, spät, aber dafür umso medienwirksamer. Man hatte die Völkl in ihrer Heimat aufgesucht, und sie hatte sich zum Interview vor einer Kulisse aufgebaut, die Touristiker nicht besser hätten auswählen können. Sanft geschwungene Wiesen mit pittoresk in der Landschaft verteiltem Buntvieh. Das genaue Gegenteil vom schrecklichen Drogensumpf der Großstädte.

»Diese Studie zeigt, wie gefährlich Cannabis wirklich ist. Mit der Droge, die die Achtundsechziger konsumierten, hat der heutige Stoff nichts mehr gemein. Es war immer schon fahrlässig, von einer ›weichen‹ Droge zu sprechen, aber von heute an wäre es eine bewusste Unterschlagung wissenschaftlicher Fakten. Ich kann und will mir nicht vorstellen, dass unsere Schwesterpartei sich aus Koalitionstreue so weit von rechtsstaatlichen Grundsätzen entfernt.«

Und schon war der Einspieler wieder vorbei. Ein schwacher Angriff, eine Enttäuschung für jeden, der dieses Gesetz verhindern wollte. Seine Hoffnungen schwanden zunehmend.

»Das ist harter Tobak, Herr Minister«, behauptete hingegen die Interviewerin. »Opfern Sie die Volksgesundheit auf dem Altar der Koalition?«

»Nun, ich schätze das Engagement von Frau Völkl sehr, aber hier verrennt sie sich nun doch. Seit Frau Völkl das Amt der Drogenbeauftragten aufgegeben hat, sind ja schon einige Jahre vergangen. In denen hat die Cannabisforschung erhebliche Fortschritte gemacht. Das hat sie vermutlich nicht mehr so genau verfolgt. Sie haben ja gehört, was Ministerin Behrendt gesagt hat. Wir sind genau auf dem richtigen Weg.«

»Das heißt, die Legalisierung kommt in jedem Fall?«

»Wir haben diesen Prozess nicht fahrlässig in Gang

gesetzt, sondern im Interesse der Menschen in unserem Land. Wir können und wollen Leute, die sich ab und zu einen Joint gönnen, nicht weiterhin kriminalisieren. Das Ministerium für Justiz und Verbraucherschutz hat die Federführung übernommen, weil es – immer auf der Grundlage einer belastbaren Aussage der medizinischen Forschung – wesentlich um eine Frage der Freiheitsrechte unserer Bürgerinnen und Bürger geht. Die …«

»Nochmals meine Frage, kommt das Gesetz oder …«

»Selbstverständlich, Herr Heigel. Diese Freiheitsrechte zu stärken, sind wir angetreten. Zugleich wollen wir natürlich der Fürsorgepflicht des Staates Genüge tun, indem wir Aufklärung betreiben, wie sie nur in einem legalen Umfeld möglich ist. Und nicht zuletzt erfüllen wir so ein weiteres Wahlversprechen und sorgen dafür, dass der organisierten Kriminalität eine erhebliche Einnahmequelle entzogen wird und wir bei den Ordnungsbehörden Ressourcen freisetzen, um sich noch besser auf die Verfolgung der wirklichen Verbrechen zu konzentrieren – vom Serieneinbruch über die Geldwäsche bis zum Milliardengeschäft mit den harten Drogen und der damit verbundenen Beschaffungskriminalität. Die Koalition hat gesagt, sie wird Cannabis legalisieren, und wir werden zu unserem Wort stehen.«

Er zuckte zusammen. Diese klare Aussage hatte nicht in seinem Drehbuch für den Justizminister gestanden. Noch auf dem Weg zum Studio hatte er den Minister überzeugt, den bisherigen Weg zwar zu verteidigen, aber eindeutige Aussagen über die Zukunft des Gesetzesentwurfs der Gesundheitsministerin zu überlassen. Immerhin war ja ihre Partei bei den Koalitionsverhandlungen die treibende Kraft in dieser Angelegenheit gewesen. Und es wäre klüger, so hatte er Werner Drews dringend empfohlen, keine konfrontative Situation zu schaffen, die die Auseinandersetzung mit den Kritikern in den eigenen Reihen eskalieren lassen würde. Insgeheim hatte er natürlich auf die gegenteilige Reaktion spekuliert; gehofft, dass das Ausbleiben eines klaren Bekenntnisses seitens des Ministers die Kritiker vielmehr geradezu ermuntern würde, zum Sturm gegen die Legalisierung zu blasen.

Aber jetzt hatte sich der Minister doch zu einer definitiven Aussage verleiten lassen. Und ihm damit auch den letzten kleinen Trumpf in diesem schlechten Spiel aus der Hand gezogen.

Wieder draußen vor dem Studio, hatte Werner es trotz des gelungenen Interviews nicht lassen können, Hannah Behrendt noch eine Stichelei auf den Nachhauseweg mitzugeben. Er hoffe, dies sei bei diesem Projekt die letzte Überraschung aus dem Gesundheitsministerium gewesen. Behrendt versicherte, er und seine Parteifreunde könnten sich von nun an voll und ganz der schwierigen Aufgabe widmen, Dorothea Völkl von weiteren Querschüssen abzuhalten. Dann waren sie in entgegengesetzte Richtungen auseinandergestrebt.

Elsbeth bot an, ihn nach Hause zu fahren. Auf dem Weg zur Tiefgarage besprachen sie noch ein paar Details für die Fraktionssitzungen in der kommenden Woche.

Im Wagen schwiegen sie, bis sie vor seiner Wohnung hielt.

»Das Schlimmste ist das Misstrauen«, setzte sie zunächst zögerlich an, als müsste sie eine Schwelle überwinden. »Ich weiß, es ist absoluter Unsinn, aber bei jedem doppeldeutigen Satz von Jens oder Katrin frage ich mich, ob sie nicht doch mit der Sache zu tun haben. Unseren beamteten Staatssekretär Wilhelms hatte ich auch schon unter Verdacht, obwohl er schon seit Urzeiten für eine Legalisierung ist.«

Sie hatte weiter auf die Straße gestarrt, während sie mit ihm gesprochen hatte.

Er legte seine Hand auf ihren Unterarm.

»Du musst dich von diesen Zweifeln frei machen. Du hast deine Leute mir gegenüber mit Haut und Haaren verteidigt. Und das zu Recht. Seit Jahren arbeitest du mit ihnen zusammen, ohne dass auch nur ein Mal etwas schiefgegangen ist. Das sind die Fakten. Vielleicht hatte ja schon im

Betäubungsmittelreferat jemand unautorisierten Zugang. Oder beim Abteilungsleiter. Das kommt nun mal vor. Und es ist ja noch mal gut gegangen.«

»Hoffentlich. Mal schauen, wer in den nächsten Tagen noch versuchen wird, die Sache für eigene Zwecke zu nutzen. Es tut mir übrigens leid, was ich auf deine Mailbox gesprochen habe.«

»Ich weiß nicht, was du meinst.«

»Mein Misstrauen, ob womöglich du selbst …«

»Ich weiß nicht, was du meinst.«

»Danke. Du bist ein echter Freund.«

Er brauchte einige Sekunden, den in ihm auflodernden Schmerz niederzupressen.

»Gute Nacht, Elsbeth. Erhol dich.«

»Du auch. Siehst nicht aus, als hättest du einen ganzen Tag auf einer Jacht abgehangen.«

Er sah ihrem Wagen nach, bis die Rücklichter an der nächsten Straßenecke verschwanden. Dann schaute er zu seinem Apartment hoch. Er könnte versuchen, Anne zu erreichen. Oder zur Not auch Sophie. Um was zu sagen? Ich stecke ganz tief in der Scheiße? Jemand erpresst mich, gegen meine Überzeugungen zu handeln und meinen Amtseid zu brechen? Meine alte Freundin Elsbeth zu betrügen und zu belügen? Und übrigens, bald sitze ich lebenslänglich, weil mir nicht gelingt, was ich tun soll? Unvorstellbar. Genau so, wie jetzt da oben allein mit sich selbst zu sein. Die Stille im Raum explodieren zu hören. In den Spiegel schauen zu müssen.

Also weiter ins *Anna Koschke*. Freitagabend. Der Touristenwahnsinn wird toben. Er ging los.

Es war noch heftiger als erwartet. Trotzdem fand er eine Nische neben der Theke. Einer der wenigen Vorteile, jetzt allein zu sein. Schönredner!

Er hatte seit dem Pichelsteiner Eintopf im Zug nichts mehr gegessen. Erst war keine Zeit dafür geblieben, jetzt hatte er keine Lust mehr. Nur Flüssignahrung. Ein Bier, und weitere zwei, von da an Whiskey. Wie hieß noch der Stoff, den Sander im Club bestellt hatte? Egal. Bring mir was. Einen Doppelten vom Besten. Aber ohne Torfgeschmack. Der Alkohol wattierte seinen Kopf binnen Minuten, der Schmerz blieb.

Der Trubel im Lokal war erstaunlicherweise immer noch steigerungsfähig. So laut, dass die Rippen vibrierten. Bis er begriff, es war das Telefon. Sanders Handy. Er zog es heraus, zögerte, bis Sander endlich aufgab. Er legte den Knochen auf dem Holzbrett vor sich ab. Noch einen Doppelten. Schon beim Ansetzen des Glases leuchtete das Display des Handys wieder auf, und es begann, auf dem Holz zu brummen.

Er nahm den Whiskey in einem Zug, rief dem Wirt zu, er solle einen Deckel schreiben, und drückte sich nicht mehr ganz stabil durch die dicht gedrängt beieinanderstehenden Gutelaunegrüppchen zum Ausgang.

Draußen lehnte er sich an eine Laterne und nahm das Gespräch an. Sander schrie sofort los.

»Das ist alles, was du draufhast, Staatssekretär? Eine lächerliche Studie, die dein Chef im Fernsehen wegwischt wie eine lästige Fliege?«

»Es war ein Versuch. Und es kann sich alles noch entwickeln.«

»Willst du mich verarschen? Das ist nichts. Gar nichts. So sieht es aus, wenn du um dein Überleben kämpfst?«

Die Halsadern verengten sich, das Adrenalin schoss ungebremst nach oben.

»Halt einfach dein dummes Maul, van Haag! Du hast doch keine Ahnung, wie so etwas in der Politik läuft.«

»Nein, du hast keine Ahnung. Und zwar, was man mit Leuten wie dir im Knast macht! Du bist jetzt schon halb tot, Junge. Jetzt schon! Also reiß dir den Arsch auf, ehe es andere für dich erledigen!«

»Wie denn, du Schwätzer? Soll ich alle erschießen und mich zum Diktator ernennen? Ich bin auserzählt, Mann. Kein Ass mehr im Ärmel, verstehst du? Du musst mir schon was liefern, wenn ich für dich arbeiten soll. Ansonsten ruf endlich die Bullen an und schieß in den Wind, Arschloch!«

Er drückte Sander weg und stoppte erst in letzter Sekunde seinen Impuls, das Handy gegen die Hauswand zu schmeißen.

Ein paar Leute kamen aus dem *Anna Koschke* und starrten ihn an. Seine von Druck und Hass und Angst verzerrte Fratze.

Er wendete sich schnell ab, hastete davon.

Als er endlich die Wohnungstür hinter sich geschlossen, ein paar Hände kalten Wassers in sein Gesicht geworfen und sich, so weit es ging, gefasst hatte, rief er Marie Vos an.

Es war schon fast Mitternacht, trotzdem meldete sie sich.

»Entschuldigen Sie die späte Störung, Frau Vos. Aber ich muss Sie morgen dringend sprechen. Hier in Berlin.«

25

Herr Kamrath hatte mir eine Adresse gegeben, für die das Taxi keine fünf Minuten brauchte. Das *Holiday Inn* lag südlich des Flughafens Tegel. Auf meinen Namen war ein Zimmer reserviert worden. Noch im Lift schickte ich meinem Auftraggeber eine SMS mit meiner Zimmernummer. Zehn Minuten später klopfte es leise an meiner Tür. Anonymer hätte er es nicht regeln können.

Kamrath gab mir höflich die Hand und setzte sich auf einen der unbequemen Hocker, mit denen heutzutage jedes Standard-Hotelzimmer ausgerüstet wird.

»Nochmals sorry für diesen …« Er suchte nach dem richtigen Wort, wirkte etwas unkonzentriert.

»Notruf«, ergänzte ich.

Sein Mund verzog sich zu einem angespannten Lächeln, aber er machte keine Anstalten, weiterzureden.

»Tee? Kaffee?« Ich zeigte zum Wasserkocher-Basis-Set auf einem an der Wand festgeschraubten Brett, das als Schreibtisch gemeint war. Er schüttelte den Kopf und lud mich mit einer Gebärde ein, mich von ihm nicht abhalten zu lassen. Während ich mich um den Wasserkocher kümmerte, drehte Kamrath sich zum Fenster und schaute über den Parkplatz hinweg wie über eine melancholische Landschaft. Mit dem Tee setzte ich mich auf den zweiten Hocker und wartete, bis Herr Kamrath sich endlich ein Herz fasste und zur Sache kam.

»Ich hätte gerne, dass Sie Ihre Recherchen zu Sander van Haag fortsetzen.«

»Anknüpfungspunkte gibt es jedenfalls genug«, bestätigte ich. »Sander führt nicht gerade ein Leben, das ihn zum idealen Schwiegersohn prädestiniert.«

Unwillkürlich entfuhr ihm ein Seufzer. Darüber musste er selbst lachen.

»Alte Freundschaft soll ja so wenig rosten wie alte Liebe, aber die Zeit kann doch reichlich Sand in ein Getriebe streuen.«

Mein Klient bevorzugte es, weiterhin kryptisch zu bleiben. Ich trank einen Schluck Tee. Ganz offensichtlich steckte er in der Klemme zwischen alten und neuen Loyalitäten.

»Worauf soll ich meine weiteren Recherchen konzentrieren?«

Kamrath sah wieder aus dem Fenster.

»Sie haben ja schon festgestellt, dass sich Sanders Leben zumindest teilweise auf der anderen Seite des Gesetzes abspielt.«

Das war ein überaus freundliches Understatement. Mein Bericht wäre extrem kurz geraten, hätte er von Sanders Leben auf der legalen Seite zu handeln. Ich beschloss, in die Offensive zu gehen.

»Ihr Freund ist tief in das organisierte Verbrechen verstrickt. Angefangen bei der Produktion und dem Handel von Drogen bis hin zum Waschen illegaler Einnahmen. Das Ganze seit Jahrzehnten. Gehe ich fehl, wenn ich behaupte, dass sich Ihre erneuerte Freundschaft nur sehr schwer mit Ihrer politischen Position verträgt?«

Das war nicht weniger untertrieben, aber anstelle einer Antwort verzog er nur sein Gesicht, als ob er erst einmal intensiv darüber nachdenken müsste. Also gut, mein Klient wollte es lieber mir überlassen, seine Probleme in die richtigen Worte zu fassen. Auch für so etwas werde ich bezahlt.

»Ich tippe darauf, dass es kein Zufall ist, dass Herr van Haag gerade in dem Augenblick wieder in Ihrem Leben auftaucht, in dem Sie damit beschäftigt sind, die Legalisierung von Cannabis vorzubereiten. In Deutschland macht er seine größten Umsätze. Die nehmen Sie ihm jetzt weg. Also kämpft er um seine Existenz ... und setzt Sie massiv unter Druck.«

Es ist für mich immer wieder überraschend zu sehen, wie sich erwachsene Männer innerhalb von Sekunden in hilflose kleine Burschen verwandeln, sobald man ihren schwachen Punkt erwischt hat. Herr Kamrath machte da keine Ausnahme.

»Van Haags Konkurrenten müssen nur in aller Ruhe abwarten, bis Sie Ihr Werk vollendet haben, um dann die Überreste seines Imperiums unter sich aufzuteilen.« Ich setzte meinen Teebecher ab. »Und nach den Traditionen, die in diesen Kreisen herrschen, wird er das eher nicht überleben.«

Mit einer Geste signalisierte Herr Kamrath, dass er meine Einschätzung teilte.

»Aber im Prinzip sollte das alles nicht Ihr Problem sein«, sagte ich.

»Das kann man durchaus anders sehen«, sagte er ernst. »Ich arbeite für die Justiz, und auf solche lebensbedrohlichen Situationen müssen wir selbstverständlich reagieren.«

Ich musste mich beherrschen, um nicht zu lachen. Sollte Kamrath wirklich um das Wohl seines guten Freundes besorgt sein, wäre es am besten gewesen, ihn per Flugzeug in ein fernes und sonniges Land zu transferieren.

»Möchten Sie, dass ich seine Konkurrenten detailliert aufliste? Namen, Rückennummern, Spielpositionen?«

»In jedem Fall. Damit sollten Sie beginnen. Und dann alles, was Sie sonst noch über ihn herausfinden können. Bis zurück in seine Anfangszeiten.«

Er nickte zögernd, als müsste er sich noch einmal bestätigen, dass er auch diesen zweiten Teil seines Auftrages erteilen wollte.

Jetzt war es Zeit für die Gewissensfrage. Ich beugte mich etwas nach vorne und wartete, bis er mich anschaute. Ich sprach mit der leisen, verständnisvollen Stimme einer Psychologin.

»Was hat er in der Hand, um Sie so unter Druck zu setzen?«

Kamrath sog langsam die Luft zwischen den Zähnen ein. Schließlich zog er die Schultern hoch, als ob er sich in eine Niederlage fügen würde.

»1982/83 lebte ich in Amsterdam«, begann er. »Wir waren zu dritt. Sander und ich handelten ein bisschen mit Gras. Und es gab eine Frau, Kiki Molenaar. Sie ist damals gestorben. Nein, sie ist damals … Sie wurde ermordet, zumindest glaube ich das, nein, das weiß ich sicher. Sander aber war plötzlich verschwunden. Ich fand nur seine blutige Jacke und habe mich in einen Zug geworfen und bin nach Hause geflohen. Alles geschah so unerwartet, in einem einzigen, sich überstürzenden Moment … Entschuldigung, ich erzähle furchtbar konfus.«

Er brach ab und rieb heftig über sein Kinn. Kurz fürchtete ich, dass er gleich einen Mord gestehen würde.

»Es geschah was ›alles‹?«

Er schob seine Hand in die Innentasche seiner Jacke und zog eine Dokumentenhülle mit einem zusammengefalteten Zeitungsausschnitt hervor. Er nahm ihn heraus und legte ihn vor mir auf das Tischbrett. Ein Bericht aus dem *Telegraaf*. Das Foto eines Mädchens. Man hatte sie aus dem Kanal gezogen, las ich schnell, aber niemand wusste, wer sie war.

»Sie wurde da schon seit ein paar Tagen vermisst, oder besser gesagt, ich suchte sie schon seit Tagen vergeblich. Sie hatte Sander begleitet, der einen Deal für uns abwickeln wollte.«

Er nahm den Zeitungsartikel, faltete ihn sorgsam wieder zusammen und schob ihn zurück in die Hülle. Dabei rollte ein Button heraus. Kamrath fing ihn auf und hielt ihn mir entgegen.

»Das ist das Einzige, was mir von ihr geblieben ist«, sagte er leise. »Ich möchte, dass Sie herausfinden, was genau damals mit ihr geschehen ist. Und wer dafür verantwortlich war.«

»Dann brauche ich mehr Informationen von Ihnen.«

Ich ließ ihn eine gute halbe Stunde lang erzählen. Ich muss ihm zugutehalten, dass er mir offenkundig nichts verschwieg, nicht einmal den Betrug an seinem geliebten Vater, ein Familiengeheimnis, das sein Großvater mit ins Grab genommen hatte. Ich durfte den Zeitungsartikel und auch den Button mitnehmen. Wer wüsste schon, wofür sie gut sein könnten, meinte er.

Ich hatte keine Idee, aber ich nahm diese Reliquien an, um ihm zu versichern, dass ich sein Vertrauen verdiente. Ich wollte ihn nicht weiter bedrängen, doch schon dem jungen Kamrath musste klar gewesen sein, dass etwas an diesem schiefgelaufenen Deal heftig stank. Aber er hatte sich damals in der Katastrophe eingerichtet und nichts dafür getan, den Mord an seiner Freundin aufzuklären.

Jetzt, gute fünfunddreißig Jahre später, wurde ihm doch noch die Rechnung dafür präsentiert, und er brauchte nun Beweise, dass er an ihrem Tod unschuldig war. Damit er seinem alten Kompagnon den Wind aus den Segeln nehmen konnte. Und vermutlich, um etwas gegen ihn in die Hand zu bekommen.

Ich würde an diesem Auftrag schwer zu kauen haben. Ich sagte ihm, dass es diesmal länger dauern könnte als beim letzten Mal. Er nickte nur. Und meine Warnung, dass es dann ziemlich kostspielig würde, wischte er beiseite, als vertriebe er eine lästige Fliege.

»Wann geht Ihr Flug zurück?«, fragte er, während er sich erhob und sein Jackett richtete.

»Gegen drei Uhr.«

Er wies auf das Bett, während er zur Tür ging.

»Na, dann können Sie ja noch etwas Schlaf nachholen.«

Er hätte das selbst nötiger gehabt als ich, dachte ich, während ich ihn ansah.

»Ich werde mich sofort an die Arbeit machen«, versprach ich ihm.

Normalerweise sind meine Kunden sichtbar erleichtert, nachdem ich ihren Beichtvater gespielt habe. Die Gesichtszüge von Herrn Kamrath wirkten beim Abschied immer noch so angespannt wie zu Anfang. Ich konnte mir nur einen Grund dafür vorstellen. Er hatte mir nicht alles erzählt.

26

Dass ihm am Samstag nicht die Decke auf den Kopf gefallen war, hatte er den Handballern seiner Heimatstadt zu verdanken.

Der THW hatte eine mehrjährige Durststrecke überwunden und endlich wieder den Meistertitel errungen. Souverän bereits zwei Spieltage vor Saisonende. Nun mussten sie im letzten Spiel auswärts gegen die Berliner Füchse antreten. Abgesehen von der willkommenen Ablenkung war es auch marketingtechnisch ein Glücksfall für ihn. Das gab gute Presse.

Der Kieler Bundestagsabgeordnete und Staatssekretär im Justizministerium Dr. Marcel Kamrath bereitet dem Deutschen Meister THW Kiel einen herzlichen Empfang in Berlin. Am Samstag erwartet das Team eine exklusive Führung durch den Bundestag und im Anschluss ein – natürlich alkoholfreies – Abendessen an standesgemäßem Ort für eine Mannschaft von der Waterkant: einem Restaurant mitten auf der Müggelspree, das nur mit einem Floß zu erreichen ist. Und am Sonntagnachmittag wird MdB Kamrath dann selbstverständlich in der Max-Schmeling-Halle in Berlin-Pankow mitjubeln, wenn der Mannschaft die Meisterschaftsschale überreicht wird.

Die Pressemitteilung hatte er vor zwei Wochen freigegeben, und sie war fast unverändert durch die lokalen Medien gelaufen. In der nächsten Woche würde sein Wahlkreisbüro noch einen Bericht mit schönen Fotos nachschieben. Kamrath mit der Mannschaft unter der Reichstagskuppel, am Tisch im Hintergrundgespräch mit dem Vorsitzenden des THW-Wirtschaftsrats und Arm in Arm mit Maskottchen Hein Daddel auf dem Floß zur *Spree-Arche*.

Es war ein netter Nachmittag und Abend gewesen, und er hatte sich nach Hause gesehnt. Nach Anne. Und nach Jan.

Immer noch hatte er sich nicht getraut, Anne anzurufen. Sie hätte nur nach seinem Wohlergehen fragen müssen, und schon wäre er gezwungen gewesen, sie anzulügen. Aber mit Jan hatte er telefoniert. Erwischte ihn gerade auf dem Weg zu einer Party. Die typischen Nebengeräusche, wenn man beim Reden zügig geht, dazu im Hintergrund aufbrandende Stimmen seiner Begleiter, ausgelassen, einen Tick zu laut, inoffizielle Wettbewerbe in Witzigkeit. Es hatte ihm einen Stich versetzt, weniger, weil er dabei die Schwere seines Alters spürte, sondern eher, weil er sich dabei an seine eigene Leichtigkeit und sein großes Glück erinnerte. Damals in Amsterdam. Mit Kiki. Mit Sander. Und dass der heilige Schrein, in dem er dieses Glück jahrzehntelang aufbewahrt hatte, nun von Sander zertrümmert worden war und alles darin, von den Geschehnissen in diesen Tagen infiziert, zu Staub zerfiel. Selbst Jan, der sonst altersgemäß weitgehend um sich selbst kreiste, hatte schließlich gefragt, ob mit ihm alles in Ordnung wäre.

»Na klar«, dann ein gezwungenes Lachen, »ich kann nur nicht so recht die Sommerferien bei euch abwarten.«

»Wir sind jetzt gleich da, Papa. Ich muss aufhören. Bleib locker.«

»Feiert schön! Tschüss, mein Jung.«

Als er die abweisende Stille in der Wohnung nicht mehr ertragen konnte, hatte er sich durch das Fernsehprogramm gezappt und war bei *A Serious Man* von den Coen-Brüdern hängen geblieben. Stunden später war er auf der Couch aufgewacht. Im Fernsehen lief das Regionalmagazin. Sein Nacken schmerzte, und es brauchte eine Weile, bis er begriff, was ihn geweckt hatte. Es war Sophies Stimme gewesen.

Ihr Gesicht glänzte erhitzt, sie hatte eine neue Frisur, und wahrscheinlich hatte sie sich zum Anlass auch eine Visagistin gegönnt. Sie sprach von der schlimmen Situation der Drogenkranken in Berlin, und sein Herz begann, unruhig zu schlagen. Dann ein Schnitt, und es wurden lauter gut gelaunte Menschen in Abendgarderobe gezeigt, Cocktailgläser in der Hand, mitwippend zum Takt irgendeiner live dargebotenen Popmusik. Eine Stimme aus dem Off erklärte, dass die diesjährige Spendengala der Heyer AG dank hochkarätiger Gäste auf der Bühne wieder ebenso unterhaltsam wie wohltätig gewesen sei. Dann wurde der Vorstandsvorsitzende Deininger eingeblendet, der in schmieriger Bescheidenheit eine niedrigere, mit etwas Glück vielleicht aber auch mittlere sechsstellige Summe für verschiedene Suchthilfe-Einrichtungen annoncierte und seiner Gattin Sophie dankte. Sie sei es gewesen, die ihn mit ihren Beobachtungen während ihrer regelmäßigen Berlinaufenthalte auf dieses Spendenziel gebracht habe. Noch ein abrundender Satz des Reporters, und es wurde zum Redakteur im Studio zurückgeschaltet, der in ein fröhliches Geplänkel mit der Wettervorhersagerin einstieg.

Verdammt, er hatte Sophie in den letzten Tagen vollkommen vergessen. Sich einfach darauf verlassen, dass sie schon den Mund halten werde. Geradezu dankbar gewesen, dass der Abend im Park einen Schlussstrich unter ihre Beziehung gezogen hatte.

Anscheinend hatte das schlechte Gewissen sie dazu getrieben, ihren Mann zu überzeugen, das Geld in ein aus werblicher Sicht fragwürdiges Sozialproblem zu stecken. Keine Not leidenden Kinder diesmal, keine schreckliche Krankheit, die jeden treffen könnte, stattdessen nur heruntergekommene Junkies mit der Nadel im Arm, Selbstzerstörer, Beschaffungskriminelle. Dass sie ihren Mann dazu hatte überreden können. Hinter dieser Energieleistung musste eine Menge Leidensdruck gesessen haben. Genug jedenfalls, um im nächsten Schritt irgendwann doch noch zur Polizei zu gehen und das Gewissen zu erleichtern.

Er musste dringend mit ihr sprechen. Aber nicht so, dass sie das Gefühl bekäme, ihn in der Hand zu haben, oder überhaupt auch nur eine andere Handlungsoption zu haben als die, zu schweigen, die Sache zu begraben, auf ewig. Er hatte keine Idee, wie ihm das gelingen sollte. War müde. Die

Zügel glitten ihm immer weiter aus der Hand. Erschöpft war er ins Schlafzimmer gewechselt und trotz allem sofort wieder eingeschlafen.

Erst beim Zähneputzen erinnerte er sich, was er in der Nacht gesehen hatte, und eine kurze Sekunde lang hoffte er, es nur geträumt zu haben. Egal. Selbst geträumt wäre die Sache eindeutig gewesen: Er musste sich um Sophie kümmern. Aber dafür brauchte er eine Strategie.

Er rasierte sich und suchte die passende Kleidung für den Nachmittag in der Schmeling-Halle aus. Freizeitlook, sportlich, aber auch nicht anbiedernd. Warum bekamen eigentlich nur Schauspieler Kostümbildner zur Seite gestellt?

Zum späten Frühstück klappte er das Laptop auf und checkte die Tageszeitungen. Dann suchte er nach Informationen über die Spendengala der Heyer AG, kombinierte Sophie Deininger und Drogen, aber er stieß auf nichts, das er nicht schon in der Nacht erfahren hätte.

Als er zurück auf die Seite der FAZ ging, zog sich der rote Streifen über den Seitenkopf, mit dem die Zeitung in seltenen Fällen auf hochaktuelle Neuigkeiten aufmerksam machte. Nervös klickte er das Feld an, und es öffnete sich eine knappe Eilmeldung.

»In Fürth, Hof und Erlangen sind in der vergangenen Nacht und am frühen Morgen insgesamt siebenundvierzig Jugendliche und junge Erwachsene mit schweren Vergiftungen in die örtlichen Krankenhäuser eingeliefert worden. Fünfundzwanzig Opfer liegen weiterhin auf der Intensivstation, zwei davon komatös. Unbestätigten Berichten zufolge sollen sie mit Blei versetzte Drogen zu sich genommen haben. Die Staatsanwaltschaft Nürnberg/Fürth hat ein Ermittlungsverfahren eingeleitet. Eine Pressekonferenz ist für vierzehn Uhr angekündigt.«

Er starrte lange Zeit auf den Bildschirm, als könnte er die Nachricht kraft seiner Gedanken zum Verschwinden bringen.

Irgendwann griff er nach seinem Diensthandy. Schickte

eine Nachricht an den beamteten Staatssekretär. »Sry wg Sonntagsstörung. Können Sie Infos über Drogensache in Fürth/Erlangen/Hof reinholen? Cannabis? Gesundheitszustand? Verdächtige? Danke!«

Eine halbe Stunde später hörte er das Signal einer eintreffenden SMS. Aber es kam nicht von seinem Diensthandy, sondern von Sanders Nokia.

»47 Asse. Das Spiel deines Lebens.«

Den Handballtermin sagte er sofort ab. Plötzlich wären die geplanten Fotos eines ausgelassen mit seiner heimischen Meisterschaftsmannschaft feiernden Staatssekretärs nur noch obszön gewesen. Ein lachender Cannabis-Legalisierer, während gleichzeitig Dutzende Jugendlicher gegen den Drogentod kämpften.

Diese Horror-SMS. War es wieder nur einer von Sanders Tricks gewesen, oder steckte er wirklich hinter dieser Katastrophe? War das die Antwort auf die wütend herausgeschleuderte Forderung, ihm Material zur Verhinderung des Gesetzes zu liefern? Ich bin auserzählt, Sander? So schnell konnte doch auch der nicht eine solche Aktion in die Wege leiten? Vielleicht aber war sie sowieso schon längst geplant gewesen, weil Sander ahnte, dass es mehr brauchte, um ein Gesetz zu verhindern. Oder der Zufall spielte ihm gerade nur in die Hände.

Es gab keine Koordinaten mehr, an denen er sich orientieren konnte. Er watete durch einen ekligen, trüben Morast, und anstatt allmählich wieder festen Boden unter den Füßen zu gewinnen, geriet er immer tiefer hinein.

Er fuhr ins Ministerium, wo man für ihn und den beamteten Staatssekretär eine Live-Schalte per Webcam von der Pressekonferenz in Nürnberg eingerichtet hatte.

Der bayrische Innenminister begrüßte die Journalisten und erklärte, dass sich angesichts der lebensbedrohlichen Situation der Opfer derzeit jede politische Debatte verbiete, man aber zu gegebener Zeit die Einordnung von Cannabis als weiche Droge noch einmal ernsthaft diskutieren müsse.

Die Pressesprecherin dankte und gab das Wort an den Polizeipräsidenten weiter. Angesichts des quantitativen und qualitativen Ausmaßes des Delikts habe er die Ermittlungen an das Kriminalfachdezernat 1 in Nürnberg übertragen. Dort sei inzwischen eine Sonderkommission eingerichtet worden, zu der neben den Kolleginnen und Kollegen aus der Mordkommission erfahrene Drogenfahnder aus den Polizeidienststellen aller drei Städte herangezogen worden seien. Dann stellte er die Leiterin der Soko vor und übergab an sie.

Aus ermittlungstaktischen Gründen gab die Kriminaloberrätin in der Pressekonferenz nur spärlich Fakten preis, aber in Kombination mit einem umfangreichen Hintergrundbericht, der inzwischen vom bayrischen Innenministerium nach Berlin weitergeleitet worden war, ergab sich das Bild eines geradezu terroristischen Anschlags.

Demnach hatten in allen drei Städten Dealer rund um die Hauptbahnhöfe neues Gras angepriesen, das nicht nur besonders flashen sollte, sondern im Einführungsangebot auch noch vier Euro günstiger als üblich war. Laut den Angaben eines einschlägigen Preisvergleichsportals im Internet zählten die drei Städte im Bundesvergleich zu den Top Ten, in denen bis zu fünfzehn Euro pro Gramm verlangt wurden. Elf Euro waren also ein Schnäppchen, aber wiederum auch nicht so wenig, dass man unbedingt misstrauisch werden musste. Insbesondere jüngere Kunden mit knappen Kassen waren darauf eingestiegen.

Die Symptome und die ersten Laboruntersuchungen von Grasproben zeigten, dass das Marihuana zu rund neun Prozent mit Bleisulfid gestreckt war, eine besonders üble Methode, die Ware schwerer zu machen und so größeren Gewinn einzufahren, in Deutschland bisher nur einmal in Leipzig und das vor vielen Jahren vorgekommen.

Die beim Rauchen entstehenden Temperaturen von bis zu elfhundert Grad sorgten dafür, so wurde der Klinikdirektor zitiert, dass das Bleisulfid verdampfte oder sich verflüssigte und so über die Lunge im gesamten Körper verteilt wurde. Zu allem Unglück war das Gras darüber hinaus mit extrem starken synthetischen Cannabinoiden angereichert worden, was bei allen Opfern zu einer erheblichen Überdosierung führte. Die akuten gesundheitlichen Folgen – von der Bleivergiftung zu schweigen, deren lebenslange Folgen man nur zum Teil in den Griff bekommen würde – waren gravierend, umfassten schmerzvolle Koliken, Brechattacken, Bluthochdruck und Schwindel. Hinzu kamen Lähmungserscheinungen, Gedächtnisverluste und Halluzinationen, in mehreren ärgsten Fällen auch Nierenversagen und der Sturz ins Koma. Bei zwei Opfern hatte die Droge zudem eine Psychose ausgelöst.

»Zerstören die Dealer mit solchen Todesmischungen eigentlich nicht ihr Geschäft? Niemand wird denen jetzt doch noch etwas abkaufen. Wie sehen Sie die Motivlage?«, wollte einer der Journalisten wissen.

Die Ratlosigkeit suchte auf dem Podium nach einem Loch, in dem sie sich verstecken konnte.

»Wenn ich eins gelernt habe«, raffte sich schließlich die der Soko vorstehende Kriminaloberrätin auf, »dann, dass Drogenhandel und Rationalität nur bei wenigen zusammengehen. Was die Täter angeht, stehen die Ermittlungen noch ganz in den Anfängen. Wir hoffen aber, Ihnen bald auch eine Antwort auf diese Frage geben zu können.«

Eine Frage, die sich Elsbeth Winter eine Stunde später am Telefon gar nicht mehr stellte.

»Es ist so furchtbar, Marcel. Wie konnten wir einfach ausblenden, dass sich die organisierte Kriminalität ihr lukratives Geschäft von uns nicht ohne Gegenwehr kaputt machen lässt?«

Aus der übergeordneten Perspektive war es ihr leichtgefallen, eins und eins zusammenzuzählen. Wer sollte tatsächlich schon so verrückt sein, für einen einmaligen Profit eine solche Massenvergiftung vorzunehmen? Aber mit ihrer Deutung rückte sie Sander – und ihm selbst – viel zu nah.

»Moment mal, Elsbeth. Noch wissen wir doch gar nicht, wer dahintersteckt. Vielleicht waren es auch nur ein paar tschechische Dealer, die einen schnellen Euro machen wollten.«

»Das glaubst du doch nicht im Traum, Marcel.«

»Du hast gehört, was die Leiterin der Soko gesagt hat. Aber wie auch immer. Selbst wenn wir an so etwas gedacht hätten: Wie hätten wir eine solche Aktion verhindern sollen?«

»Keine Ahnung. Hätten wir nicht, klar. Aber jetzt müssen wir ihnen zeigen, dass wir uns davon nicht abhalten lassen. Gehen wir in die Offensive.«

»Ich weiß nicht. Ich muss darüber nachdenken. Wir können die politischen Auswirkungen dieses Unglücks überhaupt noch nicht absehen.«

»Weil sie noch nicht da sind, Marcel. Wenn wir gleich loslegen, können wir die Situation hervorragend nutzen und die Debatte pro Legalisierung lenken.«

Bis vor wenigen Tagen hätte er das genauso gesehen. Genau richtig wäre es jetzt, die Emotionen so schnell wie möglich einzuhegen, die Katastrophe nach Themen zu sortieren und für jedes Thema eine gute Antwort zu kommunizieren. Schutz Minderjähriger, Qualitätssicherung Cannabis etc. etc. – alles, damit solche Fälle nie wieder vorkommen.

Aber inzwischen hatte er einen mächtigen Feind. Einen, der mit zunehmender Eskalation demonstrierte, dass er nichts mehr zu verlieren hatte und nicht nur über eine einzelne Leiche, sondern zur Not also auch über Berge von Leichen und lebenslang Erkrankten gehen würde. Du musst Zeit gewinnen. Für eine andere Lösung. Sander ausschalten und das Gesetz retten. Menschenleben retten. Und die Karriere, zum Teufel. Wer weiß, was Marie Vos ihm bringen würde. Und wenn sie nichts brachte? Dann musste er Sanders Forderung erfüllen und sich mittels dieses Super-GAUs im Frankenland geschickt aus der Affäre ziehen. Nichts davon ging jedenfalls von heute auf morgen. Spiel auf Zeit, Junge!

»Marcel, was ist los?«

»Ich kann im Augenblick nichts dazu sagen. Ich muss das erst auf Leitungsebene mit dem Minister diskutieren.«

»Was gibt es da zu diskutieren, Marcel? Wenn wir jetzt nicht mit aller Macht dagegen angehen, ist das Gesetz tot.«

»Elsbeth, muss ich dir wirklich erklären, dass ich die Hierarchie einhalten muss?«

»Dann delegiere deinen Verstand mal schön nach oben. Ich briefe derweil meine Ministerin.« Sie drückte ihn ohne Gruß weg.

Noch am Sonntagabend ließ Werner Drews Staatssekretäre und zuständige Abteilungsleiter zu einer Lagebesprechung antreten. Die Kanzlerin hatte für Montagvormittag den Koalitionsausschuss einberufen. Sowohl der Justizminister als auch die Gesundheitsministerin waren hinzugeladen worden, und ihre Projekt betreuenden Staatssekretäre sollten sie begleiten.

Es kostete ihn wenig Mühe, Werner in der Leitungssitzung von einem Moratorium zu überzeugen.

Weder seine Kollegen noch der Minister hatten bisher große Begeisterung für die Legalisierung aufgebracht. Inhaltlich war es ihnen egal, aber solange es der Koalitionstreue diente …

»Die Völkl wird ihren Parteivorsitzenden für morgen schon mit ordentlich Munition ausstatten. Wird nicht vergnügungssteuerpflichtig.« Werner rieb sich die Stirn, als hätte er schon jetzt die Kopfschmerzen des nächsten Vormittags. »Soll sich doch die Behrendt die Finger daran verbrennen und auf einer direkten Fortsetzung beharren. Es ist ja ihre Partei, die endlich frei kiffen will. Also warten wir ab und bringen dann als Kompromiss das Moratorium durch. Und sollte in den nächsten Wochen die öffentliche Meinung eskalieren, fordern wir irgendwann eine weitere Vertagung bis – sagen wir – ach, bieten wir ihnen halt erst einmal die Durchführung eines lokalen Pilotprojekts an – unter strengen Auflagen natürlich –, und dann sehen wir weiter. Ja, so machen wirs«, beschloss der Minister, sah auf die Uhr und erhob sich. Genug für heute.

Elsbeth und er saßen am Montag kurz nach elf Uhr in einem Besprechungsraum des Kanzleramts hinter ihren Ministern in der zweiten Reihe und hielten für den Fall der Fälle einen Haufen Unterlagen bereit. Es lief präzise ab wie erwartet. Hannah Behrendt kämpfte mit den von Elsbeth hervorragend ausgearbeiteten Argumenten rhetorisch geschickt für eine Umsetzung der gemeinsam vereinbarten Pläne und gegen die Vorstellung, eine Bundesregierung ließe sich in ihren Zielen von Kriminellen beeinflussen.

Würden sie nur ahnen, dass der Kriminelle gleich hinter ihnen saß, indirekt zumindest, vertreten durch einen, der ihm gnadenlos ausgeliefert war. Er stellte fest, dass seine Hände zitterten, nur ganz leicht, aber doch so, dass er befürchtete, jemand könnte es sehen.

Sein Minister hatte sich zunächst auf ein Referat der aktuellen Lage in Mittelfranken zurückgezogen und war so einer Stellungnahme zum weiteren Verlauf des Gesetzgebungsprozesses entgangen. Dann gehörte das Wort den Partei- und Fraktionsvorsitzenden. Man steckte bald fest. Die Fronten zwischen der Schwesterpartei und dem kleinen Koalitionspartner verhärteten.

Schließlich räusperte sich Werner Drews und schlug das Moratorium vor. Die Regierung solle die Ergebnisse der medizinischen und polizeilichen Ermittlungen abwarten, um diese im weiteren Verlauf des Verfahrens noch in die Ausgestaltung des Gesetzes einfließen lassen zu können. Alle würden ihr Gesicht wahren, weder würde man der Regierung einen Mangel an Standhaftigkeit noch ein fahrlässiges oder gar mutwilliges Leugnen der fränkischen Ereignisse vorwerfen können. Und nach der Sommerpause sähe man dann weiter.

Unglaubwürdigkeit! Unbelehrbarkeit! Bruch der Vereinbarungen! Koalitionskrise! Die Kontrahenten zeigten sich in ihren Reaktionen unversöhnlich, nachdem die Kanzlerin gleich Sympathie für diesen Vorschlag signalisiert hatte. Das Missfallen an den neuerlichen Vorwürfen war ihrem Gesicht deutlich anzusehen.

»So kommen wir nicht weiter«, hob sie an und stoppte wieder, weil eine Mitarbeiterin des Kanzlerbüros den Raum betrat, hinter ihren Stuhl trat und ihr etwas ins Ohr flüsterte.

Die Kanzlerin wartete, bis die Frau die Tür hinter sich geschlossen hatte.

»Werte Kolleginnen und Kollegen. Ich fürchte, es wird uns gar nichts anderes übrig bleiben, als die Angelegenheit aufzuschieben. Vor einer halben Stunde ist eines der beiden im Koma liegenden Mädchen an Herzversagen gestorben.«

Sie schaute entschlossen in die betretenen Gesichter in der Runde. »Wir werden es nicht ›Moratorium‹ nennen, und wir werden es auch nicht über die Sommerferien hinaus ausdehnen. Wir werden zwar keinen Zeitpunkt benennen, aber eine gute Woche Unterbrechung sollte wohl kein Problem darstellen, wenn wir das Gesetz noch vor der Sommerpause verabschieden wollen. Ich denke, in der aktuellen Situation möchte ich darauf vertrauen dürfen, dass wir diese Entscheidung mit einer Stimme vertreten und unterschiedliche Auffassungen bis zu einer endgültigen Klärung für uns behalten.«

27

Mit dem landesweiten Recherchedienst der Polizei stehen wir auf gutem Fuß. Ich kann mir nicht abgewöhnen, »wir« zu sagen, obwohl ich meinen Job beim Nachrichtendienst schon vor Jahren quittiert habe. Und »auf gutem Fuß« ist natürlich auch nur relativ zu sehen, wenn es um das Verhältnis zwischen den Diensten geht. Sie achten einander als Blutsbrüder, die gemeinsam gegen das Böse antreten, aber ebenso gerne trinken sie auch das Blut ihrer Brüder. Als ich damals dem Klub als Analystin beitrat, wurde gerade die soundsovielte Krise ausgerufen. Das alte Lied: Mein Dienst wollte über alle Informationen der Polizei verfügen. Aber im Gegenzug gaben wir unser Wissen nur in homöopathischen Dosen preis. Der Staatsschutz steht über allem, selbst über dem Kampf gegen die Kriminalität. Eine solche Haltung rächt sich irgendwann. Dass Papa Oscar von unseren nationalen Ordnungshütern so schnell einen Scan Sander van Haags erhalten hatte, war darum ein kleines Wunder.

Für die wirklich spannenden Informationen aus dem Souterrain der Gesellschaft musste ich allerdings trotzdem noch an anderer Stelle einkaufen gehen.

Kurz nach meinem Studium war ich in meiner Anwaltsrobe durch die Gerichtsgebäude von Leeuwarden über Middelburg bis Maastricht getingelt. Strafrechtsanwälte standen in der Justizhierarchie zwar bereits auf einem höheren Treppchen, aber der Glamourfaktor lag für mich damals noch im nicht messbaren Bereich. Ich verteidigte vor allem kleine Gauner, die einmal mehr mit dem Strafrecht kollidiert waren. Leute, die Autos aufbrachen, Gelegenheitsdiebe, Raufbolde, die einander ein blaues Auge oder eine gebrochene Nase spendiert hatten, das war quasi schon alles.

Aus lauter Langeweile behandelte ich jeden Fall, als ginge es um ein Kapitalverbrechen. Von den Richtern wurde mein besonderes Engagement selten gewürdigt, aber ich hatte auch einige schöne Erfolge zu verbuchen.

Meinen ersten großen Fall hatte ich vor dem Haftrichter. Es ging um Berend Schroot, einen zweiundvierzigjährigen Mann aus Den Haag, dessen Revier die gesamte Randstad umfasste. Als Beruf gab er Bauunternehmer an, aber damit verdiente er bei Weitem nicht das Geld, nach dem sein Lebensstil verlangte. Sein Standard-Frühstück bestand aus einer Tasse schwarzen Kaffees, einem Glas Champagner und einer Nase Kokain. Den restlichen Tag über beschäftigte er sich damit, jeden übers Ohr zu hauen, der nicht hinreichend auf sein Bankkonto oder Portemonnaie achtete. Die Einnahmen brachte er sofort wieder in Umlauf, wahlweise im Casino, Bordell oder in einem teuren Restaurant.

Eine Betrügerei mit einer Ladung Bentleys sollte ihm schließlich ein Paar Handschellen einbringen. Der geprellte Autohändler hatte Berends Heimatadresse ausfindig gemacht und stand eines späten Abends vor der Haustür, um sein Geld zurückzufordern. Das Gespräch ging schnell in ein unschönes Handgemenge über. Mein Klient sah sich daraufhin gezwungen, ein paar Warnschüsse auf die Sporttasche abzufeuern, in der der Autohändler sein Geld nach Hause tragen wollte. Stattdessen nahm der die Beine in die Hand und überließ den Job der Polizei.

Eine halbe Stunde später rollte ein Einsatzkommando an und holte Berend Schroot aus seinem Nest. Die Pistole war ebenso unauffindbar wie die Hülsen und die Kugeln, aber während der Hausdurchsuchung fanden die Ermittler im Eisfach des Kühlschranks zwei Goldbarren, die erst wenige Monate zuvor bei einem Schließfachraub abhandengekommen waren. Die Bank war damals von Forderungen ihrer ausgenommenen Safebesitzer überschüttet worden.

Das Gold war für die Polizei zwar nur ein Beifang, verschaffte ihr aber die Möglichkeit, meinen Klienten mit aufs Präsidium zu nehmen. Die Festnahme brachte ihm einen verstauchten Knöchel und ein gebrochenes Schlüsselbein ein. Der Ermittler, der Berend die Handschellen angelegt und die Augen verbunden hatte, hatte auf dem Weg zum Polizeiwagen bedauerlicherweise versäumt, ihn vor einem Bordstein zu warnen.

Die Senior-Anwältin, der ich in unserer Kanzlei zugeteilt war, fungierte als seine ständige Rechtsvertreterin. Natürlich sollte sie auch beim Antrag auf Verlängerung der Untersuchungshaft die Verteidigung übernehmen. Aber in der Nacht zuvor hatte sie eine Fehlgeburt erlitten. Also wurde ich geschickt. In der Tram zum Präsidium überflog ich die Unterlagen.

Ich begriff schnell, dass Berend Schroot ein längerer Aufenthalt in der Untersuchungshaft erwartete. Er selbst sah es ähnlich. Der Vorwurf des versuchten Totschlags war nicht leicht zu entkräften, und auch die beiden Goldbarren fragten nach Erklärung. Allein dafür war es nötig, dass die Polizei Zugriff auf Berend behielt. Aber solcherlei praktische Erwägungen waren der Staatsanwältin offenbar zu banal für ihre Antragsbegründung. Sie plädierte stattdessen mit dem Schutz des öffentlichen Rechtsempfindens und bestehender Fluchtgefahr. Diese Chance nutzte ich.

Berends linker Arm lag gut geschützt in einer Armschlinge, und rechts stützte er sich auf eine Krücke, um seinen Knöchel zu entlasten. Weil seine Nase obendrein seit Tagen nicht mehr mit Koks gefüttert worden war, sah er erfreulicherweise genauso schrecklich aus, wie er sich fühlte.

»Fluchtgefahr?«, fragte ich so sarkastisch wie möglich. »Sehen Sie sich meinen Mandanten an! Er würde einen Mord dafür begehen, um daheim in seinem Bett zu liegen.« Dem Untersuchungsrichter huschte wegen meiner gewagten Metaphorik ein Grinsen übers Gesicht. Ich setzte frech fort: »Und ein verletztes Rechtsempfinden? Wegen einer Tasche mit ein paar Löchern? Wer sagt, dass es sich wirklich um Einschusslöcher handelt? Könnten sie nicht auch von Motten hineingefressen worden sein?«

Was die zwei Goldbarren anging, suggerierte ich, dass die bestohlenen Safe-Inhaber hinsichtlich der Werte in ihren Schließfächern wohl wie leider üblich deutlich übertrieben hatten. »Mein Klient wird seine Geschäftsunterlagen vollständig offenlegen und beweisen, dass er diese Barren legal erworben hat.«

Dieses Versprechen war nichts als ein Bluff, denn Berend führte seine Buchhaltung aus steuertechnischen Gründen überwiegend in seinem Kopf, und dieses Areal seines Gehirns war eine absolute No-go-Zone.

Da erst wurde die Staatsanwältin wach und kratzte aus allen Ecken und Kanten an Argumenten zusammen, was ihr einfiel. Aber vergeblich, es stand zwei zu null für mich, und diesen Vorsprung gab ich nicht mehr aus der Hand. Ich erreichte, dass Berend unter der Bedingung nach Hause durfte, es ausschließlich für seine tägliche Meldung auf der Polizeiwache zu verlassen. Zur Kontrolle wurde sein gesunder Knöchel mit einer elektronischen Fußfessel geschmückt.

Ich gab ihm einen Lift nach Hause. Er wirkte ziemlich beeindruckt von mir. Nicht, weil er seine Freiheit zurückerhalten hatte, sondern weil sich jemand mit aller Kraft für ihn eingesetzt hatte. Ich glaube, dass er sich schon damals in mich verliebte. Es lag nahe, dass er meine professionelle Einsatzfreude mit persönlichem Interesse verwechselte. Eine Trigger-Reaktion, die sich einer schlechten Mutterbindung verdanken könnte.

Eine Zeit lang verfolgte er mich mit Einladungen in Drei-Sterne-Restaurants, Dutzenden von Blumensträußen und anderen Annäherungsversuchen. Um ehrlich zu sein, fühlte auch ich mich ihm auf eine spezielle Art verbunden, aber ich hielt an meiner eisernen Regel fest, nach der weder ein Liebhaber noch sonst wer meine Karriere jemals in Gefahr bringen sollte.

Während eines Geschäftsessens mit mir kündigte er an, dass er sich von meiner Vorgesetzten trennen wollte. Für mich. Er musste erst drohen, sich eine andere Kanzlei zu suchen, ehe sie zustimmte.

Obwohl er wegen der Goldbarren schließlich für ein halbes Jahr in eine Zelle umziehen musste, verloren wir einander nicht aus den Augen. Regelmäßig besuchte ich ihn im Kuppelgefängnis von Haarlem, weil seine Zusammenstöße mit der Anstaltsleitung zu zahlreichen neuen Verfahren führten, in denen er juristischen Beistand benötigte. Ich weiß ziemlich sicher, dass er die meisten dieser Auseinandersetzungen nur eskalieren ließ, um mit mir in Kontakt zu bleiben.

Nach seiner Entlassung gelang es ihm zunehmend besser, die Risiken seines Geschäftsmodells unter Kontrolle zu halten, und sein Bedarf an meiner professionellen Hilfe nahm ab. Trotzdem tauchte er noch beim geringsten Problem sofort in meinem Büro auf. Und auch nach meinem Wechsel in den Geheimdienst trafen wir uns weiter regelmäßig. Er, weil er das ein oder andere Mal einen juristischen Rat benötigte, und ich, weil er mir zuweilen Namen liefern konnte, deren Träger die Sicherheit des Landes gefährdeten. Meist handelte es sich dabei um Waffenhändler, die in regem Kontakt mit politischen Extremisten standen. Immer wieder nutzte Berend diese Gelegenheiten, mir seine Liebe zu erklären, und ebenso oft wies ich ihn ab.

Über die Jahre hatte seine kriminelle Karriere eine erstaunliche Entwicklung genommen. Er war in den internationalen Autohandel eingestiegen. Und dabei, so deutete er an, machte er sich eine ganze Reihe von Schlupflöchern in den Maschen der europäischen Gesetzgebung zunutze. Ein Mann mit Erfahrungen und einem ausgebreiteten Netzwerk.

Berend war angenehm überrascht gewesen, dass diesmal ich die Initiative für eine neue Verabredung ergriff. Ich überließ ihm die Auftaktrede und nahm interessiert seine Klage über junge Marokkaner und Antillaner zur Kenntnis, die dem Ruf der Branche alles andere als guttäten. »Zugekokste Minderbegabte, die weder ordentlich reden, geschweige denn denken können«, schimpfte er. »Sie wissen bei einer

Uzi nicht, was vorne und hinten ist, aber bei der kleinsten Kleinigkeit ballern sie sofort herum.«

Ich stimmte seiner Aussage zu, dass schon wenige faule Äpfel die ganze Ernte verderben könnten, und schob die Frage, ob Berend sich selbst für einen prächtigen Golden Delicious hielt, zugunsten eines anderen Themas beiseite.

»Kennst du einen Mann namens Sander van Haag?«

»San-San? Na klar. Wenn du ein Problem mit ihm hast, solltest du besser vorläufig auswandern.«

»Er weiß nicht einmal, dass es mich gibt. Aber ich kenne Leute, denen er ziemlich dicht auf den Leib gerückt ist.«

Es blieb eine Weile still.

»Was willst du von mir?«, fragte er plötzlich misstrauisch. »Soll ich ihn mir etwa vorknöpfen?«

»Nein, nein. Ich brauche nur Informationen. Eigentlich alles, was über ihn herauszufinden ist.«

Ich wiederholte die Fragen, die Herr Kamrath mir aufgetragen hatte.

Er zögerte zunächst, aber dann gewannen seine alten romantischen Sehnsüchte die Überhand.

»Ich wüsste da einen netten Laden in Katwijk. Du stehst doch noch auf Backfisch? Heute Abend!« Er nannte mir die Adresse eines Esslokals direkt am Strand. Und ich erklärte feierlich, nichts gegen eine Verabredung so weit abseits der zivilisierten Welt zu haben.

Mein Verehrer wartete bereits, als ich das Restaurant betrat.

Es war ein Strandpavillon, der Aussicht auf ein paar späte Windsurfer bot, die die seltenen Böen nutzten, um ein wenig über das ruhige Meer zu kreuzen. Berend hatte bereits eine Flasche Weißwein bestellt. Ich zog meine Jacke aus, die er gentlemanlike in Empfang nahm und über die Lehne eines freien Stuhls hängte. Während ich mich entspannt zurücklehnte, schenkte er mir ungefragt ein Glas ein.

»Du hast dich kein bisschen verändert.« Er sah mich über den Rand seines Glases an. Sein Standard-Einstieg.

»Du auch nicht«, log ich zurück.

Er hörte nicht auf, mich mit einem vergnügten Lächeln anzustarren. Wahrscheinlich hielt er das für eine charmante Pose. Dabei wirkte er eher wie ein trotteliger Dackel, der um ein Leckerli bettelte. Ich beschloss, ihn vor sich selbst zu beschützen, und stellte eine Frage, die ihn aus seiner misslichen Lage befreien würde.

»Und, hast du noch Probleme mit unseren blauen Freunden?«

Sein Lächeln verzog sich noch mehr zur Grimasse, aber dann schüttelte er seinen Kopf, und die Gesichtszüge normalisierten sich endlich wieder.

»Was ich tue, ist deutlich zu hoch für sie. Von den Feinheiten internationalen Rechts haben sie keinen Funken Ahnung. Ab und an schauen sie bei mir rein, um etwas über ihre Kundschaft zu erfahren ... Beim letzten Mal tischte ich ihnen eine Story über einen ziemlich obskuren Typen auf, der für einen BMW Z4 Roadster fünfzig Mille cash hingelegt hätte. Abgezählt von einem dicken Geldbündel, das er aus einem Rucksack gezogen hätte. Und dass der Mann den Schlitten eben erst in Begleitung eines weiblichen Bodyguards abgeholt hätte. Darauf fuhren sie ab wie eine Horde überdrehter Affen.« Berend lachte wiehernd.

»Ich gab ihnen das Kennzeichen, sie jagten ihm ein halbes Dutzend Einsatzwagen auf den Pelz, und noch bevor sie checkten, dass es ihr eigener Chef war, der ein junges Mitglied ihrer Verhaftungseinheit mit seinem neuen Karren beeindrucken wollte oder vielleicht auch mehr, hatten sie ihn schon auf dem Boulevard von Scheveningen eingekesselt.«

Ich belohnte ihn mit einem herzlichen Lachen und zog einen Schreibblock aus meiner Tasche.

»Lass uns erst das Geschäftliche regeln.«

Berend nickte ein wenig enttäuscht.

»Unser Freund musste untertauchen. Aber er ist ein verwundetes Raubtier. Wer immer ein Problem mit ihm hat, muss mit ein paar waghalsigen und brutalen Aktionen von ihm rechnen.«

»Hält er sich in einem seiner Häuser versteckt?«

»So dumm wird San-San niemals sein. Ich vermute, dass er in irgendeinem Winkel sitzt, von dem aus er schnell seine Hilfstruppen mobilisieren kann.«

»Seine Jugos«, tippte ich. »Wie viele? Und wo werden die sein?«

»Kommt drauf an. Zum Teil in Kroatien, vielleicht hier, vielleicht in Deutschland. Und wie viele er hat? So viele er noch bezahlen kann. Aber San-Sans fette Jahre sind vorbei. Immerhin muss er an drei Fronten gleichzeitig aufmarschieren.«

»Drei? Erzähl mal!«

»Vor ein paar Jahren legte er sich mit einer Truppe Türken im Norden an. Riss sich die Ernte einiger ihrer Plantagen unter den Nagel und ließ ein paar andere via anonymer Anzeige auffliegen. Sie gerieten dadurch in erhebliche Lieferschwierigkeiten, und in diese Lücke sprang San-San mit voller Kraft hinein. Seine Transporteure lieferten dort oben frei Haus bis zu den Hintertüren der Coffeeshops, und von da an rauchten Groningen, Drente und weite Teile von Friesland San-Sans Gras und Hasch. Als die Türken ihr verlorenes Terrain zurückerobern wollten, reagierte er etwas übertrieben.«

Er öffnete die Handflächen zu einem weiten Kelch und schüttelte leicht den Kopf, so als missbilligte er einen etwas außer Kontrolle geratenen Bubenstreich.

»Zuerst gingen ein paar Audis der Türken zu Schrott. Darum weiß ich das übrigens alles überhaupt, es war ein gutes Geschäft für mich. Aber dann ging San-San einen Schritt zu weit und entführte den Sohn von einem der Chefs. Der Junge kam zwar lebendig zurück, aber angeliefert wurde er in einem Gipsbett. Seitdem lauern sie San-San auf.«

»Hast du ein paar Namen für mich? Eventuell auch Telefonnummern?«

Berend legte sein Handy auf den Tisch, setzte eine Sonnenbrille auf, als würde ihn das Licht des Displays blenden, und griff nach meinem Stift. Er tippte auf dem Mobil herum, las ein paar Ziffern ab und setzte sie auf meinen Schreibblock. Dann kritzelte er noch ein paar Namen hinzu.

»Im Achterhoek ist er bei einer Motorradgang Amok gelaufen. Irgendein abtrünniges Chapter der Hells Angels. Zuletzt ist ihr Klubhaus in die Luft geflogen. In der Zeitung war von einer Gasexplosion die Rede.« Er grinste süffisant. »Und danach dasselbe Lied. Ihre Auslieferer wurden denunziert oder beraubt. San-San stand derweil schon bereit, um das Geschäft zu übernehmen. Na, und dann haben wir da noch Limburg. Wieder in derselben Manier hat er sich dort mit einem Haufen Camper angelegt. Und die haben sofort einen Preis auf seinen Kopf ausgesetzt.«

»Van Haag versucht also, sein Absatzgebiet auszuweiten?«

»Eher zu verlagern«, verbesserte Berend mich. »Für den Fall, dass ihm Deutschland flöten geht. Hast du bestimmt gelesen, die wollen …«

Ich winkte ab.

»Genau. Aber San-San hat sich verschätzt. Die drei Banden, die er angegriffen hat, lagen seit Jahren über Kreuz miteinander. Womit er offenbar nicht gerechnet hat: Sie haben sich zusammengeschlossen, um ihn zu jagen. Das Kopfgeld auf ihn wurde verdreifacht, und sie schlagen jetzt gemeinsam und scharf zurück. Sie besuchen alle Graszüchter, Auslieferer, Coffeeshopbesitzer und sonst wen, der nun für San-San arbeitet. Jeder von ihnen, schön hintereinander in kurzen Abständen. Also insgesamt drei Mal. Das lässt die Sehnsucht nach den guten alten Zeiten vor San-San ins Unermessliche wachsen, und sie kehren brav zu ihren alten Herrschaften zurück.

Im Gegenzug schickt San-San seine Jugos los, die die abgängigen Melkkühe wieder in den eigenen Stall zurücktreiben sollen. Aber zuletzt mussten sie oft unverrichteter Dinge wieder abziehen, weil schon eine kleine Privatarmee auf sie wartete.

Inzwischen hat er beinahe alle eroberten Gebiete wieder verloren. Und er ist unfreiwillig zum Geburtshelfer eines Konsortiums geworden, das seine Ambitionen jetzt sogar auf die legale Welt ausdehnt.«

Er genoss meine wachsende Aufmerksamkeit sichtlich

und ließ mich mit einer kleinen Pause vor der kommenden, offenbar außergewöhnlichen Enthüllung zappeln.

»Ein paar Vögelchen haben mir gezwitschert, dass sie vor rund einem halben Jahr über Strohmänner eine Firma namens Cansat BV gegründet haben, die legales, medizinisches Cannabis produziert und an Apotheken verkauft. Offenbar haben auch sie erkannt, dass die weichen Drogen über kurz oder lang aus dem Strafgesetzbuch verschwinden werden.«

Kamraths alter Freund hatte sich also schwerst verkalkuliert. Der zukunftsträchtigen Variante des »Alle für einen, einer für alle«-Modells seiner Feinde hatte van Haag als Einzelkämpfer nicht viel entgegenzusetzen. Ich verstand jetzt, dass seine letzte Chance darin lag, den deutschen Markt für sich zu retten. Und in diesem Endspiel konnte nur Kamrath der Joker sein.

»Der ganze Krieg muss ihn schon jetzt Unsummen gekostet haben. Keine Ahnung, wie lang er das durchhalten kann«, Berend bog auf die Zielgerade ein. »Na ja, jedenfalls hast du jetzt alles, was man über San-San sagen kann. Dürfen wir jetzt endlich zum geselligen Teil übergehen und etwas zu essen bestellen?«

»Aber was ist mit seiner Frau? Wohnt die hier irgendwo?«

Berend griff demonstrativ nach der Karte und vertiefte sich eine Weile darin, ehe er sie wieder knapp unter Augenhöhe sinken ließ.

»Offiziell lebt sie in Kroatien. Aber man soll ihren Audi TT meistens vor einem Häuschen in einem Ferienpark sehen. Irgendwo in der Veluwe.«

Ich schob ihm Stift und Block über den Tisch.

Seufzend kritzelte er die Adresse auf das Papier.

»Der Ferienpark gehört übrigens ihm«, murmelte er.

»Und du sagtest eben, dass er weitere Häuser besäße?«

»Nein! Das hast du eben gesagt.«

»Come on, Berend. Schreib schon auf, bitte.« Als Zeichen meines guten Willens griff auch ich nach der Menükarte.

Er rief seine Notizenapp auf und begann, die Adressen

abzuschreiben. Als er endlich fertig war, hatte ich schon unser Fischmenü zusammengestellt.

Ich steckte meinen Block in die Tasche. Die Sonne tanzte mittlerweile als kleiner roter Feuerball auf einer fernen Welle.

»Noch eine allerletzte Frage«, ich setzte mein charmantestes Lächeln auf. »Du warst doch schon 1983 aktiv, oder? Ich muss alles über den Mord an einem jungen Mädchen herausfinden.«

Ich zog den Artikel aus der Tasche, den Kamrath mir überlassen hatte, und zeigte ihn Berend. Er warf nur einen flüchtigen Blick darauf.

»Hey, hör auf jetzt. Damals ging ich gerade mal zur Berufsfachschule. Feinmechanikerlehre. Eine Ausbildung ist das beste Fundament, um groß ins Business einzusteigen.«

Ich muss ziemlich enttäuscht geguckt haben, denn er machte es sofort wieder gut.

»Ich verabrede einen Termin für dich, okay? Mit einem alten Freund von mir. Wenn dir einer etwas darüber sagen kann, dann Wil Klatzing. Garantiert.«

»Ginge das kurzfristig?«

Er setzte seine Sonnenbrille ab und sah sich beinahe erleichtert um. Ich ahnte, dass Berend zum Opfer seiner untauglichen Idee geworden war, die Notwendigkeit einer Lesebrille auf möglichst coole Art zu verschleiern.

»Sobald dein Glas leer ist, schicke ich ihm eine SMS.«

»Wieso bist du dir so sicher, dass er Bescheid weiß?«

»Wil arbeitete damals bei der Amsterdamer Polizei. Als Pressesprecher. Und in der Zeit hatten Pressesprecher noch wirklich Stoff zu bieten und nicht mit vielen Worten nichts zu sagen.«

28

Auf die bajuwarischen Parteifreunde war wie immer Verlass. Der von der Kanzlerin angeordnete Burgfrieden hielt nur einen knappen Tag. Noch bevor am Nachmittag die Bundestagsfraktion zu ihrer Vorbereitungssitzung der Plenarwoche zusammentreten würde, in der die Marschroute in Sachen Cannabis eindringlich vermittelt werden sollte, konnte er in den Nachrichten schon einen Bericht über einen Krankenbesuch des Ministerpräsidenten bei den »Haschopfern« verfolgen. Der MP hatte sich sicher ein wenig geärgert, dass Bilder von ihm unmittelbar an den Krankenbetten nicht erlaubt waren. Aber die nur scheinbar improvisierte Pressekonferenz vor der Klinik in Fürth war ja auch schon eine ganz feine staatstragende und vor allem werbewirksame Maßnahme.

Er drehte den Ton des Fernsehers in seinem Büro auf.

»Ich darf Ihnen mitteilen, dass die zweite junge Frau, die hier im Koma lag, inzwischen wieder bei Bewusstsein ist und mittlerweile zehn junge Menschen die Kliniken in den drei betroffenen Städten wieder verlassen konnten. Allerdings werden auch sie natürlich noch lange in ambulanter Behandlung bleiben müssen. Vor allem anderen aber möchte ich den Eltern der gestern verstorbenen Emilia mein ganz persönliches Beileid aussprechen. Den Angehörigen der übrigen sechsundvierzig Opfer wünsche ich im Namen der gesamten Landesregierung Stärke und Zuversicht.«

Dann wich die väterliche Sorge in seinem Blick amtlicher Strenge. Bei allem Mitleid sei nicht zu vergessen, dass dieses Unglück nicht geschehen wäre, hätten sich die jungen Leute an die Gesetze gehalten. Gesetze, die es nicht ohne Grund gäbe, wie sich jetzt mit allen grausamen Konsequenzen zeige. Es läge ihm fern, der Regierung in Berlin Fahrlässigkeit zu unterstellen, und ebendeshalb erwarte er, dass sie alle Pläne zur Legalisierung dieser gefährlichen Droge auf den Prüfstand stellte.

Er wollte den Fernseher schon ausschalten, aber natürlich stand gleich im Anschluss an den Bericht auch noch die Völkl für ein Kurzinterview zur Verfügung und zitierte genüsslich den Artikel einer Boulevardzeitung. Dass die zwei psychotisch gewordenen Opfer ihre Wohnungen, beziehungsweise die ihrer Eltern kurz und klein geschlagen hätten, das, belehrte sie, habe ja nun nichts mit dieser Bleivergiftung zu tun. Solche Gewaltausbrüche seien vielmehr ganz übliche Folgen des regelmäßigen Cannabiskonsums.

Wie immer bei ihr ein Geschwurbel aus Halbwahrheiten und Meinungsmanipulationen. Zum Themenwechsel drehte er dem Bildschirm den Strom ab.

Allein die Gesundheitsministerin hatte sich offenkundig an die gestrige Absprache gehalten und war ebenso wie ihre Staatssekretärin für ein Statement nicht erreichbar gewesen. Nur eine dürre Pressemitteilung hatte ihr Ministerium verlassen. Die Legalisierer gerieten in Rückstand, bevor der Startschuss gegeben worden war.

Und gleich würde die Sitzung der AG Gesundheit in seiner Fraktion beginnen. Dort würde die Völkl ihren Sermon wiederholen, unbeirrt und unbelehrbar für den Fakt, dass die Psychose-Gefahr nur eingedämmt werden konnte, wenn eine Legalisierung für überprüfbare Qualitätsstandards sorgen würde. Bisher hatte er ihr stets auf so lockere und kenntnisreiche Art Paroli bieten können, dass die AG-Mitglieder sich beinahe auf ihren Schlagabtausch zu freuen schienen. Aber diesmal würde er, sich Sander unterwerfend, die Lippen aufeinanderpressen und sie in ihrer ganzen Beschränktheit siegen lassen.

Es gelang ihm trotz erwartungsvoller Blicke der Kolleginnen und Kollegen, und er wurde dafür belobigt. Am

Nachmittag, auf dem Weg in die Fraktionssitzung, erschien Werner Drews an seiner Seite und legte ihm bestärkend die Hand auf den Arm.

»Man hat mir aus der AG berichtet. Ich war darauf eingestellt gewesen, dich jetzt noch einmal nachdrücklich an die Anordnung der Kanzlerin erinnern zu müssen. Stattdessen kann ich mich bei dir für deine Loyalität bedanken. Ich weiß, wie sehr dir die Legalisierung am Herzen liegt, und ich habe das immer akzeptiert. Umso mehr weiß ich zu schätzen, dass du im Gegensatz zu unseren fundamentalistischen Geschwistern die Ruhe bewahrst.«

»Wat mutt, dat mutt.« Zum Plattdeutschen griff er als Kieler mit Frankfurter Migrationshintergrund nur, wenn ihm gar nichts anderes mehr einfiel. Eher unbewusst. Eher unauthentisch. Sich so reden zu hören, machte ihm seine Ratlosigkeit dann umso deutlicher.

Es ging hoch her in der Fraktion. Es brauchte Engelszungen, Bastasprüche und Kompromisszusagen. Aber vor allem die Erinnerungen an die herben Stimmverluste, die die Partei gerade ein Jahr zuvor aufgrund einer geplatzten Koalition eingefahren hatte. Was würde geschehen, wenn auch diese Koalition so früh scheiterte. Und das würde sie, wenn jetzt die Vereinbarung über die Legalisierung aufgekündigt würde, sagte die Kanzlerin voraus. Erst da bekamen sie und der Fraktionsvorsitzende die feste Zusage der Legalisierungsgegner, sich vorerst weiterer Angriffe auf das Vorhaben zu enthalten.

Erst um halb acht abends waren sie fertig geworden. Er verdrückte sich, so schnell er konnte. Nur nicht Elsbeth über den Weg laufen, die ihre Fraktionssitzung vielleicht auch gerade hinter sich hatte. Sie hatten seit dem Koalitionsausschuss am Vortag keinen Kontakt mehr gehabt. Als gäbe es nicht furchtbar viel zu besprechen. Was würde sie denken? Dass er wirklich nur der Fraktionsdisziplin zuliebe bereit war, seine Ziele fallen zu lassen? Dann hätten sie beide doch trotzdem hinter den Kulissen weiterhin gemeinsam an einer Strategie feilen können?!

Sie musste allmählich misstrauisch werden. Was sollte er ihr sagen, wenn sie ihn konfrontierte?

Spätestens morgen Nachmittag. Im Anschluss an die Aktuelle Stunde, die die Opposition noch an diesem Morgen beantragt hatte, um die Regierung wegen der Cannabis-Katastrophe zu grillen. Werner Drews und Hannah Behrendt würden nicht da sein. Dringende Regierungsgeschäfte. Weswegen Elsbeth und er die Meute unterhalten mussten.

Am nächsten Morgen um kurz nach sieben saß er am Schreibtisch im Ministerium und sichtete die Zeitungen, die Sabine Meyerling ihm seufzend hingelegt hatte; wenige Hintergrundartikel zum Cannabis-Thema im Innenteil mit Post-its markiert, die meisten Berichte standen fett auf der Titelseite.

Die Fraktionsvorsitzenden wurden zitiert. Das Wort »Moratorium« fiel wie abgesprochen nicht, aber die Formulierungen, wie es danach weitergehen würde, unterschieden sich stark. Hannah Behrendt hatte sich doch noch für die Offensive entschieden, spielte aber über Bande und knöpfte sich in einem Interview den bayrischen Ministerpräsidenten vor. Sie warnte vor Panikmache, zitierte Studien, verlangte, dass die Innenminister der Länder endlich mehr Personal für den Kampf gegen die organisierte Kriminalität bereitstellen sollten. So weit nichts Ungewöhnliches.

Das Seufzen seiner Referentin musste sich auf die Boulevardpresse bezogen haben. Endlich wieder ein Thema, das man gnadenlos ausschlachten konnte. Eine ganze Seite fröhlicher Kinderfotos der Opfer, gepaart mit heimlich gemachten Krankenhaushorrorbildern: »Treibt der Staat unsere Kinder in die Sucht?« Die Onlineausgabe des SPIEGEL gab sich intellektueller und wartete mit einer neuen Serie über die Irrtümer der 68er auf. Folge eins: »Kiffen für den Frieden«, auf den Seiten danach unter der Headline »Zugedröhnt und abgeschossen« ein Artikel über die Pervitin-Abhängigkeit des für das Magazin anscheinend auf ewig unverzichtbaren GröFaZ Hitler und die Drogensüchte seiner Gefolgsleute. Eine Artikelkombination als Zückerchen für Kurzschluss-Spezialisten.

Es hätte beinahe amüsant sein können, wenn da nicht vier Dutzend junger Leute zum Opfer eines gewissenlosen Kriminellen geworden wären. Und zu denen eines feigen Staatssekretärs, dem nun vielleicht nicht mehr nur der Mord an dem Junkie anzulasten wäre. War er denn nicht auch zusätzlich der Beihilfe zum 46-fachen Mordversuch und einem vollendeten Mord schuldig? Wenn er gleich zur Polizei gegangen wäre, hätte Sander dieses zweite Verbrechen doch nicht mehr begehen können? Juristisch war eine solche Konstruktion zwar Unsinn. Aber kein Richter im Fall des Junkies würde ihm gegenüber dann noch nachsichtig sein wollen.

Andererseits, was hieß da schon feige? Nichts würde es ändern, wenn er sich stellte. Das Einzige, was dem Horror ein Ende bereiten konnte, wenn nicht Sander vorher krepierte, war die Verhinderung des Gesetzes. Er musste das jetzt durchziehen.

Und die Medien spielten ihm dabei in die Hände. Boulevard-Wegelagerer von Print, Funk, Internet und Fernsehen stürzten sich auf die Überlebenden und rissen ihnen das bisschen Leben, das sie noch hatten, aus dem Leib, trugen jeden biografischen Fetzen zu Markte.

In den sozialen Medien forderten anständige Bürgerinnen und Bürger, dass man diesen Kiffern die Behandlung auf Kosten der Allgemeinheit verweigern sollte, und legten in lückenlosen Beweisketten dar, dass die führende Partei selbst die Drogen in Umlauf gebracht hat, die Juden dahintersteckten, die Islamisten das deutsche Volk verseuchten. Und das waren nur drei von ein paar Dutzend Verschwörungstheorien.

Jenseits dieses üblichen Irrsinns aber war etwas sehr viel Gefährlicheres zu spüren. Ein genereller Meinungsumschwung. Die Mitte ging ihnen verloren. Jene braven Bürger, die vor dieser Katastrophe noch in Anbetracht von drei Millionen wohlintegrierter Cannabisfreunde keine Lust mehr hatten, sich verrückt machen zu lassen. Leute wie Werner Drews, die in diesem Mix aus Gleichgültigkeit und Einsicht in die Realitäten einsahen, dass es besser war, wenn der Staat die Regeln und Standards festlegen konnte. Und dass man die organisierte Kriminalität besser kaum schwächen konnte, einmal ganz abgesehen davon, dass via Mehrwert- und Genussmittelsteuer erhebliche Summen in die Staatskassen gespült würden. Für Präventionsmaßnahmen – oder besser noch für Steuererleichterungen. Alle Argumente erschienen nun plötzlich schwach im Lichte des Leids von siebenundvierzig jungen Menschen. Und jedes gleichgültige Achselzucken wirkte beim Anblick des von Erschöpfung und Schmerz gezeichneten graugelben Gesichts der toten Emilia obszön. Jemand vom Krankenhauspersonal hatte es heimlich fotografiert und für einen Haufen Geld an die Sensationsgier der Menschen ausgeliefert. Das Foto ein weiterer Trumpf in Sanders Spiel, der miese Paparazzo ein ahnungsloser Helfershelfer des Herrn Staatssekretärs bei der Verhinderung eines sinnvollen Gesetzes.

Da er dem vormittäglichen Gesundheitsausschuss hatte fernbleiben können, weil der Vorsitzende den Gesetzesentwurf aufgrund der aktuellen Ereignisse von der Tagesordnung genommen hatte, musste er sein Büro erst zur Mittagszeit verlassen. Er eilte zur Fragestunde in den Plenarsaal, nahm Werners Platz auf der Regierungsbank ein und verließ ihn nicht mehr bis zum Ende der anschließenden Aktuellen Stunde.

Zum Glück lag der Platz der Gesundheitsministerin in der zweiten Reihe. Also saß Elsbeth, die mit einem kühlen Nicken an ihm vorübergegangen war, leicht versetzt hinter ihm, und er vermied es die ganze Zeit über, sich zu ihr umzudrehen.

Das Gefühl, das ihn bei seiner morgendlichen Medienschau erfasst hatte, bestätigte sich in der Debatte. Natürlich wollte die Opposition die Chance nutzen, die Regierung schlecht aussehen zu lassen. Und für ein tagesschauwürdiges

Bonmot konnte man auch einmal großzügig über verwandte eigene Positionen hinwegschauen. Aber hier ging es plötzlich um mehr. Echte Erschütterung, echte Selbstkritik, ob man zu locker mit dem Thema umgegangen war.

Gerade bei den Abgeordneten der Opposition, die in früheren Jahren eher neutral bis positiv auf die Idee der Legalisierung reagiert hatten, war dieser Stimmungswechsel erkennbar. Statt wie bisher angebliche handwerkliche Fehler in der Gesetzeskonstruktion zu kritisieren, stellten die Redner immer wieder infrage, dass eine Legalisierung die Dinge wirklich zum Besseren verändern würde. Sorgten sich, dass doch gerade die Minderjährigen durch die Legalisierung überhaupt erst zum Kiffen verleitet würden. Es waren lauter solche Argumente, die er nach Dutzenden von Diskussionen längst für erledigt gehalten hatte.

Elsbeth appellierte an die Vernunft der werten Kollegen. Auch mit ihnen habe doch in der grundsätzlichen Sache immer Einigkeit bestanden. Was die in Zwischenrufen sogleich brüsk zurückwiesen, als hätte sie ihnen vorgeworfen, Dealer zu sein.

Sie kämpfte vorbildlich, lieferte eine perfekte Gratwanderung ab, folgte der Koalitionsdisziplin und vermied doch den Anschein, das Gesetz an sich könnte infrage stehen.

Er war ihr dabei keine große Hilfe. Wenn man ehrlich war, gar keine. Er beschränkte sich darauf, die außergewöhnlichen Aspekte der Geschehnisse in Mittelfranken herauszuarbeiten und sie damit als nicht generalisierbaren Fall zu markieren. Aber das, was er danach hätte ergänzen müssen, verschwieg er. Kein Wort darüber, welche Paragrafen in seinem Gesetzesentwurf genau solchen Fällen jeden Nährboden entziehen würden. Keine Aussagen, wie Gras und Haschisch künftig legal und leicht geprüft werden könnten, wie verantwortungslosen Dealern der Markt entzogen würde, wie sie polizeilich und juristisch verfolgt werden könnten. Das alles überließ er Elsbeth, und genau darum musste es für das Plenum so aussehen, als bereitete er vorsichtig den Rückzug seiner Fraktion von diesem Gesetz vor.

Nach einer gefühlten Ewigkeit war die Sitzung durchgestanden. Er schob seine Unterlagen in eine Mappe und erhob sich. Elsbeth erwartete ihn am Ende der Sesselreihe.

»Mein Mann hatte mich gewarnt. Aber ich dachte, er wäre nur ein wenig eifersüchtig.«

»Ich weiß nicht, was du meinst, Elsbeth.«

»Dein Talent als Menschenfänger. Du hast mich ganz vergessen lassen, dass wir beide nur Repräsentanten einer temporären Zweckgemeinschaft sind.«

»Elsbeth, ich ...«

»Vergiss es. Es ist allein mein Fehler. Ich habe mir zu eigen gemacht, was du mir damals ans Herz gelegt hast. Weißt du noch? Ich solle mir mein Vertrauen in die Menschen bewahren.«

Er schluckte, aber bevor ihm eine Antwort einfallen konnte, begriffen sie gleichzeitig, dass ihre Smartphones fast parallel eine SMS anmeldeten. Sie zogen sie aus den Taschen, lasen, Elsbeth war schneller, hatte schon den Livestream des Nachrichtenkanals aufgerufen, auf den ihre Büros sie gleichermaßen aufmerksam gemacht hatten.

Sie beugten sich über den kleinen Bildschirm und verfolgten, wie Lars Pieper nicht weit vom Plenarsaal auf *Phoenix* ein Live-Interview gab, das es in alle Abendnachrichten schaffen würde.

Fast zehn Minuten Sendezeit gaben sie Pieper, und in dieser Zeit überraschte er mit einem ausgefeilten Gesetzesentwurf den ganzen Bundestag. Außer jenem kleinen Kreis von Abgeordneten natürlich, die er bereits hinter sich geschart hatte und die in ihren Landesverbänden genug Gewicht besaßen, um erfolgreich politisches Blitzschach spielen zu können.

Selbst Elsbeth und er waren im ersten Augenblick fassungslos.

»Die ganze Zeit über warte ich darauf, dass er das Gesetz abzuschießen versucht – und in dem Moment, da seine Chancen dazu besser nicht sein könnten, spricht er sich für die Legalisierung aus?«

»Was für ein abgebrühter Hund. Neben dem könntest du fast sympathisch wirken.«

Er schaute sie erschreckt an. Ihr Blick. Kühl. In ihrem Satz hatte kein Funken Ironie gesteckt. Und erst recht kein verkapptes Versöhnungsangebot. Sie hatte mit ihm abgeschlossen.

»Mensch, Elsbeth, ich …«

»Bloß weil einer unserer gemeinsamen Gegner auftrumpft, ändert sich zwischen uns nichts. Sacharbeit, solange es nötig ist. Das ist schon mehr, als ich mir zumuten möchte.«

Er straffte sich. Sie hatte recht. Er musste seine Sache durchziehen. Also dann auch richtig. »Okay, wie du willst. Analyse. Warum kommt er mit einem alternativen Gesetzesentwurf? Restriktive Lizenzvergaben an zwei bis drei Unternehmen zum industriellen Cannabisanbau. Das werden die Leute da draußen doch nicht ausdifferenzieren. Legalisierung bleibt Legalisierung.«

»Glaube ich nicht. In den Ohren der Leute klingt sein Entwurf nach ›Pharma-Unternehmen unter strenger staatlicher Kontrolle‹. Während unserer als Anarchie gebrandmarkt wird: Jeder darf, jeder kann.«

»Aber er war doch immer ganz dagegen. Noch zuletzt, als ich bei ihm war. Und das war nicht gespielt.«

»Was soll ich dir erklären, Marcel? Du weißt doch, dass er deinen Job will. Und es sieht gerade verdammt gut für ihn aus. Während du brav deinen Entwurf nicht verteidigst, präsentiert er sich dem Volk als verantwortungsvoller Politiker und eröffnet der Kanzlerin die Chance, euer Law-and-Order-Lager wieder hinter sich zu scharen. Und unsere Partei setzt er unter Druck, wenigstens den Spatz in der Hand zu akzeptieren.«

»Das würden euch eure Wähler auch nicht verzeihen.«

»Quatsch. Wir haben dann immer noch mehr erreicht als unsere Alten in dreißig Jahren zuvor. Der Rest ist ein Plädoyer für politischen Realitätssinn. Der Einzige, der über die Klinge springen wird, bist du.«

Sie hatte recht. Mehr, als sie sich vorstellen konnte. Wenn die Kanzlerin ihn tatsächlich opferte, würde Sander das auch tun – auf folgenreichere Weise.

Sein Handy klingelte. Werner Drews.

»Marcel? Hör zu, ich will es dir selbst sagen, aber es wächst nicht auf meinem Mist. Wir müssen das Pieper-Papier bis Freitagvormittag rechtlich prüfen und eine Vorlage erstellen. Ich habe es in die Abteilung gegeben.«

»Ich komme morgen eh um acht erst noch ins Ministerium.«

»Du musst dich da jetzt raushalten. Vielleicht ist das Papier so ja nicht umsetzbar. Dann darf es nicht heißen, du hättest es im Haus sabotiert.«

»Ich verstehe.«

»Mehr kann ich gerade nicht für dich tun. Warten wir in Ruhe ab. Dein Entwurf ist und bleibt gut.«

»Danke, Werner, ich muss aufhören. Wir sehen uns dann morgen im Plenum.«

Leere Worte. Eine Verabschiedung auf Raten.

Dass Elsbeth ihr Mitleid trotz aller Wut auf ihn nicht verbergen konnte, machte die Sache nicht besser.

Er nickte ihr knapp zu und ging.

Zwei Stunden lang trieb er sein Schindelhauer durch die Außenbezirke der Stadt. Er musste ein dramatisches Bild abgeben. In schwarzem Anzug und weißem Hemd, mit Höchsttempo, vollkommen durchgeschwitzt, mit hochrotem Kopf, schwer keuchend, ausgepumpt, von furchtbarem Durst gequält und doch im Tempo nicht nachlassend. Immer wieder Zwangsvorstellungen niederkämpfend, das Gewicht einmal heftig nach rechts zu verlagern und den dünnen Reifen in den Bordstein zu rammen, es wäre doch so leicht. Oder in den Gegenverkehr hinein, es kostete nur einen Schwenk, tus doch, warum der Verlockung widerstehen? Eine einfache Handlung, ein einfacher Schnitt, eine ehrliche Konsequenz, mutwillig da, wo andere kneifen, aber du nicht, du doch nicht, du doch! Das Gesicht nass von

Schweiß, vielleicht auch von Tränen. Reiß dich zusammen, Marcel, das ist lächerlich, der Großvater, ein Kamrath stiehlt sich nicht davon!

Die letzten Kilometer schlich er beinahe, die Beine schmerzten so sehr, dass er kaum noch treten konnte, er spürte die Blicke der Passanten, wollte nur noch nach Hause. Was denn für ein Zuhause? Er rollte bis vor die Haustür, stieg mühsam vom Schindelhauer ab, suchte nach dem vermaledeiten Schlüssel, musste doch irgendwo, endlich hatte er ihn, und sein Herzmuskel zuckte zusammen, keine Hundertstel, nachdem eine Hand schwer auf seine Schulter gefallen war.

»Knabbeltje, du siehst ja aus wie der Tod! Was ist denn passiert, Junge?«

Er drehte sich halb um, schwerfällig. Es kostete Kraft, Sander auch nur anzusehen.

Der ihm sogleich geschickt den Schlüssel aus der Hand zog.

»Lass mich das machen. Du kippst mir ja noch um.«

Öffnete die Tür, übernahm auch noch das Fahrrad, drückte ihn sanft in den Hausflur, lehnte ihn gegen die Wand. Alles so selbstverständlich.

»Ich bringe dich gleich nach oben. Du bist total dehydriert. Warte.«

Behände schob Sander das Rad zur Hintertür, stellte es in den Hof, kehrte zurück, griff nach seinem Unterarm. »Komm, Junge, nur ein paar Stufen zum Glück.«

Zum Glück? Was wagte dieser Mensch von Glück zu reden? Der bleierne Tod. Emilia. Ein ganzes junges Leben, vorbei.

»Es ist vorbei! Verstehst du nicht? Vorbei!« Er schrie es heraus, aber es kam nur ein Krächzen aus seinem Mund, und die Erschöpfung zog seinen Oberkörper nach vorne. Sander fing ihn auf.

»Unsinn, Knabbel. Es geht weiter. Wir gehen immer weiter.«

»Das Mädchen. Und all die anderen.«

»Ein schlimmer Unfall, ich wollte das nicht. Meine Leute haben überzogen, sie werden dafür bezahlen. Versprochen. Es tut mir furchtbar leid. Aber es ist geschehen, und für uns ist noch lange nicht Schluss. Komm, die Treppe hoch.«

Sanders Hand an seinem Arm. Er schlug sie weg.

»Wir gehen nirgendwohin. Schau mal Nachrichten! Ich bin erledigt. Erledigt!«

Sander musste lachen. »Du meinst Pieper? Mach dir um den keine Sorgen.«

»Willst du ihn auch noch …«

Sander presste ihm die eine Hand auf den Mund, hielt die andere mit ausgestrecktem Zeigefinger in die Luft.

»Behalt die Nerven, Knabbel. Das ist alles, worauf es jetzt ankommt. Warte einfach ab. Wir stehen kurz vor dem Sieg. Ich bin stolz auf dich. Knabbeltje und Babbeltje wieder vereint. In zwei, drei Tagen hast du alles, was du für Pieper brauchst, und dann machen wir den Sack zu.«

Sander nahm die Hand von seinem Mund weg und klopfte ihm lächelnd auf den Oberarm. »Ich sehe, deine Lebensgeister kehren allmählich zurück. Gut so.«

Er wandte sich ab und verschwand mit fast federndem Schritt durch die Haustür nach draußen.

29

Es sollte mich noch einige Mühe kosten, Berend wieder loszuwerden. Während ich schnell nach Hause wollte, um meinen Bericht für Herrn Kamrath zu schreiben, hatte ihm ein abendfüllendes dîner à deux vorgeschwebt. So dauerte es nach seiner Zusage, seinen Informanten unverzüglich zu informieren, noch reichlich anderthalb Stunden, bis er wirklich nach draußen lief.

Ich beobachtete durch die große Fensterfront, wie er beim Telefonieren auf und ab ging. Jedes Mal, wenn er mit dem Nordwestwind lief, schien seine Frisur von seinem Schädel fliehen zu wollen, ehe er sie im letzten Moment mit einem beherzten Griff wieder einfing und in Form brachte. Noch mehr Einsatz kostete es ihn aber offenbar, Wil Klatzing zu einem Gespräch mit mir zu überreden. Als er endlich zurückkehrte, nickte er mir jedoch mit einem zufriedenen Grinsen zu.

»Wil gibt mir gleich noch Ort und Zeit durch.«

Dann widmeten wir uns den Schüsseln mit gebratenen Muscheln und Garnelen und plauderten über alte Zeiten.

»Neunzig Prozent meiner Einkünfte gingen gleich weiter an dich«, schloss er mit einem Hauch von Groll in der Stimme, so als hätte er damals nicht nur meine Dienste, sondern gleich mich gekauft und trotzdem keine Ware für sein Geld erhalten.

Die erlösende WhatsApp-Nachricht des Informanten war immer noch nicht eingetroffen, als Berend für uns *Kattuks Snapje* orderte. Der lokale Absacker, ein großes Glas Rum mit einem wilden Durcheinander aus Kräutern und Karamell.

Inzwischen lauschte ich nun schon seit Stunden Berends

Ausführungen über steuertechnische Konstrukte ferner Inseln, auf denen man, statt Geld auf seine Konten zu schaufeln, eigentlich nur mit einem Mojito unter hohen Palmen liegen sollte.

»Also auch auf Curaçao gibt es eine Menge zu tun«, sagte er und musste plötzlich lachen. »Da weiß ich noch eine schöne Anekdote. Kennst du das Hotel Avila dort? Ist so eine Art Club Resort nur für Mitglieder mit einem Jahreseinkommen ab einer halben Million Euro – nach Steuern, wenn sie denn welche zahlen. Als schicke Bar für diese guten Kunden hat der Eigentümer ein ganzes Schiff ans Ufer schleppen lassen. Jedenfalls, jedes Mitglied muss einmal pro Jahr persönlich erscheinen, zu einer Art Jahreshauptversammlung.«

Er nannte einen Haufen Namen von Fernsehstars, die mit ihren vertrauenerweckenden Gesichtern tagtäglich in unseren Wohnzimmern zu Gast sind.

»Aber da kommen auch Typen wie Willem Hollee ...« Er senkte seine Stimme und sprach den Nachnamen so leise wie möglich aus, so als ob der größte Kriminelle des Landes ihn selbst hier hören könnte.

»Sogar die königliche Familie residiert dort, wenn sie sich ihren westlichsten Untertanen zeigen will. Aber jetzt kommt es: Eines frühen Morgens taucht unsere alte Königin am Pool auf, und Willem sitzt dort mit einer Zeitung an der Bar. Als die Königin mit ihrem Bodyguard an ihm vorbeiläuft, ruft er fröhlich ›Guten Morgen, Frau Kollegin!‹. Die gute alte Bea stoppt überrascht, schaut und überlegt krampfhaft, woher sie diesen Mann nur kennen könnte. Er wartet ein paar Sekunden, dann hält er ihr die Titelseite mit einer riesigen Schlagzeile entgegen. ›König der Unterwelt Willem H. freigesprochen‹. Direkt darunter ein schönes Porträt von ihm, mit einem fetten Balken vor den Augen.«

Berends Gewieher übertönte das leise Geräusch der Wellen, die gute zehn Meter entfernt lustlos an den Strand plätscherten. Ich lachte mit, während mir deutlicher denn je wurde, dass aus dem kleinen Ganoven von damals eine mächtige große Nummer in der kriminellen Welt geworden war.

Wie zur Belohnung für mein geduldiges Zuhören hielt Berend endlich triumphierend sein Smartphone hoch. »Frisch eingetroffen! Morgen Vormittag wirst du in Almere erwartet.«

Ich registrierte nicht nur die Adresse, sondern auch, dass die Nachricht schon zwei Stunden zuvor eingetroffen war.

Wir waren die letzten Gäste, als wir in dieser mondlosen Nacht den Strandpavillon verließen. In der Ferne schoben sich langsam die Positionslichter der Frachtschiffe über das Meer. Weiter gab es nur den Sternenhimmel. Als eine plötzliche Windbö die Tür hinter uns zuschlug, legte Berend den Arm um mich. Mit der anderen Hand bediente er den Funkschlüssel seines Range Rovers, den er, alle Regeln missachtend, direkt auf dem Strand geparkt hatte.

Nachdem er mich mit Phrasen voller Superlative über meine einzigartige Persönlichkeit überschüttet hatte, schlug er vor, noch ein wenig durch die Nacht zu gondeln. Er beeilte sich, mir die Beifahrertür zu öffnen, auf der in eleganter Schrift auf goldfarbenem Hintergrund sein Firmenname BAS geschrieben stand.

Ich tat so, als wäre ich hin- und hergerissen. Schließlich fragte ich, ob ich als Opfer eines schrecklich vollen Kalenders mit unmenschlich frühen Terminen auch einen Gutschein für dieses Angebot bekommen könnte. Beim nächsten Mal würde ich sehr gerne mit ihm am Meeressaum entlangbrausen. Damit gab er sich zufrieden.

Wil Klatzing war ein älterer, aber hellwacher Mann, in dessen Gesicht sich tiefe Falten eingegraben hatten. Ich hatte ein wenig über ihn recherchiert. So erkannte ich ihn sofort an dem schlohweißen Haar, das schon in seinen Mittdreißigern zu seinem Markenzeichen geworden war. Er hatte mir seine Wohnadresse gegeben und erwartete mich an der Auffahrt zu seinem Carport.

»Sich hier zu treffen, macht alles leichter, falls ich doch ein paar Akten benötigen sollte, um mein Gedächtnis aufzufrischen«, erklärte er auf dem Weg zur Haustür. »Obwohl ich stark bezweifle, dass das im Fall von Frau Sandra Frederique Bernardina Molenaar, Spitzname Kiki, nötig sein wird.«

Seine prononcierte Formulierungsweise verriet, dass er sein letztes Kameratraining in den Achtzigerjahren des vergangenen Jahrhunderts erhalten hatte.

Als wir das Wohnzimmer passierten, erkannte ich aus den Augenwinkeln schemenhaft eine alte Frau, die an einem Tisch über eine Stickereiarbeit gebeugt saß. Er führte mich weiter, hinauf in die erste Etage.

»Stellen Sie Ihre Nachforschungen zu Frau Molenaar im Auftrag der Hinterbliebenen an?«, fragte er, während er keuchend die letzte Stufe erklomm.

»Auf gewisse Weise, ja. Entferntere Verwandtschaft, könnte man sagen. Ihr damaliger Freund.«

»Warum erst jetzt?«

»Verdrängte Trauerarbeit, die nachgeholt werden will. Vor Kurzem wurde er selbst Opfer einer traumatischen Erfahrung, die ihn in seine Vergangenheit zurückkatapultierte.«

Vielleicht lagen Klatzing selbst auch einige unbearbeitete Erlebnisse auf der Seele, jedenfalls akzeptierte er meine Erklärung mit einem verständnisvollen Nicken.

Die Wände in seinem Arbeitszimmer waren mit Fahndungsplakaten gepflastert. Prominent im Zentrum hingen die Bilder der Mitglieder der Rote-Armee-Fraktion, die 1977 mehrere niederländische Polizeibeamte verletzt und einen getötet hatten. Klatzing bot mir einen Rest Kaffee an, der auf der Warmhalteplatte einer Kaffeemaschine zu einem Konzentrat verdampft war, und ließ mich auf einem einst modischen Rattanstuhl Platz nehmen, während er sich hinter seinen Schreibtisch zurückzog.

»Was möchten Sie über Frau Molenaar wissen?«

»Was genau ist da mit ihr geschehen?«, fragte ich, während ich Kamraths Zeitungsausschnitt aus dem Telegraaf auffaltete und ihm entgegenhielt.

Klatzing starrte eine Weile darauf.

»Ein Jammer, dass Sie nicht auch die Zeitungen der darauffolgenden Tage überprüft haben. Dann wüssten Sie, warum diese Untersuchung im Sande verlaufen ist.«

Ich nahm einen Schluck der schwarzen Brühe und lehnte mich erwartungsvoll in den knarzenden Stuhl zurück.

Klatzing zeigte auf die Oberzeile der Seite. »Schauen Sie sich das Datum an. Am 9. November 1983 um 18:56 Uhr wurde in Amsterdam der Inhaber der weltgrößten Bierbrauerei entführt. Alfred Heineken.«

Er ließ eine feierliche Stille einkehren, ehe er fortfuhr. »Und natürlich nicht zu vergessen, sein Chauffeur. Am selben Abend noch wurden alle Ermittler der Region von allen Fällen abgezogen, mit denen sie bis zu diesem Zeitpunkt zu tun hatten. Wir konnten die beiden erst am 30. November befreien. Und auch danach dauerte es noch bis weit in den Dezember hinein, ehe alle an ihre ursprüngliche Arbeit zurückkehren konnten. Damals sind sicher Dutzende Meter von Ermittlungsakten ohne Abschluss im Archiv gelandet.«

»Kiki fiel also auch bildlich gesprochen zwischen Kaimauer und Schiff?«

Klatzing verzog angesichts des pietätlosen Vergleichs das Gesicht. »Ein paar Ergebnisse haben wir schon hereinbekommen. Um wen es sich bei der unbekannten Leiche handelte, erfuhren wir zum Beispiel am 11. November.« Nun griff er doch nach einem der Aktendeckel und blätterte ein paar Seiten mit handschriftlichen Notizen durch. »Ein gewisser Marcellus Kamrath rief damals im Präsidium an und teilte mit, dass es sich bei der Toten höchstwahrscheinlich um eine Frau namens Molenaar handelte. Er gab neben ihrer Adresse auch die Telefonnummer ihrer Schwester an, mit Namen Anna Christina Agatha Molenaar, Rufname Ansje.«

Ich zog ein Notizbuch aus meiner Tasche.

»Wer, sagten Sie, rief an?«

»Kamrath. Klingt deutsch, aber der Kollege am Telefon identifizierte den Anrufer eindeutig als waschechten

Amsterdamer und hat extra eine Notiz dazu verfasst. Die Adresse wurde später noch überprüft. Es handelte sich um ein besetztes Haus in der Laurierstraat.«

Hastig schrieb ich alles mit und setzte ein Fragezeichen hinter den niederlandisierten Vornamen meines Auftraggebers.

»Wurde Kiki von der Schwester identifiziert?«

Klatzing legte die Akte beiseite.

»Davon können Sie ausgehen.«

»Sie haben zufällig keine Idee, wo ich sie heute finden könnte?«

Er zog nur kurz die Augenbrauen hoch. »Ich kann Ihnen gerne ihre letzte bekannte Adresse geben.«

Er schrieb etwas auf einen Notizzettel und gab ihn mir.

»Pro Persona in Wolfheze? Ist das nicht eine psychiatrische Einrichtung? Irgendwo am Rande der Veluwe?«

Klatzing zuckte nur mit den Schultern.

»Wie liefen die Ermittlungen dann weiter?«

»Gar nicht. Kiki Molenaar hatte bereits ein paar Tage im Wasser gelegen. Es gab quasi keine Spuren mehr. Wir gingen schließlich von einem Unfall aus. Wahlweise Selbstmord.«

»Hatte sie keine äußeren Verletzungen?«

Klatzing fischte das einzige Papier aus dem Dossier, das offiziell aussah.

»Der Bericht der Rechtsmedizin vermerkt zahlreiche Befunde unspezifischer Gewalteinwirkung, aber das gilt für fast alle Wasserleichen. Irgendwann geraten sie alle in die Fleischwölfe.«

Er sah, dass mein Stift in der Luft über dem Notizblock stehen blieb.

»Schiffsschrauben«, übersetzte er. »Die eigentliche Todesursache war jedenfalls Ertrinken. Da die üblichen Merkmale dafür allerdings nur sehr gering ausgeprägt waren, muss sie bereits bewusstlos ins Wasser gefallen sein.«

»Gab es Hinweise auf eine Verwicklung der jugoslawischen Szene?«, fragte ich ins Blaue hinein.

Klatzings Gesicht blieb unbewegt, aber er benötigte zu

lange für eine Antwort, um sich noch unwissend geben zu können. »Es sind damals ein paar graue Informationen zu uns gedrungen«, gab er zu. »Via, via, via hörten wir, dass bei einem Haschdeal in der Nähe von Frau Molenaars Fundort etwas mächtig schiefgelaufen sein soll. Die Jugos waren gerade ziemlich aktiv, um ihren Marktanteil im Betäubungsmittelsektor zu vergrößern, und dabei ging es in der Szene ziemlich robust zu. Aber die Hinweise in diesem Fall waren so vage, dass wir keinen Ansatz für konkrete Ermittlungen sahen. Es stellte sich damals ja gerade erst heraus, dass es sich bei den Jugos, die auf einmal in Amsterdam auftauchten, nicht immer nur um brave Gastarbeiter handelte. Wir hatten noch nicht einmal eine Idee, wie wir in ihren Kreisen verlässliche Quellen akquirieren konnten.«

»Also dort, wo es interessant hätte werden können, seid ihr ausgestiegen?«, provozierte ich ihn.

Klatzing drehte sich auf seinem Stuhl zur Seite, als wollte er der Frage ausweichen.

»Wir hatten ja ein massives Problem: Frau Molenaar wohnte in einem besetzten Haus. Schon wenn man da nur so etwas Simples wie eine Zeugenanhörung oder die Sicherung des Opfer-Eigentums durchführen wollte, brauchte man zwei Trupps der Sondereinheiten als Bodyguards, um lebend wieder rauszukommen. Ihr jungen Leute könnt euch das heute kaum vorstellen. Aber es herrschte Krieg! Die Hausbesetzerszene war eine No-go-Area. Ende 1983 hatten die Hardliner dort endgültig das Sagen. Wenn sie die Polizei nur rochen, rasteten die Kraker schon aus. Sobald jemand von uns um die Ecke kam, zogen sie alle Kräfte zusammen, und die Schlacht ging los. Also auch deshalb ...«

Eine runde Sache. Für alle Beteiligten war es die beste Lösung gewesen, Kiki Molenaars Tod mit einem Selbstmord/Unfall-Etikett zu versehen und tief in den Akten zu vergraben.

»Leuchtet mir ein«, log ich. »Hätten Sie für mich eventuell noch einen Namen aus dieser Jugoszene?«

»Sogar zwei«, sagte er nicht ohne Stolz und vielleicht auch

ein wenig erleichtert, dass sich jetzt doch noch jemand die Mühe gab, die Versäumnisse von damals wettzumachen und den Tod dieses jungen Mädchens zu untersuchen.

»Der eine heißt Mladen Jukić. Er ist allerdings tot. Vor ein paar Wochen erst haben sie ihn aus der Amstel gefischt, mit zwei Schusswunden im Kopf.« Er zuckte mit den Schultern. »So finden sie ja meistens ihr Ende. Und ebenso üblich ist es, dass auch dieser Mord noch nicht aufgeklärt wurde. Der andere Mann ist Dinko Markač.«

»Der lebt noch?«

»Ja, aber er sitzt ein, beziehungsweise er liegt. Im Gefängniskrankenhaus Scheveningen. Anfang des Jahres wurde er festgenommen, nachdem er einem Graszüchter etwas zu intensiv eingebläut hatte, besser nicht mehr für die Konkurrenz zu arbeiten. Jukić und Markač haben lange Jahre für einen gewissen Sander van Haag gearbeitet, in der Szene besser bekannt als San-San. Vermutlich werden Sie sich mit Markač unterhalten wollen?«

Er wartete meine Antwort gar nicht erst ab und griff nach dem Telefon. Während er sich weiterverbinden ließ, ging er auf den Flur und lehnte die Tür an. Trotzdem hörte ich jedes Wort seiner geradezu überschäumend freundschaftlichen Begrüßung.

Ich fragte mich, ob Klatzings große Hilfsbereitschaft nicht noch andere Motive hatte. Ich zog das Dossier zu mir heran und warf selbst einen Blick auf den Bericht der Leichenschau. Es handelte sich um eine Zusammenfassung in Alltagssprache, die für das Ermittlerteam angefertigt worden war. Die Ergebnisse waren eindeutiger, als Klatzing erzählt hatte. »Schwere Gewalt gegen Kopf und Rumpf … Todesursache: Ertrinken … Unterkühlung nicht ausgeschlossen … bevor der Tod eintrat … mit einem stumpfen Gegenstand.« Ich machte schnell ein Foto.

Kurze Zeit später kehrte Klatzing zurück. »Morgen früh dürfen Sie nach Scheveningen fahren.« Er warf einen schnellen Blick auf das Dossier, das ich wieder zurückgelegt hatte. »Sie müssen nur noch telefonisch den Termin bestätigen.«

Draußen begleitete er mich wieder bis zu seinem Carport, an dessen Holzpfosten es ein paar Weinreben bis auf halbe Höhe geschafft hatten.

»Weiß Markač schon, dass er Krankenbesuch erhält?«

»Nur wenn er vorher aufwachen sollte. Sie geben ihm Morphium. Lungenkrebs im Endstadium, wurde mir gerade erzählt. Er weiß es selbst erst seit ein paar Tagen.«

Er checkte mit einem schnellen Blick meinen Audi A6.

»Wie gefällt Ihnen der Kleine so?«

»Er hat noch einen V8er. Macht den feinen Unterschied von ein paar Sekunden, wenn man von hundertsechzig auf zweihundertzwanzig beschleunigen will.«

Die Tempoangaben waren komplett aus der Luft gegriffen. Aber wenn es um Autos geht, toben in mir genauso viele männliche Hormone wie auf einem voll besetzten Affenfelsen.

Er zeigte auf seinen Peugeot 308 Cabriolet.

»Der Sommer ist vorbei. Diese Woche bringe ich ihn zum Händler zurück und tausche ihn gegen ein geschlossenes Modell ein. So ähnlich wie Ihres, nur eine Nummer größer.«

Ich wollte eben zum A8er gratulieren, weil dann ja vermutlich ein Erbe vom Himmel gefallen sein dürfte, aber er kam mir zuvor.

»Eine Hand wäscht die andere«, sagte er lässig und zufrieden mit sich und der Welt.

Bis dahin hatten wir kein Wort über Berend Schroot verloren. Ich schaute noch einmal zu dem Peugeot herüber. Auf der hinteren Stoßstange klebte mittig eine kleine goldfarbene Vignette mit dem Namen des Händlers. BAS.

Klatzing sah, dass ich es sah, aber es ließ ihn kalt. Er wusste, dass ich es niemals für meine Zwecke nutzen würde.

30

Zwei Jahrzehnte lang hatte er sich bemüht, jeden Gedanken an seinen Großvater zu vermeiden. Emotional nicht zusammenzubringen, was dieser Mann für sein eigenes Leben bedeutete und was er anderen angetan hatte. Ein unbelehrbarer Nazi mit Blut von Zwangsarbeitern an den Händen, ein kalter Haustyrann, der seinen Sohn wegen seiner Suche nach einem anderen, zärtlichen Leben mit seiner Verachtung beinah zerstört hatte, und zugleich für ihn, den Enkel, das einzige verlässliche Familienoberhaupt, das ihn, ohne zu zögern, zwei Mal gerettet hatte, einmal vor der Verwahrlosung im Kindesalter, einmal vor dem Untergang im Strudel der Amsterdamer Katastrophe. Eine feste Burg ist unser Herr. Eine Burg, erbaut auf Katakomben voller gedemütigter und massakrierter Opfer. Ein Herrenmensch, der seine furchtbare Strenge erst beim Enkel mit einer Sorge abmilderte, die väterlicher Liebe nahekam.

Und jetzt war Heinrich Kamrath wieder aufgetaucht, begleitete ihn auf Schritt und Tritt, während er in schnellen, hektischen Sitzungen an der Findung von Kompromissen mitwirkte, auf das Klingelzeichen hin in den Plenarsaal eilte, um an Abstimmungen teilzunehmen, in sein Büro hastete, um mit beinharten Lobbyisten von Industrie und gesellschaftlichen Organisationen zu diskutieren, was in Kürze auf der Agenda des Bundestags stand. Nur noch zwei Wochen bis zur Sommerpause, die Entscheidungen fielen im Stunden-, manchmal im Minutentakt.

Er war weder emotional beschränkt noch ein Neuling in diesem Geschäft. Wenigstens eins von beidem oder am besten beides zusammen hätte ihn davor bewahrt, zu spüren, wie rapide sein Kurs an der politischen Börse abgestürzt war. Wer in den vergangenen Wochen plötzlich und wie zufällig regelmäßig seine Nähe gesucht hatte, angezogen von der Dynamik seiner zunehmenden fraktionsinternen Bedeutung, nickte jetzt nur noch von fern, wenn es sich nicht ganz vermeiden ließ. Manche wendeten sich auch gleich offen Lars Pieper zu, während langjährige Weggefährten ihre Solidarität mit einem aufmunternden Schulterklopfen erbracht sahen. Selbst sein Minister ging ihm, soweit möglich, aus dem Weg.

Er hätte nicht behauptet, zur unerwünschten Person geworden zu sein. Es war eben nur so, dass mit ihm kein Staat mehr zu machen war und andere deutlich interessantere Perspektiven zu bieten hatten.

Mit Heinrich im Rücken gelang es ihm, diesen Bedeutungsverlust wenigstens äußerlich zu ignorieren. Er gesellte sich auf den Fluren für kurze Zeit zu Gruppen beieinanderstehender Kolleginnen und Kollegen, scherzte ein wenig, lobte, das Thema dort selbst ansprechend, wo es passte, die durchaus bedenkenswerten Vorschläge Piepers, ging aufrecht und entspannt mit gut gelaunter Miene, während seine Psyche in Wahrheit auf den Knien umherkroch, auf der verzweifelten Suche nach Halt.

Dass ihm diese Vorspiegelung falscher Tatsachen leidlich gelang, verdankte er der Einhaltung von Großvaters Selbsterhaltungsregeln, dem Ideal der totalen Selbstdisziplin: kein Tropfen Alkohol mehr, schärfstens rasiert, das Gesicht kosmetisch aufgefrischt, den formellsten Anzug aus dem Kleiderschrank gewählt und darauf alle andere Kleidung perfekt abgestimmt. So kam er durch den Montag, so kam er durch den Dienstag, und so gelang es ihm, zum Telefon zu greifen und Sophie anzurufen. Die nicht gleich auflegte. Und seine Einladung zum Essen nicht ablehnte. Sondern annahm. Samstagabend, wenn die Parlamentarier sich längst in ihre Wahlkreise verabschiedet hatten. In Potsdam. Und keinesfalls in der Trattoria, in der alles begonnen hatte.

31

Am folgenden Morgen um 05:30 Uhr meldete ich mich am Eingang des Gefängniskrankenhauses Scheveningen an. Die frühe Besuchszeit verdankte ich der Forderung von Klatzings Kontaktperson nach absoluter Diskretion.

Zwei weibliche Wachleute kontrollierten meinen Ausweis. Sie nahmen meine Handtasche und alles, was ich sonst an Dingen bei mir trug, und schlossen es in einen Spind ein. Dann ließen sie mich zweimal durch die Sicherheitsschleuse gehen und untersuchten penibel meine Schuhe. Erst als sie rundum zufrieden waren, konnten wir uns auf den Weg in die medizinische Abteilung machen.

Wir durchwanderten verlassene Säle, überquerten einen Gefängnishof, um in ein zweites Gebäude zu gelangen, stiegen die Treppe in ein Kellergeschoss hinab und nahmen in einem anderen Abschnitt einen Lift, bis wir an eine Tür gelangten, die wir irgendwann zuvor schon einmal passiert hatten.

Man hätte meinen können, sie wüssten den Weg nicht, aber das alles diente nur dazu, mich so sehr zu desorientieren, dass ich später weder dem Inhaftierten noch jemandem draußen nützliche Hinweise für eine Flucht geben konnte. Am Ende eines langen Ganges stoppten wir vor einem Gitter mit einer Stahltür. Eine von ihnen hielt ihren Ausweis gegen einen Scanner und betrat den Sicherheitstrakt.

»Kontrolle«, sagte die andere und richtete ihren Blick zur Neonbeleuchtung empor, als leitete sie eine Meditationssitzung ein. Ich tat es ihr nach. Es dauerte ein paar Minuten, bis die Kollegin den Kopf aus der Tür steckte und uns einließ.

»Es geht ihm nicht gut«, sagte sie. »Sie haben maximal fünfzehn Minuten.«

Wieder mussten wir einige Minuten durch das stille Gebäude laufen, bis wir endlich an einem Zimmer stoppten, dessen Tür offen stand.

Dinko Markač lag in seinem Bett und sah mich mit glasigen Augen an. Er keuchte schwer, während ein Pfleger einen Schlauch in seine Nase einführte. Der Pfleger schaltete die Sauerstoffversorgung ein und warf einen routinierten Blick auf den Monitor, der über Markač hing und dessen Vitalzeichen in unschönen Zahlen und Kurven registrierte.

Mit einem Nicken signalisierte er mir, dass ich eintreten dürfte, und tippte auf seine Uhr.

»Eine Viertelstunde, ich weiß Bescheid«, sagte ich, während ich mir einen Stuhl ans Bett heranzog.

Ich wartete, bis sie die Tür hinter sich geschlossen hatten. Dann zog ich aus dem Halter am Fußende des Betts das Klemmbrett für die medizinische Dokumentation, um mir wenigstens ein paar Notizen machen zu können. Ich drehte eines der leeren Formulare um und schrieb auf die Rückseite Namen und Datum. Die ganze Zeit über hatte mich Markač teilnahmslos angesehen. Ich nahm seine Hand und drückte sie vorsichtig. Ich erklärte ihm, mit ihm noch einmal in die Vergangenheit eintauchen zu wollen.

Er nickte leicht.

»Es geht um ein Mädchen, das 1983 zu Tode gekommen ist. Sie waren damals gerade nach Amsterdam gezogen.«

»Wer bist du?«, fragte er mit schwerem Akzent.

Ich nutzte meine übliche Tarnung. »Ich bin Anwältin.«

Er nahm meine Antwort ohne eine Regung auf.

»Ich untersuche die Angelegenheit im Auftrag der Hinterbliebenen von Kiki Molenaar. Sagt dir der Name etwas?«

Sein Kopf bewegte sich träge von rechts nach links, aber ich sah auf dem Monitor, dass seine Herzfrequenz mindestens zehn Schläge nach oben ging.

»Ein mögliches Verbrechen ist bereits lange verjährt«, beruhigte ich ihn und schwieg dann.

Er starrte an mir vorbei in eine imaginäre Ferne und fuhr mit der Zunge über seine spröden Lippen.

»Darf ich nach Hause?«

Ich füllte etwas Wasser in einen Plastikbecher und ließ Markač trinken.

»Nach Hause?«

»Knin. Kroatien.«

Wenn Dinko Markač wirklich im Sterben lag, dürfte er sicherlich in die alte Heimat, schon allein, um den niederländischen Staat von den Beerdigungskosten zu entlasten.

»Hat dein eigener Anwalt keinen Versuch ...«

Er murmelte ein Schimpfwort und drehte seinen Kopf zur Seite.

»Probleme?«

Er rieb kraftlos Daumen und Zeigefinger gegeneinander.

»Aber du hast doch für San-San gearbeitet. Hat der dir denn keinen Anwalt besorgt?«, rieb ich ihm die mutmaßliche Treulosigkeit seines Chefs unter die Nase.

Markač schloss seine Augen, hob leicht die Hand an, um sie gleich wieder fallen zu lassen. Er fluchte leise. Die Erinnerung daran, auch noch im Stich gelassen worden zu sein, war etwas zu viel, nachdem er erst wenige Tage zuvor von seiner tödlichen Krankheit erfahren hatte.

»Ich kann das für dich regeln«, sagte ich sanft. »Mit einem ärztlichen Bericht in der Hand ist das überhaupt kein Problem.«

Ich sah ihm fest in die Augen. Es war ein Angebot, das abzulehnen er sich nicht erlauben konnte. Aber es war zumindest zu diesem Zeitpunkt nur ein Bluff. Ich dachte fieberhaft darüber nach, ob und wie ich meine frühere Seniorchefin in der Kanzlei dazu bringen könnte, noch an diesem Tag zu regeln, dass der Mann Haftverschonung erhielt. Ein Honorar wäre jedenfalls kein Problem, das konnte ich Kamrath weiterberechnen.

In Markač erwachten wieder ein paar Lebensgeister. Er schob die Decke von sich und zog sich an dem über ihm baumelnden Handgriff ein wenig nach oben.

Ich begriff jetzt, warum er über Jahrzehnte hinweg die Schmutzarbeit für van Haag hatte erledigen können. Mochte sein Körper auch vom Krebs gezeichnet sein, in seinem ärmellosen Unterhemd sah er immer noch aus wie ein olympischer Turner.

»Sander van Haag behauptet, dass du und dein Kumpel Mladen Jukić das Mädchen auf dem Gewissen haben. Was ist damals geschehen?«

Markač hob den Zeigefinger und ließ ihn pendeln. So nicht. Bevor er ein Wort von sich gab, wollte er eine handfeste Garantie. Kein Wunder, in seiner Welt war Vertrauen ein lebensgefährlicher Luxus.

Ich klopfte an der Tür und bat den Pfleger herein. Höchst empört beklagte ich den Skandal, dass mein Mandant hier klammheimlich interniert werde, und verlangte nach einem ausführlichen Bericht über seinen Zustand.

»Innerhalb einer Viertelstunde«, fügte ich ziemlich spitz hinzu.

Danach ließ ich mir von ihm ein Telefon aus dem Dienstzimmer holen und sprach in seinem Beisein laut und deutlich eine Nachricht auf die Mailbox meiner früheren Chefin. Ich begann mit »äußerst dringend« und endete auch damit. Dazwischen bat ich sie, alles für eine Haftverschonung oder am besten gleich für eine endgültige vorzeitige Entlassung in die Wege zu leiten.

Womöglich beeindruckte die Vehemenz, mit der ich sprach, Markač so sehr, dass er sich der Hoffnung ergab, binnen kürzester Zeit in die Heimat ausgeflogen zu werden. Unter Umständen spielte sogar mit, dass er zum Ende hin sein Gewissen entlasten wollte. Jedenfalls begann er nun, offen zu erzählen, was an diesem unheilvollen Sonntagabend des Jahres 1983 geschehen war. Es kostete ihn keinerlei Mühe, sich zu erinnern. Als wäre es gestern passiert. Allein seine Atemnot zwang ihn immer wieder zu kurzen Pausen.

Dinko Markač hatte Jugoslawien 1982 verlassen. Er gehörte zu einer Gruppe Halbstarker, die dem Lockruf eines Landes folgten, in dem der Cannabishandel stillschweigend geduldet wurde. Mit einer in den Niederlanden bis dahin unbekannten rabiaten Vorgehensweise fiel es ihnen nicht schwer, sich einen Platz in Amsterdam zu erobern, wo die Idee von Love & Peace noch immer hoch im Kurs stand. Nur der gewaltbereite Teil der Hausbesetzerszene stand ihnen in nichts nach, aber das war für die »Jugos«, wie sie bald hießen, kein Problem. Zumindest so lange nicht, bis sie sich von resoluten Spekulanten anheuern ließen, um deren Häuser ohne richterliche Beschlüsse freizuräumen. Weil mit dieser unangenehmen Arbeit aber kaum Geld zu verdienen war, strichen sie diese Dienstleistung schnell wieder aus ihrem Portfolio. Letztlich handelte es sich bei den meisten zunächst nur um Kleinkriminelle, kaum schlimmer als Sander van Haag und vielleicht auch sein partner in crime Marcel Kamrath.

»Wir machten den kleinen Schwarzjacken klar, dass sie sich aus der Innenstadt verpissen sollten«, sagte Markač. »Plötzlich meldete sich San-San aber, dass sie genug Geld besäßen, um bei uns groß einzusteigen. Er wollte von uns Stoff für eine Viertelmillion Deutschmark kaufen.«

Ich notierte hastig die wichtigsten Punkte seiner Erinnerungen. Er ließ seinen Kopf zurück in die Kissen sinken und erzählte mit geschlossenen Augen weiter.

»Der Deal war für Sonntagabend geplant, hinter dem Vliegenbos; eine ziemlich öde Gegend …«

»Wer hatte den Ort ausgewählt?«, unterbrach ich ihn.

»Mladen war unser Kontaktmann, aber ich glaube, dass San-San den Treffpunkt bestimmt hat. Nah beim Kanal, an einer schwer einsehbaren Stelle. Es sollte erst nach Sonnenuntergang ablaufen, um acht Uhr. Als wir eintrafen, erwartete uns nur dieses Mädchen.«

»Eine Vorsichtsmaßnahme? Er vertraute euch nicht?«

Markač nickte.

»Zu Recht?«

Er nickte wieder.

»Ihr wolltet ihn abziehen?«

Keine Antwort, aber ich sah auf dem Monitor, wie sein Puls leicht anstieg.

»An so viel Geld konnten sie niemals ehrlich gekommen sein. Also konnten sie auch nichts unternehmen, wenn wir es ihnen abnahmen.«

»Wo war Sander?«

»Er hielt sich irgendwo versteckt. Wahrscheinlich in einem der vielen Schuppen, die es da gibt.«

Ich schwieg.

»Das Mädchen garantierte uns, dass sie das Geld dabeihatten. Aber erst wollte sie die Ware checken.«

»Und dann würde sie Sander dazuholen?«

Markač hob leicht die Schultern an.

»So weit kamen wir nicht.«

»Weil ihr gar keine Ware mitgebracht hattet?«

Er nickte nur und atmete heftig ein, um wieder mehr Sauerstoff in den Körper zu ziehen.

»Sie wollte nicht sagen, wo Sander war. Vielleicht konnte sie es auch nicht. Aber das war ihr Pech. Wir konnten kein Risiko eingehen, also machten wir schnell. Mladen brachte sie ein paar Mal zum Schreien, sodass Sander es hören musste. Aber statt seinem Mädchen beizustehen, hat er sich wohl einfach verdrückt. Jedenfalls war sein Wagen weg, als wir selbst abhauten.«

»Und Kiki?«

»Haben wir dagelassen.«

»In welchem Zustand?«

»Mladen hatte sie schon heftig rangenommen, aber sie lebte.«

»Ihr habt sie nicht noch eben in den Kanal geworfen?«

Er schüttelte den Kopf.

»Warum sollten wir?« Er öffnete seine Augen und sah mich an. »Was hätte uns das eingebracht, außer einer Menge neuer Probleme?«

»Aber wie ist es dann abgelaufen?«

Er seufzte tief auf, als hätte ihn das Schicksal des Mädchens schon damals angerührt. Die Linien auf dem Monitor zeigten ein paar beeindruckende Peaks.

»Wir hatten unseren Wagen nicht weit entfernt von

Sanders Auto geparkt. Als wir zurückkamen, sahen wir, dass er geknackt worden war.«

Er sah mich nur vielsagend an. Aber ich wollte es von ihm hören, und so wartete ich, bis er endlich weitersprach.

»Er wollte uns abziehen, dachte, wir hätten die Ware einfach so im Kofferraum liegen.«

»Also hat er Kiki nur eingesetzt, um euch abzulenken. Aber sein Plan misslang, weil ihr ihn ebenfalls abziehen wolltet und den Stoff zu Hause gelassen hattet, war es so? Come on, Dinko! Auf den Punkt: Was passierte mit dem Mädchen?«

»Sie hatte schon ordentlich was abbekommen. Vielleicht war sie noch nicht ganz klar, ist umhergetaumelt, ins Wasser gefallen. Alles möglich, aber ...«

Ich setzte den Stift aufs Papier und sah ihn erwartungsvoll an.

»San-San. Es passte ihm gut in den Kram, dass sie verschwand.«

Die Linien auf dem Monitor beruhigten sich, als hätte er das Schlimmste jetzt hinter sich.

»Und er hat euch danach gezeigt, dass es besser wäre, mit ihm zu arbeiten statt gegen ihn?«

Aber das hörte Dinko Markač schon nicht mehr. Seine Augenlider begannen zu flattern, und die Anzeigen auf dem Bildschirm blinkten hektisch und lösten Alarm aus. Keine halbe Minute später stürzte der Pfleger ins Zimmer, checkte die Daten, stellte die Infusionspumpe neu ein und richtete den Schlauch mit der Sauerstoffzufuhr. Die Werte stabilisierten sich halbwegs, und Markač' Brustkorb hob und senkte sich wieder etwas ruhiger.

»Zeit zu gehen«, sagte der Pfleger.

»Wir bleiben in Kontakt.« Ich hob die Hand, obwohl Markač es nicht sehen konnte, und wandte mich ab.

Der Pfleger verließ das Zimmer mit mir und begleitete mich bis zum Ende des Gangs.

»Wollen Sie ernsthaft noch einen Bericht?« Er drückte auf einen Knopf neben der Tür. »Wir erhöhen schon seit Tagen die Morphindosis. Eine Rückkehr nach Hause würde ihm nur noch als große Halluzination erscheinen. Sofern ihn der Flug nicht längst vorher umgebracht hat.«

Ich winkte ab. Er hatte recht.

Ich war früh genug dran, um noch vor den täglichen Staus zügig von Scheveningen nach Wolfheze zu gelangen. Die ganze Fahrt nach Osten über genoss ich die Morgensonne auf meinem Gesicht, dankbar, zu leben. Ab und zu ließ ich meinen Blick über die Weiden rechts und links der Autobahn gleiten, auf denen Kühe in aller Gemütsruhe ihr Frühstück einnahmen. Gras, das keinen Ärger verursachte.

Ich dachte über die Zusammenfassung meiner Recherchen nach, die Herrn Kamrath zwar von aller Schuld für Kiki Molenaars Tod freisprachen, ihm aber für den Augenblick neues Unheil einbrachten.

Meine letzte wichtige Frage hatte ich Markač leider nicht mehr stellen können: Warum? Was hatte Sander van Haag dazu veranlasst, seine geliebte Kiki zu opfern? Vorstellen konnte ich mir einen Haufen von Gründen. Kiki hätte es vermutlich nicht akzeptiert, dass er das Geld, das Kamrath von seinem Vater »ausgeliehen« hatte, einfach so einkassierte. Sicher störten seine pazifistischen Hobbydealerfreunde auch dabei, das Geschäft nun professionell und notfalls mit Gewalt aufzuziehen. Und vielleicht wollte er sich sogar an Kamrath und Kiki rächen, weil er sich zunehmend als fünftes Rad am Wagen fühlte. Ein Junge aus Amsterdam-Noord ohne große Chancen, ihm gegenüber ein Sohn aus reichem Hause und ein Mädchen vom Konservatorium. Hinreichend Stoff für ein Drama.

Aber es gab natürlich noch eine weitere drängende Frage: Hatte Sander Kiki wirklich ertränkt? Markač hatte es nur bei Andeutungen belassen und es ja angeblich auch nicht selbst gesehen. Oder er hatte seine Beteiligung nicht zugeben wollen. Wie glaubwürdig war diese Beichte eines mit allen Wassern gewaschenen Schwerkriminellen auf dem Sterbebett?

Ich hoffte, dass mich Kikis Schwester etwas schlauer machen würde.

Das Gelände der psychiatrischen Klinik von Wolfheze versprach Sanftmut, Ordnung und verlässliche Strukturen. Breite, hell gekieste Wege verbanden leicht mäandernd meist zweigeschossige Flachbau-Komplexe, die großzügig verteilt zwischen ausgebreiteten, sehr gepflegten Rasenflächen lagen. Wer es nicht besser wusste, hätte die Anlage auch für das etwas ausgeuferte Neubauviertel eines Dörfchens im Speckmantel der Großstadt halten können.

»Sie ist im Sägewerk«, erklärte mir ein junger Betreuer, als ich mich im Büroraum ihrer Wohngruppe anmeldete. Er begleitete mich zu einem Werkgebäude, das abseits der Wohnhäuser am Rand des Areals lag.

Ich erzählte ihm, dass ich sie über ihre Schwester befragen wollte, die vor über dreißig Jahren auf ungeklärte Weise zu Tode gekommen sei.

Er zuckte mit den Schultern. Ich sollte besser keine allzu großen Hoffnungen in diese Begegnung setzen, meinte er. »Ansje Molenaar wohnt hier bereits seit 1985. Sie bleibt meistens für sich. Wenn sie ihr Vormund nicht alle zwei Wochen besuchte, erhielte sie überhaupt keine Impulse mehr von der Welt da draußen.«

Sie hatten gerade eine Pause eingelegt. Ein paar Betreuer füllten Becher mit Kaffee und stellten Teller mit Frühstückskuchen auf die Tische. Rund zehn Patienten saßen auf den fest im Boden verankerten Holzbänken, die Arbeitshandschuhe auf so identische Weise auf dem rechten Oberschenkel abgelegt, als gäbe es dafür eine Regel. Im Hintergrund lagen Baumstämme auf Sägeböcken, an denen lange Zweihandsägen lehnten.

»Eine Sekunde«, bat mein Begleiter.

Er ging zu einem Kollegen, der vor einem offenen Schuppen stand und etwas auf einem Klemmbrett notierte. Während sie sich unterhielten, warfen die Patienten scheue Blicke auf mich. Sie wirkten wie eine Schar Arbeiter aus dem neunzehnten Jahrhundert, die ergeben auf einen neuen Auftrag warteten.

Hinter ihnen standen große Vorratskästen, in denen die

fertigen Holzscheite aufgestapelt wurden. Hier wurde noch alles per Hand erledigt, erkannte ich. Nur für das Spalten des Brennholzes stand eine Maschine bereit.

Der Junge kehrte zu mir zurück. »Ansje ist ziemlich nervös. Ihr Vormund hat heute Morgen kurzfristig seinen Besuch abgesagt.«

Er wies mit einem Nicken auf eine Frau, die zusammengesunken auf der äußersten Kante einer Bank saß und mit dem Daumen unaufhörlich über eine Beule im Holz des Tisches rieb.

Wir gingen herüber, und er kniete sich neben sie.

»Ansje, hier ist Besuch für dich.«

Sie reagierte nicht, ihr Daumen bearbeitete weiter den Fehler im Holz.

»Das ist Marie Vos. Marie möchte mit dir über deine Schwester Kiki sprechen.«

Ansje schüttelte jetzt den Kopf und schob die Ärmel ihres Overalls hoch, als wollte sie sich auf einen Kampf vorbereiten. Ihre kräftigen Unterarme waren von Narben übersät.

»Ansje?«

Sie setzte die Ellenbogen auf dem Tisch ab, legte ihr Kinn in die Hände und starrte ins Leere.

Der Betreuer sah mich entmutigt an.

»Es ist kein leichter Tag für dich heute, Ansje, nicht?«

Ich wollte selbst mein Glück versuchen und machte einen Schritt auf sie zu. »Kennst du vielleicht Sander? Sander van Haag?«

Plötzlich drehte sie den Kopf und sah mich mit einem verhangenen Blick an.

»Sander«, wiederholte sie. Sie hatte eine dunkle Stimme, die von weit her zu kommen schien. Dann versank sie wieder in ihrer alten Sitzhaltung und rieb mit dem Daumen erneut über das Holz.

Ich überlegte noch, wie ich es anders versuchen konnte, als ein Gongschlag, mit dem der Betreuer das Ende der Kaffeepause signalisierte, sie sofort aufstehen ließ.

Sie drückte meinen Begleiter, der ihr halb im Weg stand,

wortlos zur Seite und ging zu ihrem Arbeitsplatz, griff nach der über einen Meter langen Handsäge und setzte sie zügig in den Schnitt. Dann begann sie, wie getrieben zu sägen. Einer der Betreuer lief zu ihr und ermahnte sie, zu warten, bis ihr Arbeitskollege bereit sei. Zwei- oder dreimal zog sie das Blatt noch durch das Holz, ehe sie mit einem Blick, in dem eine archaische Wut aufflackerte, innehielt und in dem Augenblick, da ein knochiger Bursche auf der anderen Seite den Griff der Säge umfasste, mit derselben ungebändigten Energie fortfuhr.

»Es wäre sinnlos, jetzt auf sie einzureden«, sagte der junge Mann. »In ihr tobt ein Sturm, der kann noch tagelang anhalten. Dann hilft nur noch abwettern: Segel reffen, Treibanker ausbringen, Sicherheitsleinen spannen und immer dranbleiben.«

Er legte eine Pause ein, in der er offenbar beschloss, sich besser nicht darauf zu verlassen, dass wir Niederländer immer noch ein Volk von Seefahrern sind, und setzte neu an. »Wir leiten ihre überschüssige Energie so weit wie möglich auf das Holz ab. Anders würde sie die furchtbar gegen sich selbst richten.«

»Ich habe es verstanden«, unterbrach ich ihn, an das Meer von Narben auf ihren Unterarmen denkend.

Wir liefen über einen der mustergültig geharkten Kieswege auf den Ausgang zu.

»Es hat mich überrascht, dass Sie als Erstes Sander van Haag erwähnten. Kennen Sie ihn so gut?«, fragte er.

»Immer besser. Warum hat es Sie überrascht?«, tat ich so, als wunderte mich seine Frage nicht.

»Na, Sie wollten doch über Ansjes tote Schwester reden. Und fangen dann mit ihrem Vormund an.«

Jetzt sah ich ihn doch überrascht an.

»Wussten Sie das nicht? Nachdem ihre Mutter gestorben war, hat er die Verantwortung für sie übernommen. Da hatte er sie aber auch schon jahrelang besucht. Bis heute kommt er alle zwei Wochen. Ein sympathischer Kerl, wenn Sie mich fragen. Egal, was sie braucht, er bezahlt alles. Und zu jedem Besuch bringt er eine große Dose Kekse für die ganze Sägewerktruppe mit. Er taucht immer pünktlich zur Kaffeepause auf, und erst wenn alle wieder an die Arbeit gehen, geht er weg.«

»Ja, er ist dafür bekannt, dass er alten Freunden die Treue hält.«

»Er sagt immer ›Ansje ist meine Familie‹. Er war wohl mit ihrer Schwester liiert, als sie diesen furchtbaren Unfall hatte.«

»Ist der Tod ihrer Schwester eigentlich der Auslöser für Ansjes Krankheit gewesen?«

»Sorry, aber über medizinische Dinge darf ich keine Auskunft geben.«

Ich zauberte ein gehöriges Maß Enttäuschung auf mein Gesicht, und wie erwartet, konnte er das nicht lange aushalten.

»Natürlich ist es aber so«, fuhr er fort, »dass für manche Menschen ein solch traumatisches Erlebnis der letzte Tropfen ist, der das Fass zum Überlaufen bringt. So ein Schlag treibt sie tief in eine Psychose hinein – oder in sonst eine Störung.«

Ich nickte verständig.

»Sagen Sie, wo Sie Sander van Haag doch persönlich kennen«, setzte er noch einmal nachdenklich an, als wir uns gerade voneinander verabschiedet hatten. »In der letzten Zeit ist irgendwie Sand ins Getriebe gekommen, was seine Besuche angeht. Er hat schon mehrfach überraschend abgesagt. Aber nächste Woche Mittwoch muss er unbedingt hierherkommen. Das ist der letztmögliche Termin, um den neuen Pflegevertrag zu unterzeichnen. Ich habe ihm schon in aller Eindringlichkeit Bescheid gesagt, aber vielleicht könnten Sie auch noch mal …?«

Ich machte eine Gebärde, die nicht zu viel, aber doch etwas versprach.

»Und möglicherweise würden Sie selbst auch noch mal bei Ansje vorbeischauen? Es ist so wichtig, dass sie Besuch bekommt. Sicher ist sie dann auch schon etwas zugänglicher. Zur Belohnung gibt es einen halben Ster Brennholz gratis.«

Sein Betteln für Ansje, das er mit einem ironischen Augenzwinkern zu verbrämen suchte, rührte mich plötzlich zutiefst an. Ich machte, dass ich fortkam.

32

Er hatte nicht damit gerechnet, dass Sophie statt des Italieners ihr Apartment als Treffpunkt vorschlagen würde. Und dass sie obendrein kochen wollte. Sein Zögern hatte ihr ein ironisches Lachen entlockt.

»Ich habe dich für emotional intelligenter gehalten. Wir werden das tun, was alte Freunde tun. Von früher reden, essen, trinken, und um elf gehst du nach Hause, weil wir beide einen anstrengenden Tag hinter oder vor uns haben, und weil gute alte Zeiten am besten alte Zeiten bleiben, okay?«

Ihre Klarheit, gepaart mit ihrem Humor, das war eine entwaffnende Kombination. Sofort hatte er wieder gewusst, warum er sich vor ein paar Monaten in diese Liaison gestürzt hatte. Und zugleich, dass sie künftig wohl nicht die Hauptfiguren in einem bühnenreifen Beziehungsdrama sein würden.

Aber konnte man aus diesem entspannten Telefonat auch ableiten, dass Sophie den Abend im Park überwunden hatte? Auf dem Weg zu ihr überlegte er, wie viel von Sander er ihr erzählen sollte, vielleicht erzählen müsste, um wenigstens an dieser Front keiner Gefahr ausgeliefert zu sein. Andererseits lieber gar kein Wort darüber. Unvorstellbar, dass er seinen furchtbaren Hass auf Sander jetzt aus der Stimme würde heraushalten können, da Marie Vos ihm die Wahrheit über Amsterdam '83 berichtet hatte.

Sander hatte nicht nur jenen Menschen ermordet, der ihm damals und lange danach alles bedeutet hatte. Er hatte auch sein ganzes weiteres Leben mit einem so tiefen Schuldgefühl infiziert, dass alle Glücksmomente, selbst die größten, davon getrübt wurden. Alles Gute, das ihm widerfuhr, schien seitdem unverdient und flüchtig. Dennoch hätte er sein Leben nie, nicht einmal jetzt, als gescheitert betrachtet. Aber es war immer ein Leben im »Trotzdem« gewesen. Und nun, da ihm der eigentlich Schuldige an alldem wie der Leibhaftige erschienen war, um sein Leben endgültig zu zerstören, da hatte er nichts in Händen, um sich gegen ihn zu wehren. Nichts.

Das Bild der Autobahn vor ihm verschwamm. Aber Heinrich Kamrath gab ihm eine Ohrfeige. Wie damals. Man kapituliert nicht! Nicht, solange dein Herz noch schlägt, Junge! Lebenserfahrung, gepaart mit Nazisprech. Worauf konnte er sich nur stützen?

Das Lächeln, mit dem sie in der Tür stand, wich einem besorgten Blick.

»Mein Gott, siehst du schlecht aus.« Sie besann sich und setzte neu an. »Ich wollte sagen, wenn man dich kennt, sieht man, dass unter der wie stets perfekten Außenhülle – ach, vergiss es, komm rein.«

Sie nahm ihm die Pfingstrosen mit einem Grinsen ab. »Du hast auch keine Ahnung von Blumen, oder? Dachtest, die sind knubbelig und unverfänglich, passt. Botanisch gesehen, sind sie zwar keine Rosen, heißen aber trotzdem so und bedeuten auch dasselbe. Pech gehabt.«

Er hatte sich von der Begrüßung, die sein Selbstmitleid sofort getriggert hatte, wieder halbwegs erholt und war dankbar für ihr Bemühen um einen munteren Start.

»Danke für die Aufklärung. Ich werde die Blumenhändlerin verklagen. Gleich morgen. Ich hoffe, sie gefallen dir trotzdem.«

Sophie führte ihn nicht ins Wohnzimmer, sondern in die Küche. Auf dem Resopaltisch eine rot-weiß karierte Tischdecke, eine halb abgebrannte Kerze, einfache Teller, ein schön drapierter Vorspeisenteller.

Ihr Gespür für Symbolik war fein ausgebildet. Er war ein willkommener Gast, aber er war nicht zu einem romantischen Dinner geladen.

Sie wollte ihm ein Glas Wein einschenken, aber er lehnte ab.

»Angst, die Kontrolle zu verlieren?«

»Ich hab es meinem Großvater versprochen. Kein Alkohol bis auf Weiteres.«

»Dein Großvater lebt noch? Wie alt ist er? Hundertzehn?«

»Viel jünger. Hundertzwei. Er feiert seine Geburtstage aber schon seit Längerem dort«, er wies Richtung Himmel, »na ja, möglicherweise auch dort«, und zeigte in die Gegenrichtung.

Eine Weile erzählte sie von einem Forschungsprojekt an der Uni, in dem sie eine Hilfskraftstelle bekommen hatte, und er fragte gerne nach, um das Gespräch in Gang zu halten, bis sich eine Gelegenheit bieten würde, auf das eigentliche Thema zu wechseln. Aber sie kam ihm zuvor.

»So furchtbar die Umstände waren, aber der Abstand von uns hat mir gutgetan«, setzte sie an.

»Du wirkst irgendwie erleichtert.«

»Nicht übertreiben, Marcel. Sich geirrt zu haben, bleibt schmerzhaft. Aber ich habe etwas begriffen, und das ist gut.«

»Und was ist dieses Etwas?«

»Es ist bei Weitem nicht so uncharmant, wie es jetzt klingen mag. Aber ich hatte mich nicht nur in dich verliebt, sondern du warst auch der perfekte Typ für meine Situation. Ich brauchte einen Katalysator.«

»Klingt tatsächlich uncharmant. Ist die Reaktion, die ich da beschleunigt habe, wenigstens eine positive?«

Sie lachte kurz auf. »Frag mich in ein paar Jahren noch mal. Aber im Augenblick fühlt es sich sehr gut an. Ich habe meinen Mann verlassen.«

Er sah Sophie überrascht an. »Ich habe euch doch noch vor ein paar Tagen im Lokalfernsehen gesehen.«

»Ja, die Gala. Das war sein Abschiedsgeschenk.«

»Großzügig.«

»Da wusste er es noch nicht. Ich allerdings auch nicht. Erst am Ende dieses Abends.«

»Du sprichst in Rätseln.«

»Es geht dich ja eigentlich auch nichts an. Aber gut, es war sein Frust, dass das Vorjahresergebnis an Spenden ziemlich weit unterschritten wurde. Er pöbelte, mit meiner bescheuerten Idee, die Suchthilfe zu unterstützen, hätte ich seine Reputation beschädigt. Ob ich denn noch immer nicht begriffen hätte, worum es bei diesem Event ginge. Das war nur der Anfang. Er tobte, wie er sonst in seiner Vorstandsetage toben soll. Ich bin mit dem Taxi nach Hause, habe meine Sachen gepackt, und am nächsten Tag hat mein Anwalt seinen angerufen.«

»Touché. Respekt, Sophie.«

»Dein Reaktion beweist, was ich vermutete. Du hast mir das ebenso wenig zugetraut wie er.«

Er schwieg. Sie hatte nicht unrecht. Nicht ganz.

»Wie auch immer, wenn ich dir bei diesem Schritt tatsächlich irgendwie geholfen haben sollte, freut es mich.«

Dann wollte er es endlich hinter sich bringen. Das besprechen, was ihn am meisten belastete. Und sie vielleicht auch.

»Die Sache mit dem Junkie, du musst wissen, es war eine Falle, die …«

»Stopp. Damit es keine Missverständnisse gibt. Ich will über diesen Abend nicht mehr reden.«

»Aber es beschäftigt dich doch auch noch. Die Gala …«

»Die Spendengala war meine Ablasszahlung. Dafür, dass ich vielleicht einen Krankenwagen hätte rufen müssen, obwohl ihr euch so sicher wart, dass der Mann tot war. Er hat dich angegriffen, du hast dich gewehrt, er ist in sein Messer gefallen, das ist der Lauf der Dinge. Das Symptom eines Problems, nicht die Ursache. Und von hier an will ich mit eurer Sache nichts weiter zu tun haben. Können wir also das Thema wechseln?«

Erstaunlicherweise drängte es ihn jetzt, ihr die ganze Geschichte zu erzählen. Vielleicht um zu beweisen, dass er nicht in einem Atemzug mit Sander zu nennen war. Es war ja nicht ihre gemeinsame Sache, sondern nur Sanders Angelegenheit. Aber noch während er das dachte, wurde ihm schmerzhaft bewusst, dass es nicht stimmte. Nicht mehr. Sander hatte ihn längst so tief in sein System hineingezogen, und er selbst hatte an so vielen Stellen, an denen es noch möglich gewesen wäre, nicht »Nein« gesagt, dass man tatsächlich von ihrer gemeinsamen Sache sprechen musste. Zu groß war sein Anteil an dieser neuen Schuld.

»Selbstverständlich, du hast recht. Und ich danke dir dafür.«

Dann folgte er ihrem Wunsch und erzählte, dass er Jan eingeladen hatte, im Sommer mit ihm zehn Tage nach London und Liverpool zu fliegen. »Jeden Abend ein Konzert, immer schön abwechselnd nach seiner und meiner Wahl. Ich war schon beim Hörgeräteakustiker und habe mir spezielle Gehörschutzstöpsel gießen lassen.«

Sophie hingegen überlegte, für ein Forschungssemester nach Frankreich zu gehen, wo unlängst noch ein geheimes Lager mit Nazi-Raubkunst entdeckt worden war. Ein Thema, das sie beide weiterhin interessierte.

So verwandelte sich das Treffen, das das Ziel gehabt hatte, ihre Trennung auch offiziell zu besiegeln, nach und nach und ohne Krampf in den gelungenen Auftakt einer neu erwachenden Freundschaft. Bis Sophie Punkt elf auf die Uhr schaute und versprach: »Wir reden weiter. Beim nächsten Mal.«

Wäre nicht zur selben Zeit seine gesamte übrige Welt in totaler Auflösung befindlich gewesen, er hätte ihre Wohnung glücklich und erleichtert verlassen.

Sonntagmittag fuhr er nach Kiel. Eine Woche, angefüllt mit Besprechungsterminen, Sitzungen des Kreis- und des Ortsvorstands, Austausch mit Mitgliedern der Nachwuchsvereinigung, der Seniorenvereinigung, der Frauenvereinigung, der Mittelstandsvereinigung und der Arbeitnehmervereinigung.

Das alles sahen die Leute ebenso wenig wie die Arbeit in den Ausschüssen. Die redeten nur darüber, dass die Reihen im Bundestag mal wieder leer geblieben waren. Wo steckten die faulen Schweine eigentlich? Nickten nur ab, was Fraktion und Regierung – wenn man denn regierte – planten, und ansonsten: Lenz schieben. Dabei war jeder Abgeordnete eigentlich ein kleiner Bundestag für sich. Themen identifizieren, die den Wählern und Parteimitgliedern auf den Nägeln brannten, unterschiedliche Interessen ausgleichen, Netzwerke pflegen, um Mehrheiten beschaffen zu können, Kompromisse schließen, dealen: Hilfst du mir hier, helf ich dir dort. An manchen Tagen war die Fallhöhe zwischen der Arbeitslast und den Schmähungen in Medien und Internet so groß, dass er am liebsten alles hingeschmissen hätte. Und natürlich gab es da zu allem Ärger auch noch die Kollegen, die alle Klischees der Politikverdrossenen erfüllten. Aber die Namen durfte man nicht nennen; zu viele Verbände und Unternehmen, die sie stützten, weil sie taten, was man von ihnen erwartete, zu wichtig im Landesverband, zu wichtig der Landesverband, zu groß die Angst vor einer Nacht der langen Messer, in der alles auf den Tisch kommt. Man kam auf Gedanken, wenn der ICE nach Hamburg durch die Landschaft schoss … Also, worauf musste er sich noch vorbereiten?

Seine Segelfreunde standen ebenfalls im Kalender. Zeigen, dass man sie nach ihren großzügigen Spenden nicht vergessen hatte. Carstens war ganz oben auf der Liste, ein Arbeitsfrühstück am Montagmorgen. Sein Sohn hatte sich bei Greenpeace als Matrose beworben, und Carstens würde gewiss darauf drängen, dem Jungen schon jetzt einen ungefährlichen Job in der Entwicklungshilfe zu verschaffen, bevor er bei irgendwelchen Seegefechten gegen Walfänger, Ölbohrungen oder Giftmüllschiffe festgenommen oder gar verletzt würde.

Am liebsten würde er Carstens sagen, dass er den Jungen dafür bewunderte, aber tatsächlich würde er nicken und erklären, dass das Thema schon bei einem Kollegen im Ministerium auf dem Tisch lag. Eine glatte Lüge, auf die es auch nicht mehr ankommen würde, sollte er untergehen, und die er immer noch in eine Wahrheit verwandeln konnte, sollte er aus der Auseinandersetzung mit Sander heil herauskommen.

Und dann warteten da noch ein paar Repräsentationstermine auf ihn. Eine Regatta im Ruderklub und eine Preisverleihung in einem Essaywettbewerb an der Juristischen Fakultät der Christian-Albrechts-Universität. Am Dienstag durfte er den Startschuss für einen Schülerwettkampf im Segeln geben, den der Museumshafen-Verein organisiert hatte. Und zum Abschluss am Samstag ging es ins frisch erweiterte Holstein-Stadion zu den Störchen, die gerade die Bundesliga aufmischten. Die Zeit im VIP-Bereich würde zwar auch nicht ohne Arbeit abgehen, aber Holstein Kiel beim Spielen zuzusehen, entschädigte gerade ziemlich gut dafür.

Und vor allem würden es Stunden sein, in denen er vielleicht einmal nicht an Sander denken müsste. Und an all seine Opfer. Nein, korrekt musste es heißen: an ihrer beider Opfer. Der Herr Dr. Kamrath, sprachlich immer hyperkorrekt. Aber ansonsten … Natürlich würde es ihm nicht gelingen, an ihre Opfer nicht zu denken. Nicht für eine Minute. Ja, wenn er es nur so halten könnte wie Sophie. Die hatte es sich plötzlich doch verdammt leicht gemacht. »Und von hier an will ich mit eurer Sache nichts weiter zu tun haben.«

Er war über den guten Verlauf des Abends so dankbar gewesen, dass ihm ihre Volte da noch gar nicht so befremdlich erschienen war. Dabei war es doch abscheulich, wie sie mit einem Satz den Tod des Junkies von sich gewiesen hatte.

Aber die Toten verschwinden nie einfach so aus dem Leben der anderen. Manche lassen sogar erst von einem ab, wenn man selbst stirbt. So wie es bei Kiki und ihm sein wird.

Wie konnte Sander mit all der Schuld, die er Jahr für Jahr aufgetürmt hatte, in Ruhe leben? Und was sollte dieses pathetische Getue um Kikis Schwester? Besuchte er die zweimal pro Monat, weil es sein Gewissen so schön beruhigte? Dieser Mistkerl. Warum hatte er ihn nicht gleich angerufen und ihm auf irgendeinem Parkplatz den Schädel eingeschlagen?

Mach dich nicht lächerlich, Kamrath. Sander! Immer auf

der Hut, immer auf dem Sprung, immer noch scharf durchtrainiert. Was anderes hatte ihr Kampf in der leeren Fabrik bewiesen, als dass er eine Konfrontation mit Sander niemals überleben würde. Pure Hochstapelei, das Wort Kampf überhaupt dafür zu verwenden. Kein Überraschungsmoment, kein glücklicher Zufall würde ausreichen, um ihn aus einer körperlichen Auseinandersetzung mit Sander als Sieger hervorgehen zu lassen. Er musste Sander auf andere Weise stellen. Und dafür brauchte es Geduld, verdammt noch mal. Es würde sich schon noch eine Chance ergeben! Und vorerst war Sander noch am Zug, ganz so, wie er selbst es angekündigt hatte.

Dienstagnachmittag. Er hatte das Auto, das er sich in Kiel mit Anne teilte, eben am Hafen abgestellt, die Vorsitzende des Museumshafens, die bereits nach ihm Ausschau gehalten hatte, war auf dem Weg zu ihm, da hatte das Nokia geklingelt und seinen Puls nach oben getrieben.

»Alles takko, alter Junge?«

Sander. Mächtig locker und mit einem übertriebenen Amsterdamer Akzent, so als wären sie noch die dicken Kumpel von einst.

Er winkte der Vorsitzenden entschuldigend mit dem Handy, signalisierte fünf Minuten und stieg zurück in den Wagen.

Es kostete ihn größte Mühe, in Sanders Show der besten alten Freunde mitzuspielen und sich nichts anmerken zu lassen. Doch mehr, als dass er jetzt keine Zeit hatte, wusste er nicht herauszubringen.

»Lass mich raten, du bist bestimmt wieder in Kiel.« Sanders Stimme war voller Spott. »Und du musst schwer arbeiten, du Armer!«

»Komm zur Sache, Sander, oder lass uns später telefonieren.« Er hatte seine Wut nicht ganz aus der Stimme heraushalten können.

Auf der anderen Seite blieb es eine Weile still. Sofort hatte er das Gefühl, den Boden unter den Füßen zu verlieren.

»Nun mach schon, Sander, keine Spielchen jetzt!« Es hatte scharf und zurechtweisend klingen sollen, aber es wirkte nur schwach, fast flehentlich.

»Ah, du bist also bereit, unsere Sache ernst zu nehmen.« Wieder dieser Spott. »Nur die Ruhe, Junge, ich bin schon für dich dran.«

Er hörte Sander auf einer Tastatur tippen.

»Also dann. Wir treffen uns noch heute Abend. Raststätte Stolpe Nord. Exakt auf halbem Weg zwischen dir und mir, damit die Last gerecht auf uns verteilt bleibt. Fein, nicht?«

»Das geht nicht, ich muss …«

»Am Kinderspielplatz«, ließ sich Sander nicht unterbrechen. »Um dreiundzwanzig Uhr, da liegt die Zielgruppe brav im Bett.«

Bevor er noch etwas erwidern konnte, hatte Sander die Verbindung unterbrochen.

Er sah zu den Anlegestegen herüber, bei denen rund zwanzig Mädchen und Jungen in ihren Optimisten auf dem Wasser schaukelten und darauf warteten, dass der Onkel aus Berlin endlich das Startzeichen gab.

So entspannt, wie Sander klang, hatte er wohl eine Lösung für das Pieperproblem gefunden. Oder er bluffte nur und lockte ihn zu sich, um ihn in ein neues Himmelfahrtskommando zu jagen.

Er schaute auf die Uhr. Bis Stolpe Nord waren es gute zwei Autostunden. Es blieb ihm also noch Zeit genug, sich hinreichend Sorgen zu machen, was ihn dort erwarten würde. Er rieb sich übers Gesicht, atmete tief durch und stieg aus dem Wagen. Mit ausgestreckter Hand lief er auf die Vorsitzende zu, die sich keinen Ärger darüber anmerken ließ, dass er sie so abrupt auf Stand-by gesetzt hatte.

»Berlin kann manchmal eine Bürde sein«, entschuldigte er sich seufzend und zog sein Manuskript aus der Tasche. »Wenn es Ihnen recht ist, halte ich es kurz. Die Guppys können es ja kaum noch abwarten, endlich aus dem Aufzuchtbecken rauszukommen.«

Sander hatte Zeit und Ort gut ausgewählt. Mutterseelenallein saß er auf dem Endstück einer Kinderrutsche und rauchte eine Zigarette.

Seine Schuhe sanken leicht in den Sand ein, als er an Sander herantrat. Eine Weile musterten sie sich schweigend im Licht einer fernen Laterne, und er konnte nur hoffen, dass seine Miene nicht den Hass verriet, den er für diesen Mann empfand, der Kiki geopfert, vielleicht sogar selbst ermordet hatte.

»Wie schön, Knabbeltje. Pünktlich auf die Minute«, sagte Sander auf eine schmerzende Weise herzlich und drückte die Kippe im Sand aus.

»Was hast du für mich?«

Sander federte hoch, ohne sich abzustützen, als wollte er seine Fitness beweisen, und forderte ihn mit einer Kopfbewegung auf, ihm zu folgen. An der dunkelsten Stelle des Spielplatzes blieb er stehen und schob die Hand unter sein Jackett.

Für eine Sekunde fürchtete er, Sander würde eine Waffe hervorziehen, aber es war nur ein bunt gemusterter USB-Stick.

»Das hier wird unseren gemeinsamen Freund den Kopf kosten«, sagte Sander gut gelaunt und zog spielerisch den Stick an seiner Kehle entlang. »Und dann hast du endlich freie Bahn für unsere große Mission.«

Sander grinste und hielt ihm den Speicher entgegen. Als er danach griff, packte Sander seine Hand und drückte sie fest um den Stick. »Das ist eine geladene, entsicherte Pistole. Du musst jetzt nur noch abdrücken, Junge.«

Er musste schlucken, ehe er etwas sagen konnte. »Was ist da drauf?«

Sander ließ seine Hand los und sah sich um. An einem Klettergerüst fand er offenbar, was er suchte. Er ging hin, zog sich behände an einem Stab hoch auf eine Plattform und richtete sich dort ein, als wollte er eine längere Geschichte erzählen.

»Pieper hat ebenfalls einen lieben Freund aus Holland.

Nicht ganz so gut wie deiner, aber immerhin. Heißt Huub Rijking.«

»Das hat er mir schon selbst erzählt. Der Mann sitzt für die Konservativen im Gemeinderat von Roermond.«

»Saß, Knabbeltje. Hat quittiert, weil er zum Dezernenten und Vizebürgermeister aufgestiegen ist. Pieper und er teilen sich ein Boot, wusstest du das auch?«

Es war anstrengend und demütigend, die ganze Zeit über so zu Sander aufsehen zu müssen. Aber es war kein weiterer Platz auf dem Klettergerüst und überhaupt, was für ein absurdes Spiel war das hier. Küchenpsychologie à la van Haag. Leider eine, die nicht ohne Wirkung blieb.

»Nur, dass er ab und zu über die Maas schippert«, antwortete er zurückhaltend. »Ist nicht strafbar, denke ich.«

»Piepers Freund Rijking ist just an diesem Wochenende von der Roermonder Polizei befragt worden. Sein kleiner Bruder, was für eine Schande, war zuvor mit viel Tamtam in einer Lagerhalle verhaftet worden, in der er eine hochmoderne Wietplantage betrieb. Mit rund zweitausend Pflanzen höchster Qualität, fast erntereif.«

»Okay, Rijking hat also ein faules Ei im Familiennest – dafür lässt du mich zwei Stunden fahren?« Und wieder bekam er seine Sätze nicht so heraus, wie er es gerne gehabt hätte. Statt Ironie sprachen Überraschung und Ratlosigkeit aus ihm.

»Ebenfalls an diesem Wochenende stellte sich heraus, dass dieses faule Ei noch viel verdorbenere Freunde hat. Scheint, als hätte er nicht lange dichtgehalten und der Polizei einen tiefen Einblick in die moralischen Abgründe der feinen Gesellschaft gegeben.«

»Was für Abgründe?«

»Eine unschöne, beinahe tragische Familiengeschichte. Du kennst so was. Der älteste Bruder ein erfolgreicher Politiker, der jüngste taugt zu nichts, will aber unbedingt auch das große Rad drehen. Also sucht sich dieses Sorgenkind einen lukrativen und aufsteigerfreundlichen, nur leider illegalen Wirtschaftszweig aus.«

»Wie gesagt, das kommt in den besten Familien vor.«

»Aber nicht, dass der hoch angesehene Bruder, im speziellen Fall also Piepers Schiffskamerad, den Aufbau dieser Plantage finanziert hat. Sagt zumindest der Junge und setzt noch eins drauf: Seine Ernte habe er an Leute verkaufen müssen, die sein Bruder ihm vermittelt habe. Falsche Freunde, wohin man schaut.«

»Und was für Freunde sind das?«

»Du könntest ruhig etwas mehr Enthusiasmus zeigen, Marcel. Die bürgerliche Fassade ist eine Firma namens Cansat BV. Eine Unternehmung dreier Herren, die medizinisches Cannabis anbauen – ganz legal. Offenkundig handelt es sich aber um Strohmänner. Denn hinter Cansat, das kommt in Sachen Rijking gerade heraus, steht eine viel größere und illegale Wiet-Organisation.«

So eine wie deine, dachte er.

Sander sah ihn mit überaus wachem Blick an. Reaktionskontrolle.

Er gönnte ihm nicht mehr als eine ungeduldige Handbewegung. Erzähl weiter.

Sander seufzte. »Jetzt beschuldigt der kleine den großen Bruder, in die Stadtverwaltung nicht eingetreten zu sein, um den Interessen des Volkes zu dienen, sondern in Wahrheit denen der falschen Freunde. Rijking soll ihnen Tipps gegeben haben, wo sie zeitweilig gefahrlos Plantagen aufbauen konnten, und sie regelmäßig vor Razzien der Polizei gewarnt haben. Diese Organisation operiert vor allem in Limburg, darum war Rijking eine Schlüsselfigur für sie. Soweit ich gehört habe, arbeiten sie aber seit einiger Zeit auch mit anderen Gruppen entlang der deutsch-niederländischen Grenze zusammen. Das hat die Polizei alarmiert.«

»Alarmiert hast wohl eher du die Polizei«, lag ihm auf der Zunge. Aber er schluckte es herunter. Diese Allianz, von der Sander sprach, die konnte nur jene sein, deren Gründung er selbst mit seinem ungezügelten Expansionsdrang in Gang gesetzt hatte. Was er da gerade vorbereitete, war ein Doppelschlag. In Deutschland würde er damit Pieper und das

Cannabisgesetz von der Bühne fegen und zugleich in den Niederlanden seine Gegner ganz erheblich schwächen, indem er ihr trojanisches Pferd in der Stadtspitze anzündete. Sander hatte recht, er war kein Babbeltje mehr, er war mittlerweile der deutlich Raffiniertere von ihnen beiden.

Sander drückte sich von der Plattform ab und kam mit einem zufriedenen Grinsen neben ihm zu stehen.

»Woher weißt du das alles?«, fragte er in einem skeptischen Ton, der verriet, dass er den Wert dieser Informationen sehr genau erkannt hatte.

»Ich habe eben die richtigen Freunde. Solche, die da sind, wenn du sie brauchst. Leute wie dich, Marcellus. Richtig echte Freunde. Und davon viele. Mehr, als du denkst, und auch bei der Polizei.«

Er ignorierte Sanders unverhohlenen Spott.

»Klingt für mich nach einer Menge Hörensagen. Hast du handfeste Beweise?«

»Bleib locker, Junge. Du findest alles auf dem Stick. Die Verhörprotokolle des kleinen Bruders. Fotos von Pieper und seinem Freund Rijking auf Informationsreise bei Cansat BV und hinterher bei einem Abendessen in ausgelassener Stimmung mit dem Cansat-Vorstand. Und schließlich als Highlight ein internes Memo von Cansat BV. Pieper hat zugesagt, dafür zu sorgen, dass die Firma eine der ersten Lizenzen für den deutschen Markt bekommt, sobald das Legalisierungsgesetz verabschiedet ist.«

Wieder einer dieser miesen Tricks, mit denen Sander ihn noch tiefer ins Unglück stürzen würde! Er konnte seine Stimme kaum kontrollieren, als es aus ihm herausbrach.

»Beinahe hätte ich dir geglaubt, dass dieses Material echt ist! Aber so ein Versprechen würde Pieper niemals geben. Ganz abgesehen davon, dass er das gar nicht könnte! Er ist ein miesepetriger und hinterfotziger Karrierist, gar keine Frage. Aber in juristischen Dingen ist er immer korrekt. Hyperkorrekt. Durch und durch gesetzestreu, verstehst du?!«

Sander tätschelte ihm beruhigend den Oberarm, und es

hätte ihn nicht überrascht, Sanders andere Hand gleich in der Magengrube zu spüren. Aber dieser Schlag blieb aus.

»Du bist und bleibst mein cleveres Knabbeltje, Marcellus.« Er grinste. »Junge, alles auf diesem Stick ist echt. Na ja, oder doch fast alles. Respekt für diesen Volltreffer. Das Memo ist ein Fake. Aber ein verdammt guter. Ich habe jemanden, der sich bei Cansat einhacken konnte. Form und Stil des Memos sind perfekt nachgebaut. Und wir haben es irgendwo tief in ihren Dateistrukturen abgespeichert. Damit die Polizei auch was davon hat.«

»Du bist total irrsinnig, Sander. Solche Fälschungen fliegen immer irgendwann auf!«

»Und wennschon! Bis dahin ist die Sache in Deutschland längst gelaufen. Was bei den Leuten haften bleibt, ist nur eins: dass nämlich der feine Herr Pieper das deutsche Volk an die niederländische Wietmafia verkaufen wollte. Das gibt eine paar schöne Headlines in den Zeitungen. Und besonders schön ist es – für dich! –, dass du bei der ganzen Angelegenheit vollkommen außerhalb der Schusslinie bleiben kannst. Nun sag schon, dass ich ein toller Typ bin!«

Ein Babbel-Spruch von damals, so authentisch rausgehauen, dass es ihn schauderte. Trotzdem musste er zugeben, dass es wirklich brisantes Material war. Bestes Futter für die im Land herrschende Empörungskultur.

»Um die Sache abzurunden, hab ich dir noch einen Stapel Rechnungen zu dieser Jacht von Pieper und Rijking auf den Stick geladen«, fuhr Sander fort, als hätte er seine Gedanken gelesen. »Vor zwei Jahren ist sie komplett umgestylt worden. Geld schien dabei kaum eine Rolle zu spielen. Goldene Wasserhähne haben sie zwar nicht installieren lassen, aber auch so dürfte es ein schickes Bötchen geworden sein, dessen Unterhalt im Übrigen auch ein paar Euronen kostet. Und jetzt kommt es: Bezahlt haben alle Rechnungen die falschen Freunde von Rijkings kleinem Bruder. Über eine Tochterfirma von Cansat BV auf Malta. Und ich schwöre, das ist kein Fake. Die Frage ist höchstens, ob Pieper davon wusste oder ob es allein über Rijking lief. Aber wen interessieren in so einem Moment schon solche Nebensächlichkeiten?«

Sander schlug ihm vor Begeisterung auf die Schulter. »Das ist der Todesstoß für dieses unselige Gesetz. Welcher Abgeordnete wird es noch wagen, für eine Legalisierung zu stimmen, wenn das Land dadurch an die organisierte Kriminalität ausgeliefert würde?!«

Er musste Sanders gute Stimmung nutzen, um mehr über die Hintergründe zu erfahren. »War es nur Zufall, dass Rijkings Bruder gerade jetzt aufgeflogen ist?«

Sander lachte herablassend. »Junge, manchmal frage ich mich, wie du es so weit nach oben schaffen konntest. Wie sagte unser alter Bondscoach Louis van Gaal: ›Qualität ist der Ausschluss des Zufalls.‹ Klingt klasse, oder? Übrigens hat Rijking bereits seinen Rücktritt eingereicht. Mehr muss ich nicht sagen, oder?«

Sander legte seinen Arm um seinen Nacken und zwang ihn in eine freundschaftliche Umarmung. Wahnsinn, dieser Mann schien wirklich zu glauben, sie könnten noch einmal am selben Strang ziehen.

»Jetzt fährst du schön nach Hause, Marcel, und schaust dir gut an, was alles in diesem Schatzkistchen steckt.«

Als ein Truck nah an ihnen vorbei Tempo aufnahm, brachte Sander seinen Mund nah an sein Ohr und verstärkte den Druck seines Arms. »Und dann wirst du es sehr diskret an einige deiner Pressekontakte durchspielen. So schnell wie möglich! Ich will es am Wochenende auf allen Titelseiten lesen. Du wirst sehen, es dauert keine weitere Woche, und euer Cannabisgesetz ist reif für den Reißwolf.«

»Ich kann erst Sonntag wieder nach Berlin fahren.« Ein Wagnis, das jetzt zu sagen, aber er musste Zeit gewinnen. »Ich kann das doch nicht per Mail verschicken. Das funktioniert nur, indem ich es persönlich dort ablege, wo es direkt von den richtigen Leuten gefunden wird.«

»Freitag! Allerspätestens Freitag, verstehst du?!« Die letzten Worte schrie Sander ihm so heftig entgegen, dass er die Speichelbläschen auf seinem Gesicht platzen fühlte.

Er drückte Sander von sich weg und ging ohne ein weiteres Wort zu seinem Auto. Hinter ihm bohrte sich Sanders Stimme in seinen Nacken, während er mit zitternder Hand die Tür aufzog.

»Vergiss nicht, Knabbel! Freitag!«

Keine zwanzig Kilometer von Stolpe entfernt schoss er über die Ausfahrtspur auf einen Parkplatz und stoppte quer zu den Markierungen der Pkw-Parkbuchten. Weiter hinten unterbrachen ein paar Leute ihre nächtliche Freizeitgestaltung und schauten aufgeschreckt zu ihm herüber, bis sie beschlossen, dass er sie für die Umsetzung ihrer Fantasien in die Realität wohl nicht verhaften würde.

Verdammt! Es würde nie aufhören, wenn er Sander nicht irgendwie ausschaltete.

Nach Elsbeth war nun also Pieper fällig. Der Verrat an Elsbeth war schrecklich gewesen, mit Pieper hatte er deutlich weniger Mitleid. Oder war er schon so abgestumpft und nur noch dankbar, dass am Ende dieser Aktion nicht ein weiteres Mal Verletzte und Tote auf sein Schuldkonto aufgeschlagen würden?

Er warf einen Blick über das Gelände. Die Leute dahinten waren vollkommen mit sich selbst beschäftigt, ansonsten herrschte die Ruhe eines Truckerschlafplatzes. Hier würde ihn niemand stören. Er zog sein Laptop unter dem Beifahrersitz hervor und holte es aus dem Ruhezustand. Eine halbe Stunde lang flogen seine Augen über den Bildschirm. Sander hatte nicht zu viel versprochen. Sein Niederländisch war noch gut genug, um aus den Vernehmungsprotokollen herauszulesen, dass der kleine Bruder kübelweise Dreck über den großen Bruder, Piepers guten Freund, ausgeschüttet hatte.

Auszüge aus der Unternehmensdatenbank der Niederländischen Handelskammer waren mit Informationen aus den Panama Papers und den Bahamas-Leaks kombiniert worden und bewiesen, dass Cansat BV in ein hochkomplexes Netzwerk von Tochterfirmen und Holdings eingebunden war.

Zwei dieser Unternehmen hatten alle beigefügten Rechnungen für Piepers und Rijkings Jacht übernommen.

Schnell überflog er die Zeitungsberichte über die Festnahme des kleinen Bruders und die auf starken Indizien beruhenden Vermutungen, dass der Ältere der Rijkings als Infiltrant der regionalen Wietmafia die Hand über deren illegalen Geschäfte gehalten hatte. Die leichte Unschärfe und schlechte Belichtung der Fotos von der Aushebung der Haschplantage ließen sie noch authentischer wirken. Als Illustrationen von Zeitungsberichten über Piepers Verwicklung in diesen Skandal würden sie sich fantastisch machen.

Schließlich stieß er auf den Scan eines Memos auf Cansat-Briefpapier mit dem Vermerk »Vertraulich«. In aller Kürze wurde darin eine vom älteren Rijking eingefädelte Besprechung mit dem Bundestagsabgeordneten Dr. Lars Pieper zusammengefasst, in der er seine Vorstellungen zur Legalisierung von Cannabis in Deutschland erläutert habe. Auch wenn es derzeit nicht so aussehe, liefe die Diskussion am Ende auf ein strenges Lizensierungsverfahren hinaus, das nur größere Firmen mit hinreichender Erfahrung bestehen könnten. Man habe Pieper darauf Aufsichtsratsposten und Anteile einiger Holdings auf den Bahamas und Malta angeboten, woraufhin er zugesagt habe, dass Cansat BV bei der Lizenzvergabe bevorzugt behandelt werde.

Er brauchte dringend frische Luft. Er stieg aus dem Wagen, die Opfer der sexuellen Revolution schauten wieder zu ihm herüber, aber er ging in die entgegengesetzte Richtung zu einem Picknicktisch, an den er sich lehnte.

Ein glasklarer Fall von Korruption. Wenn es denn kein gefälschtes Material gewesen wäre. Aber warum sollte es nicht wenigstens so ähnlich tatsächlich abgelaufen sein? Bloß weil er Pieper für einen absolut staatstreuen Bürger hielt, konnte der doch trotzdem in irgendwelchen schlimmen finanziellen Problemen stecken, irgendein geheim gehaltenes Schicksal in der Familie haben oder sonst etwas, das ihn dazu verführt hatte, sich an Cansat BV zu verkaufen. Die Sache mit der Jacht stank jedenfalls gewaltig.

Aber selbst wenn sich später herausstellen würde, dass Pieper nichts ahnend in diese Falle hineingetappt war – nur die Hälfte des Materials auf diesem Stick würde schon reichen, um ihn zu vernichten. Genauso wie das Cannabisgesetz. Sander schätzte das vollkommen richtig ein.

Voller Wut begann er, mit beiden Fäusten auf die Tischplatte einzuhämmern. Sander! Und wieder hätte er in aller Gnadenlosigkeit alles zu seinen Gunsten geregelt! Ein Schlachtfeld voller Opfer zurücklassend.

Er legte den Kopf in den Nacken und starrte in den nächtlichen Himmel. Die Geschichte wiederholt sich, es sei denn … es sei denn … Verdammt, du musst freier denken, Kamrath, unorthodox, irregulär, mein Gott. Man musste dieses ganze Material doch auch vollkommen anders nutzen können. Sander weiß nicht, dass du dank Marie Vos genau über seine Situation informiert bist. Das muss sich doch kombinieren lassen. Es muss!

Der Gedanke traf ihn wie ein Schlag. Zuerst saß er nur da, ganz benommen von der Einfachheit seiner Idee. Dann spürte er einen Schauer über seinen Rücken laufen, vor Schreck über die Risiken, die mit diesem Plan verbunden waren, und die Kaltschnäuzigkeit, derer es zu einem Erfolg bedurfte.

Er sprang auf und rannte zurück zum Wagen. Vielleicht konnte man die Risiken minimieren, ein Rettungsnetz spannen. Jedenfalls musste er alles Schritt für Schritt bis ins letzte Detail durchdenken und selbst das Unerwartbare einkalkulieren. Er fuhr scharf an, der aufheulende Motor ließ die mehr oder minder nackten Glückssucher unwillkürlich zur Seite springen. Jetzt! Jetzt endlich war er am Zug.

Zurück in seiner Kieler Stadtwohnung, streifte er die Stoffhandschuhe über, mit denen er nach dem Einzug ein paar Grafiken gerahmt hatte, und legte frisches Papier in den Drucker. Er schloss sein Laptop an und druckte zwei vollständige Sätze des Materials aus, tippte zwei Adressen ein, druckte auch diese aus und klebte sie auf große Umschläge, in die er die Unterlagen schob. Die Briefmarken befeuchtete er mit Leitungswasser. Den Drucker bearbeitete er mit einem Hammer. Auf dem Weg zur Autobahn würde er ihn irgendwo in einem Müllcontainer versenken.

Nachts um drei stieg er wieder in den Wagen. Knapp zwei Stunden später erreichte er die Hauptpost in Schwerin, zog wieder die Handschuhe über und warf die Umschläge in einen Briefkasten ein. Weit genug weg von Kiel, ohne Fingerabdrücke, nicht rückverfolgbar. Eine Vorsichtsmaßnahme, die überflüssig sein würde, wenn es so liefe, wie er erhoffte.

33

Der Anruf des Ministers kam überraschend spät.

Am Morgen hatte er sich gleich in sein Abgeordnetenbüro begeben und liegen gebliebene Post erledigt, die nicht von besonderer Wichtigkeit war und ihm nur wenig Konzentration abverlangte. Er hatte den Stapel fast abgearbeitet, als sich Werner Drews endlich meldete.

Eine Besprechung im Kanzleramt. In anderthalb Stunden. Er fragte nach dem Thema, aber Werner blieb wortkarg. »Die Legalisierung natürlich.«

Er bat seine Mitarbeiterinnen, ihm keine Gespräche mehr durchzustellen und die Tür zu seinem Büro geschlossen zu halten. Noch einmal klopfte er Schritt für Schritt die Strategie, die er den ganzen letzten Tag über entwickelt hatte, auf Fehler ab. Er fasste die Situation im Drogenhandel in den Niederlanden in ein paar Sätzen zusammen. Kompetent, aber stets nur von einer Außenperspektive betrachtet. Feilte an kritischen Fragen, die er stellen konnte, ohne in Verdacht zu geraten, das Material zu kennen. Probte Sätze des Erstaunens, der Skepsis und des Mitleids. Und schärfte die Logik seines Lösungsvorschlags. Jedes Wort musste ihm im richtigen Moment ohne Zögern über die Lippen kommen. Für dieses Endspiel gab es keinen Notausgang, keinen Plan B.

Und dann noch diesen einen Anruf erledigen, um die dringlichste Information einzuholen. Er spielte nervös mit dem Handy. Sie war eine überaus kluge, erfahrene und wachsame Frau. Der kleinste Patzer würde ihr Misstrauen wecken. Aber es gab keine Alternative. Come on, Kamrath, tu, was getan werden muss.

Er tippte die Nummer von Marie Vos ein.

»Marie Vos, schön, Sie zu hören. Marcel Kamrath hier. Ich wollte nicht versäumen, mich von Ihnen persönlich zu verabschieden und Ihnen noch einmal für Ihre hervorragende Arbeit zu danken.«

An ihrer Stelle wäre er neugierig gewesen, was er mit ihren Recherchen zu tun gedachte. Aber selbst wenn es so sein sollte, ließ sie sich, ganz Profi, nichts anmerken und reagierte so locker und freundlich wie er. Es sei ihr eine Freude gewesen, diesen Auftrag für ihn zu übernehmen.

»Sie haben mir aus der Klemme geholfen. Aus dienstlichen Gründen darf ich zwar nicht ins Detail gehen, aber Ihre Recherchen haben uns vor erheblichen Komplikationen bewahrt.«

Sie zeigte sich höchst erfreut über seine Zufriedenheit. Und es war ihr vermutlich auch nicht unrecht, dass er sie bat, ihre Rechnung direkt an sein privates Kieler Postfach zu senden. »Sie können sich nicht vorstellen, wie kompliziert die deutsche Verwaltung in Sachen Auftragsvergabe und Buchhaltung geworden ist.«

Doch, doch, sie habe schon mehr als nur eine Ahnung davon, antwortete sie mit höflicher Ironie.

Dann räusperte er sich verlegen. »Sie könnten mir allerdings noch einen großen Gefallen tun, Marie.« Er zögerte, als suchte er nach den richtigen Worten. »Ansje Molenaar. Ich wusste natürlich, dass Kiki eine Schwester hat. Aber ich bin später peinlicherweise nie auf die Idee gekommen, nach ihr zu forschen. Sander hat sie mir gegenüber bisher auch nicht erwähnt. Was immer er da in den Niederlanden auf dem Kerbholz haben mag – dass er sich so um Ansje kümmert, ist ihm hoch anzurechnen. Ich möchte sie jetzt selbst so bald wie möglich besuchen. Aber Sie verstehen, ich sollte dort Sander aus naheliegenden Gründen besser nicht begegnen. Er besucht sie jeden zweiten Mittwoch, schrieben Sie in Ihrem Bericht, habe aber zuletzt abgesagt. Hat er einen Ersatztermin genannt?«

»Nicht wirklich, aber er muss definitiv nächste Woche wegen einer Vertragsunterzeichnung erscheinen. Und da verlässliche Besuchszeiten für Ansje Molenaar extrem wichtig sind, sollte das dann der kommende Mittwoch sein.«

»Aber eine bevorzugte Uhrzeit hat er nicht? Gerade diesen Mittwoch hätte ich nämlich eine Lücke im Kalender.«

»Doch, doch. Er kommt immer zur Kaffeepause, um halb zehn morgens. Also wenn Sie ihm aus dem Weg gehen wollten, sollten Sie besser am Nachmittag auftauchen. Aber wenn Sie mich fragen, könnten zwei Besuche an einem Tag etwas viel für Ansje sein.«

Er bedankte sich für ihre Sorgfalt und den guten Ratschlag, den er in jedem Fall beherzigen wolle, und beendete das Gespräch.

Eine halbe Stunde später stieg er aufs Fahrrad. Der Fahrtwind würde ihm etwas Abkühlung verschaffen, und er hatte eine gute Entschuldigung, falls die Anspannung ihn zu sehr schwitzen lassen sollte.

Als er den Besprechungsraum betrat, saß Pieper bereits an dem langen ovalen Tisch.

Sie begrüßten einander kühl. Pieper wirkte zwar ein wenig angespannt, aber nicht ängstlich. Er wusste also noch nicht, was ihn erwartete.

»Tja, dann werden wir wohl gleich erfahren, wie es mit der Legalisierung weitergeht«, sagte er und bemühte sich, einen Hauch von Sorge in seine Stimme zu bringen.

Pieper ließ sich nur zu einer Geste als Antwort herab. Schaun wir mal.

Er griff nach der Wasserkaraffe und bot Pieper artig an, ihm ein Glas einzuschenken, doch der lehnte mit gezwungenem Lächeln ab.

Endlich wurde die Tür geöffnet. Die Kanzlerin trat ein, hinter ihr Werner Drews und der Fraktionsvorsitzende ihrer Partei. Eine kurze Begrüßung, und die Kanzlerin begann.

»Ich muss nicht eigens erwähnen, dass nichts von dem, was hier besprochen wird, diesen Kreis verlassen darf. Kollege Drews wird Ihnen beiden jetzt Kopien eines Dossiers aushändigen, die Sie ihm nachher bitte wieder zurückgeben.

Das Ursprungsexemplar, oder genauer, die Ursprungsexemplare wurden sowohl Herrn Drews als auch mir heute früh ohne Absenderangabe zugesendet. Fünf Minuten sollten reichen, um sich einen guten Überblick über das Material zu verschaffen. Danach möchte ich Ihre Stellungnahmen dazu hören.«

Sie lehnte sich zurück, ihre Mundwinkel erreichten selten gesehene Minusgrade.

Sie nahmen die Hefter und öffneten sie.

Pieper überflog nur die erste Seite und blätterte dann hektisch durch das Dossier, ging wieder zurück, zwang sich zu genauerem Lesen.

Er selbst musste sich ebenfalls zu etwas zwingen, nämlich diese Unterlagen so anzuschauen, als hätte er sie zum ersten Mal vor sich. Ein »Ach herrje« entfuhr ihm, und er rieb sich die Stirn. Zwischendurch sah er immer wieder einmal kurz zu Pieper herüber, dessen Gesicht mittlerweile kalkweiß war.

Als er das Dossier hinreichend lange durchgesehen hatte, erhob er sich und füllte ein Glas mit Wasser, das er Pieper mit mitfühlendem Blick herüberschob.

Pieper nahm einen tiefen Schluck und schaute entsetzt in die Runde.

»Ich weiß nicht, was ich dazu sagen soll«, rang er sich schließlich ab.

»Vielleicht fangen Sie mit Ihrer Beziehung zu diesem niederländischen Politiker an. Huub Rijking«, sagte Drews streng und leitete damit eine Art von Kreuzverhör ein, das er seinem Minister gar nicht zugetraut hätte.

Pieper antwortete erst stockend, sammelte sich dann etwas und redete immer schneller.

Ein alter Freund aus der niederländischen Schwesterpartei, einander bekannt seit über zwanzig Jahren. Lokalpolitik im Euregio-Grenzgebiet, gemeinsamer Aufbau deutsch-niederländischer Strukturen im Rettungs- und Gesundheitswesen, schließlich private Abende mit den Ehefrauen, der gemeinsame Kauf eines Bootes, ja, von ihm aus auch Jacht;

einer schönen Motorjacht, die man sich eben nur zu zweit leisten konnte und wollte.

Und selbstverständlich habe er Rijking auch nach der Erfahrung des niederländischen Staates mit den weichen Drogen befragt. Und natürlich habe er das Angebot, sich mit Vertretern einer vollkommen legal agierenden Firma für medizinisches Cannabis zusammenzusetzen, sehr gerne angenommen. Informationen aus erster Hand, sehr instruktiv. Nicht eine Minute habe er sich manipuliert gefühlt, weder von seinem Freund noch von diesen Menschen. Und er könne und wolle sich nicht vorstellen, dass Huub Rijking überhaupt wüsste, wer hinter diesen Leuten wirklich stecke. Wobei er das Material, vielleicht mit Ausnahme des Zeitungsartikels, als komplette Fälschung zurückweise. Angefangen bei diesem lächerlichen Vorwurf, sie hätten sich den Unterhalt ihrer Jacht von diesen Leuten bezahlen lassen. Stets habe er dem Freund seinen Anteil daran gezahlt, meistens in bar, weil es einfacher war, oft auch durch Übernahme von anderen Kosten während ihrer gemeinsamen Urlaube. Am schlimmsten aber natürlich sei dieses unerhörte Protokoll, nach dem er angeblich dem Unternehmen den Zugang zum deutschen Markt zugesagt habe – gegen Bezahlung! Als wäre er ein korrupter Kretin! Dies alles sei die übelste Verleumdungskampagne, die je in Deutschland stattgefunden habe, und er werde sofort massive Maßnahmen dagegen ergreifen.

Es war erstaunlich. Hatte Pieper in seiner anfänglichen, fast sprachlosen Bestürzung ehrlich und glaubhaft gewirkt, schien er gegen Ende, da er mit jedem Satz zorniger und lauter wurde, an Überzeugungskraft zu verlieren.

Die Kanzlerin räusperte sich.

»Werter Dr. Pieper, damit wir uns nicht missverstehen. Keiner von uns geht davon aus, dass die Vorwürfe gegen Sie stichhaltig sein könnten. Und wir sind davon überzeugt, dass Sie im Falle eines Falles alles Notwendige tun würden, um das hinreichend zu belegen. Aber dieser Fall ist ja bisher gar nicht existent. Soweit wir herausfinden konnten, ist Ihr niederländischer Bekannter zum Beispiel bisher nur vernommen, aber nicht festgenommen worden, wie es in der Zeitung zu lesen steht. Und es ist auch noch keinerlei Ersuchen der niederländischen Behörden eingetroffen, sie bei der Untersuchung hinsichtlich einer deutschen Beteiligung zu unterstützen.«

Der Fraktionsvorsitzende übernahm.

»Lars, du bist doch ein alter Hase und weißt, wie das läuft. Die Frage, die uns jetzt interessieren muss, ist, inwieweit durch diese Sache unsere Politik gefährdet wird. Stell dir vor, wir entscheiden uns jetzt für deinen Legalisierungsentwurf, und einen Tag später finden wir diesen Schmutz in der deutschen Presse wieder. Das Gesetz wäre erledigt, du wärest erledigt. Vielleicht würde das sogar die ganze Regierung nicht stehen können. Unabhängig von jedem Wahrheitsgehalt.«

»Aber genau das wollen die doch. Den Entwurf verhindern. Zählt doch mal eins und eins zusammen.« Piepers Gesichtsfarbe war ins andere Extrem gewechselt und kündete nun von erhöhtem Blutdruck.

»Dr. Kamrath, was denken Sie darüber?«

»Ich glaube, Kollege Dr. Pieper hat vollkommen recht. Da will jemand mit aller Macht seinen Entwurf verhindern. Aber die wollen es möglichst lautlos erledigen, sonst hätten sie es gleich der Presse gesteckt.«

Pieper sah ihn überrascht an. Vermutlich hatte er erwartet, dass ihm Staatssekretär Kamrath sofort in den Rücken fallen würde. Aber der Herr Staatssekretär brauchte den Delinquenten noch, und zwar so dankbar wie möglich.

»Sie haben sich doch im Rahmen Ihrer Aufgabe auch intensiv mit den Niederlanden beschäftigt. Wer könnte hinter diesem Dossier stecken?«, fragte die Kanzlerin weiter.

»Wir haben damals offiziell leider keine detaillierten Informationen seitens der niederländischen Dienste erhalten. Das war aber auch nicht nötig. Es wird eine Menge Akteure im Cannabisgeschäft geben, die unsere Pläne intensiv verfolgen. Sie wissen, dass in den Niederlanden nur der Handel mit Hasch und Marihuana geduldet wird, nicht aber der professionelle Anbau. Über kurz oder lang kann das nicht mehr so weitergehen, und auch die Niederlande werden eine legale Lösung für den Anbau finden müssen. Denn der wird heute fast komplett von der organisierten Kriminalität, der sogenannten Wietmafia, beherrscht. Pauschal gesagt, gibt es dort zwei Fraktionen. Die eine bereitet sich auf die Veränderungen vor, indem sie in den legalen Markt für medizinisches Cannabis drängt. Ob durch Gründung legaler Unternehmen oder durch camouflierte Beteiligungen. Für sie wäre ein streng lizensierter Markt in Deutschland, wie Kollege Pieper ihn präferiert, ein äußerst lukratives Geschäft. Dieser Teil des Dossiers könnte also durchaus stimmen. Dr. Pieper sollte vielleicht tatsächlich in eine Falle gelockt und erpresst werden. Und das vorliegende Material ist ja auch außerordentlich einschüchternd.«

»Aber wer hat uns dann dieses Dossier geschickt? Ein Konkurrent in diesem Wettbewerb um den legalen Markt?«, fragte Werner Drews.

»Möglich. Aber genauso gut könnte es von der Gegenfraktion lanciert worden sein. Von den Traditionalisten im Handel, die in den Niederlanden aus verschiedenen Gründen keinen Zugang zu den legalen Strukturen finden. Oder von solchen, deren Stärke besonders auf ihrer Vormachtstellung im illegalen Handel in Deutschland beruht. Sollte die Legalitätsfraktion dank Dr. Piepers Lizensierungsmodell in Deutschland Millionen machen, wird sie ihre Konkurrenz zu Hause in kürzester Zeit an die Wand drücken – beziehungsweise im Hinblick auf das Gewaltpotenzial eher: an die Wand stellen.«

»Für diese zweite Fraktion würde dann aber doch jede Form der Legalisierung in Deutschland den Untergang bedeuten. Also auch Ihr Entwurf«, schaltete sich die Kanzlerin ein.

»Absolut. Egal wie wir legalisieren: Es würde die Gewichte in der niederländischen Drogenkriminalität sofort radikal verschieben.«

Er schaute in die Runde. Pieper hatte sichtlich Schwierigkeiten, sich zu konzentrieren. Wie ein Boxer, der das

Geschehen nach einem heftigen Niederschlag nur noch durch einen Nebel wahrnimmt. Die anderen schienen die Konsequenzen aus seiner Darstellung zu bedenken. Eine gute Gelegenheit, um noch etwas nachzulegen.

»Was ich noch erwähnen möchte: Beide Fraktionen sind in den Niederlanden ziemlich erfolgreich darin, die lokalen Strukturen in Politik, Verwaltung und selbst Polizei zu unterwandern. Mir liegt es fern, dem Freund von Dr. Pieper etwas zu unterstellen, aber er wäre bei Weitem nicht der Erste, dem die Nähe zur organisierten Kriminalität im Cannabisgeschäft zum Verhängnis wurde.«

»Fassen wir zusammen«, ergriff die Kanzlerin das Wort. »Ein Teil der organisierten Kriminalität in den Niederlanden könnte sehr interessiert daran sein, uns dahin gehend zu beeinflussen, dass wir ein strenges Gesetz verabschieden. Ein anderer Teil könnte hingegen versuchen zu verhindern, dass wir überhaupt legalisieren. Wenn wir uns also nicht zum Spielball dieser Leute machen wollen, müssen wir einerseits unserer Koalitionsabsprache folgen und legalisieren, aber andererseits verhindern, dass diese großen Organisationen in unseren Markt eindringen.«

Sie machte eine Pause, als lauschte sie ihren eigenen Worten.

»Dr. Pieper, ich möchte betonen, dass ich einige Sympathie für Ihren Entwurf hatte. Er schien mir doch erheblich mehr unseren Vorstellungen staatlicher Ordnungspolitik zu entsprechen. Aber zum einen müssen wir Sie jetzt aus der Schusslinie herausnehmen. Zum anderen muss ich einsehen, dass der sehr liberale Entwurf von Dr. Kamrath, der im Übrigen auch mehr den Ideen unseres Koalitionspartners entspricht, der organisierten Kriminalität das Wasser wohl tatsächlich am besten abgräbt.«

Ein wenig Leben kehrte in den erstarrten Pieper zurück.

»Sollten wir aber nicht unbedingt das BKA einschalten? Und den BND am besten auch? Wir müssen uns gegen diese Leute doch wehren.«

»Herr Kollege, Sie haben grundsätzlich natürlich recht.

Wir dürfen diese Kriminellen nicht einfach so davonkommen lassen. Aber glauben Sie wirklich, es könnte jetzt in Ihrem Sinne sein, wenn das BKA oder der BND in die Untersuchung eintritt? Wären Sie sicher, dass davon dann niemand erfährt? Ich sehe nicht, dass wir einem unmittelbaren Handlungszwang unterlägen. Jemand hat uns anonym Unterlagen zugesendet, die ganz offenbar gefälscht sind. So etwas passiert doch regelmäßig. Warten wir erst einmal die Ermittlungen der niederländischen Behörden ab, und dann können wir immer noch weitersehen. Darf ich mich auf Sie verlassen, Herr Dr. Pieper?«

Pieper nickte wie einsichtig, aber es war wohl eher so, dass er mit diesem Signal seine bedingungslose Kapitulation erklärte. In diesem Moment war nicht nur seine Initiative abrupt gestoppt worden, auch seine politische Karriere stand plötzlich infrage. Der anständige und ganz unschuldige Dr. Pieper. Verraten und betrogen und höchstwahrscheinlich erledigt. In fremdem Terrain achtlos auf eine Mine getreten.

Sein Mitleid für Pieper hielt sich dennoch in Grenzen. Was war die Karriere eines politischen Strippenziehers schon gegen das Schicksal, das ihn erwartete, wenn das hier schiefging. Gefängnis bis ins Rentenalter und zudem Sanders Rache, die sich ja nicht nur gegen ihn, sondern in Anbetracht von Sanders eskalativem Charakter vermutlich auch gegen Anne und Jan richten würde. Das war nicht die Zeit für Skrupel. Er hob seine auf der Sessellehne ruhende Hand leicht an.

»Dr. Kamrath? Sie möchten noch etwas ergänzen?«

»Ich möchte vorschlagen, dass wir aus Gründen der Glaubwürdigkeit der Regierung, aber auch zur Wahrung der Reputation des Kollegen Dr. Pieper noch ein paar Tage abwarten sollten, ehe wir die Entscheidung für unseren ursprünglichen Gesetzesentwurf kommunizieren. Wir könnten dann glaubhaft mitteilen, dass das Justizministerium eine rechtssichere Umsetzung von Dr. Piepers Entwurf intensiv geprüft und schließlich als nicht machbar bewertet hat.«

Der Fraktionsvorsitzende schüttelte den Kopf. »Das wäre gar nicht gut. Wer weiß, ob diese Leute, die uns das Dossier geschickt haben, nicht die Nerven verlieren und es an die Presse durchstechen.«

»Es ist quasi Wochenende«, widersprach er. »Egal, wer genau es war. Die sind alle keine Irren, sondern letzten Endes eiskalt kalkulierende Geschäftsleute. Denen ist klar, dass die deutsche Regierung nicht Hals über Kopf so wichtige Entscheidungen trifft. Wenn wir es am Mittwochnachmittag zum Ende des Rechtsausschusses ankündigen, wird es danach gleich öffentlich. Das reicht sicher.«

»So machen wir es«, beschied die Kanzlerin. »Ich danke allen für den konstruktiven Austausch. Ihnen aber ganz besonders, Herr Dr. Pieper. Die Regierung und die Partei werden Ihre Einsicht in das Notwendige später angemessen zu würdigen wissen.«

Nachdem die Kanzlerin gegangen war, wollte auch Pieper den Schauplatz seines Niedergangs eilig verlassen.

Er signalisierte ihm, draußen zu warten, ehe er noch kurz mit Drews besprach, wie sie die eben getroffene Entscheidung im Justizministerium bekannt geben würden.

Pieper stand verloren neben dem Fahrstuhl und akzeptierte achselzuckend, als er ihm ein »Nicht hier« zuraunte.

Sie schwiegen, bis sie sein Fahrrad erreicht hatten. Dann brach der Zynismus aus Pieper hervor.

»Gratuliere, Herr Kamrath. Diese Erpressung kommt für Sie ja gerade noch rechtzeitig.«

Was sollte das bedeuten? Hatte er einen Verdacht? Das konnte nicht sein. Viel zu weit hergeholt. Ruhig bleiben.

»Ich verstehe Ihre Verbitterung. Aber es geht nicht um mich, sondern um uns alle. Und, verzeihen Sie mir das Pathos, um unser Land. Sie sind da in eine Sache reingeraten, die uns noch lange beschäftigen wird. Und ich wage keine Prognose, ob es wirklich gut ausgehen wird.«

»Waren es diese beeindruckenden Sätze, die Sie mir noch mit auf den Weg geben wollten?«

»Herr Pieper, in mir ist kein Funken Freude über Ihr Unglück. Ich hoffte, Sie hätten in der Besprechung meine Solidarität wahrgenommen. Bevor ich sagen kann, weshalb ich Sie um diese Unterredung gebeten habe, habe ich eine wichtige Frage und brauche von Ihnen eine offene und ehrliche Antwort.«

Pieper lud ihn mit einer müden Handbewegung ein.

»Glauben Sie, dass Ihr Huub Rijking selbst nicht wusste, mit wem er Sie da zusammengebracht hat? Sind Sie sicher, dass er wirklich nicht für die arbeitet?«

»Die Zeitung behauptet etwas anderes.«

»Die Zeitung kann genauso getäuscht worden sein wie die Polizei. Sie kennen ihn seit fast einem Vierteljahrhundert. Was denken Sie?«

»Ich weiß gerade gar nicht mehr, was ich denken soll. Huub ist nicht mein allerbester Freund, aber doch ein sehr guter. Wir haben uns hervorragend verstanden. Ein großzügiger Mensch mit einer souveränen Lockerheit, die ich von Deutschen, mich eingeschlossen, kaum kenne. Und dabei ein absolut verlässlicher Partner. Privat wie politisch. Immer. Wenn er etwas gesagt hat, galt das. Ich kann und will mir nicht vorstellen, dass er sich an Kriminelle verkauft hat.«

»Vielleicht wurde er erpresst.«

»Das hätte ich doch irgendwann mitbekommen müssen. Wir haben so viele vertrauliche, ja intime Gespräche geführt. Worauf wollen Sie eigentlich hinaus, Kamrath?«

Er tat so, als müsste er sich zu den nächsten Sätzen überwinden. Tatsächlich waren ihm aber während Piepers Antwort doch plötzlich Zweifel gekommen, ob Sander ihn vielleicht über die Rolle Huub Rijkings angelogen hatte. Wenn Rijking nicht in Diensten der Wietmafia stand, würde sein ganzer großer Plan, der bis zu diesem Moment so wahnwitzig glatt durchgelaufen war, am Ende doch noch scheitern. Er spürte, wie die aufsteigende Angst unmittelbar auf seinen Kreislauf drückte. Reiß dich zusammen, Kamrath!

Das war doch alles Unsinn! Welchen Vorteil sollte Sander denn davon haben, gerade diesbezüglich zu lügen. Er hatte doch sogar ganz locker zugegeben, dass das Memo über Piepers korrupte Zusage eine Fälschung war. Genauso gut hätte er zugeben können, wenn Rijking nicht auf der Payroll der Wietmafia gestanden hätte. Nur der kurzfristige Effekt zählte. Mach endlich weiter!

»Also gut, Herr Kollege. Wenn Sie für Mijnheer Rijking so entschieden bürgen. Als ich da oben sagte, dass wir keine offiziellen Auskünfte von unseren Nachbarn erhalten haben, war das nicht gelogen. Aber auch nicht die volle Wahrheit. Ich hoffe, Sie vergelten mir diesen kollegialen Dienst nicht eines Tages damit, dass Sie mich verraten.«

Er zog zwei zusammengefaltete A4-Seiten aus der Innentasche seines Jacketts, die er aus den Berichten von Marie Vos kompiliert hatte, und übergab sie Pieper.

»Das ist die zusammenfassende deutsche Übersetzung eines Berichtes des niederländischen DLR – Dienst Landelijke Recherche, den ich erst vor wenigen Wochen über einen alten politischen Bekannten erhalten habe. Demnach hat einer von dieser Traditionalistenfraktion unlängst einen Krieg mit der Wietmafia in Ihrer Nachbarprovinz begonnen. Ich könnte mir vorstellen, dass das Drecksdossier aus dieser Ecke kommt.«

»Das ist ja sehr nett von Ihnen, Herr Kamrath«, sagte Pieper zögerlich und mit spürbarem Misstrauen. »Aber was soll ich damit anfangen?«

»Sie nichts, Herr Kollege. Aber vielleicht ja Ihr Freund. Ich weiß auch nicht genau, was. Aber eventuell kann er Zusammenhänge erkennen, die wir nicht verstehen. Und womöglich könnte er die Polizei auf die Idee bringen, dass dieser, warten Sie«, er zog das Papier aus Piepers Händen, faltete es auf und tat so, als müsste er eine Weile suchen, »dieser Sander van Haag ihn denunziert hat, um seine Gegner zu schwächen. Oder er findet Wege und Möglichkeiten, den Mann selbst zu stellen und zu zwingen, seine Lügen zurückzunehmen.«

»Ich kann mir nicht vorstellen, dass man solch einen Verbrecher einfach so treffen kann«, antwortete Pieper zurückhaltend.

»Na ja, bisher hat die Polizei ihm wohl nichts nachweisen können, obwohl man viel über ihn weiß. Allerdings ist er wohl weitgehend abgetaucht. Offenbar ein cleverer Typ, dieser van Haag. Aber inzwischen hat der DLR den Verdacht, dass eine Klinik in Brabant eine seiner Basisstationen sein könnte. Jedenfalls erscheint er dort in regelmäßigen Abständen. Steht alles in dem Bericht.«

Er gab Pieper die Papiere zurück.

»Machen Sie damit, was Sie wollen. Vielleicht war es auch nur eine dumme Idee von mir, aber ich wollte gerne alles tun, um Ihnen zu helfen. Auch wenn wir keine Freunde sind und in manchen Dingen unterschiedlicher Meinung, weiß ich, dass Sie ein anständiger und ehrenwerter Mensch sind. Und solche Menschen brauchen wir hier dringend.«

Er zog den Schlüsselbund aus seiner Jacketttasche, um sein Fahrrad aufzuschließen. Sein Blick ein wenig gekränkt.

Pieper schaute auf den Bericht in seinen Händen, dann zu ihm.

»Entschuldigen Sie. Ich habe gerade das Gefühl, dass ein Tsunami über mich hinwegrast. Ich weiß Ihre Hilfe und Ihr Vertrauen sehr zu schätzen. Ich werde das Papier an Huub weiterleiten. Er wird am besten wissen, was man damit tun kann.«

»Ich rate Ihnen, das so schnell wie möglich zu erledigen. Wenn ich meinen alten Bekannten richtig verstanden habe, gibt es Anzeichen, dass van Haag Vorbereitungen trifft, komplett abzutauchen.«

Er reichte Pieper die Hand und nickte ihm aufmunternd zu. Dann stieg er auf sein Schindelhauer und fuhr davon.

Erleichtert, fast triumphierend, wie gut alles geklappt hatte; voller Hoffnung, der Gewalt Sanders im letzten Augenblick doch noch entrinnen zu können, und aufs Tiefste angeekelt von sich selbst.

34

»Wo bist du?«

»Und du?«

Im Nokia blieb es für kurze Zeit still. Die unerwartete Gegenwehr hatte Sander überrascht. Schließlich räusperte er sich.

»Überschätz dich nicht, Marcel. Ich stehe vor deinem Apartment. Also, wo?«

»Wieder in Kiel. Vielleicht hast du es vergessen, aber ich habe einen Beruf.«

»Wenn du so weitermachst, hast du bald gar nichts mehr. Weniger als nichts.« Sander konnte sich nur mühsam beherrschen.

»Was soll dieser Scheiß?«

Es war an der Zeit, Sander mehr Druck entgegenzusetzen. Das leichte Nervenflattern in der Stimme ließ ihn nur umso authentischer klingen. »Seit Tagen tue ich, was du willst. Mehr geht nicht!«

»Tust du das wirklich? Ich schlage die Zeitungen auf und finde nichts.«

»Es ist gerade mal Samstag. Bleib cool, Sander. Ich habe das Paket gestern Nachmittag ablegen können, wie geplant. Die werden Zeit brauchen, um die Informationen gegenzuchecken.«

»Gestern.« Er schnaubte. »Wenn meine Existenz so am seidenen Faden hinge wie deine, hätte ich mir nicht so viel Zeit gelassen.«

»Wenn du mal begreifen würdest, dass anderswo andere Spielregeln herrschen, wüsstest du auch, dass ich nicht einfach drauflosrennen darf. Würde man das Material zu mir zurückverfolgen können, wären wir beide erledigt.«

»Wag es ja nicht, mich zu verarschen, Knabbel. Ich weiß mehr über dich als du selbst.«

»Dann weißt du ja auch, dass ich in fünf Minuten einen Termin habe. Sobald ich Neuigkeiten habe, melde ich mich.«

Er drückte Sander weg.

War er zu weit gegangen? Aber was sollte Sander jetzt schon tun? Das Pieper-Material war seine letzte Chance. Und wieso sollte er daran zweifeln, dass er seinen alten Freund Knabbeltje vollkommen unter Kontrolle hatte? Nein, das war schon okay gewesen. Ein bisschen Gegendruck, um sich Luft zu verschaffen. Immerhin würde er ihn noch bis Mittwoch hinhalten müssen.

Eine verdammt lange Strecke. Und dann hoffentlich Schluss. Aus. Ende.

Als er am Montagmittag nach einer langen Besprechung im Ministerium mit dem beamteten Staatssekretär und der für den Legalisierungsentwurf zuständigen Abteilungsleiterin wieder in seinem Büro saß, rang er sich endlich dazu durch, Sanders Handy einzuschalten. Das Gerät zeigte fünf Anrufversuche an. Er durfte es nicht übertreiben und Sander zu sehr reizen. Jetzt musste er sich wieder kooperationswilliger zeigen, nicht warten, bis Sander sich erneut meldete. Er rief an.

»Hallo Sander, ich …«

»Verdammte Scheiße, weißt du, was ich gerade mache? Ich drucke gerade die Fotos deines verreckten Junkies aus. Und dann bringe ich sie zum Postkasten. Bevor ich untergehe, verschwindest du zuerst von der Bildfläche, das kann ich dir sagen, verdammtes Arschloch. Glaubst, mich austricksen zu können, was?«

Während Sander ihn weiter anpöbelte, begannen seine Hände, heftig zu zittern, und Schweiß trat auf seine Stirn. Es hörte sich doch nur so an, nicht wahr? Niemand außerhalb der Koalitionsspitzen konnte etwas über die definitive Entscheidung für seinen Entwurf erfahren haben. Und wie es dazu gekommen war. Sander schon gar nicht. Dass er so ausflippte, konnte nur daran liegen, dass immer noch kein Wort in der Zeitung erschienen war. Der Mann stand am Abgrund. Vollkommen logisch. Bleib klar, Marcel, und konzentrier dich, zeig dich zerknirscht.

»Sander! Hör mir doch bitte mal zu. Sander!«

Endlich stoppte das Geschrei auf der anderen Seite. Sander atmete schwer.

»Die Sache kommt ins Rollen. Der Journalist hat mich angerufen. Fragen gestellt. Ausschließlich zu Pieper. Aber er kreiste nur so um das Thema herum. Wollte sich ganz offenkundig nicht in die Karten schauen lassen, weil er begriffen hat, wie heiß die Sache ist.«

»Und was haben wir davon, dass dieser Typ dumme Fragen stellt? Schreiben soll er, verdammt. Was muss er bei diesem Material denn noch groß wissen? Andere hätten das schon längst veröffentlicht und den Pulitzer dafür bekommen. Was hast du da nur für einen Penner ausgesucht?«

»Der Penner hat einen extrem guten Ruf. Und genau so einen brauchen wir, Sander. Vertrau mir.«

»Einen Scheiß tue ich. Ich mach dich fertig, Marcel. Du hast noch vierundzwanzig Stunden. Und dann bist du fällig.«

»Hey, hey. Was soll das? Wie soll ich den Mann denn zwingen? Er recherchiert, und das ist gut. Und wir haben genug Zeit. Piepers Entwurf ist noch mitten in der rechtlichen Prüfung. Bis der verabschiedet werden kann, dauert …«

»Vierundzwanzig Stunden, Knabbel, ein lausiger Tag, keine Stunde mehr!«

Diesmal drückte Sander ihn weg.

Seine Hände zitterten noch lange danach. Als er zur Abendsitzung seiner Landesgruppe erschien, schickten ihn ein paar wohlmeinende Parteifreunde gleich wieder nach Hause. »Du bist ganz blass. Du brütest was aus.«

Wie recht sie hatten.

Die Frage war nur, wer das, was er gerade ausbrütete, überleben würde. Er oder Sander.

In der Nacht hatte er furchtbar schlecht geschlafen, aus Sorge, ob Sander ihm eine weitere Lügengeschichte abnehmen würde. Erst ein Beruhigungsmittel hatte geholfen. Weiterhin kein Alkohol.

Der Dienstag war randvoll mit Sitzungen der Arbeitsgruppen, einer spontan zwischengeschalteten Besprechung mit dem beamteten Staatssekretär, in der sie die Stellungnahme des Ministeriums zum Pieper-Entwurf abstimmten, und der Fraktionssitzung am Nachmittag. Pieper sah noch schlechter aus als er selbst. Aber sie hielten sich beide wacker und spielten ihre Rollen perfekt.

Am liebsten hätte er Pieper rundheraus gefragt, ob er den vermeintlichen DLR-Bericht an seinen korrupten niederländischen Kumpel weitergeleitet hatte. Aber er durfte auch nicht den Hauch eines Anscheins erwecken, besondere Interessen damit zu verbinden. Dass der Bericht in die richtigen Hände geraten würde, barg für diesen Mann genauso die letzte Hoffnung wie für ihn selbst. Nur dass sie ganz unterschiedliche Vorstellungen davon hatten, welche die richtigen Hände waren und was sie damit anstellen würden.

Bevor er Sanders Telefon einschaltete, ging er noch einmal die Geschichte durch, die er ihm diesmal auftischen wollte. Die Fragen, die der Journalist gestellt hätte, seine Drohung, den Text mit dem Hinweis zu veröffentlichen, dass Staatssekretär Kamrath offenbar Kenntnis von der Angelegenheit hatte, aber keine Stellungnahme abgeben wollte. Dann sein Einlenken und die Bereitschaft zu einem kurzen Interview am Donnerstagvormittag, sodass der Artikel definitiv Freitag erschiene. Was der ideale Zeitpunkt wäre, weil sich das Feuer dann über das Wochenende hinweg uneingeschränkt ausbreiten würde.

Ja, das klang doch gut, so könnte es funktionieren, dachte er, während er den Startcode eintippte. Das Handy verband sich mit dem Netz. Keine Anrufe in Abwesenheit. Erstaunlich. Sollte Sander sich beruhigt haben? Das wäre umso besser, um seine Story überzeugend zu bringen.

Er wollte gerade auf die Kurzwahltaste drücken, als das Gerät die SMS abrief und ein Signal abgab. Sander. Kein Satz, nur ein Link und ein Passwort: SweetDreams@1983.

Für den Dienstcomputer konnte das nichts sein. Er bat Sabine Meyerling, seinen Besuch eines Vortrags wegen Unpässlichkeit abzusagen, und verabschiedete sich schnell nach Hause. Die Meyerling war überrascht, was aber nur jemand erkennen konnte, der so lange mit ihr zusammenarbeitete wie er. Egal. Noch ein paar Stunden, und alles würde wieder in so verlässlichen Bahnen laufen wie früher. Ein Albtraum, aus dem man schwer angeschlagen, aber umso erleichterter erwachte.

Er holte sich aus der Küche ein Glas Wasser und setzte sich an seinen kleinen Schreibtisch. Schaltete sein privates Laptop ein und stellte im Browser den Anonymitätsmodus ein. Er war müde und hoffte, dass Sander nur einen neuen Kommunikationskanal installieren wollte. Keine Kraft für große Überraschungen.

Es dauerte ein wenig, bis die Verbindung zustande kam. Das war keine normale Internetseite. Ein Kamerabild. Statisch, ohne Ton. Noch etwas verschwommen, ein paar Artefakte, bis der Stream sich stabilisierte. Ein großer, weitgehend leerer Raum, Überblendungen durch Streiflicht aus kleinen Fenstern, tief stehende Abendsonne, Strahlen aus flirrendem Staub, die erst verrieten, dass es kein Stand-, sondern Bewegtbild war.

Erst nach und nach gewöhnten sich die Augen an die schwachen Kontraste dazwischen, entschlüsselte sich ein Objekt hinten links im Raum als Bettgestell mit einer dünnen Matratze, auf der jemand lag. Vermutlich eine Frau. Sie schien zu schlafen, wenn man das aus der Entfernung sagen konnte. Das Gesicht von der Kamera abgewendet. Aber der lange schmale Rücken, die Beine, je länger er hinsah, umso mehr fühlte er sich an Sophie erinnert.

Er stöhnte auf, griff nach dem Mobiltelefon, drückte die Kurzwahltaste. Van Haag, geh ran, mach schon, du Schwein.

Er ließ es klingeln, schier endlos die Stille zwischen den Freizeichen, gab auf, versuchte es erneut, wieder keine Antwort. Er versuchte, mehr über die Displayeinstellungen des Laptops herauszuholen, aber die Kamera stand einfach zu weit von dem Bett entfernt, um Gewissheit zu erlangen. Wieder drückte er die Einser-Taste. Sander. Todfeind Nummer eins.

Quälend lang das Freizeichen, dann endlich doch noch ein Knacken.

»Na, Knabbeltje, bisschen nervös geworden?«

Er atmete durch, ehe er antwortete. »Was sind das wieder für Tricks, Sander?«

»Du glaubst immer noch, dein lustiger Babbel würde Scherze machen?«

Sanders Kopf schob sich plötzlich waagerecht ins Bild des Laptops, das Handy am Ohr. Clownesk verzerrtes Grinsen. Eine Hand folgte übergroß, winkte. Das Grinsen verschwand, jetzt hart zusammengekniffene Lippen.

»Du verstehst mich immer noch nicht. Das macht mich traurig, Knabbeltje. Bei mir gibts keine Tricks, keinen doppelten Boden. Ich bin klar und ehrlich mit dir, alter Freund. Ganz anders als du. Oder habe ich dich gestern etwa nicht gewarnt?«

Sanders Kopf verschwand, das Bild ruckelte, sprang einiges über Mannshöhe nach oben. Die Kamera wurde samt Stativ durch den leeren Raum getragen, auf das Bett zu, näherte sich dem Rücken der Frau, machte einen rasanten Schwenk über sie hinweg. Es war Sophie. Mit geschlossenen Augen, flach atmend, das Haar wirr im Gesicht hängend, nass geschwitzt, erschöpft, ein Speichelfaden troff unterhalb ihrer Wange auf das Kissen.

»Was hast du Schwein mit ihr gemacht?«, schrie er ins Telefon.

»Bleib höflich, Knabbel. Das wird man von einem deutschen Staatssekretär doch wohl erwarten dürfen.«

»Was hast du mit Sophie gemacht?«

»Sie hatte so viel Freude an diesem Joint. Da habe ich sie auf einen kleinen Cocktail eingeladen.«

Die Kamera schwenkte jetzt von ihrem Gesicht über ihren Oberkörper hinweg, der mit Gurten an das Bett gefesselt war, zu ihrem linken Arm. Auf ihrem Handrücken war ein Venenkatheter mit Pflastern fixiert. Ein Schlauch steckte darin. Die Kamera folgte ihm bis zu einem Gestell mit drei zusammengeschalteten Infusionspumpen. Dann wieder ein Schwenk, und Sanders Gesicht erschien, das Handy am Ohr.

»Bist du noch dran, Marcel? Das hätte alles nicht sein müssen, wenn du mich nicht so billig hingehalten hättest.«

»Du bist komplett wahnsinnig! Was soll ich denn tun? Der Artikel erscheint am Freitag. Er hats mir heute Morgen gesagt. Und er bekommt ein Interview von mir. Lass Sophie frei! Bitte!« Ihm brach die Stimme weg.

Sander lachte laut auf. »Das ist wirklich lustig, Marcel. Ich verstehe das gerade erst. Eigentlich müsste ja heute ich Knabbel heißen und du Babbel. Ich bin inzwischen zu schlau für dich, und du redest zu viel.« Die Fröhlichkeit in seinem Gesicht erlosch. »Ich habe keine Zeit mehr für dein Geschwätz. Und deine Kleine hier auch nicht.«

Er lenkte das Objektiv auf die Pumpen.

»Toll, diese modernen Infusoren. So einfach und präzise zu programmieren. Ich habe das schon mal vor Jahren in Kroatien gemacht. War viel schwieriger damals. Schlechtes Material und ist dann leider auch schiefgegangen. Pech. Aber ich muss dir das vielleicht noch etwas genauer erklären. Deine hübsche Sophie ist stoned, wie du siehst. Dank der Infusoren bleibt sie dauerhaft auf einem schönen hohen Pegel. Immer weit genug unterhalb einer Überdosis. Ihre Welt dürfte sehr rosa sein, aber so ein hochgepitchter Organismus frisst natürlich schrecklich viel Energie. Auf Dauer dehydriert sie außerdem. Was meinst du? Wie lange wird sie das durchhalten? Einen Tag doch sicher. In good shape, dein Mädchen. Mit etwas Glück vielleicht auch anderthalb Tage?«

»Bitte, Sander. Ich setze den Mann unter Druck, ich verspreche es. Sofort! Aber klemm Sophie von diesem Gift ab. Lass sie nicht sterben, bitte. Nicht auch noch sie!«

»Red keinen Mist. Wieso denn ich? Du solltest sie nicht sterben lassen. Es hängt wieder allein von dir ab, ganz wie damals! Ich gebe dir einen Rat. Verschwende deine Zeit nicht weiter mit diesem Loserjournalisten. Such dir einen Krawallmacher beim Privatfernsehen, der nicht lange fackelt. Dann kannst du deine Sophie bald wieder vögeln, statt sie zu begraben.«

Die Kamera begann wieder, hin und her zu ruckeln. Sander brachte sie ganz nah an Sophies Gesicht. Seine Hand mit dem Mobiltelefon erschien im Bild, streichelte über ihre gerötete, feuchte Wange.

Durch das Telefonmikro konnte er ihren Atem hören, eher ein leises Stöhnen, bevor Sander die Hand wieder zurückzog, ein paar Schritte rückwärts machte und die Kamera auf dem Stativ so platzierte, dass Sophie und die Infusoren im Bild waren.

»Kannst du sie so gut sehen, Marcel? Wieder etwas näher? Aber du sollst auch die Infusoren sehen. Was ich zu sagen vergessen hatte: Ab der vierundzwanzigsten Stunde steigt die Dosis kontinuierlich an. Zwar nur minimal, aber im Viertelstundentakt. Kannst du am Display ablesen. Hammerteile sind das.«

»Sander, ich flehe dich an …«

»Nicht jammern, kleiner dummer Knabbelbabbel. Handeln! Ruf mich an, wenn es veröffentlicht ist, und innerhalb einer Stunde kannst du dein Mädchen abholen.«

Die Verbindung brach ab.

Er drückte auf die Kurzwahltaste. Ließ es durchklingeln, bis der Provider es für lange genug hielt.

»Der Gesprächspartner ist zurzeit nicht erreichbar. Versuchen Sie es bitte zu einem späteren Zeitpunkt noch einmal.«

35

Er hätte später nicht sagen können, wie lange er auf den Bildschirm gestarrt hatte, ehe Verzweiflung, Angst und Hass aus ihm herausbrachen und er alles, was neben dem Laptop stand, vom Schreibtisch fegte. Er rutschte vom Stuhl herunter, krümmte sich auf dem Boden liegend zusammen und weinte und kroch über das Parkett, als könnte er dem Gefühl der Schuld noch irgendwie entkommen.

Schließlich raffte er sich auf, taumelte ins Bad, durchsuchte hektisch den Spiegelschrank. Packungen fielen ihm entgegen, Pflaster, Tablettenstreifen, eingeschweißte Zahnbürsten, bis er endlich die Pillen fand, die ihm Jan einmal angeberisch zugesteckt hatte, als er sich bei ihm über den Stress im Büro beklagt hatte. »Nehmen jetzt alle in der Uni. Hältst du länger mit durch.«

Er warf ein paar ein, weggespült mit Wasser aus dem Zahnputzglas. Dann rutschte er an den Kacheln entlang wieder zu Boden. Das Wissen um das Bild auf dem Computer im Wohnraum raubte ihm die Luft, als presste ihm wer von außen die Organe nach oben.

Irgendwann, ob es die Pillen waren oder sich so etwas wie ein Überlebenstrieb aktiviert hatte, kam er wieder auf die Beine und kehrte an den Schreibtisch zurück.

Der Computer war auf Stand-by gegangen, er musste die Verbindung zur Kamera wiederherstellen.

Sophie lag still da.

Wenn er nur herausfinden könnte, wo Sander sie versteckt hielt. Er untersuchte das Bild Millimeter für Millimeter nach einem Hinweis, einer unverwechselbaren Eigenschaft des Raums, irgendetwas. Als Sander die Kamera zu Sophie trug, da war doch das Dach zu sehen gewesen. Ein

Spitzdach, ja. Hielt er sie auf einem Dachboden gefangen? Mühsam, jemanden dort hochzutragen. Und außerdem die Reihe kleiner Fenster. Das wirkte doch eher wie eine Halle. Von den Wänden war großflächig der Putz abgeplatzt. Ein verlassenes Industriegebäude. Eine Lagerhalle. Möglicherweise.

Hätte es doch nur wenigstens eine Tonübertragung gegeben. Nebengeräusche als Orientierungshilfe. Startende Flugzeuge, das nahe Rauschen einer Autobahn, tobende Kinder im Schwimmbad, Trecker oder was auch immer. Aber so.

Ohne Ton war Sophies Anblick noch schwerer zu ertragen. Manchmal meinte er, sie bewegte die Lippen, spräche im Rausch.

Bevor ihn der Schrecken erneut überwältigen konnte, rettete er sich in eine hektische Recherche im Netz über Webcams und IP-Kameras. Versuchte herauszufinden, ob und wie man eine Webkamera orten könnte.

Keine Chance, wenn man nicht die richtigen Foren kannte. Wahrscheinlich hätte er in diesem *Darknet* bessere Chancen. Das man aber erst einmal finden müsste. Gab dort bestimmt genügend Leute, die man fragen konnte, ohne großartig Verdacht zu erregen. Außer dem, ein Volltrottel zu sein, den man leicht abzocken konnte. Keine Ahnung. Schon, dass er über das *Tor*-Netzwerk anonym surfte, verdankte er nur einer Freundin von Jan aus *Occupy*-Zeiten, die ihm das eingerichtet hatte.

Er wechselte wieder zum Kamerabild. Erschrak heftig. Sophies Augen waren weit geöffnet, sie schien direkt in die Kamera zu schauen. Ihn anzuschauen. Aber es war nur ein furchtbarer, glasiger Blick ins Leere.

Welche Folgen würde dieser Drogenmix für sie haben, was geschah da gerade mit ihrem Gehirn? Wenn sie das überlebte, wenn sie jemals wieder wach würde, wer wäre sie dann? Sophie Deininger, die kluge, selbstbewusste, sich von allen Abhängigkeiten frei machende Frau oder nur noch ein Zombie? Erinnerungsvermögen, Konzentrationsfähigkeit, Willensstärke, wie viel davon wäre noch da?

Eine Welle des Hasses auf Sander flutete ihn.

Er sprang auf. Was er hier tat, war ganz genau das, was Sander geplant hatte. Paralysiert vor Angst und Schrecken, sollte er Sophie bei ihrem Niedergang zusehen, bis er zusammenbrach und Sander blind gehorchte.

Er rannte erneut ins Bad, schüttete sich händeweise kaltes Wasser ins Gesicht, warf noch zwei von Jans Tabletten ein, die ihm guttaten, ihm Energie verschafften, ihn aus der Opferrolle holten. Er zog sich ein frisches Hemd an und lief die Treppen herunter.

Mit dem Rad durch die Stadt Richtung Osten. Sauerstoff und freier Raum jenseits der Straßenschluchten. Volkspark Friedrichshain.

Immer noch viele Leute unterwegs. Er kurvte ziellos herum, fand schließlich eine etwas abseits gelegenere Bank, stellte das Fahrrad ab und setzte sich.

Sein Puls kam langsam herunter, der Atem beruhigte sich.

In der Ferne auf dem Rasen saßen welche im Kreis, geschart um einen Grill. Leichte Glut. Flaschenklirren, Wortfetzen.

Er musste die Polizei informieren. Anonym, das ging doch.

Und wie sollte die Sophie finden? Und wenn sie sie tatsächlich fände, womöglich schon tot, was dann? Bei ihr zu Hause gäbe es genügend Hinweise auf ihn, gemeinsame Selfies von einem Prag-Ausflug und anderes mehr. Sie würden ihn vernehmen. Und seine Stimme hören. Und die vergleichen mit der Stimme des aufgezeichneten Anrufs bei der Notrufzentrale. Was sollte er ihnen sagen, würden sie ihn als Anrufer identifizieren? No-Go.

Eine junge Frau kreischte »Lass mich!«.

Alarmiert schoss er nach oben, versuchte, die Stimme zu lokalisieren. Das kam nicht von der Gruppe am Grill. Andere Richtung. Wieder dieses Kreischen, dann hörte er die Frau lachend nach Luft schnappen, und eine andere Frau, die laut und ebenfalls lachend einen weiblichen Namen rief, worauf die erste etwas antwortete, aus dem das Wort Kitzeln in der Tonhöhe heftig herausstach. Dann abrupte Stille. In Armen versunken, in Küssen ertrunken. Seine Bilder im Kopf.

Er sank zurück auf die Bank. Starrte in die Dunkelheit. Bemühte sich, einen der Gedanken zu fassen, die durch seinen Kopf wirbelten, sich gegenseitig durchbrachen, fragmentierten, in alle Zellen zerstreuten.

Er schloss die Augen, Atemübungen aus einem Yogaworkshop mit Anne, zehn, fünfzehn Jahre zuvor. Er tauchte in diese Vergangenheit ein, riss sich wieder heraus, er musste sich konzentrieren. Die Aufgabe. Die Aufgabe hieß: Sophie retten!

Allerdings, Sophie wäre nur zu helfen, wenn er zuvor Sander das Leben rettete. Aber der Zeitpunkt, das Ruder noch einmal herumzureißen, war überschritten. Piepers Kumpel hatte die Informationen garantiert längst an Sanders Feinde weitergeleitet.

Und wenn er Sander warnen würde? Als ob der Sophie dann freiließe. Kurzen Prozess würde der machen. Auf die Kenntnisse seines deutschen Freundes, welchem Journalisten man das Pieper-Material idealerweise zusteckte, verzichten und es selbst versuchen. Eine anonyme Sendung an irgendeine Redaktion. Und gleich hinterher an eine andere Redaktion das Material über den Junkie mordenden Staatssekretär Kamrath. Das war keine Lösung. Für Sophie nicht, für ihn nicht.

Den Mann, der sich, locker in den Knien wippend, näherte, hatte er aus den Augenwinkeln zwar früh wahrgenommen, aber wieder ausgeblendet, um weiter nachzudenken. Jetzt stand er vor ihm.

»Brauchst du was, Alter?«

Er starrte den Burschen an. Dieser Spruch! Ein böser Flashback versetzt ihn für eine grell aufleuchtende Sekunde zurück in glückliche Zeiten. Amsterdam Centraal Station. Und klar brauchte er was. Nur würde der Kerl nichts von dem haben, was er brauchte.

»Alles okay mit dir, Mann? Etwas Speed? Meth? Hasch?«

»Verpiss dich!« Er hatte es nur abgeklärt und leise drohend zischen wollen, aber er brüllte es so laut heraus, dass er selbst darüber erschrak.

»Cool, Mann, cool. Pass auf, dass dich nicht mal einer für so was absticht. Nur so als Tipp, Alter.«

Er drehte kopfschüttelnd ab, als wäre auf die Vernunft der Menschheit kein Verlass mehr. Und hatte so recht. Das Einzige, das zählte, war Gnadenlosigkeit. Sander, der eiskalt darauf spekulierte, dass er sich wegen Kikis Tod seit Jahrzehnten selbst zerfleischte und schon allein deswegen alles tun würde, um seine Freundin zu retten.

Aber er würde sich nicht noch einmal einreden lassen, Schuld an einem Mord zu haben, den nicht er, sondern ganz allein Sander beging. All die Schmerzen wegen Kikis Tod. Jeder Song, gesungen von Frauen mit einer Stimme, die der von Kiki nahekam. Kaum zu stoppende Tränen, wenn auf irgendeiner gepflegten Party aus den Lautsprechern Chet Bakers meisterhaft zögerlich gesungenes *My funny Valentine* ertönte. Hätte er damals nicht vorhersehen müssen, dass Sander ihn austrickste und Kiki töten wollte? Keine Anzeichen. Eifersüchtig waren sie alle zwischendurch gewesen. Immer abwechselnd. Und jung genug, um damit leben zu können, dass dieses Dreierspiel nicht ewig funktionieren würde. Ihn traf keine Schuld. Definitiv keine Schuld.

So wie jetzt. Sophies Leben lag nicht in seiner Hand. Sondern in Sanders. Egal, was er tun würde, selbst wenn er das Gesetz morgen verhinderte, Sander würde die Sache mit Sophie durchziehen. Sie kannte Sander, sie könnte ihn bei ihrer Entführung identifiziert haben, wenn er sie nicht gleich mit offenem Visier in die Falle gelockt hatte. Und sie war die Einzige, die außer ihnen beiden erzählen konnte, wie die Sache mit dem Junkie tatsächlich abgelaufen war. Sander blieb gar nichts anderes übrig, als sie zu ermorden. Wie viele Menschen hatte er inzwischen schon auf dem Gewissen? Außer Kiki, dem Junkie, den Jugendlichen und jetzt Sophie. Auf welchem Gewissen? Er konnte keins haben. Ein Killer ohne einen Funken Menschlichkeit.

Dieser Mann musste endlich gestoppt werden. Und er, Marcel Kamrath, war der Einzige, der jetzt dazu in der Lage war. Wenn er nicht schwach würde, sich nicht erpressen ließe, sich nicht erneut zum Komplizen dieses Mörders machte, indem er seinen Gefühlen nachgab.

Es war schon fast drei Uhr, als er nach Mitte zurückkehrte und die Tür zu seiner Wohnung aufschloss. Er war erschöpft, aber immer noch nicht müde. Teufelszeug, diese Tabletten.

Das dunkle Display des Laptops zog ihn unerbittlich an den Schreibtisch. Ein schwarzes Loch, das seinen Blick aufsog, ihn zwingen wollte, zu schauen, wie es um Sophie stand, ob sie noch lebte, das Drama fortzusetzen und sich damit endgültig Sander auszuliefern.

Eine ganze Weile lang schwebte sein Zeigefinger über der Enter-Taste. Dann schwenkte er nach oben und legte sich fest auf den Ausschalter.

Um halb sechs saß er im Ministerium an seinem Schreibtisch. Er hatte keine Minute Schlaf gefunden.

Anderthalb Stunden später traf Sabine Meyerling ein. Er hörte, wie sie den Kaffeeautomaten bediente, wie immer ein Löffel Zucker, umrühren, den Löffel an der Tassenkante abklopfend. Mit einem Seufzer setzte sie sich an ihren Schreibtisch. Ein paar Tastaturgeräusche, die Schnitte des Briefmessers, Papierrascheln.

Zwanzig Minuten später betrat sie sein Büro, in der Hand eine dicke Unterschriftenmappe, die sie im Gehen noch einmal durchblätterte.

Sie war beinahe an seinem Schreibtisch angelangt, als sie endlich registrierte, dass sie nicht allein war. Sie schrak zusammen, aber bevor sich die Erleichterung, dass er es war, auf ihrem Gesicht abzeichnen konnte, hatte sie schon erfasst, wie er aussah. Sie war sichtlich bestürzt.

»Mein Gott, Dr. Kamrath, ich glaube nicht, dass Sie im Dienst sein sollten.«

Er lachte dünn. »Frau Meyerling, Sie sind doch sonst nicht so uncharmant.«

Auch sie bemühte sich, zu lächeln. Es war für ihn wie eine Erinnerung an weit zurückliegende glücklichere Zeiten. Eine verzerrte Erinnerung, denn die Besorgnis war nicht aus ihrem Gesicht gewichen.

»Danke für Ihre Anteilnahme. Es ist wirklich alles etwas zu viel gerade. Aber die Ferien stehen vor der Tür, und ich schwöre Ihnen: Ende August haben Sie einen miesepetrigen, dafür aber ausgeschlafenen Kamrath zurück. Was bringen Sie mir? Ich hoffe, nur Gutes?«

Außer den Unterschriften hatte er am Vormittag nichts geleistet. Immer wieder hatte ihn Sabine Meyerling dabei ertappt, wie er aus dem Fenster starrte, als würde er die Ethnologiestudentinnen der Humboldt-Uni gegenüber stalken. Er konnte ihre Diskretion kaum ertragen und war froh, als er sich endlich auf den Weg ins Paul-Löbe-Haus machen konnte.

Die Tagesordnung des Rechtsausschusses war lang wie immer vor den Ferien. Nach zwei Dritteln trieben ihn Erschöpfung und Unruhe zur Toilette, um eine von Jans Wundertabletten nachzuwerfen. Er fühlte seinen Körper kaum mehr, eine schwebende Existenz, durchaus reaktionsfähig, manchmal sogar wendig und federnd, aber stets nur in einer Art intuitiv autonomer Steuerung. Sein Geist hingegen war eigenartig leer, horror vacui, nur fähig zu oberflächlichen Reflexen auf Gesagtes, immer auf schnelles Einverständnis zielend, weil Widerspruch echtes Denken erfordert hätte. Eigentlich alles das, was eine Karriere heutzutage bestens beschleunigen sollte. Selbst solch ein ironischer Restgedanke entglitt ihm sofort wieder. Er musste das bisschen sprachliche Energie, das ihm nach über dreißig wachen Stunden noch geblieben war, für den einen Augenblick aufsparen.

Es war kurz nach sechzehn Uhr, als er zum Ende der Ausschusssitzung hin die Nachricht des Tages bekannt machte.

Die Bundesregierung hält an der Legalisierung von Cannabis fest. Sie hat verschiedene Varianten intensiv geprüft und ist zu dem Ergebnis gekommen, dass der ursprüngliche

Entwurf, der ja bereits vor einigen Wochen die erste Lesung passiert hat, den einzigen rechtssicheren Weg beschreibt und zugleich die besten Möglichkeiten bietet, kriminelle Aktionen wie die Vergiftung der Jugendlichen vor zwei Wochen künftig zu verhindern und der in diesem Bereich tätigen organisierten Kriminalität ein Ende zu bereiten.

Ein einziger Satz mit lauter Nebensätzen, fehlerfrei und schlüssig vorgetragen bis zum Punkt.

Das war alles, was er zu sagen hatte. Und er machte es gut. Die Opposition war überrumpelt, empörte Stimmen forderten weitere Aufklärung, aber der Ausschussvorsitzende bat um Verständnis, dass für eine weitere Debatte die Zeit fehlte.

Eine halbe Stunde später würde Werner Drews zusammen mit der Gesundheitsministerin vor die Kameras treten und die Öffentlichkeit ein wenig ausführlicher informieren.

Sander aber sollte dann bereits, so er seine Gewohnheiten auch an diesem Tag beibehalten hatte, weit weg in den Niederlanden sein, um Kikis Schwester zu besuchen. Die einzige Sentimentalität, die sich dieser Unmensch gönnte, diese letzte Nabelschnur zu ihrer gemeinsamen glücklichen Vergangenheit sollte für ihn zur Schlinge um den Hals werden.

Kaum war die Sitzung geschlossen, eilten einige Parlamentarier auf ihn zu, die sich mit seinem kargen Statement nicht zufriedengeben wollten. Schnell schloss er sich einer kleinen Gruppe von Parteikollegen an, um sich scheinbar konzentriert an ihrem Gespräch zu beteiligen, während sie den Saal verließen. Ein billiges Fluchtmanöver, aber es funktionierte.

Ein paar Sätze lang beschäftigte sie noch die Aufregung der Opposition, zwei lobten wie einstimmig die Pointiertheit seiner Ansage, was erkennbar ein schleimiger Schwachsinn war und deswegen umso deutlicher seinen wieder rapide gestiegenen Kurswert im politischen Steigbügelhaltergeschäft anzeigte. Dann begann man, sich Ferienfragen zu widmen. Italien, Frankreich, Skandinavien, das Übliche.

Das Gespräch tröpfelte etwas müde dahin, bis der Brandenburger Kollege Schröder vom Wunsch seiner präpubertären Kinder berichtete, den Urlaub im *Tropical Islands* zu verbringen.

»Was habt ihr denn da bei der Erziehung falsch gemacht? Sommerurlaub unter der Plastikplane? Oder habt ihr kein Geld für frische Luft?«

»Na ja, alle ihre Freunde sind da gewesen. Es ist furchtbar. Mir tun schon jetzt die Ohren von dem Lärm dort weh.«

»Tja, das ist einer der Nachteile, wenn man seine Kinder aus ideologischen Gründen in durchmischte Schulen schickt.«

Sie lachten schallend. Mit Ausnahme von ihm, aber das hätte auch zum Rollenspiel gehören können, denn er zählte zum sozialen Flügel, und der Witzereißer segelte hart am Rande des rechten Ufers entlang.

»Jedenfalls ist das gelebte Solidarität«, tröstete Schröder sich. »Die Anlage ist immerhin der größte Arbeitgeber in der Gegend.«

»Eure Landesregierung hat ja auch genug Subventionen hineingeschaufelt«, meinte Keller.

»Ihr habt gut reden in Hamburg. Der Spreewald allein bringt zu wenig Umsatz, und die einzige andere Attraktion in Halbe ist der Waldfriedhof.«

»Ein Friedhof? Machst du Witze?«

»Alles andere als das. Der Kessel von Halbe. Zehntausende Tote, nur ein paar Tage vor Kriegsende.«

Er horchte auf. Der Waldfriedhof. Sanders Großvater. War das damals auch nur ein Schwindel gewesen?

»Ich habe etwas im Sitzungssaal liegen gelassen«, sagte er schnell und stoppte ab. »Wir sehen uns morgen.«

Sie sahen ihn ein wenig überrascht an. »Alles klar, Marcel, dann bis morgen.« Sie grüßten und gingen weiter.

Eine solche Geschichte konnte sich Sander trotz aller Fabulierlust eines Verkäufers doch nicht aus den Fingern gesogen haben. Er war bestimmt in Halbe gewesen. Keine Autostunde entfernt. Auch das passte. Er hatte dort leer stehende Gebäude entdeckt. Für Haschplantagen. Ein einträgliches Geschäft, das Sander ihm mit einem Augenzwinkern angeboten hatte.

Im *Split* war das gewesen. Es schien ihm Monate zurückzuliegen, dabei war es gerade vier Wochen her. Ein alberner Witz, dachte er damals, als Reminiszenz an ihre Amsterdamer Zeiten. Aber vielleicht hatte Sander seine Großvatersuche ja tatsächlich mit ein paar geschäftlichen Recherchen verbunden und nach geeigneten Immobilien für die ortsnahe Haschischversorgung gesucht. Und dabei auch ein Haus gefunden, in dem er nun Sophie gefangen hielt.

Er beschleunigte seine Schritte so weit, dass es nicht zu große Aufmerksamkeit weckte. Es waren noch nicht ganz vierundzwanzig Stunden vergangen, seit Sander Sophie an die Infusoren gehängt hatte. Er brauchte nur ein wenig Glück bei der Suche. Und Sander durfte ihn nicht wieder angelogen haben.

Er jagte mit dem Rad zum nächsten Carsharing-Point, stieg in einen BMW und fuhr scharf an.

36

Von der ersten Ampel an ging es oft nur im Schritttempo vorwärts. Rushhour, Horden von Nichtberlinern, ewige Baustellen, mutwillig provozierte Blechschäden – die Stadt gab ihm das volle Programm. Wo immer sich die Gelegenheit bot, wenigstens kurz aufs Gas zu drücken, scherte er jäh aus, wechselte die Spur, hitzige Hupattacken pitchten sein Adrenalin, genervte Blicke aus einem Streifenwagen, den er übersehen hatte, Kontrolle, oberlehrerhafte Befragung, Strafzettel. Als er endlich das Schönefelder Kreuz erreichte, war er schweißgebadet und schon über eine halbe Stunde unterwegs. Seine Hoffnung, auf der Autobahn Richtung Dresden würde sich der Verkehr entzerren, wurde zwischen Lkw-Kolonnen zerrieben. Immer wieder sprangen Kleintransporter mit osteuropäischen Kennzeichen schroff auf die Überholspur, zwangen ihn zu scharfen Bremsmanövern, zogen mit hundert, hundertzehn an Lastwagen vorüber, mit tief ins Blech gedrücktem Gaspedal, hochtourig röhrend, dunkelgraue Abgaswolken ausstoßend, und weder Lichthupe noch Dauerblinken trieben sie früher zurück auf die rechte Spur, als ihre Fahrer es für richtig hielten. Sophie. Wie lange konnte sie durchhalten? Sein Blick auf die Straße verschwamm, reiß dich zusammen, Kamrath! Ein Unfall, und alles wäre verloren, Sophie wäre verloren. Und brems verdammt noch mal ab in dieser Tagesbaustelle. Tempolimit. Ein Blitzer, und du bist geliefert, wenn alles schieflaufen sollte. Darf es nicht. Du musst sie finden.

»*Godverdomme*, du hast mich voll in die Scheiße geritten!«

Der Anruf hatte mich aus tiefem Schlaf gerissen. »Was? Wer ist denn da?«

»Fuck you!«

Ich setzte mich auf die Bettkante, unschlüssig, ob ich nicht besser auflegen sollte. »Hey, wer sind Sie?«

Ich kassierte noch ein paar Flüche, bis der Mann seine Suada mitten im Wort abbrach, weil im Hintergrund eine Tür ging und nun ein Streit mit einer Frau ausbrach, in dem es einerseits um seine Schreierei zu nachtschlafender Zeit ging und andererseits darüber, dass sie hier nichts, aber auch rein gar nichts zu sagen habe, weil er diesen Schuppen überhaupt nur mit seinem Geld in Gang hielte, was mit einem umso heftigeren Türschlagen vorerst final beantwortet wurde.

Es war Berend Schroot, sickerte als Analyse meines Hirnareals zur Stimmerkennung in mein schlaftrunkenes Bewusstsein, gleich gefolgt von der Information des Weckers. Es war halb sechs Uhr morgens.

»Du wirst das aus der Welt schaffen, Marie Vos! Und zwar sofort! Oder du bist fällig!«

»Berend?«, fragte ich mehr fassungslos als sicherheitshalber.

»Wer sonst, du Aas!«

»Was zum Teufel ist los mit dir, Berend? Bist du betrunken? Sprich anständig mit mir!«

»Anständig? Weißt du, was anständig wäre? Dass du mich nicht verpfeifst! Dass du einfach dein Maul über mich hältst!«

»Genau dafür bin ich bekannt, und das weißt du, Berend! Was ist …«

»Fuck …!«

»Berend! Kusch jetzt! Ich schwöre dir, ich habe ehrlich keine Ahnung, wovon du sprichst!«

»Ist das eine sichere Verbindung?« Endlich dämpfte er seine Stimme.

»Natürlich!«

Es blieb kurz still in der Leitung.

»Sie werden ihn umlegen.«

»Wen? San…«

»Namen sind für die Tonne. Dein aktuelles Forschungsobjekt. Noch heute. Maximal eine Sache von Stunden. Sie haben ihn schon im Visier.«

Jetzt war es an mir zu fluchen.

»Woher hast du das?«

»Ich habe mich noch ein bisschen für dich umgehört. Bei Leuten, die tief im Geschäft stecken. So tief, dass du sie niemals kennenlernen möchtest. Dann hat es sich herumgesprochen, dass ich alles über deinen Mann wissen wollte. Gestern Abend bekomme ich einen Anruf. Was ich da laufen hätte? Ich sollte den Kerl gefälligst ihnen überlassen.«

Sein Bericht ging in ein paar laute Flüche über, als läge er auf einer Folterbank, und jemand hätte gerade wieder die Schrauben angezogen.

»Sollte ich ihn deshalb für dich checken? Hätte ich das vorher gewusst, verdammt, ich schwöre, ich hätte dich eiskalt durchs Klo gespült!«

Ich blieb ruhig. »Wie glaubhaft ist die Warnung?«

»Warnung? Bei einer Warnung kannst du noch etwas ändern. Über das Stadium ist deine Zielperson lange hinaus. Das ist ein Fakt, keine Warnung!«

»Warum bist du dir da so sicher? Ein einzelner Anruf …«

»Weswegen hast du mich in die Sache hineingezogen, Mädchen, na? Wegen meiner Kontakte. Ich habe fast die ganze Nacht am Telefon gehangen.«

»Ja, aber in der Szene wird auch viel herumgetönt.«

»Hör zu. Ich habe es von genau dem Typen, der das Team für die Aktion zusammengestellt hat. Reicht dir das jetzt?«

Das musste ich erst einmal verarbeiten. Ich schwieg ein paar Sekunden lang und suchte nach einem Ausweg.

»Könnte ich ihn noch informieren? Hast du seine Nummer?«

»Meinst du wirklich, ich schieß mir auch noch ins andere Knie? Keine Stunde später würden ein paar Jugos in meinem Vorgarten stehen. Überzeugt, dass ich hinter der ganzen Sache stecke, denn ich habe ihn ausgekundschaftet. Ich! Wenn diese Typen mit dir fertig sind, siehst du aus wie eine verdammte ausgeweidete Anatomiepuppe!«

Berend liebte immer schon die großen Worte, aber dass er so dramatisch wurde, zeigte mir, wie gefährlich die Lage für ihn wirklich war.

»Letztendlich würden die Jugos aber begreifen, dass du nichts mit der Sache zu tun hast.« Das klang selbst in meinen Ohren wenig überzeugend.

»Letztendlich? Wann ist das? Wenn der Bestatter mich wieder zusammengesetzt hat?«

»Also gut«, ich versuchte, meine Stimme fest klingen zu lassen. »Ich kümmere mich darum, aber dazu muss ich mehr wissen. Wie wird es ablaufen? Und wann? Und wo genau?«

»Selbst wenn ich das alles wüsste, würde ich denen niemals an den Karren fahren.«

Er ließ ein kurzes zischendes Lachen folgen, als könnte er nicht fassen, wie absurd diese Idee war.

»Wer steckt dahinter?«

»Was glaubst du wohl. Du weißt doch schon, dass ein Preis auf seinen Kopf ausgesetzt worden ist. Abzuholen in einer der Wietzentralen zwischen Delfzijl und Kerkrade.«

»Und wo bist du jetzt?«

»In der komfortablen Zelle eines Bordells. Mein Informant sitzt eine Etage über mir im Jacuzzi. Mit zwei Damen, die ihm gerade ein Alibi verschaffen. Unter anderem.«

»Berend, hör mal.«

Aber Berend hörte nicht, sondern fluchte wieder.

Dann hörte ich es plötzlich heftig klirren und poltern.

»Was machst du da, Berend?«, fragte ich streng, aber ich war auch besorgt, ob er gerade unangenehmen Besuch bekommen hatte.

»Ich weiß jetzt, was ich tun muss. Ich werde diesen hübschen Laden so auseinandernehmen, dass mich die Bullen abholen. Bei denen bin ich wenigstens vorerst in Sicherheit.«

»Das kannst du später immer noch machen, Berend Schroot! Jetzt legst du dich erst mal zu deinen Gastgeberinnen. Dann hast auch du ein Alibi. Und ich kümmere mich um den Rest«, tat ich so, als hätte ich bereits einen Plan.

An der Ausfahrt Teupitz verließ er die Autobahn. Die Landstraße nach Halbe führte über eine Autobahnbrücke Richtung Osten. Während er intensiv die Gegend scannte, überholte ihn plötzlich mit aufheulendem Motor ein schwarzer Wagen. Er schrak zusammen. Verfolgte Sander ihn?

Aber es war nur ein tiefergelegter Polo, dessen Nachwuchsfahrer ihm wütend den Mittelfinger zeigte. Mit nur knapp vierzig Stundenkilometern sollte man hier besser nicht fahren. Von der Brücke aus sah er parallel zur Autobahn eine schmale Schneise im Wald, ein älteres Gebäude, irgendetwas Technisches. Sah verlassen aus. Ein idealer Ort.

Er gab Gas, parkte den Wagen zweihundert Meter weiter auf einem schmalen Grünstreifen, rannte los.

Das Gelände rund um das Gebäude war mit einem hohen Zaun abgesichert. Das Tor war abgeschlossen, der Zaun unversehrt, nirgendwo ein Loch, keine Stelle zum Durchschlüpfen. Während er den Zaun umrundete, glich er die Fassade des Baus auf allen vier Seiten mit den Merkmalen des Raums ab, in dem Sophie langsam zu Tode kam. Es konnte nicht hier sein, hohe, schmale Fenster, er war definitiv an der falschen Stelle. Er hielt sich an einem Pfosten fest, kalter Schweiß auf der Stirn, ausgetrockneter Mund, ihn schwindelte, als er sich abstieß.

Weiter, er musste dringend weiter. Auf dem Weg zurück zum Auto trat er in ein Loch, knickte um, stürzte. Seine Anzughose am Knie aufgerissen, die Hosenbeine voller Staub. Aber er hatte Glück gehabt, das Fußgelenk schmerzte nur leicht. Nach ein paar Metern konnte er wieder laufen, ohne zu humpeln.

Ich stand sofort auf, schaltete mein Laptop ein und stellte mir einen doppelten Espresso daneben. Berend war in heller Panik, und zwar zu Recht. Er hatte sich für mich weit aus dem Fenster gelehnt, um nach Sander van Haag Ausschau zu halten, und das war den falschen Leuten zum falschen Zeitpunkt aufgefallen. Und jetzt …

Ich zweifelte keine Sekunde am Wahrheitsgehalt von Berends Informationen. Aber konnte es nicht auch nur ein mehr oder minder gewöhnlicher Gegenangriff sein? Dass an der Ostfront eine Schlacht nach der nächsten geschlagen wurde, hatte Berend mir lebhaft geschildert. Und unlängst hatte Sander vermutlich wieder eine Attacke geritten. Dass jedenfalls in Roermond eine Wietplantage ausgeräuchert und gleich darauf ein Infiltrant hoch oben in der Stadtverwaltung enttarnt worden war, sah ganz nach seiner Handschrift aus. Ersteres war vielleicht nicht mehr als ein fieser kleiner Kratzer, aber das andere dürfte einen ordentlichen Aderlass für die Wietclans bedeuten, die die Dienste des korrupten Beamten genutzt hatten. Inzwischen hatte es bei dem Camper-Clan nahe Roermond schon eine Razzia gegeben. Also war ein Gegenschlag mehr als logisch.

Aber warum stellten sie dann so hastig ein Überfallkommando zusammen, wo genaue Planung gefragt war? Drohten akut weitere Angriffe Sanders gegen die Allianz? Die drohten doch immer, es war ein Hin und Her. Es konnte eigentlich nur einen Grund dafür geben: Sie mussten einen so heißen Tipp bekommen haben, dass sie gar nicht anders konnten, als jetzt und sofort zuzuschlagen.

Berend konnte ich danach nicht fragen. Wen sonst?

Niemanden, wurde mir bald klar. Wen immer ich anspräche, er würde sich sofort daran erinnern, wenn es zu dem Anschlag auf Sander van Haag kam. So wie man sich an Berend erinnern würde.

Kamrath! Wenn er mich für irgendeine Sauerei benutzt hatte … Ich unterdrückte den Impuls, ihn anzurufen. Unwahrscheinlich, dass er überhaupt abnähme. Er war vollends mit dem Cannabisgesetz beschäftigt, in dieser Woche komme der Durchbruch, hatte er bei ihrem letzten Telefonat verraten. Noch so eine Aktion unter scharfem … Zeitdruck.

War etwa dies das Missing Link? Kamrath, der seinen mutmaßlichen Erpresser noch kurz vor der Verabschiedung des Gesetzes ausschalten wollte? Ein deutscher Staatssekretär für Justiz, der einen niederländischen Kriminellen liquidierte? Unvorstellbar! Aber nichts war unvorstellbar. Unter Druck gerät alles in Fluss.

Eigenhändig könnte er das natürlich nicht tun. Aber sicher über ein paar Ecken.

Sie haben ihn schon im Visier. Nur wo? In Deutschland oder in den Niederlanden? Kamrath zufolge logierte Sander in Berlin. Ein grenzüberschreitendes Projekt. Nicht auszuschließen. Es wurden schon häufiger niederländische Kriminelle im Ausland ermordet.

Ich ging die Aufzeichnungen meiner Gespräche mit Kamrath durch. Womöglich hatte ich doch eine Information übersehen, aus der ich einen Aufenthaltsort Sanders in Berlin hätte ableiten können. Aber in Kamraths Erzählungen kam und ging Sander, wie es ihm gefiel, tauchte zum Ärger des Staatssekretärs wie aus dem Nichts auf, wohingegen Sander immer genau zu wissen schien, wo sein alter Freund sich gerade befand.

Ich erreichte das Ende meiner Notizen. Bei unserem letzten Kontakt schien sich Kamrath überhaupt keine Sorgen mehr um Sander zu machen. »Dossier schließen« hatte ich notiert und darunter die Kieler Postfachadresse für meine Rechnung. Kein Auftrag, Sander noch weiter auszuforschen. Hatte er genug Material in die Hand bekommen oder andere Möglichkeiten gefunden, um ihn abzuschütteln?

Am Ende hatte er jedenfalls sogar ein paar freundliche Worte für seinen Quälgeist gefunden. Wegen seiner Sorge um Kikis Schwester. Jeden zweiten Mittwoch … *Hat er einen Ersatztermin genannt … bevorzugte Uhrzeit? … Ich sollte dort Sander aus naheliegenden Gründen besser nicht begegnen.*

Und ich, die folgsam jede Information gab, die er benötigte … immer zur Kaffeepause, um halb zehn morgens.

Ich, die ihre Zielperson auf dem Tablett servierte.

Und mit jedem Satz das Todesurteil über sie ausfertigte.

Ich schaute auf mein Telefon. Es war Mittwoch. Sieben Uhr. Noch zweieinhalb Stunden bis zur Kaffeepause in der Klinik von Wolfheze.

Ich warf mich in meine Sportklamotten. Das Telefon ließ ich zurück. Ich musste retten, was noch zu retten war, aber die Daten der Sendemasten durften mich dabei in keinem Fall verraten.

Die Fahrt durch den Wald erschien ihm endlos. Rechts und links führten immer wieder schmale Forstwege ins Irgendwo des Naturparks. Erst mal weiter zum Friedhof. Links ein kleines Industriegebiet, dann kamen schon die ersten Häuser des Ortes. Aber das Gebäude, das er suchte, musste viel abgelegener sein.

Gegenüber vom Friedhof ein weiteres Industriegelände, ein Bauhof mit diversen Hallen, die es vielleicht hätten sein können, aber auch sie lagen viel zu nah an den Laufwegen von Einheimischen und Friedhofsbesuchern. Alles Zeugen, die Sander nicht gebrauchen konnte.

Er bog auf den Parkplatz des Gedenkraums ab, schaltete den Motor aus. Verzweifelt und ratlos. War Sander von hier aus noch weitergefahren, oder hatte er gleich wieder kehrtgemacht, und war er dann entweder auf derselben Strecke zurückgekehrt, oder hatte er über die ein oder andere Abzweigung noch die Gegend erkundet?

Er zoomte die Karte des Navis heraus, entdeckte eine Parallelstraße auf der anderen Seite des Friedhofs. Vielleicht hatte Sander dort etwas gesehen. Er startete wieder und fuhr zurück, bog nun in diese Straße ein. Links die Ausläufer des Friedhofs, gegenüber aber führte ein Weg in den Wald hinein. Er stoppte.

Weiter hinten schien der Weg heller zu werden, Sonnenstrahlen, vielleicht am Rand einer Lichtung. Er verließ den Wagen, stützte sich mit den Armen auf dem Dach ab, konnte nach und nach mehr erkennen. Der Weg wurde dort etwas breiter, fast schon eine richtige Straße, verschwand in einer Kurve, sodass zu vermuten war, dass er zumindest grob in Richtung Autobahn führen würde.

An der Innenseite der Kurve entdeckte er schließlich einen Mauerpfeiler, als sich ein Greifvogel auf dessen Spitze niederließ. Wenn da eine Mauer war, würde es dahinter bestimmt auch ein Gebäude geben. Er fiel ächzend zurück auf seinen Sitz, das Getriebe schrie auf, weil er beim Schalten die Kupplung nicht richtig durchdrückte, dann setzte sich der Wagen in Bewegung. Die breiten Räder knirschten über die unbefestigte Fläche des Weges, Steinchen spritzten zur Seite, im Rückspiegel sah er, wie hinter dem Wagen eine Staubwolke aufstieg.

Ich fuhr automatisch Richtung Autobahn, bis ich realisierte, dass ich ein schönes Motiv für die Kameras abgeben würde, die gut verteilt über dem Fernstraßennetz hingen. Wenn Sander etwas zustieße, wäre das ein massiver Stein in einer langen Kette von Indizien. Ich schaltete die »Autobahn vermeiden«-Option des Navis ein und begab mich auf eine nervenzehrende Reise über kurvenreiche Landstraßen entlang alter Herrenhäuser und voller Panoramablicke auf die Oude Vecht.

Von Utrecht an ging es noch langsamer vorwärts. Regelmäßig musste ich für Horden Rad fahrender Schulkinder abbremsen. Ich schluckte meine Ungeduld herunter, hielt mich an alle Tempolimits und folgte brav den Umleitungsschildern an viel zu vielen Baustellen. So hatte ich genug Zeit, meine Naivität in der Kamrath-Sache zu verfluchen und mich zu fragen, an welchem Punkt mein Argwohn allerspätestens hätte erwachen müssen.

Auf der Höhe von Veenendaal geriet ich in eine lokale Zusammenballung von Pendlern, deren Ziel ein nahe gelegenes Gewerbegebiet war. Im Stop-and-go zuckelte ich von Ampel zu Ampel.

Ich schaltete das Radio ein und hörte die Neun-Uhr-Nachrichten. Keine Berichte über Killerkommandos oder andere Fälle schwerer Gewalt.

Mir blieb noch eine knappe halbe Stunde.

Seine Enttäuschung war bodenlos. Hinter einer zerfallenen Steinmauer fand er zwar ein lang gezogenes Gebäude, doch es wies keinerlei Ähnlichkeit mit dem Ort auf, den er suchte. Es handelte sich um die Werkstatthalle eines ehemaligen Forstbetriebs. Ein Flachdach, zwei große Tore, kaum Fenster.

Er blieb eine ganze Weile im Wagen sitzen. Sollte er jetzt einen Wirtschaftsweg nach dem anderen absuchen? Wie viele Stunden würde das dauern? Wie lange, bis es im Wald zu dunkel wäre? Nie würde er Sophie ohne einen Hinweis von Sander noch rechtzeitig finden. Der sich lieber die Zunge abbisse, ehe er etwas verriet. Wenn er überhaupt noch in der Lage sein sollte, auch nur irgendetwas zu tun.

Er sollte zurückfahren. Es hatte ja keinen Zweck. Aber die Vorstellung, Sophie damit endgültig in den Tod zu schicken, ließ ihn vor der Entscheidung zurückschrecken. Schließlich schaltete er den Motor ab und betrat das Gelände durch ein nur noch halb in den Angeln hängendes Tor. Die Zugänge zur Werkstatthalle waren massiv gesichert, die Fenster mit Drahtgittern geschützt. Er versuchte, einen Blick hineinzuwerfen, aber das Fensterglas war geweißt worden. Vielleicht gab es einen Hintereingang.

Er ging um das Gebäude herum und erstarrte für einen Moment. Eine alte Scheune. Im rechten Winkel zur Werkstatthalle, etwas niedriger, von der Straße aus nicht sichtbar. Die Reihe kleiner Fenster, das geduckte Spitzdach, das war Sophies Kerker.

Er rief ihren Namen, erreichte die Tür, riss an der Klinke. Abgeschlossen und zusätzlich mit Kette und Vorhängeschloss gesichert. Er drehte sich im Kreis, suchte vergebens nach einer Stange, mit der er sie hätte aufbrechen können. Dann rannte er zu den Fenstern. Die waren nicht geweißt, aber blind von Schmutz und mit Eisengittern verhängt. Zur Rückseite. Dasselbe Bild. Er lief Fenster um Fenster ab, rüttelte an den Gittern, und endlich, beim vorletzten, fand er seine Chance. Das Gitter rappelte leicht in der Verankerung. Er umklammerte die Gitterstäbe und riss heftig an ihnen, die Dübel im Beton knirschten, aber es reichte nicht, »Sophie«, er brüllte ihren Namen immer wieder aufs Neue, während er an den Gittern zog, bis er erschöpft ablassen musste. Ohne Werkzeug würde er es nicht schaffen.

Er lief zu seinem Auto. Im Kofferraum fand er einen Wagenheber. Das konnte funktionieren, musste funktionieren.

Zurück am Fenster, rief er wieder nach Sophie, er sei gleich bei ihr. Seine Hände zitterten, er brauchte eine ganze Weile, um den richtigen Ansatzpunkt für den Wagenheber zu finden. Er kurbelte, bis die Schrauben samt Dübeln auf der einen Seite aus der Wand brachen. Wieder riss er an dem Gitter, und dann endlich war der Weg frei. Er nahm einen Stein, schlug die Scheibe ein, klopfte die restlichen Scherben aus dem morschen Rahmen und zwängte sich durch das Fenster hinein.

Es brauchte eine Weile, bis sich seine Augen an das Halbdunkel in der Scheune gewöhnt hatten und er am anderen Ende des Raums das Bett erkannte. Sophie lag dort. Ganz still. So, als hätte sie ihn nicht bemerkt.

Wie sollte ich mir jemals verzeihen können, dass eines meiner Targets sein Leben verlor, weil ich es ausgeforscht hatte? Um kurz vor halb zehn blieb mir doch nichts anderes übrig, als alle persönlichen Sicherheitsbedenken über Bord zu werfen und meinen Wagen mit 140 km/h über das letzte Stück Provinzialstraße zu jagen. Ich steuerte das Dorf Wolfheze diesmal von Süden aus an, war das rasende Gegenbild zu der pittoresken Chaussee mit uralten Bäumen und den für eine Ewigkeit errichteten prächtigen Landsitzen.

Es erschien mir mehr als logisch, dass sie auf dem Besucherparkplatz der Klinik zuschlagen würden. Nicht weit von der Werkstätte, an der Kikis Schwester schon ihr halbes Leben dazu verdammt war, Baumstämme in Stücke zu sägen. Auf dem Parkplatz würde er ein perfektes Ziel abgeben. Er musste von dort aus rund fünfzig Meter über offenes Gelände laufen, ein einzelner Bodyguard konnte da kaum etwas ausrichten. Also musste ich ihn unbedingt vorher abpassen, sodass er sich noch rechtzeitig aus dem Staub machen könnte.

Ich erreichte endlich den Bahnübergang nahe der Klinik, bog links ab, und verringerte meine Geschwindigkeit weiter, um die Lage zu sondieren. Im Schritttempo fuhr ich bis zum Besucherparkplatz. Er war vollkommen leer. Auf der Werkfläche der Klinik dahinter herrschte rege Betriebsamkeit.

Ich atmete auf. Weder eine Spur von Sander van Haag noch von irgendwelchen Kommandos. Also beschloss ich, zu wenden und mich knapp hinter der Zufahrt zum Gelände zu postieren, um dort auf ihn zu warten.

Ich zog mein Fernglas aus dem Handschuhfach. Er würde mit Sicherheit von Norden über die A12 kommen. Weil man auch von dort aus wegen des Bahnübergangs seine Geschwindigkeit deutlich reduzieren musste, konnte ich jeden Wagen, der mir entgegenkam, in aller Ruhe überprüfen.

Fünf Minuten vergingen.

Zehn.

Komm schon, San-San, lass dein Pflegekind nicht im Stich … du weißt, dass du heute unterzeichnen musst.

Bis Viertel vor zehn waren ein ICE und eine Regionalbahn an mir vorübergezogen. Die Schranken waren mit schrillem Klingeln abgesenkt und wieder hochgezogen worden, und jedes Mal hatte sich danach eine kleine Kolonne von Autos langsam in Gang gesetzt. Aber niemals war Sander van Haag dabei aufgetaucht.

Schon begann ich zu erwägen, dass Berend falschen Alarm geschlagen hatte. Dass er wie so mancher Berufsverbrecher schließlich der Paranoia zum Opfer gefallen war und alles so krass dargestellt hatte, um etwas von dem Druck loszuwerden, der täglich auf ihm lastete. Oder aber, dass Sander, dessen Bedrohungslevel jede noch so übertrieben erscheinende Vorsichtsmaßnahme rechtfertigte, jenseits der offiziellen Zufahrt noch andere Wege in die Klinik kannte. Irgendwo durch die Wälder, die das Terrain umschlossen.

Während die Schranken schon wieder herabsanken, tauchte in der Ferne ein Wagen auf. Ich setzte das Fernglas an und bemühte mich, den Fahrer zu erkennen, aber inzwischen stand die Sonne so, dass ihr Licht von der

Windschutzscheibe reflektiert wurde. Ich musste warten, bis das Auto vor den Schranken anhielt.

Es war Sander.

Unverkennbar. Auch wenn er im Vergleich mit den Fotos, die ich von ihm hatte, sein Haar an den Seiten inzwischen kurz geschoren hatte. Er sagte anscheinend etwas Witziges zu seinem Beifahrer, der kopfschüttelnd lachte. Gute zwanzig Jahre jünger, scharf geschnittene Züge, etwas zu coole Sonnenbrille, wohl der Leibwächter.

Der Zug war noch nicht in Sicht. Weitere Autos schlossen sich an. Ein Motorradfahrer mit Sozius passierte langsam die Schlange und fuhr bis zur Schranke vor.

Ich musste unwillkürlich vor Erleichterung aufseufzen, dass van Haag nun kam, und startete den Motor. Sobald er abbiegen würde, würde ich mit der Lichthupe Signale geben und meinen Wagen langsam zwischen ihn und die Einfahrt zum Parkplatz rollen lassen. Aber so, dass er nicht das Gefühl bekäme, ich würde ihn blockieren. Dann würde ich kurz die Hände heben, aussteigen und wieder mit erhobenen Händen ein paar Meter entfernt stehen bleiben, um keinerlei Zweifel über meine guten Absichten zu wecken.

Endlich zischte der Intercity an uns vorüber, und die Schranken setzten sich in Gang.

Komm zu mir, Junge, hier bei mir bist du sicher.

Aber er blieb noch stehen. Natürlich, er wartete brav ab, bis die rote Ampel erlosch. Die Scheinwerfer des Wagens blendeten, er musste an den Hebel für das Fernlicht geraten sein, vielleicht aus Langeweile daran gespielt haben, oder was auch immer. Aber jetzt durfte er doch weiterfahren. War er so abgelenkt von seinem Gesprächspartner?

Nun mach schon, hast du vielleicht den Motor abgewürgt?

Obwohl hinter ihm immer ungeduldiger gehupt wurde, kam die Wagenkolonne nach wie vor nicht in Gang.

Nur der Motorradfahrer war verschwunden, registrierte ich erst jetzt.

Ich musste einmal tief Luft holen, ehe ich das Gaspedal drücken und auf den Bahnübergang zufahren konnte.

Der Wagen stand mit ausgeschaltetem Motor da, reglos wie sein Fahrer.

Am Ende der Schlange stieg jemand aus seinem Wagen und reckte den Hals, um herauszufinden, was da vorne los war.

Zum ersten Mal sah ich meine Zielperson aus nächster Nähe.

Sophies Gesicht war dunkelblau angelaufen, ihre Lider halb geschlossen, der Mund geöffnet, auf den Lippen Schaum.

Sie sah so fremd aus. Sie war es nicht, durfte es nicht sein.

Sein Hals dehnte sich immer weiter in den Nacken, so, als presste die Gewalt, die ihr angetan worden war, nun unerbittlich unter sein Kinn.

Dann schrie er.

Sander van Haag hing schräg in seinem Sicherheitsgurt, sein Hals war unnatürlich zur Seite gestreckt. Der weit geöffnete Mund war der einzige Teil seines Gesichts, der noch vollständig war. Darüber schien eine Granate gewütet zu haben. Auch sein Leibwächter hing schwer in seinem Gurt, und sein blutüberströmter Kopf lehnte an der Mittelsäule, als hätte sich der Mann einen kurzen Schlaf gegönnt.

Ich hielt an und musste mich mit aller Macht zwingen, den Wagen nicht rechts abzustellen und auszusteigen. Nein, nein, weg hier, du hast hier mehr zu verlieren als zu gewinnen!

Zögerlich wagte sich eine Frau aus dem Auto dahinter heraus und kam zitternd auf mich zu. Ich ließ das Seitenfenster ein kleines Stück herunter, alles andere hätte ihr Misstrauen erregt.

»Ein Motorrad«, rief sie fassungslos. »Zwei Männer auf einem Motorrad. Mit einer Maschinenpistole. Sie sind da lang!«, sie winkte mit der Handkante heftig in meine Fahrtrichtung, als wäre ich ein Polizist auf Verfolgungsjagd. Und ich nickte genau so und gab Gas.

Ein, zwei Kilometer weiter fuhr ich den Wagen in einen

Waldweg hinein, bis ich von der Straße aus nicht mehr zu sehen war.

Ich stellte den Motor ab, öffnete das Fenster und versuchte, meinen Atem zu beruhigen. Sie hatten sofort zugeschlagen. Die erste Chance genutzt. Ich war noch rechtzeitig angekommen, um Sander und seinem Bodyguard das Leben retten zu können. Wäre nicht die Schranke vor ihnen heruntergegangen. Ein paar Minuten früher, und sie hätten es geschafft. Ich hätte es geschafft.

Ich wusste, dass ich verschwinden musste. Aber ich saß ein paar Minuten lang einfach nur da, mit geschlossenen Augen und nach dem Summen der Insekten und dem Rauschen der Bäume horchend wie nach Nachrichten aus einer anderen Welt. Meine Sinne richteten sich auf alles, was der schmutzigen Hand der Schuld noch etwas hätte entgegensetzen können, die sich gerade immer tiefer in meine Brust hineingrub.

Erst, als eine Sirene aus der Ferne lauter werdend durch die friedliche Landschaft schnitt, drehte ich und fuhr auf Umwegen nach Hause.

Besudelt.

In der hereinbrechenden Nacht verwandelte sich Sophie immer mehr in einen dunklen Schemen unter grauem Laken.

Er saß seitlich von ihrem Bett auf dem Betonboden, angelehnt an fauliges Mauerwerk und spürte nichts mehr. Nicht seine Erschöpfung, nicht die Dürre in seinem Mund, nicht die Feuchtigkeit, die seit Stunden in ihm hochkroch und seinen ausgekühlten Körper immer wieder schaudern ließ.

Nach dem ersten Schock hatte ihn die irre Hoffnung erfasst, Sophie könnte doch noch leben. Er hatte den Infusor ausgeschaltet, den Schlauch aus der Kanüle gezogen, nach Sophies Puls getastet, am Hals, am Handgelenk, vergebens. Er hatte einen Lappen gefunden, den er in einer Pfütze anfeuchtete, um den Schaum von Sophies Mund zu wischen. Hatte sein Ohr nah über ihre Lippen gehalten und gehorcht, einem Hauch von Atem nachgespürt. Nichts. Er war zu spät gekommen. Einfach zu spät.

Das Piepsen war schon länger zu hören gewesen, aber er registrierte es erst, als zusätzlich eine LED im Dunkeln rot aufblinkte. Die Kamera. Er hatte sie ganz vergessen. Sollte Sander noch leben und den Stream kontrollieren, wüsste er, dass er hier bei Sophie saß. Hatte vielleicht schon die Polizei informiert, um den Staatssekretär bei einem furchtbaren Verbrechen zu fassen. Oder Sander hatte den Link sowieso schon früher an irgendwen weitergeleitet, der jetzt zusah und alles aufzeichnete.

In Panik sprang er auf, lief zur Kamera, drückte den Ausschalter, riss sie aus der Verankerung des Stativs.

Er musste hier sofort weg. Was geschehen war, durfte nicht auch noch dazu führen, dass Sander sein Leben endgültig zerstörte. Hektisch suchte er nach dem Lappen. Er musste alles abwischen, was er hier angefasst hatte. Den Schlauch, den Infusor, das Bettgestell, auch Sophies Hals und Hand, ihre Wange, die er gestreichelt hatte, ihre Lider, die er geschlossen hatte.

Verzeih mir, Sophie, verzeih.

37

Er hatte den London-Trip mit seinem Sohn absagen müssen. Nur Jan, Anne und Sabine Meyerling wussten, wo er sich in den ersten vier Wochen der Parlamentsferien aufhalten würde. Und natürlich Peter, sein Arzt. Ein Oberfranke am Meer, Wahlkieler wie er, einer seiner wenigen echten Freunde im Ort.

Er saß im Fond des 740er Hybrid-BMW, in dem sich sonst der beamtete Staatssekretär durch das Land chauffieren ließ. Auf dem Sitz neben ihm lag eine Auswahl aktueller Tageszeitungen. Er schaute aus dem Fenster, sah die Landschaft an sich vorüberfliegen. Er hatte den Fahrer um Geschwindigkeit gebeten, obwohl er es nicht eilig hatte. Er sehnte sich nur zutiefst danach, dass alle Konturen verwischten.

Vor gerade einmal zwei Wochen war er diese Strecke selbst gefahren. Durch die Nacht, in der er Sophie am Ort ihres Todes zurücklassen musste. Festgebunden, von einer Überdosis erstickt und in ihren Exkrementen liegend, ermordet, weil sie zum falschen Zeitpunkt an den falschen Mann geraten war. An ihn, Dr. Marcel Kamrath, ein Nichts hinter der Maske eines erstaunlich menschlich gebliebenen Karrierepolitikers.

Er war nach Berlin zurückgekehrt, um das Laptop aus seinem Apartment zu holen, und gleich weiter Richtung Heimat gefahren. Am Seitenstreifen einer Bundesstraße nördlich von Trittau hatte er Sanders Kamera mit dem Wagenheber zertrümmert und beides in einen See geworfen.

Morgens um halb sechs hatte er Peter aus dem Bett geklingelt. Kalter Schweiß auf der Stirn, die Augäpfel schmerzten, als würden sie von einer Hirnschwellung herausgedrückt. Mit zitternder Hand hatte er Peter das Tütchen mit Jans

Pillen entgegengehalten wie ein Beweisstück und heiser bekannt, er könne nicht mehr. Der Freund hatte ihn hereingezogen, die besorgt rufende Gattin beruhigt, einen ersten Check gemacht und ihn gleich wieder zur Haustür geführt. »Ich weiß einen guten Ort für dich.«

Er griff nach einer der überregionalen Zeitungen. »Auf breiter Basis entschieden. Cannabis-Legalisierung und 22 weitere Gesetze verabschiedet« lautete die Überschrift für den Aufmacherartikel, der dem Parlament generös Fleißarbeit kurz vor Saisonschluss attestierte.

Dass das Kontingent flacher Kiffer-Wortwitze von den Schlagzeilentextern ziemlich gründlich ausgeschöpft worden war, hatte er schon am Morgen der Medienauswertung ihrer Presseabteilung entnehmen können. Ebenso, dass die Kommentare im Wesentlichen positiv waren. Und selbst dort, wo die Kritik anhielt, sprach man der Regierung wenigstens zu, dass sie ihre Entscheidung nicht leichtfertig getroffen habe. Zwei-, dreimal wurden er und Elsbeth als Architekten des Gesetzes und Brückenbauer in der Koalition hervorgehoben, und eine Zeitung widmete ihm ein Kurzporträt auf der zweiten Seite. Vor ein paar Wochen hätte es ihn gefreut.

Er legte die Zeitung beiseite und blätterte die Berliner Boulevardpresse durch. Das Schicksal der vermissten Sophie Deininger war der Zeitung nur noch fünfundzwanzig Zeilen auf den hinteren Seiten wert. Als ihr Mann Alarm geschlagen hatte, weil die Polizei seiner Meinung nach viel zu zögerlich in die Vermisstensuche einstieg, lief es noch auf Seite eins.

Aber was sollte die Polizei machen? Eine erwachsene Frau, keine Spuren von Gewaltanwendung, das Recht zu verschwinden, abzutauchen, auf Nimmerwiedersehen, eine eigene Entscheidung, bei besonders mächtigen Ehemännern manchmal anscheinend sogar die einzig mögliche. Als es am dritten Tag keine neuen Erkenntnisse gab, widmeten sich die Rechercheure dem Zustand der Ehe des Vorstandsvorsitzenden, zitierten geschickt Gäste der Spendengala, die Zeugen eines Streits zwischen dem angeblich so glücklich verheirateten Traumpaar gewesen waren. Gewürzt mit juristisch nicht zu beanstandenden Andeutungen über Charmeoffensiven des CEO gegenüber Mitarbeiterinnen, wohingegen der Lebenswandel der vermissten Sophie ganz von tugendhafter später Lernbegierde geprägt gewesen sei. Offenkundig hatte sich niemand der Zeitung angedient, von abendlichem Herrenbesuch in ihrem Apartment zu flüstern. So zahlte sich die Verschwiegenheit von Sophies Nachbarschaft doppelt aus. Lauter Familien der Diplomatischen Corps, selten zu Hause und weder interessiert an hiesigem Gesellschaftsklatsch noch an deutschen Politikern der zweiten Reihe.

Von alldem hatte er freilich erst im Nachhinein Kenntnis erhalten. In der sehr privaten Privatklinik für psychosomatische Störungen, zu der Peter ihn fuhr, hatten sie ihn erst einmal lange schlafen lassen. Währenddessen hatte Peter ihn wie versprochen vorerst nur für eine Woche krankgeschrieben und Sabine Meyerling informiert, dass er als behandelnder Arzt ihm jede berufliche Betätigung untersagt und als Kamrath-erfahrener Freund darum auch gleich dessen Diensthandy konfisziert habe.

Sie hatten ihm therapeutische Gespräche anempfohlen, er hatte höflich abgelehnt und viel Zeit in den nahe gelegenen Wäldern verbracht, wenn er sich nicht im Fitnessraum verausgabte. Nachts rissen ihn die Bilder der toten Sophie aus dem Schlaf in die Höhe. Ein wiederkehrender Traum: Sophie liegt von ihm abgewendet auf dem Bett, fragt, warum er sie nicht beschützt habe. Ich will darüber nicht reden. Seine Stimme hart und fremd. Sie lässt nicht ab, fragt erneut. Wütend geht er um das Bett herum an den Transfusor, erhöht die Dosis, dreht sich zu ihr um, gib endlich Ruhe!, und sieht in Kikis zerschlagenes Gesicht. Meist weckten ihn seine eigenen Schreie.

Sie baten ihn dringend, nach der Sitzungswoche wirklich wieder zurückzukommen. »Wir meinen es ernst.«

»Ich auch«, hatte er geantwortet. Vier weitere Wochen, um sich ein Leben zu retten.

Erst jetzt bemerkte er, dass er die Zeitung halb zerknüllt auf den Schoß hatte sinken lassen und die ganze Zeit über ins Leere gestarrt hatte. Der Fahrer warf ihm durch den Rückspiegel prüfende Blicke zu.

»Waren harte Wochen«, murmelte er kopfschüttelnd, mehr so, als führte er ein Selbstgespräch, aber dann lächelte er müde zu den Augen im Spiegel.

»Der Endspurt«, nickte der Fahrer wissend.

»Ja, kann man wohl so sagen. Der Endspurt.« Fragte sich nur, was es für ein Ziel sein sollte, das ihn noch erwartete.

»Soll ich das Radio einschalten? Oder vielleicht etwas Musik?«

»Was hätten Sie denn im Angebot, Herr Moritz?«

»Ich höre gerade wieder viel Neunziger, sogar Achtziger. Etwas Nostalgie, man wird halt älter.«

»Ich glaube, ich brauche doch etwas Ruhe, entschuldigen Sie. Vielleicht später, danke.«

Er musste sich disziplinieren. Es bedurfte ja nur eines einzigen Liedes, einer Melodie, oder sogar nur eines Klangs, der eine Erinnerung, ein Bild, einen Geruch aufriefe, und er würde in einem Strudel versinken. Sich auf das konzentrieren, was möglichst abstrakt war. So wie er sich damals in das Jurastudium gestürzt hatte. Mit Erfolg. Ein zweites Leben. Wie viele Leben konnte man sich schaffen?

Er nahm wieder eine der überregionalen Zeitungen. Politische Analysen auf der Innenseite, der Hauptkommentar zu den gestrigen Entscheidungen des Bundestags, und weitere Berichte aus der Bundes- und Landespolitik. Als Haifischbecken bezeichneten seine Kolleginnen und Kollegen die Politik gerne hinter vorgehaltener Hand. Was hatten sie für eine Ahnung von echten Haifischen. Von Leuten, die nicht nur Karrieren behinderten oder auch zerstörten, sondern die einem das Leben nahmen. Und andere zwangen, wie sie zu werden, wenn man sich gegen ihre Angriffe wehren musste. Das politische Haifischbecken war dagegen ein Nichtschwimmerpool, in dem nach einer Attacke nicht viel mehr als persönliche Eitelkeit und Kontostand ertrinken konnten.

Die Opposition hatte den letzten Tag vor der Sommerpause genutzt, um dem Entwicklungshilfeminister noch einmal ordentlich in die Waden zu beißen. Nach den neuen Informationen, die sie der Zeitung über seine plumpe Beeinflussung einer Auftragsvergabe zugespielt hatte, musste er untergehen. Am Rand des Pools hatten sich alle, die ihm noch einen Rettungsring hätten zuwerfen können, längst weggedreht und feilten an ihren Abschiedsreden zu seinem Rücktritt.

Und die Kanzlerin hatte Sabine Meyerling schon während seiner Abwesenheit befragen lassen, ob Staatssekretär Kamrath ernsthaft erkrankt sei oder ob man spätestens nach der Sommerpause mit ihm rechnen dürfe. Oder »auf ihn«. Über das richtige Zitat hatte seine Referentin unnötigerweise noch länger gegrübelt.

Für Pieper war die Dummheit des Entwicklungshilfeministers ein Glücksfall gewesen. Von ein paar kleineren hämischen Spitzen abgesehen, hatte die Opposition die Rücknahme seines alternativen Entwurfs für die Cannabis-Legalisierung fast unkommentiert gelassen. Bloß keine zweite Front aufmachen, wo der Minister schon fast servierfertig war. Doch abgesehen davon, peinigten Pieper ähnlich schlimme Gedanken wie ihn selbst.

Als Peter ihm nach acht Tagen sein Handy zurückgebracht hatte und er es wieder einschaltete, prasselten neben unzähligen anderen Nachrichten auch Dutzende von Anrufversuchen, SMS und Mails Piepers auf ihn ein. Pieper war immer noch klug genug geblieben, den Grund seiner extremen Aufregung nicht zu nennen. Stets hatte er nur die dringende Bitte um Rückruf gesendet.

Er hatte ihm sofort geantwortet, sich mit Hinweis auf den ärztlichen Befehl entschuldigt und Pieper für Montagmorgen an einen Ort bestellt, der ebenso selbstverständlich an ihren parlamentarischen Laufwegen lag wie er ein vertrauliches Vier-Augen-Gespräch erlaubte.

Im Andachtsraum des Reichstags für die Abgeordneten hatte abseits des aufkommenden Hochbetriebs der

Sitzungswoche eine eigentümliche Stille geherrscht, die weder Pieper noch er allein wohl kaum hätte aushalten können.

Pieper hatte beinahe so schlecht ausgesehen wie er vor seinem Klinikaufenthalt. Er öffnete eine Mappe und zeigte ihm Ausdrucke von Artikeln niederländischer Zeitungen.

»Während Sie krank waren, sind schreckliche Dinge geschehen. Ich weiß nicht, ob Sie schon davon erfahren haben?«

Er kannte alle diese Artikel. Auch die Fotos vom Tatort, die nur große Plastikplanen zeigten, hinter denen sich ein Wagen voller Blutspuren verbergen musste. In dem zwei Männer namens Sander v. H. und Luka G. zielgenau liquidiert worden waren.

»Mein Gott, was ist da passiert?«

Pieper brauchte eine Weile, ehe er sprechen konnte. »Ich habe Ihre Unterlagen wie besprochen an Huub Rijking weitergeleitet. Und kurz darauf ist das geschehen.«

»Und jetzt fragen Sie sich, ob Ihr Freund doch mit der Wietmafia unter einer Decke steckt.«

»Ob ich schuld an dieser grausamen Hinrichtung von zwei Menschen bin, frage ich mich, Kamrath. Ob ich den Mördern die entscheidende Information gegeben habe, weil ich dem Falschen vertraut habe.«

»Das wäre wirklich furchtbar«, sagte er nachdenklich, und mit diesem Schlag drohte Piepers Gesicht zu entgleisen. Zeit, ihn wieder aufzufangen.

»Aber Lars, das ist doch Irrsinn, lassen Sie sich nicht in solche absurden Gedankenspiele hineinziehen. Es kann der pure Zufall gewesen sein. Was die niederländische Polizei wusste, konnten auch die Feinde dieses Mannes erfahren haben. Spitzel genug haben sie ja im System.«

Pieper fasste sich ein wenig. »Das ist sehr nett von Ihnen, Kamrath. Aber an so viel Zufall mag ich nicht glauben. Ich weiß gar nicht, wie ich mich bei Ihnen entschuldigen soll. Nur weil ich für Huub gebürgt habe, haben Sie mir das Material überhaupt ausgehändigt.«

»Ja, das ist tatsächlich kein guter Gedanke für mich.« Ein Schweigen, als realisierte er erst in diesem Augenblick, dass er zu diesem Mord beigetragen hatte, dann ein Seufzen, denn das Leben muss doch trotzdem weitergehen. »Aber Lars, Sie sind von Ihrem Freund grausam hintergangen worden. Ich habe das selbst einmal erlebt. Ist noch gar nicht so lange her. Sie dürfen sich keinesfalls die Schuld dafür geben, das würde die Fakten komplett verdrehen. Ich mache Ihnen keinen Vorwurf. Ganz sicher nicht.«

»Aber wie gehen wir nun damit um, Marcel?«

»Wir werden nie herausfinden können, was dort wirklich geschehen ist. Sicher ist nur, dass die, die es getroffen hat, selbst eine Menge Blut an den Fingern hatten. Und es war wohl wirklich dieser Sander van Haag, der versucht hat, Sie mit den Dokumenten ans Messer zu liefern, Lars. Davon können wir doch jetzt ausgehen. Mein Rat ist: Ab sofort und dauerhaft sollten Sie sich von Rijking fernhalten. Unbedingt. Und wir werden nie wieder ein Wort darüber verlieren. Niemandem gegenüber, okay?«

Pieper nickte.

»Dann lassen Sie uns jetzt die letzte Sitzungswoche vor den Sommerferien in Würde überstehen.«

Marie Vos hätte er sicher nicht so in die Irre führen können wie Pieper. Aber ihr musste ebenso klar sein, dass sie mithängen würde, wenn sie ihn verriete. Darum hatte er ihre Anrufe einfach ignoriert. Es war ihm leichter gefallen, weil sie anders als Pieper ihre Kontaktversuche so weit beschränkt hatte, dass man anhand der Zahl nicht auf außergewöhnliche Umstände schließen musste. Schließlich hatte sie ihm noch nicht einmal eine Rechnung für ihre Dienste geschickt. Vielleicht schämte sie sich ja, dass es einem ihrer Klienten gelungen war, sie so für seine Zwecke zu instrumentalisieren. Seit drei Tagen nun schon hatte sie gar nicht mehr versucht, ihn zu erreichen.

Sein Handy klingelte.

Er sah auf das Display und dann wieder aus dem Fenster.

Die Kanzlerin. Der zweite Anruf heute. Nach ihrer SMS mit dem wenig verklausulierten Angebot, »ein neues Amt zu übernehmen«. Was sollte er ihr nur antworten?

»Ihr Telefon, Herr Doktor.«

»Ja.«

»Wollen Sie nicht vielleicht doch drangehen? Scheint wichtig zu sein.«

»Ach, Herr Moritz, wer weiß das schon. Haben Sie wirklich nichts Neueres an Musik?«

»Warten Sie. Doch, hier. Von 2011 immerhin. Hat mein Sohn mir geschenkt. Bon Iver. Auf Englisch würde der Name ja nach Rock klingen, muss aber leider französisch ausgesprochen werden. Etwas komischer Elektro-Folk mit hoher Stimme. Na ja, ist nicht meins, aber es hat irgendetwas Tröstliches an sich.«

»Klingt gefährlich.«

»Wollen Sie reinhören, Herr Doktor?«

»Ist okay, Herr Moritz. Ich habe ja nichts zu verlieren.«

Die Musik war schön. Sie war ein wenig traurig, und sie war tatsächlich auch tröstlich.

Bis er etwas darin hörte, das ihn erinnerte.

Garry Disher *Kaltes Licht*

Auf der Blackberry Hill Farm gleitet eine Schlange unter eine alte Betonplatte. Der alarmierte Schlangenfänger findet jedoch etwas ganz anderes: ein Skelett. Ein Fall für Sergeant Alan Auhl, der verstaubte Cold Cases bearbeitet. Warum haben die Erinnerungen der mürrischen Anwohner so viele Lücken?

Leonardo Padura *Ein perfektes Leben*

Teniente Mario Conde soll einen Verschwundenen finden, Rafael Morín, der mit Conde zur Schule gegangen ist. Der Mann mit der scheinbar blütenweißen Weste war schon damals ein Musterschüler, der immer das bekam, was er wollte – auch Condes Freundin Tamara. Der Teniente muss sich den Träumen und Illusionen seiner eigenen Generation stellen.

Jean-Claude Izzo *Die Marseille-Trilogie*

Fabio Montale: ein kleiner Polizist mit großem Herz. Für ihn ist es reiner biografischer Zufall, ob einer Polizist wird oder Gangster. Freund bleibt Freund. Deshalb rächt Fabio zwei seiner Gangster-Freunde, die ermordet wurden. Das Spiel wird allerdings nach Regeln von Leuten gespielt, denen ebenso egal ist, ob einer Polizist ist oder Verbrecher.

Jeong Yu-jeong *Der gute Sohn*

Yu-jin erwacht blutverschmiert. Mit wachsendem Grauen geht er ins Untergeschoss, wo er eine entsetzliche Entdeckung macht: Seine eigene Mutter liegt mit durchgeschnittener Kehle im Wohnzimmer. Seine Erinnerungen an den letzten Abend sind wie ausgelöscht. Wer hat seine Mutter auf dem Gewissen? Und wieso deuten alle Hinweise auf ihn selbst?